Raza salvaje

Raza salvaje

Harrison Abisada

libros en red
www.librosenred.com

Dirección General: Marcelo Perazolo
Diseño de cubierta: Laura Gissi

Está prohibida la reproducción total o parcial de este libro, su tratamiento informático, la transmisión de cualquier forma o de cualquier medio, ya sea electrónico, mecánico, por fotocopia, registro u otros métodos, sin el permiso previo escrito de los titulares del Copyright.

Primera edición en español - Impresión bajo demanda

© LibrosEnRed, 2016
Una marca registrada de Amertown International S.A.

ISBN: 978-1-62915-318-6

Para encargar más copias de este libro o conocer otros libros de esta colección visite www.librosenred.com

Dedicatoria y agradecimientos

A mis padres, quienes siempre me apoyaron y se sacrificaron para darme una educación; por ser las bases que me ayudaron a llegar hasta aquí. También dedico esta novela a mi familia, esposa e hija, y a mis amistades, quienes con sus grandes enseñanzas me inspiraron para este "sueño alcanzado y con sus palabras me dieron ánimo para avanzar. Sé que estas palabras no son suficientes para expresar mi agradecimiento, pero espero que con ellas se den a entender mis sentimientos de aprecio y cariño a todos.

Finalmente, también quiero incluir en esta dedicatoria a Anne Marie Bullen, Nicolasina Núñez (Nicol), Luis Rodríguez (John Erik) y a Clara Luz Arias (Jessika, del Japón).

Prefacio

Cuando me propuse la idea de realizar esta novela de época, me sentí muy atraído por la forma en que se iba elaborando. Este proyecto me hizo viajar por el tiempo y sumergirme en él, y sentir que vivía lo que escribía.

La diversidad que hallé en esta obra no se limitaba a cuestiones culturales, razas o historia, es un mundo de imaginación con algunas ráfagas históricas de la época. Incluye una enorme variedad literaria con variados juegos de palabras, estructuras, emociones y muchos otros elementos que han maravillado la forma de escribir con simpleza literaria esta obra.

Espero que disfruten la lectura de esta peculiar novela de época tanto como disfruté yo al escribirla, sintiéndola y viviendo cada uno de los momentos narrados.

Introducción

En esta primera obra, narro la historia de unas personas que se creen superiores a otras. Es una historia de época imaginaria, en la que se viven momentos amargos y dulces, se mezcla lo imaginario y una mínima pizca de la historia: la rebeldía de un señor que quiere ser dueño, amo y señor de todo un país a costa de lo que sea, esclavitud, traición, muertes, su codicia por adueñarse de todo pasa los límites de la maldad, al punto de encerrar a su propio hijo durante 18 años por haberse enamorado de una esclava. En esta obra llena de magia, se entremezclan las extravagancias humanas, el deseo de poder, el odio a la otra raza, encarnadas en un personaje que trata de hacer desaparecer de la faz de la vida a una criatura hija de su propio hijo, solo por ser diferente a él. Su ego, su ambición por el poder lo llevan a cometer muchísimos errores que al final paga con creces. Esta avasallante novela invita a cada lector a vivirlas pasiones humanas que trata, es un relato imaginario referido a algunos pasajes reales de la historia dominicana de 1870.

Raza salvaje

Santo Domingo, 1870

El llanto de una esclava resonaba con desesperación por la llegada de una criatura, cuyo padre era el hijo del hacendado más poderoso de todo el país, don Miguel Ángel Batista. Dueño y señor de casi todo Santo Domingo, su hijo Cristóbal Batista temblaba de una emoción que lo arropaba por completo y al mismo tiempo de un miedo implacable, ya que en ese entonces la unión de un blanco y un negro era un sacrilegio.

Era una tarde soleada. Nacía una criatura de la esclava María, Cristóbal, padre de esa criatura, estaba a su lado, ya que él amaba con locura y en silencio a María. Una curandera asistía en el parto a María.

María: (Llanto). ¡Ay! ¡Ay!

Cristóbal: María, un poco más, ya casi viene, aguanta, puja un poco más. **Curandera:** Señor, frótele este paño con esas hierbas en la frente, María se ha desangrado mucho, se ha complicado todo... María está muy mal, señor.

Cristóbal: ¡Me lleva el diablo! No me importa lo que diga mi padre, voy a buscar al doctor ahora mismo.

Curandera: No, señor, no hay tiempo que perder, ya casi viene la criatura, ven, ayúdame un poco más, María, ya viene... es una niña. (Llantos de la bebé).

Cristóbal reía y lloraba al mismo tiempo, pero nunca cesaba su miedo.

María: Quiero ver a mi niña... (Llora en silencio)... Cristóbal, mi amor, cuídala mucho.

En su lecho casi al lado de la muerte, María cogió a su niña en brazos, le dio un beso, agarró la mano de Cristóbal y murió.

Cristóbal: No, no, no, Dios mío, no, ¡por qué!, ¡¿por qué?!¡María, no te vayas, no me dejes, amor! ¡María!...

Muy cerca pasaba en su paseo a diario a caballo don Miguel Batista, cuando escucha esos gritos.

Don Miguel: ¿Qué son esos gritos?, ¿de dónde vienen? Me parece la voz de Cristóbal.
Peón: Es por aquí, patrón, venga rápido.

Don Miguel encuentra el lugar del que provienen esos gritos y entra. Se encuentra con la gran sorpresa de ver a su hijo junto a la esclava María y a la bebé que acaba de nacer.

Don Miguel: Pero ¿qué significa todo esto?, ¿qué haces aquí, Cristóbal? Quiero una explicación ya. ¿Y esa niña quién es? Respóndeme.

Cristóbal temblaba de miedo, pero furioso porque su padre no tenía compasión por nadie, se atrevió a decirle la verdad.

Cristóbal: Es mi hija, padre, es mi hija; y María, el amor de mi vida, acaba de morir.
Don Miguel: No puede ser. No, no, no y no, me has traicionado, esa no puede ser tu hija, nadie de mi familia jamás puede emparentarse con estos negros sucios. ¿Qué has hecho, Cristóbal?, no eres digno de mi familia.

Cristóbal: Cállate, padre, es inhumano lo que dices, me avergüenza saber que soy hijo de un hombre que no tiene corazón para nadie.
Don Miguel: ¿Pero quién te crees que eres para hablarle así a tu padre? Sal de aquí. Dame esa niña ahora mismo.
Curandera: Por favor, no se peleen.
Don Miguel: Usted cállese, vieja bruja, ahora deme a la niña. Y tú, Cristóbal, te largas de aquí inmediatamente.
Cristóbal: No te vas a llevar a la niña.
Don Miguel: Esa niña no es tu hija, está claro, con cuántos más se habrá acostado esta negra sucia, todos los negros son iguales: sucios, ladrones, prostitutas. Ahora te me largas para la casa y me esperas allá porque tenemos que hablar largo y tendido, esta falta de respeto a tu padre no te la voy a dejar pasar. ¡Santos! ¡Santos! Ven pronto cuando te llamo.
Santos: Perdone, patrón, mande.
Don Miguel: ¡Qué perdón ni perdón! Llévate a mi hijo a la casa y enciérralo en su cuarto hasta que yo llegue.

Don Miguel agarró a la niña y se la llevó, al mismo tiempo la curandera seguías sus pasos.
En otro lado del país, en Santiago de los Caballeros, el padre Romero de Alcalaz concedía una misa en nombre de todos los niños huérfanos del mundo. En las afueras de la iglesia había algunos disturbios por la situación del país.

Padre Romero: Queridos feligreses, estamos aquí, en la casa de Dios, para rogar por todos los niños huérfanos del mundo, no es nada fácil no tener un padre o una madre que lo proteja a uno y...

De pronto se escuchó un tumulto de gente que gritaba en la calle. Eran los hombres de don Miguel, que habían llegado desde Santo Domingo para ocasionar disturbios, ya que don

Miguel quería adueñarse de todo Santiago. Llegaban quemando y destruyendo todo lo que encontraban en su camino. De pronto un niño no conocido del área entró a la iglesia moribundo, todo golpeado en la cabeza, había sido agredido por el Mole, el más macabros de los hombres de don Miguel.

Padre Romero: ¿Qué es lo que está pasando? ¡Oh, Dios!, ¿qué tiene este niño? Busquen al médico rápido, se está muriendo. ¡Dios mío, ten misericordia con esta criatura! Nunca había visto a este niño. ¿Alguien sabe quién es? ¿Quiénes son sus padres?
La gente: No, no. No lo conocemos, no sabemos quién es, nunca antes lo habíamos visto.
Padre Romero: ¿Qué pasa con el médico? Tráiganme agua y un paño, rápido.

Se acercaron los malhechores de don Miguel a la puerta de la iglesia.

El Mole: Mire, curita, dígale a la gente del pueblo que si no se apuran en venderle todos los terrenos a don Miguel, la próxima vez que regresemos no tendremos consideración con nadie. Más le vale, curita, que les diga a todos, para que usted tampoco corra con la misma suerte.
Padre Romero: ¡Fuera!, ¡fuera de la casa de Dios! El Señor no recibe demonios en su casa. ¡Espero no volver a verlos más, asesinos!, ¡fuera de aquí!
El Mole: (Riendo) Así mismo, curita, espero no volver a verlo más, ya que usted se va a tener que largar de aquí pronto. Vámonos, muchachos.
Padre Romero: ¡Fuera, fuera! Ayúdenme a entrar al niño a una de las habitaciones. ¿Qué pasa con el médico que no llega?
Sacristán: Ya viene, padre.
Doctor: ¿Qué pasa?

Padre Romero: Doctor, este niño está muy grave, haga lo que sea para salvarle la vida, voy a la capilla a rezar un momento por su alma y su sanación.
Doctor: Vaya tranquilo, padre, haré todo lo que esté a mi alcance para salvarlo.

El padre Romero entró a la capilla a rezar, al tiempo que el doctor desesperadamente trataba de salvarle la vida a ese niño. Mientras tanto, en Santo Domingo, don Miguel entregaba la niña a uno de sus hombres para que la hicieran desaparecer, para que la tiraran por el río.

Don Miguel: Ramón, toma esta cosa, hazla desaparecer, tírala al río, donde nadie más la encuentre. Y que no te vea nadie.

La curandera observaba de cerca, escondida entre unos matorrales, todas las instrucciones que le decía don Miguel a Ramón.

Ramón: Sus órdenes serán cumplidas, patrón.
Don Miguel: Ya deja de peplas, lárgate con ese musu ya.

La curandera siguió a Ramón a todas partes, quien con la niña en brazos se preguntaba qué habría atrás de todo eso, por qué don Miguel quería matar a esa niña. "Bueno —pensaba—, yo solo soy un trabajador y debo cumplir las órdenes de mi patrón". La curandera, desesperada, loca por hacer algo para salvar la vida de esa criatura, pensaba y pensaba, hasta que se le ocurrió una idea.

Curandera: ¿Cómo está, Ramón? Qué bonita tu hija. Tengo aguardiente, y mucha.
Ramón: ¿Qué andas haciendo por aquí? No es mi hija, digo sí, sí, sí, es mi hija, lo que pasa es que la voy a llevar con su madre, no puedo cuidarla, tengo mucho trabajo.

Curandera: Pues ando buscando compañía para tomarme unos tragos, pero ya veo que tú no quieres, buscaré a otro que me acompañe, tengo dos botellas enteras de aguardiente, y cuando bebo me pongo un poco caliente y quién sabe lo que puede pasar.
Ramón: ¿Si te acompaño a beber, podría pasar aquello y me regalaría una botella?
Curandera: Sí (Con mirada sexy).
Ramón: *Ok*, pero solo unos tragos, que tengo que llevar a esta niña con su madre.
Curandera: No te preocupes, no me interesa cuando te lleves a tu hija, solo quiero tomar y pasarla bien, Ramoncito...

La curandera convenció a Ramón para ir a tomar. Entraron en una cantina, y efectivamente la curandera le compró una botella de aguardiente a Ramón, y lo hizo beber engañado hasta que lo emborrachó. Así, le quitó la niña y se la llevó. Por otro lado, Cristóbal tenía una discusión bien acalorada con su padre.

Cristóbal: Eres el peor de los hombres, ¡me has quitado a mi hija! ¿Dónde está?, dímelo, ¿dónde está mi hija? ¿Qué hiciste con ella, malvado?

Don Miguel le dio una bofetada a Cristóbal.

Don Miguel: Cállate la boca, no me hables en ese tono, malagradecido, yo te he dado todo, te di educación, y habiendo tantas mujeres hermosas y blancas y de tu mismo nivel social, te metiste con una negra sucia, una esclava, buen mamarracho.
Cristóbal: Algún día vas a pagar todo el mal que has hecho, algún día, y espero no volver a verte jamás, me largo de aquí.
Don Miguel: ¡Santos, Santos!, no dejes ir a Cristóbal, tráelo de vuelta y enciérralo en el calabozo junto a los esclavos.
Santos: ¡Pero, patrón!, ¡es su hijo!

Don Miguel: ¡Pero nada!, haz lo que te digo si no quieres que te encierre a ti también.
Santos: De acuerdo, patrón.

Mientras tanto, en Santiago.

Doctor: Padre, he hecho todo lo posible, he sanado la herida, pero el niño ha entrado en un estado de coma, no podemos hacer nada, solo esperar, el golpe que recibió fue muy fuerte.
Padre Romero: ¡Ave María Purísima, doctor! ¿Y qué tal si lo llevamos a un hospital?
Doctor: No, padre, lamentablemente en estos casos solo queda esperar. En un hospital será lo mismo. Bueno, tengo que ir atender a otros pacientes; si ocurre algo, llámeme de inmediato, no importa la hora que sea.
Padre Romero: Gracias, doctor, que el Señor le pague todo el bien que usted nos hace. Vaya con Dios, lo tendré al tanto de lo que pueda ocurrir.

Unos días más tarde en Santo Domingo.

El Mole: Don Miguel, ya hicimos sonar algunas campanas en Santiago, todo salió como lo planeado. Pronto esos campesinos van a tener que ceder; de lo contrario, ya saben lo que les espera. Aunque hay algo que no me gustó mucho, y es el curita ese, el tal Romero.
Don Miguel: ¿Y ese curita de dónde salió? ¿Y qué hace, que te tiene medio enojado?
El Mole: Pues yo no sé bien de dónde viene, lo que pasa es que me habló como nadie ha podido hacerlo, con autoridad, y la gente como que lo apoyaba en lo que me decía, es una especie como de redentor para esos campesinos.
Don Miguel: Ya tendré el gusto de conocerlo pronto, parece interesante ya que te ha dejado medio disparado. Veremos

cómo realmente es él delante de mi persona. Ahora vete y dile a Ramón que venga.

Cristóbal en el calabozo sufría de hambre y del mal olor, ya que los esclavos tenían que hacer sus necesidades ahí mismo. Pensaba en su niña, en qué habría pasado con ella.
La curandera se había escondido muy adentro del bosque y un poco lejos de los terrenos de don Miguel. Así podría criar tranquilamente a la niña. Ramón, por otro lado, estaba medio preocupado, no sabía qué le iba a decir a don Miguel de la niña.

Ramón: ¿Sí, patrón, me mandó a llamar?
Don Miguel: ¿Qué pasó con el encargo que te hice?
Ramón: Está todo cumplido, patrón.
Don Miguel: ¿Nadie te vio?
Ramón: No, patrón.
Don Miguel: Muy bien, Ramón, ahora vete y no te alejes, porque voy a necesitarte luego.
Ramón: Con su permiso, patrón.

Dieciocho años más tarde, una joven medio morena y preciosa apareció lavando en el río.

Curandera: Hija, hija mía, ¿por qué has tardado tanto?, va a anochecer pronto, termina ya.
Joven: Ya voy, mamá, me falta muy poco.

En Santiago.

Padre Romero: Señor, ya han pasado dieciocho años rezándote cada día para que le dé luz a esta criatura. Padre Nuestro que estás en los Cielos, santificado sea tu nombre... (Sigue rezando en voz baja).

Apenas el cura terminó de rezar el Padrenuestro, el muchacho comenzó a mover los dedos de las manos. El padre se sorprendió por lo que estaba viendo.

Padre Romero: Gracias, Señor, gracias, sabía que algún día ibas a oír mis súplicas, ¡gracias, mi Dios! ¡Sebastián! ¡Sebastián!, ¡corre, busca al doctor Marcos!, ¡muévete, hijo!
Sebastián: Padre, ha olvidado que el doctor murió hace diez años, cuando los hombres de don Miguel Ángel Batista hicieron lo que hicieron.
Padre Romero: Es verdad, hijo, esto me ha emocionado tanto que olvidé que esos bastardos destruyeron y asesinaron a muchas personas, entre ellas a nuestro amigo el doctor. Algún día ese ateo de don Miguel pagará todo este mal que ha hecho, y que también me incluye. Pero de todos modos ve y trae a cualquier doctor que esté en el hospital.

El padre Romero recordaba los amargos momentos de aquella masacre contra el pueblo de Santiago, ya que don Miguel quería ser dueño y señor de todo el país; aquellos hombres habían asesinado personas y quemado muchos hogares. Don Miguel había llegado a crucificar al cura junto a Jesús y lo había azotado hasta verlo sangrar.

Sebastián: Padre, padre, ¿le sucede algo?, ¿qué le pasa...?
Padre Romero: Nada, hijo, solo recordaba cómo Satanás se apoderó en aquel entonces de este pueblo.
Sebastián: Mire, está abriendo los ojos, padre, ¡mire, mire!
Padre Romero: Cálmate, Sebastián, el Señor ha hecho un milagro. ¡Bendito seas, Dios! (Se persigna el padre, y Sebastián también). ¿¡Pero qué haces aquí?!, ¡ve y trae al doctor!

Santo Domingo.

Don Miguel: Cojo, saquen a mi hijo del calabozo, y tráemelo aquí, ya está bueno, creo que en todo este tiempo ha aprendido la lección: respetar a su padre, y que a don Miguel nadie lo reta.

Después de 18 años de encierro, sacaron a Cristóbal del calabozo. Estaba todo hediondo, un poco ya avejentado y casi loco, parecía un mendigo.

Cojo: Patrón, aquí está su hijo.
Don Miguel: ¡Pero cómo me lo traes así, todo asqueroso! Llévatelo, báñalo, arréglalo y tráelo limpio.
Cojo: Sí, patrón, como usted mande.
Don Miguel: Vamos, llévatelo ya. Ah, dile a Santos, al Mole y a Ramón que vengan de inmediato.

Santiago.

Padre Romero: Ha vuelto a cerrar los ojos, parece que no se siente bien. Dejémoslo descansar, Sebastián. No dijo ni una sola palabra, solo nos miraba con mucho miedo. ¿Sabes, Sebastián?, es extraño, han pasado dieciocho años, y ni siquiera le hemos puesto un nombre a este muchacho. ¿Cómo podríamos llamarlo?
Sebastián: Padre, creo que usted es el más indicado para ponerle un nombre, usted lo ha cuidado, y nadie ha reclamado al muchacho, no sabemos de quién es hijo, nadie ha dicho nada. Usted ha sido el verdadero padre de él; lo ha cuidado con celo y amor, recuerde aquella frase: padre no es quien engendra sino quien cría.
Padre Romero: Tienes razón, Sebastián, la verdad es que este muchacho es como mi hijo. ¿Qué te parece si le ponemos Jonás?
Sebastián: Me parece muy bonito, padre, pero hay algo más: ¿qué apellido?

Padre Romero: Es verdad, no había pensado en eso, pero no importa, si la orden eclesiástica se molesta conmigo, se llamará Jonás de Alcalaz.
Sebastián: Pero, padre, ese es su apellido.
Padre Romero: Lo sé, Sebastián. Solo Dios puede juzgarme si he pecado.

En el bosque, entre los árboles se veían aquella joven preciosa y la curandera, jugando, sonrientes. Esa joven tenía una belleza increíble aunque era un poco salvaje por la falta de educación; en cambio, tenía un alma bondadosa que le había transmitido la curandera.

Santo Domingo.

Cojo: Patrón, cuando estaban limpiando a su hijo, él sólo decía "Quiero a mi hija, ¿dónde está?", y seguía delirando con lo mismo. ¿Acaso él tiene una hija patrón?
Don Miguel: Cállate la boca, maldito Cojo. Mi hijo no tiene ninguna hija, ¿no ves lo desquiciado que está?
Cojo: Sí, patrón, tienes razón.
Don Miguel: Ah, otra cosa: ni una palabra de esto a nadie, no quiero que nadie sepa cómo está el hijo de don Miguel Ángel Batista.
Cojo: Despreocúpese, patrón, soy una tumba.
Don Miguel: ¿Qué pasó con lo que te mandé a buscar?
Cojo: Están ahí afuera, esperándolo a usted.
Don Miguel: Hazlos pasar.
Cojo: Sí, patrón. (El Cojo se asomó a la puerta). Santos, Moles, Ramón, el patrón los espera.
Mole: A sus órdenes, patrón.
Don Miguel: ¿Dónde diablos estaban? Deben estar cerca para cuando los necesiten, ¿entendido?
Todos: Sí, sí, perdón, patrón.

Don Miguel: Ramón, lleva esa dote al comandante Pérez, tengo que mantenerlo de mi lado, no quiero que se me vaya a enojar. Tú, Santos, vete a Santiago, infórmame de todo lo que ocurre allá. Vamos, váyanse ya, déjenme solo con el Mole... Mole, necesito que me hagas un trabajito: riega en el pueblo que el hijo de don Miguel ha vuelto después de largos años de estudio en Francia.

Mole: Sí, patrón. ¿Dónde está el joven Cristóbal?, para saludarlo y darle la bienvenida.

Don Miguel: Haz lo que te digo y no preguntes más, pedazo de idiota, ¡vamos, vete ya! (Se queda pensando "Pedazo de idiota este, si sabe que mi hijo estaba en el calabozo, la verdad es que no pueden ser más estúpidos"). "Eso si el que me contradiga lo mando a la guillotina de una vez".

Ramón: Quiero hablar con el comandante.

Guardia: ¿Qué quieres?

Ramón: Tengo un asunto que darle al comandante de parte de don Miguel.

Guardia: Un momento.

El guardia entra al despacho del comandante, para avisarle del mandado.

Guardia: Mi comandante, ahí lo busca uno de los peones de don Miguel, quiere verlo.

Comandante: Hágalo pasar de inmediato.

Guardia: Sí, mi comandante, con su permiso.

Comandante: ¿Así que vienes de parte de mi gran amigo, don Miguel?

Ramón: Sí, el patrón le manda esto. Me voy de una vez, cuídese, comandante.

Comandante: Espera, muchacho, dile a tu patrón que lo espero el sábado, voy a ofrecer una fiesta en su nombre por nuestra amistad.

Ramón: Como usted ordene, comandante, su recado será dado, hasta pronto.

El comandante se quedó con una sonrisa medio irónica.

Se veían los esclavos trabajando incansablemente ya agotados de tanto trabajo. En la noche se reunían a escondidas tratando de buscar la forma de liberarse del yugo de don Miguel. Mientras, por otros senderos, algunos de los hombres de don Miguel se aprovechaban y violaban a las esclavas, las maltrataban y amenazaban con matarlas si hablaban, total estaban apoyados por su patrón.

Santiago.

Sebastián: Padre, venga rápido, Jonás está delirando, no sé lo que dice.

Padre Romero: Rápido, Sebastián, busca agua fría, sal y un paño, está ardiendo en fiebre.

Jonás: (Delirando). No, no, no me pegues, no, deje a mi papá y mi mamá tranquilos, no...

Padre Romero: Dios, ayúdame, no dejes que le pase nada a este muchacho, te lo pido de corazón, no sé qué hacer en estos casos. Sebastián, date prisa.

Sebastián: Ya voy, padre. Tenga, aquí está.

Padre Romero: Dame, déjame frotarle esto en la frente para ver si cesa la fiebre. Sebastián, recuerda tocar las campanas y te vas a la puerta de la iglesia y diles a mis feligreses que hoy no daré misa, estoy indispuesto, no puedo dejar a Jonás así como está.

Mientras el padre Romero trataba de bajarle la fiebre a Jonás, don Miguel miraba a su hijo con desprecio, ya que Cristóbal no tenía el espíritu fuerte de él ni ese don de creerse por encima de la gente esclava o de más bajo nivel que ellos.

Don Miguel: Ya ves, hijo, lo que te ha pasado por desobedecerme y por faltarme el respeto, espero que la próxima vez lo pienses dos veces antes de enfrentar a tu padre o de ir en contra de mi voluntad.

Cristóbal estaba confuso, no entendía ni media palabra de lo que le decía su padre, solo atinaba a afirmar moviendo la cabeza.

Don Miguel: Mira, hijo, si alguien te pregunta dónde has estado, tienes y debes decir que te había mandado a Francia a estudiar; de lo contrario, te regreso al calabozo. ¿Entendido, Cristóbal?
Cristóbal: Sí, sí, sí…

En ese entonces llegó Ramón con el mensaje del comandante y se quedó asombrado cuando vio a Cristóbal en el estado en que estaba.

Ramón: Con permiso, patrón. Cristóbal, ¿cómo estás?
Don Miguel: Vamos, vamos, no es tiempo de saludar, dime lo que viniste a decirme y lárgate de una vez.
Ramón: Perdone, patrón, entregué aquello que me dio para el comandante, y él me mandó a decirle que pase por su casa el sábado, que le tiene una fiesta a usted, de las que ya usted sabe.
Don Miguel:¡¡Ah!! (Ríe). ¡Qué comandante este!, ¡con que una fiesta para mí! ¿Qué me irá a pedir ahora? Bueno, eso es todo, vete, y no te vayas muy lejos, creo te necesitaré más tarde.
Ramón: Sí, patrón. Adiós, Cristóbal.

Sin dirigirle la palabra, Cristóbal se despidió sin mucho ánimo. Don Miguel se quedó hablándole a su hijo de las nuevas normas que tenía que cumplir si no quería ir de nuevo al calabozo, sin importarle que él fuera de su propia sangre.

Cerca de la hacienda de don Miguel, en la cantina de don Pepe, se reunían muchos hombres de todas clases, ahí se decían todo lo que pasaba en el pueblo y en la vida íntima de los terratenientes del lugar. A unos pocos kilómetros de ahí, en el bosque, la curandera estaba con los nervios de punta, ya que había llegado el momento de contarle la verdad a su hija.

Curandera: Dios mío, dame valor, no quiero lastimarla. ¿Cómo le diré la verdad?, ¿por dónde empiezo?
Hija: Mamá, ¿con quién hablas?
Curandera: Con nadie, solo rezaba.
Hija: Pero estás muy nerviosa, ¿qué te pasa?, ¿te sientes enferma?, ¿quieres que busque algunas hierbas para hacerte un té?
Curandera: No, gracias, hija, estoy bien. De veras, solo estaba rezando.

La hija no quedó muy convencida con lo que le había dicho su mamá; la curandera quedó un poco nerviosa al estar a punto de decirle toda la verdad.

Santiago.

La gente se aglomeraba en la iglesia, la mayoría de personas no aceptaba que el padre Romero adoptara como hijo a Jonás y menos que le diera su apellido, no por nada malo, sino porque un sacerdote no puede ni casarse ni tener hijos, su único vínculo es con Dios. La gente vociferaba: "¡Padre Romero, eso está en contra de Dios! ¡No puede adoptar un hijo! ¡Usted está pecando ante Dios, no estamos de acuerdo con que usted haga eso!".

Padre Romero: Queridos hijos míos, por favor cálmense, lo que estoy haciendo no es cometer un pecado, es mi misión y la misión de todos ustedes: ayudar al prójimo, ya lo decía el apóstol Santiago en una de sus cartas. "Si en verdad cumplís la ley real, conforme a las Escrituras, 'Amarás a tu prójimo como a ti mismo', bien hacéis; pero si hacéis acepción de personas, cometéis pecado".

El murmullo de la gente seguía latente, y el padre Romero volvió a hablarles.

Padre Romero: ¿Creen ustedes en Dios o en Satanás? Que tire la primera piedra quien esté libre de pecado. No se puede ser tan cruel, por eso Nuestro Señor nos castiga por la falta de bondad al prójimo, la falta de fe, la falta de amor por los demás. Dios es el más grande de los padres, es nuestro padre, el padre de cada uno de ustedes, y sin embargo no podemos señalarlo, porque todo lo que él hace lo hace con amor; y a mí, que soy un simple siervo suyo, me quieren castigar por hacer el bien. He pasado dieciocho años cuidando a este niño, en todo este tiempo ninguno de ustedes vino a preguntar por él, mientras yo lo cuidaba, lo alimentaba, ¿cómo ustedes creen que después de tanto tiempo no voy a sentir el amor de padre?

La gente se sentía más convencida ya que el padre Romero les había abierto su corazón y los había hecho pensar más en la bondad al prójimo. Una de aquellas personas le pidió perdón al cura, y de a poco los demás se fueron convenciendo de que lo que había hecho el religioso era una obra de bien.

Sebastián: Padre, ha llegado este telegrama para usted.
Padre Romero: ¿A ver, hijo? Es de mi hermano Venancio.

La carta contenía lo siguiente:

Querido hermano:

Espero que al recibir este telegrama estés bien de salud.

Tengo que decirte algo muy doloroso. Nuestro padre ha fallecido. Sé que cuando hayas recibido este telegrama habrán pasado más de dos meses, es posible que ya también nuestra madre haya muerto. Al momento de morir nuestro padre, nuestra madre cayó en un estado de depresión, el cual no la ayuda con su enfermedad, y se ha deteriorado mucho. Los doctores creen que puede durar un mes o un máximo de dos, tenemos que tener resignación, ellos fueron los mejores padres del mundo y vivieron felices, cuando pase todo esto, iré a visitarte, me siento solo.

Te quiere,

tu hermano Venancio

Las lágrimas del padre Romero rodaban por sus mejillas.

Sebastián: Padre, ¿se siente bien?
Padre Romero: Perdona, hijo, quiero ir a la capilla a rezar por el alma de mis padres.

Sebastián quedó rascándose la cabeza, no entendía nada, estaba un poco preocupado por la actitud del cura.

En el bosque.

Hija: Mamá, me gustaría ir al pueblo, me siento muy sola aquí. ¿Por qué nunca quieres que vaya al pueblo?
Curandera: Porque en el pueblo hay gente muy mala, a nosotros, los de color, nos tratan muy mal, nos llaman "negros sucios" y "ladrones", entre otras cosas. Además, ¿qué quieres

hacer en el pueblo?, sabes que los hombres de tu abu…, perdón, de don Miguel, te pueden hacer daño, te pueden violar, esa gente está podrida de maldad. Por favor, hija, júrame que no intentarás ir nunca allá.

Hija: Mamá, hay otra cosa que te quiero preguntar. ¿Por qué nunca me has hablado acerca de quién es mi padre? ¿Dónde está él? Dime, mamá, ¿quién es mi padre?

Las preguntas de la hija ponían en suspenso a la curandera.

Curandera: Mira, hija, es mejor que vayamos hacer la cena, que se está haciendo tarde.
Hija: Mamá, no me quieres responder lo que te he preguntado.
Curandera: Otro día, es una historia muy larga, y me siento cansada ahora.
Hija: Está bien, mamá, pero que sea muy pronto, necesito saber quién es mi padre y dónde está.

La curandera estaba nerviosa por lo que le estaba preguntando su hija. Un poco más tarde, Cristóbal soñaba sobre aquel suceso del pasado en que su padre le había quitado a su hija, y despertó dando gritos.

Cristóbal: ¡No, no!, ¡no te la lleves! ¡No, quiero a mi hija!, ¡no, por favor! ¿Dónde está mi hija, papá?, ¿adónde te la llevaste?
Don Miguel: ¿Pero qué te sucede?, ¿te has vuelto loco o qué? Baja la voz, que todo el mundo está durmiendo.
Cristóbal: No, quiero que me digas qué hiciste con mi hija, ¿dónde está ella? Tú, tú me la quitaste, búscame a mi hija.
Don Miguel: ¿De qué me estás hablando?, ¿a qué hija te refieres? Tú no tiene ninguna hija.
Cristóbal: Basta ya, no me trates como a un loco, quiero a mi hija, quiero a mi hija.

Mientras, algunos de los trabajadores de don Miguel escuchaban lo que se decía en aquella habitación y se preguntaban de qué hija hablaba el señor Cristóbal. Todo estaba más tenso, y la discusión era cada vez más efusiva entre don Miguel y Cristóbal.

Don Miguel: Me lleva el demonio, cállate la boca, te digo que te calles ya, ¿qué es lo que pretendes, que todo el mundo se entere de algo que no existe?
Cristóbal: No me importa que el mundo se entere, solo quiero que me entregues a mi hija.
Don Miguel: (Le da una bofetada). Cállate, no quiero oírte más hablando de algo que no existe. Cojo, Cojo, Cojo.
Cojo: Sí, patrón.
Don Miguel: Dile a Pilar que prepare un té bien fuerte y que le eche lo que ella sabe para ver si este loco se queda dormido por tres días. Vamos, vete, no pierdas tiempo.
Cojo: Sí, sí, patrón, lo que usted ordene.
Don Miguel: Malditos hijos, uno los trae al mundo, les da todo, y le salen peores que estos peones.

Cristóbal se quedó desconsolado con esa pena que llevaba en el alma por no saber nada de su hija, qué había pasado con ella, si estaba viva o muerta. La incertidumbre lo hundía más en la amargura y aumentaba el odio que experimentaba hacia su padre, pero a la vez no podía hacer nada, no tenía mucha fuerza, todavía esos 18 años en un calabozo le pesaban, sentía el cansancio.

Mientras tanto, en la cantina de don Pepe, la gente se aglomeraba ya que uno de los sirvientes de don Miguel, pasado de copas, comenzó a hablar de las discusiones de don Miguel y su hijo Cristóbal. Las personas, asombradas, se preguntaban si sería verdad que Cristóbal tenía una hija con una esclava, y en ese caso dónde estaba. Seguía el chisme, y cada momento más personas se aglomeraban hablar de eso.

Santiago.

Jonás: (Delirando). Agua, agua, agua.
Padre Romero: Pronto, Sebastián, trae agua a Jonás. Ya, hijo, cálmate. Pronto, Sebastián.

Sebastián fue corriendo a buscar agua, Jonás seguía delirando y tenía una profunda sed, como si estuviera deshidratado totalmente.

Sebastián: Tome, padre.
Padre Romero: Gracias. Toma, hijo, bebe despacio. Sebastián, trae algo de comer, prepara un caldito, tenemos que alimentar a Jonás.
Jonás: ¿Quién soy? ¿Dónde estoy? ¿Qué hago aquí? ¿Quién es usted?
Padre Romero: Calma, hijo, luego te responderé todas esas preguntas, lo importante ahora es que te recuperes. Toma, sigue bebiendo un poco más de agua, que te hará muy bien.

Jonás, un poco confundido con todo, sin saber lo que había a su alrededor, bebía el agua con miedo, por no saber lo que estaba pasando ni quiénes eran esas personas que estaban con él.

En Santo Domingo.

Don Miguel: Cojo, llama al Mole y acompáñame, vamos a la cantina, he pasado un día horrible, necesito tomarme algo.
Cojo: Sí, patrón, ¿le ensillo su caballo?
Don Miguel: Pues claro, idiota, ¿crees que me iré caminando?
Cojo: Perdone, patrón, ya mismo voy y le ensillo el caballo.

Don Miguel: Estos peones cada día son más brutos.

Don Miguel, el Cojo y el Mole llegaron a la cantina de don Pepe. La gente se asombró ya que era muy extraño ver en ese lugar a don Miguel. Un momento más adelante estaban los tres medio embriagados y comentaban todas las locuras que habían hecho.

Don Miguel: ¿Quién es el jefe aquí?, ¿quién es el dueño de todo Santo Domingo?
Cojo y Mole: Usted, patrón.

En ese momento llegó el comandante a la cantina, regularmente lo hacía para mantener el orden. Antes de que don Miguel se percatara de que el comandante había llegado, dijo lo siguiente:

Don Miguel: Yo voy a ser el dueño de todo el país, sacaremos al gobierno, y yo reinaré como el más grande.
Comandante: Vaya, vaya, amigo don Miguel, no se adelante a los hechos, recuerde que el gobierno es muy grande, y muchos somos sus seguidores. Cálmese, don Miguel, que usted no sabe lo que dice, está un poco tomado.
Don Miguel: Ah, mi querido Pérez, solo le contaba cuentos a mis muchachos. Además usted tiene razón, el gobierno es muy grande, y son mis amigos.
Comandante: Qué bueno que piense así, y ya es muy tarde, mandaré dos hombres a que lo lleven a su casa.
Don Miguel: No, no, mi comandante, sé cuidarme solo, tengo los pantalones bien puestos; además ando con mis mejores hombres.
Comandante: Esos que están ahí que no pueden con su alma. Ande, mi amigo, deje que lo acompañen dos de mis hombres. Además recuerde que usted tienes muchos enemigos, así estará mejor protegido, ah y recuerde lo del sábado.

Don Miguel: Ah, claro, yo no me olvido de su invitación. Vámonos, par de monos, y estos dos alcahuetes, despierten, vámonos.
Comandante: (Riendo). Hasta luego, don Miguel.
Don Miguel: Ah, adiós.

Las seis de la mañana, el sonido de los gallos y algunos animales espantados por el murmullo de los guardias que habían caído atrás a unos reos que se habían fugado. Uno de los reos entró a una cabaña sin saber qué había ahí, era la casa de la curandera. Esta y su hija despiertan y gritan al ver ese hombre metido allí.

Reo: Por favor, cállense, no griten, me van a encontrar. Por favor, ayúdenme, me he escapado de la cárcel, y me andan buscando, me van a matar si me encuentran. Por favor no digan nada, no les haré daño, los guardias se acercan, ayúdenme, escóndanme.

La curandera era tan bondadosa, que decidió ayudar al reo y lo escondió en su cabaña. Los guardias siguieron buscando por toda el área sin lograr descubrirlo.

Curandera: Señor, salga, ya se puede ir, los guardias se han marchado, no hay peligro.
Reo: Por favor, déjenme quedarme, tengo mucho miedo, me van agarrar de nuevo, además no soy de aquí, no sé adónde ir, le suplico que me ayuden.
Curandera: Pero es que nosotras no lo conocemos, ni siquiera sabemos por qué estaba preso. ¿Y si usted es un asesino?
Reo: Le contaré todo, por favor, déjenme hasta que me sienta bien, les prometo irme mañana, denme algo de comer, que tengo mucha hambre.
Curandera: Hija, tráele algo de comer al señor.

Hija: Sí, mamá.

La hija le trae un poco de comida, el hombre comía como un perro, con una hambre feroz, ya que en la cárcel había pasado mucha hambre y soportado castigos severos.

Por otro lado, en la casa de don Miguel, Pilar, la sirvienta, corrió hacia el cuarto de su patrón.

Pilar: Señor, señor, despierte.
Don Miguel: Pero ¿quién eres tú para meterte en mi cuarto sin llamar y a estas horas de la mañana? Más te vale que lo que tengas que decirme sea importante, de lo contrario te mandaré al calabozo.
Pilar: Señor, por favor, cálmese, es su hijo.
Don Miguel: ¿Mi hijo qué?
Pilar: No está, se fue de la casa.
Don Miguel: ¿Cómo que se fue?
Pilar: Sí, señor, se fue. Fui a llevarle el desayuno, y no estaba, su ropa tampoco, por eso creo que se fue de la casa.
Don Miguel: Llama al Cojo y a Ramón inmediatamente, que salgan a buscar a Cristóbal y que no regresen hasta encontrarlo y traerlo de vuelta.
Pilar: Sí, señor.

Volviendo a la cabaña en el bosque. El reo comenzó a contarle a la curandera toda la historia: por qué había sido hecho preso y por qué había escapado.

Reo: Hace dieciocho años, yo era un agricultor en Santiago, con unas cuantas fincas, hasta que un día llegaron unos hombres a ofrecerme la mitad de lo que costaban mis tierras, y no quise venderles nada, porque era un robo lo que estaban haciendo. Yo era muy feliz con mi familia, mi hijo y mi esposa. Si yo hubiese sabido lo que iba a ocurrir, les hubiese hasta regalado mis tierras a esa gente mala, con tal de no perder a mi familia.

Curandera: ¿Qué le pasó a su familia?

Reo: Pues resulta que esos mismos hombres volvieron de nuevo a mis tierras, quemaron todo, mataron a mi madre, a mi esposa la violaron y la mataron, pude escapar con mi hijo hasta que tropecé y no podía correr más, solo le decía a mi hijo "Corre, corre, corre, hijo, que te van a matar". A mí me agarraron, pero muy a lo lejos oí el grito de mi hijo, después no supe más de mí, ya que me castigaron. Cuando desperté ya estaba metido en un calabozo, me acusaron de ser ladrón, de robar animales de un tal don Miguel Batista.

Al oír el nombre de don Miguel, la curandera sintió que su corazón aumentaba sus latidos, el reo siguió narrando su historia.

Reo: Desde entonces han pasado dieciocho años en esa cárcel sin saber nada esa gente. Mataron a toda mi familia. He pasado hambre, frío, castigos, toda clase de enfermedades. Hace tres años estaba cansado de tanto sufrir y planeé cómo escaparme, hasta que al fin lo logré. Por eso les pido que me ayuden, necesito recuperarme. Quiero encontrar a mi hijo, le pido al Señor Dios que lo tenga con vida, pero no puedo irme ahora, seguro me andan buscando por todas partes.

Curandera: Está bien señor, pero cuando usted esté mejor, se marcha, su presencia aquí nos pone en peligro, y no quiero que nos pase nada ni a mí ni a mi hija. Tampoco quiero que le pase nada a usted.

Reo: Se lo prometo, mi señora, confíe en mí, me iré cuando me sienta mejor. Gracias, nunca olvidaré lo que ha hecho por mí.

El Reo convenció a la curandera para poder quedarse, aunque ella se quedó un poco nerviosa y asustada, porque prestar esa ayuda podía traerle muchos problemas.

Comandante: ¿Qué pasó con el reo que se escapó? ¿Lo encontraron?
Guardia: No, mi comandante, hemos buscado por todos lados, parece habérselo tragado la tierra.
Comandante: La tierra se los va a tragar a ustedes si no me traen el reo vivo o muerto.
Guardia: Sí, mi comandante, buscaremos hasta el fin del mundo si es necesario, con su permiso.
Comandante: Más les vale que lo encuentren.

El comandante dio un golpe en el escritorio y dijo lo siguiente:
Comandante: Maldita sea: si don Miguel se entera de esto, se va enojar muchísimo, hasta puede hablarle a mis superiores, ¡maldita sea!

Unos días más tarde, don Miguel se reunió con sus hombres.

Don Miguel: ¿Cómo es posible que no lo hayan encontrado? ¿Qué clase de trabajadores son ustedes? Son todos unos inútiles, mi hijo no puede estar muy lejos. ¡Sigan buscándolo!
Ramón: Patrón, me temo que su hijo se haya ido del pueblo, falta uno de los caballos.
Don Miguel: ¿Y ahora tú me dices eso, pedazo de carne con ojo? Te voy azotar por eso.
Ramón: Pero, patrón, yo estaba buscando a su hijo junto con el Mole, ¿cómo iba a saber lo que pasaba en las caballerizas? Cuando regresamos de la búsqueda y fuimos a dejar nuestros caballos, me di cuenta de que faltaba un caballo, es muy posible que su hijo se lo haya llevado.

Don Miguel: Está bien, te creo, pero la próxima vez que no me digas nada enseguida, ya sabes lo que te pasará, y ahora ve y reúne unos cien hombres y que busquen a mi hijo hasta debajo de las piedras.
Cojo y Ramón: Sí, patrón. Vámonos, muchachos. Ramón, trae cincuenta de tus mejores hombres; y tú, Mole, tus hombres, ya sabes lo que tienen que hacer.

En Santiago. El Padre ofrecía una misa.

Padre Romero: Decía el apóstol Juan: "Porque tanto amó Dios al mundo, que dio a su Hijo, al unigénito, para que todo el que cree en Él, no perezca, sino que tenga vida eterna".
Jonás despertó y escuchó el murmullo de la misa, logró pararse y con mucha dificultad llegar hasta la capilla. Desde atrás de una puerta se quedó escuchando la misa del padre Romero. El sacristán Sebastián se dio cuenta de su presencia y le dio un codazo al padre para que mirara a Jonás. Como el cura sigue con la misa, Sebastián volvió a darle otro codazo, para que mirara a Jonás.

Sebastián: Padre, padre, padre Romero. (Tono un poco alto).
Padre Romero: ¿Qué te pasa, Sebastián?, ¿cómo me interrumpes en el medio del sermón?
Sebastián: Padre, mire a Jonás.
Padre Romero: ¿Dónde, hijo?
Sebastián: Ahí, padre, detrás de la puerta.
Padre Romero: Perdón, mis feligreses, regreso en un momento.

El padre se dirigió a donde estaba Jonás.

Padre Romero: Jonás, ¿qué haces levantado?, puede ocurrirte algo, todavía no estás en condiciones.

Las personas de la iglesia se iban sorprendidas al ver a aquel muchacho que había sido adoptado por el padre Romero.

Padre Romero: Sebastián, sigue el sermón, déjame llevar a Jonás a su habitación.
Sebastián: Pero, padre, ni siquiera me acuerdo de qué hablaba usted.
Padre Romero: No te preocupes, háblales de cualquier cosa de la Biblia.
Sebastián: Está bien, padre.

Sin saber lo que iba a decirles a los feligreses, Sebastián cogió un libro equivocado creyendo era la Biblia y empezó a leer algo que no estaba relacionado con nada de la Iglesia.

Sebastián: Queridos feligreses, aquí dice… (Y pensó "¿Y qué apóstol es este, disque Antonio?, y aparte usa pistola, uhm, bueno, amén, deja leer"). Antonio sacó la pistola que estaba en el chaleco y empezó a disparar a todo el mundo en la cantina.

La gente reía, se había dado cuenta de que el sacristán había agarrado el libro equivocado.

Padre Romero: Ven, hijo, descansa, debes recuperarte.

Sebastián llegó a la habitación.

Sebastián: Padre, qué trabajito me dejo usted, la gente solo empezó a reírse de mí.
Padre Romero: Sebastián, lo importante es que Jonás se esté recuperando poco a poco, tráele algo de comer.
Sebastián: Sí, padre.
Padre Romero: Hijo, ¿cómo te sientes?

Jonás: Mejor, aunque me duele mucho la cabeza, dígame por favor quién soy, qué hago aquí y cómo llegue aquí, no recuerdo nada.

Padre: Jonás, te voy hablar la verdad, ya es hora de que sepas todo lo que ocurrió hace dieciocho años. Un día llegaste a la iglesia todo moribundo…

El padre comenzó contarle a Jonás toda la historia.

A otra parte del pueblo había llegado Cristóbal en un caballo, corría como un loco huyendo de su padre. Donde quiera que se paraba, todo el mundo le negaba la ayuda, no sabía qué hacer, hasta que al final vio la iglesia. Fue allí en busca de ayuda ya que todo el mundo se la había negado. Tocó la puerta.

Sebastián: ¿Desea algo, señor?
Cristóbal: Sí, necesito hablar con el padre.
Sebastián: Espere aquí un momento.
Cristóbal: No, no puedo esperar, ¿no se da cuenta de que estoy entre la vida y la muerte?, mi vida corre peligro, tengo que hablar con él urgente.
Sebastián: Tranquilícese, señor, traeré al padre ahora.
Padre Romero: ¿Quién es, Sebastián?
Sebastián: Es un señor dice que la vida y la muerte están en peligro, que tiene que hablarle urgente.
Padre Romero: ¿Que la vida y la muerte corren peligro? Sebastián, ¿tú oíste bien, o será algún borracho?, déjame ir a ver.
Padre Romero: Sí, señor, ¿en qué puedo servirle?
Cristóbal: Padre, ayúdeme, por favor, enciérreme aquí por unos días, que nadie sepa de mi presencia.
Padre Romero: Tranquilo, mi hijo, ¿por qué estás así?, ¿quién eres?
Cristóbal: Soy Cristóbal Batista, el hijo de don Miguel Batista. (Suspenso).

Padre Romero: ¿Qué? ¡El hijo de Satanás!, ¡fuera de aquí! Has de ser igual que él, ¡fuera!
Cristóbal: ¡Padre, padre!, ¡no, por favor! Yo no soy igual, vengo huyendo de él, he sufrido bastante por sus maldades. ¡Por favor ayúdeme, padre!, usted es la única persona que me puede ayudar, le diré todo lo que mi padre ha hecho conmigo. Si después de escucharme, desea echarme de la casa de Dios, hágalo, y me iré.
Padre Romero: Está bien. Habla entonces.

Con lágrimas y odio por cada palabra que le contaba al padre, Cristóbal relató toda su vida negra, desde que era un niño, y narró lo que don Miguel le había hecho con su hija. Sentía como si todo hubiera pasado el día anterior.

Santo Domingo.

Don Miguel: Pilar, Pilar.
Pilar: Dígame, señor
Don Miguel: Saca mi mejor ropa, tengo que ir a una fiesta que me tiene el comandante hoy, me imagino que asistirán todos los altos funcionarios del gobierno.
Pilar: Sí, señor, ahora mismo lo hago.

Mientras tanto, en la cabaña del bosque…

Reo: Señora, creo que ha llegado la hora de que me marche. Usted y su hija han sido muy amables conmigo. No olvidaré esto nunca, de veras muchísimas gracias. Ah, una última pregunta, ¿cuál es su nombre?, nunca me lo dijo.
Curandera: Es verdad, aunque usted tampoco ha dicho el suyo. Mi nombre es Teresa, pero todos me dicen la curandera.
Reo: ¡Tiene usted un nombre muy lindo, Teresa, qué bonito!, pero la gente tiene razón al llamarla la curandera, usted es la mejor, con sus remedios me ha dejado como nuevo. ¿Y su hija cuál cómo se llama?

Teresa: Larissa.

Reo: Pero ¡qué buen gusto!, ¡qué bello nombre también!, parece como de Rusia. El mío es Fausto Guzmán Aragón. Bueno, llegó la hora de irme.

Teresa: Oiga, pero usted no se queda atrás, ¡ese nombre es tan varonil! Fausto Guzmán Aragón, y ese apellido no es muy común que digamos.

Fausto: Así es, mis padres vinieron de España, y creo que soy el único Guzmán Aragón que queda vivo si mi hijo no está vivo. Bueno, no las molesto más con mis cosas, hasta pronto y gracias de nuevo.

Teresa y Larissa: Adiós, que le vaya muy bien, señor Fausto.

Larissa: ¿Sabes, mamá? Ese señor me da mucha ternura, parece un hombre bueno, nunca hizo nada que nos hiciera sentir mal. Espero que pueda encontrar a su hijo. Y tú no me engañas, te vi mirándolo con unos ojos que nunca había visto en ti. (Ríe). Cuidado contigo, mamá.

Teresa: ¡Ay, hija, tú y tus cosas! Y sí, espero que pueda encontrar a su hijo.

Al recinto militar los guardias regresaban sin ninguna noticia para el comandante acerca del reo que se había escapado.

Guardia: Mi comandante, nada, no lo encontramos por ninguna parte. Buscamos hasta debajo de las piedras, pero parece ser que el reo murió. En una de las barrancas encontramos un deslizamiento y este zapato, el mismo que usan los reos, y esa barranca es demasiado alta y peligrosa, no hay forma de salvarse, ni siquiera para buscar hay cómo bajar.

Comandante: Vale más que así sea, porque si ese hombre está vivo, todos ustedes, escúchenme bien, a todos los meteré en el calabozo, y ahora lárguense a su puesto, y no quiero que nadie me moleste, estaré en mi casa dándole una fiesta a don Miguel.

Guardia: Sí, mi comandante, como usted ordene.

Llegó la noche. El comandante recibió en su casa a don Miguel, quien había creído que encontraría allí a altos funcionarios.

Comandante: Bienvenido, don Miguel, estas son su casa y su fiesta. Llévate el sombrero y la capa de don Miguel. Venga por aquí, mi amigo.

Don Miguel entró a la sala esperando ver a todos esos políticos, pero se encontró con varias prostitutas hermosísimas, que iban a estar a su disposición.

Don Miguel: Pero mi comandante, ¿qué es esto?, yo esperaba otra cosa.
Comandante: ¿Qué cosa, mi amigo?
Don Miguel: Esperaba encontrar ministros y funcionarios del gobierno central.
Comandante: ¡Pero mi querido amigo!, esta es una fiesta exclusiva para usted. ¿Acaso cree que esos ministros y funcionarios le harán pasar mejor rato que estas hermosas muchachas?
Don Miguel: (Ríe). Tienes razón, Pérez, estas mujeres están para comerse.
Comandante: Así me gusta, mi amigo, todas son suyas, están a su disposición, elija la que usted quiera.

Don Miguel, con una sonrisa pícara y sobándose la barbilla, agarró a dos de ellas y se las llevó a una habitación.
En Santiago.

Padre Romero: Creo que has sufrido más que nosotros, hijo, perdóname por lo que te voy a decir, pero tu padre es el mismo Satanás aquí en la Tierra.
Cristóbal: ¿Y crees que no lo sé? No entiendo cómo mi padre puede ser tan malo.

Padre Romero: ¡Ay!, he dejado mucho tiempo solo a Jonás. Disculpa, regreso en un rato.
Cristóbal: Gracias, padre, le agradezco de todo corazón, vaya tranquilo, aquí lo espero.
Padre Romero: Jonás, perdona, hijo, es que llegó alguien inesperado.
Jonás: No se preocupe, padre, estoy un poco mejor, el dolor de cabeza se me ha ido, Sebastián me trajo de comer.
Padre Romero: Por cierto, ¿dónde está Sebastián?
Jonás: No sé, padre, solo me dijo que se iba recostar, que se sentía con un poco de fiebre.
Padre Romero: ¡Con que fiebre!, yo sé cuál es la fiebre, cada sábado le toca bañarse, disque por una promesa que hizo, pero ya le ha dado de un tiempo a acá que todos los sábados tiene fiebre y se acuesta temprano, no le gusta bañarse, con lo deliciosa que es el agua.
Jonás: Es que es una desgracia para Sebastián.
Padre Romero: ¿Que bañarse es una desgracia? Imposible.
Jonás: Para Sebastián sí. (El padre Romero y Jonás se ríen a carcajadas).
Padre Romero: ¿Sabes, hijo? Hay un hombre que necesita de nuestra ayuda, se quedará aquí algún tiempo, espero que no te moleste que se quede a dormir aquí en tu cuarto.
Jonás: Padre, por supuesto que no, ¿y quién soy yo para decidir nada aquí? Yo le agradezco todo lo que usted ha hecho por mí, eso quiere decir que todo lo que usted decida está bien, además esta es su casa.
Padre Romero: Gracias, hijo, sabía que podía contar contigo, lo traeré. Ahora ve y busca una almohada y una cobija para él.
Jonás: Sí, padre.
Padre Romero: Cristóbal, ven, te llevaré ala que será tu habitación, también es la habitación de Jonás, él no está todavía cien por ciento bien de salud, se está recuperando y también ha sufrido como tú, por la misma causa.

Cristóbal: ¿Cómo, padre?, ¿también mi padre tiene que ver con ese muchacho?
Padre Romero: Todas las desgracias de este pueblo tienen que ver con tu padre.
Cristóbal: ¡Qué vergüenza, padre! No me atrevo a entrar a la habitación de ese muchacho, me odiará cuando sepa que soy hijo de don Miguel.
Padre Romero: Calma, hijo, él no sabe nada, ni siquiera sabe quién es don Miguel, ni quién lo maltrató. Además tú no eres culpable de lo que hace tu padre.
Cristóbal: Padre, ¿por qué Dios me castiga de esta manera? ¿Por qué tuve que ser hijo de ese demonio?
Padre Romero: Así es el mundo, hijo, Dios no castiga, solo el mundo es así, y no todo es color de rosa.

Mientras Don Fausto caminaba por el bosque, vio un caballo amarrado a un árbol, miró para todos lados y no vio a nadie, lo desamarró, montó y salió huyendo. Era el caballo de Silverio, uno de los hombres de don Miguel, que estaba haciendo el amor con una de las esclavas. Silverio llegó a ver que le robaban el caballo y voceó "¡Ey, ladrón, detente!", pero se quedó pensando un poco, como si hubiera visto antes a aquel hombre, aunque no se acordaba. Silverio llegó a la finca de don Miguel y le contó al Mole lo que había pasado.

Silverio: Mole, me han robado el caballo.
Mole: ¿Qué dices? Eso te costará una semana en el calabozo y cien azotes, ya sabes cómo es don Miguel.
Silverio: No, Mole, déjame explicarte cómo sucedieron las cosas. Había un hombre tratando de llevarse a una de las esclavas, y yo lo perseguí hasta que él dejó a la esclava tirada. Yo me desmonté del caballo y fui a levantar a la muchacha, que estaba en el suelo, y cuando me di cuenta era muy tarde: ya alguien estaba montado en mi caballo y salió como alma

llevada por el diablo. Pero yo he visto a ese hombre antes, sí, sí, sí, ya me acuerdo: fue el hombre que trajimos desde Santiago, aquel a cuya familia matamos y cuyas cosas quemamos. Don Miguel en su momento mandó a encerrarlo.

Mole: Sí me acuerdo de él, fue quien agarramos con su hijo, ¿no?

Silverio: Pues el mismo, estoy seguro, ahora lo recuerdo bien.

Mole: No puede ser, ese hombre está preso de por vida, ¿cómo él te va a robar el caballo, si está preso?

Silverio: Te lo juro, Mole, era él, nunca olvido un rostro.

Mole: Más te vale, Silverio, que me estés diciendo la verdad, tengo que comunicarle esto a don Miguel, porque si estás en lo cierto, creo que el comandante tendrá problemas serios con don Miguel y hasta puede perder el puesto.

En la cabaña del bosque.

Larissa: Mamá, estoy cansada de estar aquí, escondida del mundo, ¿qué hice yo para estar aquí toda mi vida? Nunca he ido al pueblo, estoy harta de estar entre árboles, hierbas, animales. Quiero salir, ya no aguanto más, necesito conocer gente, me estoy volviendo loca en este bosque ocultándome de no sé qué.

Teresa: Larissa, creo que ha llegado la hora de decirte la verdad, ya estás muy grande y debes conocer por qué te he tenido aquí tanto tiempo y ocultándonos de la gente. Cuando tú naciste…

Teresa le relató todo lo que había sucedido desde su nacimiento hasta ese momento.

Mole: Patrón, tengo que comunicarle algo muy grave.
Don Miguel: Ahora no, Mole, estoy cansado, déjame solo.

Mole: Pero, patrón, cuando le diga lo que es, a usted se le quitará el cansancio.
Don miguel: ¿A ver?, habla rápido.
Mole: ¿Recuerda el hombre que trajimos de Santiago hace dieciocho años, el que se mandó a encerrar de por vida en la cárcel?
Don Miguel: He encerrado a tantos que no sé de quién me hablas.
Mole: Del hombre de aquellas tierras inmensas en Santiago, quemamos todas sus propiedades y matamos a su familia, usted le había dicho al comandante Pérez que era muy peligroso y había que encerrarlo de por vida.
Don Miguel: Ah, sí, ya, me acuerdo. ¿Qué con él?, ¿acaso ya se murió?
Mole: Uno de mis hombres asegura que lo vio robándole el caballo y que se dio a la fuga.

Don Miguel, muy furioso, dio un golpe en la silla y la tiró.

Don Miguel: ¡¡Cómo que se ha escapado!? Busca al comandante inmediatamente, ¡maldita sea!, ¡estos inútiles guardias!

En la cabaña del bosque, Teresa seguía contándole a Larissa toda la verdad.

Teresa: Y eso es todo, hija. (Teresa lloraba contando la historia).
Larissa: Entonces quiere decir que tú no eres mi madre. ¿Y dónde está mi padre? ¿Por qué nunca ha venido a verme?
Teresa: No sé, hija, no sé qué ha sido de él. La última vez que supe de él, tu abuelo lo había encerrado en el calabozo por él haberse metido con una esclava.
Larissa: Iré a buscarlo, debo saber qué pasé con mi padre, necesito saber, mamá. Tú dices que mi padre me quería cuan-

do nací y que se peleó con su papá por mi mamá; y yo debo encontrarlo, quizás él piensa que estoy muerta.

Teresa: No, hija, es muy peligroso, si tu abuelo se entera de que tú vives, te matará, y a mí también.

Larissa: ¿Entonces qué hago?, no nos podemos quedar con los brazos cruzados, quiero saber de mi padre.

Teresa: Ya llegará el momento adecuado, hija, y nos vengaremos de tu abuelo.

Larissa: ¿Sabes, mamá?, la única madre que he conocido eres tú, aunque no culpo a mi madre que me parió, seguro ella me quiso mucho al verme nacer, la recordaré con mucho cariño, pero a ti te amo con toda mi alma.

Se abrazaron llorando las dos.
Iglesia del padre Romero Santiago.

Jonás: ¿Así que eres Cristóbal? ¿Sabes, Cristóbal?, el padre Romero ha sido más que un padre para mí, es el hombre más bueno que existe en la Tierra.

Padre Romero: Vamos, hijos, no es para tanto, no digas esas cosas, que después me lo creo. (Ríe).

Cristóbal: Tú tienes razón, Jonás, el padre aun sabiendo quién soy me ha dejado quedarme, es un alma de Dios.

Padre Romero: Tú también, Cristóbal. Me van a poner sentimental ahora.

(Todos ríen).

Santo Domingo

Comandante: ¿Me mandó llamar, mi amigo don Miguel?

Don Miguel: ¡Qué amigo ni qué amigo, si me has traicionado!

Comandante: ¡Pero don Miguel!, ¿en qué lo he traicionado? No comprendo nada.

Don Miguel: Sí que comprendes, me dijiste una vez que aquel preso de Santiago nunca saldría de la cárcel. Me dijeron mis hombres que lo vieron escapando en el bosque.

Comandante: Cálmese, don Miguel, es cierto que se escapó por culpa de unos idiotas guardias, pero he mandado más de doscientos de mis hombres a buscarlo por todo el país, lo voy a traer vivo o muerto.

Don Miguel: Más te vale que aparezca, si no, ve despidiéndote de tu puesto. Ya lárgate y ve a buscarlo.

Comandante: Don Miguel, ¿qué pasa, ya no somos amigos?, ¿por qué me tratas así?, lo he ayudado en todo, nunca le he fallado en nada, y por un simple reo que se escapó, me trata tan mal.

Don Miguel: Tú no sabes lo que significa ese reo suelto, es una amenaza para mí, es el hombre más poderoso de Santiago.

Comandante: Me voy ahora mismo, pondré cien hombres más a buscarlo.

Don Miguel pensó: "¡Inútiles!, estos guardias no tienen cerebro, vestidos de mamarrachos con pistola".

Don Fausto corría en el caballo por el bosque sin parar, solo se detenía en algunas casas de aledaños para preguntar la vía a Santiago ya que nunca había viajado por el bosque.

En la iglesia en Santiago, el padre Romero iba a celebrar una misa.

Sebastián: Una limosna para los pobres, una limosna para los pobres, una limosnita para los pobres, venga, señor, no sea tan agarrado, señor alcalde, ¿cómo que dos centavos?, échele un peso, no sea codo.

Alcalde: (Enojado). Uhm, pero esto es insólito, ni en la iglesia tienen compasión con uno.

Sebastián: Usted no la tiene con nadie, una limosna por favor para los pobres, una limosna.

Desde una de las puertas de la iglesia, Jonás y Cristóbal se reían con las ocurrencias de Sebastián.

Jonás: Cristóbal, este Sebastián es como un mosquito.
Cristóbal: ¿Un mosquito?, ¡es una avispa!, ¡mira cómo le dejó la cara a ese señor! (Ríe).

Al fin Fausto llegó a Santiago a su finca. El lugar estaba muy diferente a como era antes, estaba lleno de esclavos y de hombres de don Miguel. No se acercó mucho para evitar ser descubierto. Fausto, triste y melancólico, solo rogaba poder encontrar a su hijo, no tenía ni la menor idea de por dónde buscar, pensó empezar por el mismo camino en el que lo habían agarrado y ver si encontraba algo.

Fausto: Ese maldito de don Miguel… me la vas a pagar algún día.

En la cantina de don Pepe algunos de los hombres de don Miguel se emborrachaban y comenzaban referirse a todos los rumores que se escuchaban en la finca de don Miguel. Uno de ellos le decía a otro:

Hombre 1: Si supiera, hermano, que don Miguel va a mandar a quitar al comandante si no hace una cosa urgente, según oí.
Hombre 2: Pues yo, compadre, no he oído nada, y no digo nada, ni me interesa decir nada.

El comandante entró a la cantina cuando esos dos hombres estaban hablando y alcanzó a escuchar lo que se decía acerca de él y don Miguel.

Comandante: ¿Con que don Miguel tiene algo para mí, eh? Dime, o te mato como a un perro ahora. Dime qué es lo que don Miguel me va a hacer a mí.

Hombre 1: Nada, nada, comandante, solo estábamos haciendo un cuento de otro comandante y de otro don Miguel, que viven lejos, por allá lejos.

Comandante: Sargento, lléveselos a los dos y les da quinientos azotes, hasta que hablen la verdad.

Hombre 2: Espere, comandante, yo le diré, pero por favor no nos lleve presos.

Comandante: Pues habla entonces ahora.

Hombre 2: Sí, sí, le voy a decir lo único que yo sé, o sea lo que oí entre los muchachos. Uno de los muchachos escuchó que don Miguel, cuando usted salió de la casa de él, se puso a estrellar todo y a romper cada cosa y gritaba que si usted no encontraba a un preso, iba a ir al gobierno central, que con su dinero podía comprar a cualquier funcionario, para que a usted lo degradaran de comandante y lo mandaran a cortar cana junto a los esclavos. Eso es lo único que sé.

Comandante: Sargento, llévese a este también una semana preso.

El comandante se quedó pensativo al enterarse de cuál era la intención de don Miguel si no encontraba al reo. Al mismo tiempo las demás personas que estaban en la cantina se quedaron mirando al comandante con mucho miedo porque no se sabía lo que iba a pasar.

Comandante: ¿Qué?, ¿qué me miran?, ¿soy un muerto?, ¿por qué tienen esas caras de espantapájaros?

Don Pepe, el dueño de la cantina, pensó: "No eres un muerto ahora, pero si no encuentras lo que don Miguel anda buscando, lo será pronto. Cara de espantapájaros la tendrás tú, guardia abusador".

Larissa: Mamá, si no podemos ir al pueblo, ¿por qué no nos vamos de aquí?, ya estoy harta de este encierro, necesito conocer gente, vivir entre las personas, esto me ahoga.
Teresa: ¿Y adónde iremos?, no conozco más lugares.
Larissa: No sé, pero podemos irnos para ese mismo lugar donde se fue el señor Fausto, así estaremos lejos de aquí.
Teresa: No lo sé, hija, nunca he salido de aquí, tengo miedo, no conozco ningún lugar. Además no tenemos en qué irnos.
Larissa: No importa, solo vámonos a otro lugar donde no haya gente tan mala como la que hay en el pueblo de aquí, según tú me has dicho.
Teresa: Siempre había escuchado que en el pueblo de donde es Fausto, las personas son diferentes, muy buenas, pero no conozco a nadie, no sé ni a dónde vamos a llegar, tampoco tenemos dinero… Pero tienes razón, prepara tus cosas, salimos mañana temprano.
Larissa: Gracias, mamá, gracias, al fin nos vamos de aquí. Voy a extrañar este lugar, pero me quiero ir.

Larissa se puso a bailar y a cantar de la alegría.
En Santiago todos dormían, Cristóbal estaba teniendo la misma pesadilla que lo atormentaba siempre: el nacimiento de su hija, la muerte de su amor María y el momento en que su padre le quitaba a su hija.

Cristóbal: (Entre sueños). No, no, no te la lleves, déjala, no me la quites, papá, no, papá, no te la lleves.
Jonás: Cristóbal, despierta, ¿qué pasa?, estás soñando.
Cristóbal: Jonás, perdona. Es que este sueño me atormenta cada día más, el no saber qué paso con mi hija es algo que llevo clavado, me está matando. ¡Cuánto daño me ha hecho mi padre!

Jonás: ¿Y quién es tu padre?

Cristóbal: Un hombre que no tiene piedad con nadie, Miguel Án…

Jonás: ¿Quién? ¿Acaso es el mismo hombre que el padre Romero dice que ha hecho mucho daño, el mismo que me ha quitado todo, dieciocho años de mi vida?, ¿por qué no me dijiste eso antes? Debes ser igual que él de malvado. ¿Qué haces aquí?, ¡vete!

Padre Romero: ¿Qué pasa?, ¿por qué estás hablando tan alto, Jonás?

Jonás: Padre, ¿por qué me ha engañado?, ¿cómo mete al hijo de quien me ha desgraciado la vida junto conmigo aquí?

Padre Romero: Hijo, cálmate, Cristóbal ha sido una víctima al igual que tú de la maldad de su padre. Vino aquí huyendo de su padre, quien le quitó a su hija recién nacida, y no se sabe qué hizo con ella, encerró a Cristóbal, a su propio hijo, en un calabozo por dieciocho años, también ha sufrido como tú, hijo, él ni siquiera sabe si su hija vive, y eso lo atormenta mucho.

Cristóbal: Perdóname, Jonás, no he querido hacerte daño.

Jonás: No, Cristóbal, discúlpame tú a mí, no sabía lo que te había sucedido, pero espero comprendas mi odio contra tu padre.

Cristóbal: No solamente eres tú, Jonás, quien odia a mi padre, hay mucha gente que lo detesta, y yo también, no quiero saber de él, creo que hasta el padre Romero que no está supuesto a odiar a nadie, debe odiarlo.

Padre Romero: Uhm, yo no debo odiar a nadie, el odio no está en el Reino de Dios, yo solo creo que lo que es de Dios es de Dios, y lo que es de Satanás es de Satanás. Y lamentablemente, Cristóbal, tu padre es del fan club de Satanás, perdóname, pero es la verdad.

Cristóbal: No se preocupe, padre, entiendo sus razones y estoy de acuerdo con ustedes.

Padre: Ahora que está todo aclarado, vamos a dormir, que ya es tarde y tengo que ofrecer misa muy temprano.
Jonás: Perdona, Cristóbal. (Se dan la mano).

Las 6 de la mañana, el canto de los gallos despierta a Teresa y a Larissa.

Teresa: Hija, despierta, ya es de mañana, es hora de irnos. Vamos, despierta antes de que me arrepienta.
Larissa: Mamá, otro ratico, déjame dormir un poquito más.
Teresa: No, no hay tiempo que perder, el viaje es largo, y ni sabemos qué camino vamos a coger, la suerte es que nos iremos con Gertrudis.
Larissa: ¿Y quién es Gertrudis?
Teresa: La burra que me prestó la comadre Chencha. Mientras tú dormías fui a buscarla, no quería que nadie me viera, recuerda que nadie puede saber de mí y mucho menos de ti.
Larissa: ¿Te la prestó? ¿Y cuándo piensas devolverla?
Teresa: *(Ríen las dos)*. Yo creo que nunca, ah, pero no te preocupes, mi comadre está muy viejita, ya ni la usa a Gertrudis. Vamos, párate, dormilona.
Larissa: Está bien, mamá, ya, ya.

Mientras tanto, en la finca de don Miguel.

Don Miguel: Cojo, ¿qué ha pasado? ¿No hay noticia todavía de mi hijo?
Cojo: No, señor, todavía los hombres siguen buscándolo, solo hubo alguien que dijo que vio un hombre a toda velocidad a caballo rumbo al Norte, pero no sabe decir quién era.
Don Miguel: Entonces que la mayor concentración de hombres lo busque en el Norte, ese debió ser mi hijo. ¿Y cuándo fue eso, que vieron el hombre a caballo?
Cojo: Ayer.

Don Miguel: ¡Estúpido!, si fue ayer, no pudo ser mi hijo, mi hijo ya hace varios días que se fue, por eso ustedes nunca van a pasar de ser peones, tienen la cabeza hueca, lárgate y tráeme una noticia que valga la pena.
Cojo: Sí, patrón, disculpe.
Don Miguel: ¡Ya vete, Cojo! ¡Pilar!
Pilar: Sí, señor.
Don Miguel: Me lleva la comida a mi habitación y que nadie me moleste, absolutamente nadie, me duele la cabeza. También me hace un té de esos que tú sabes hacer.
Pilar: Sí, señor, como usted ordene.
Comandante: Sargento, ¿no hay noticia del reo que escapó?
Sargento: No hay noticia concreta, solo un hombre que dijo ver a otro hombre como alma llevada por el diablo, que a caballo se dirigía hacia el Norte.
Comandante: Manda un aviso al teniente Ramiro, que desplieguen cincuenta hombres en esa dirección.

Medio preocupado por no saber nada del reo que se había escapado, el comandante estaba tenso porque nos sabía qué decirle a don Miguel.

Mientras, estaba oscureciendo. Fausto estaba cansado de tanto cabalgar, alcanzó a ver un albergue, donde decidió pasar la noche. Cuando llegó, se dio cuenta de que era una posada de prostitutas, ahí descansaban y tomaban todos los viajeros que iban camino al Norte.

Mujer 1: (Voz sensual). ¿En qué podemos servirle, caballero?
Fausto: Quisiera pasar la noche aquí, necesito descansar, pero hay un inconveniente: no tengo dinero. Puedo hacer lo que desee: limpiar cuando todos se vayan a cambio de que me dejen dormir esta noche solamente.
Mujer 1: Espere aquí, hablaré con la dueña.

La mujer se fue a hablar en secreto con su patrona y a explicarle lo que quería el señor. La dueña se acercó a Fausto.

Dueña: ¿Con que desea pasar la noche aquí y no tiene dinero?

Fausto: Así es, señora, estoy muy cansado, he trotado más de diez horas sin parar, necesito llegar a Santiago, haré lo que usted quiera, lo que me pida, a cambio de que me deje pasar esta noche aquí.

Dueña: ¿Sabes, bello?, creo que te quedaras aquí y no tendrás que hacer nada. Bueno, sí, solamente una cosa, ven.

Fausto, inocente de lo que la señora quería, fue detrás de ella sin pensarlo, las muchachas reían porque sabía adónde la dueña lo llevaba. Fausto no tuvo más remedio que complacerla, pero logró quedarse y descansar, además le dieron de comer, se lo veía muy bien con la señora, como si se conocieran de toda una vida.

Mientras, Larissa y Teresa acamparon a la orilla de un río, aunque tenían mucho miedo por no conocer el lugar ni tenían con qué taparse para dormir. El fluido del agua y el llanto de los animales hacían que aquella fuera para ellas una noche aterradora, pero lograron dormir. Muy tarde unos guardias pasaron por la posada, y uno de ellos alcanzó a ver un caballo amarrado.

Guardia 1: Mire, teniente, en la posada de Malta hay un caballo.

Teniente: ¿Y qué con eso?, donde quiera hay caballos.

Guardia 1: Sí, señor, ¿pero no se da cuenta de que es una posada de ese tipo de mujeres, y si hay un caballo, es porque hay un cliente?, y quién sabe si ese es el hombre que andamos buscando.

Teniente: Es verdad. Tú, tú y tú se van por la puerta de atrás, que no salga nadie; tú y tú, vengan conmigo.

Una de las mujeres se dio cuenta de que iban a entrar unos guardias y avisó rápidamente a la dueña.

Mujer 2: Doña Marta, despierte, ahí afuera hay unos guardias.
Fausto: ¿Qué? Me tengo que ir, me van agarrar, ¿por dónde salgo?
Marta: Cálmate. Escóndelo, Rocío, yo me encargo de los guardias.
Rocío: Venga por aquí.
Marta: Teniente, ¡cuánto tiempo hace que no nos visitaba! ¿Qué lo trae por aquí?
Teniente: Mira, Marta, no vengo en son de visita ni de cliente. ¿Dónde está el dueño de ese caballo?
Marta: Pues aquí me tienes.
Teniente: No me mientas, Marta, porque sé que no te gustan los caballos.
Marta: Es verdad, no me gustan, ¿pero qué quieres?, es mío.
Teniente: ¿Y cómo lo conseguiste?
Marta: Pues vino un cliente que no tenía dinero y quería una de las muchachas, y ese fue el pago.
Teniente: ¿Y crees que te voy a creer eso?
Marta: Pues créelo o no, ni me importa. Ni siquiera sé a qué viene a estas horas si no es a consumir.
Teniente: Mira, Marta, si descubro que me estás engañando, te voy a mandar a la guillotina.
Marta: Ya, ya está bueno, ¿qué es lo que quiere? ¿Qué te he hecho a ti y de qué te tengo que engañar? No entiendo nada, explícate.
Teniente: Escucha bien, no hace mucho escapó un reo muy peligroso y cada vez que está con mujeres cerca las mata, ¿te das cuenta?, les corta el cuello, es muy peligroso. Si sabes algo, avísame de una vez.

Marta: ¿Y cómo es ese hombre?, porque aquí vienen muchos, y no sabría decirte si ha venido.
Teniente: Pues es un tipo… (Lo describe con imágenes que coinciden con Fausto).

La descripción que le iba dando el teniente cada vez era más parecida a la de Fausto, pero Marta tenía un presentimiento: que Fausto no era ese hombre asesino.

Teniente: ¿En qué te quedas pensando, Marta?
Marta: En nada. Bueno, sí, estaba pensando que las mayorías que vienen aquí son guardias y gente vieja, pero la verdad no he visto a nadie con esa descripción. (Los guardias gimen sin creerle a Marta).
Teniente: Bueno, estás advertida. Si lo ves, no lo pienses sino en avisarnos, es muy peligroso.
Marta: Sí, está bien, estaremos atentas si pasa por aquí.

Los guardias y el teniente se fueron de la posada, una de las muchachas quedó vigilando hasta que se marcharan definitivamente.

Marta: Rocío, ¿dónde está?
Rocío: En el lugar que usted sabe.
Marta: Tráelo inmediatamente, no, mejor llévalo a mi habitación, tengo que hablar con él urgente. Ustedes estén atentas, por si me pasa algo.
Mujer2: Pero, señora, ¿él es una persona mala?
Marta: Espero que no, con todo el corazón espero que no.
Rocío: Aquí está el señor.
Marta: Gracias, Rocío, ahora sal y déjanos solos, espera afuera junto a las demás. (A Fausto). ¿Por qué nunca me dijiste que te habías escapado de la cárcel?
Fausto: Nunca me preguntaste ni siquiera de dónde venía, pero te voy a contar todo, has sido muy buena conmigo y quie-

ro ser justo contigo. Si después de contarte me quieres echar, lo puedes hacer.

Fausto empezó a contarle toda la verdad a Marta. Afuera de la habitación, las mujeres se preguntaban qué estaba pasando, ya llevaban más de una hora ahí. Después de un largo rato, al fin salió Marta.

Marta: Muchachas, ¿todavía están aquí? Ya váyanse a descansar, es muy tarde.
Las muchachas: ¡Ay, por fin, nos morimos del sueño!
Fausto: Perdona, señora, me introduciré formalmente, mi nombre es Fausto Guzmán.
Marta: ¿Con que Fausto Guzmán? Lindo nombre, suena como de un hombre culto, rico, de mucha importancia. Pero bueno, te iba a decir que también yo soy víctima de ese desgraciado de don Miguel. Por culpa de él estoy aquí como una prostituta. Él me maltrataba mucho, gozaba de mí, yo era su criada, un día me agarró a la fuerza y me violó. Al poco tiempo me di cuenta de que estaba embarazada, y cuando él se dio cuenta, me encerró para que nadie supiera que don Miguel iba a tener un hijo con su criada, me golpeaba, hacía de mí lo que él quería, solo me utilizaba para tener sexo. Cuando mi hijo nació, me echó de la casa, regó en el pueblo que yo era una ladrona, me quitó a mi hijo y me amenazó con que si algún día decía algo, nos iba a matar a mí y a mi hijo. Desde entonces no sé qué pasó con mi hijo, creo que murió, estaba muy enfermo cuando nació. Supe que tuvo otro hijo. Nadie quiso aceptarme en el pueblo, todos pensaban que era una ladrona, como había dicho él. Tuve que irme, hasta que vine a parar aquí, a esta posada, donde la dueña me dio albergue, pero ya ves a qué precio. Doña Agustina fue la dueña de todo esto, me quiso como una hija y antes de morir me dejó esto. Sé que este no es un trabajo digno, pero me acostumbré, no tenía otra

cosa que hacer, y nadie quería saber de mí. Sé que Dios nunca me perdonará, porque me dediqué a la mala vida.

Fausto: No digas eso, Marta, la vida es una ruleta, no todos somos bienaventurados en este mundo, tampoco tienes la culpa de que el destino te haya conducido a esto. Además, lo que se lleva en el alma es lo que vale, y en tu corazón no eres así.

Marta: Juré que algún día él me la pagará, pero es demasiado poderoso.

Fausto: Ve y acuéstate, Marta, estás muy cansada es tarde, mañana me iré temprano, no quiero ocasionarte problemas.

Marta: Es cierto, pero por favor no te vayas sin despedirte de mí. Que duermas bien, Fausto.

Fausto: No me iré sin despedirme. Que descanses, Marta.

Mientras, en el bosque a las orillas de un río.

Teresa: Larissa, Larissa, despierta, ya amaneció.

Larissa: Otro ratico, mamá, por favor, cinco minutos nada más.

Teresa: Los mismos cinco minutos de siempre, que se convierten en media hora; no, no, esta vez no, levántate, que tenemos mucho camino que recorrer. Vamos, haragana.

Larissa: ¡Ay, mamá, por favor!, déjame diez minuticos más.

Teresa: ¿Qué? Vamos, levántate, sinvergüenza, que viene un lobo y te va a comer.

Larissa: ¡Ay, cómo que un lobo!, ¿dónde está? ¡Corre, mamá!, ¡dame un palo y corre!

Teresa: (Ríe). Es la única forma de levantarte, dormilona.

Larissa: ¡Mamá!, ¡no me asustes de esa manera!

Fausto fue a despedirse de Marta, pero la vio muy dormida y le hizo una nota que decía:

Querida Marta:

    Eres una de las mujeres más sinceras y buenas que he conocido. Permíteme darte las gracias de corazón por todo lo que hiciste por mí. No quise despertarte, ¡te ves tan bella cuando duermes! Te prometo que regresaré algún día para verte de nuevo; perdona que no me despedí de ti.

    Gracias de nuevo,

Fausto

Padre Romero: Sebastián, Sebastián, despierta, es hora de tocar las campanas.

Sebastián: (Habla durmiendo). Padre, vaya usted a tocarlas hoy, y yo doy la misa de las doce, estoy muy cansado, déjeme dormir.

Padre Romero: ¿Cansado? Cansado estoy yo, tengo que venir todos los días a despertarte para que toques las campanas. Pero está bien, no toques las campanas hoy, aunque, eso sí, te tendrás que bañar dos veces a la semana de ahora en adelante.

Sebastián: ¡Ay, no, padre! Está bien, voy a tocar las campanas ahora mismo, no me dé ese castigo.

Sebastián salió corriendo para cumplir la tarea encomendada.

Padre Romero: (Ríe). ¡Qué muchacho este!, ¡con lo sabrosa que es el agua!, yo no entiendo a Sebastián.

Don Miguel: Pilar, manda al Cojo a que me ensillen el caballo, quiero ir a cabalgar esta mañana por mi finca, hoy me siento como un hombre nuevo, dichoso, siento que pasarán cosas buenas.

Pilar: Sí, señor, ahora mismo le digo.

Pilar: Cojo, Cojo, levántate, que dice el señor que le ensille su caballo, que quiere pasear por el campo.
Cojo: Sí, Pilar, dígale al patrón que en unos minutos el caballo estará listo.
Pilar: Señor, ¿le traigo el desayuno antes de que se vaya a cabalgar?
Don Miguel: Sí, Pilar, tráemelo. (Abre sus brazos; se dice así mismo). No sé por qué me siento tan feliz hoy.

El Cojo ensillaba el caballo de don Miguel, pero al tener mucho sueño no lo estaba haciendo bien y dejó la silla mal amarrada.

Cojo: Patrón, buen día, aquí está su caballo.
Don Miguel: (Ríe). Cojo, ¿qué te pasa?, ¿volviste a beber? Mira cómo tienes la cara, el caballo se ve más bonito que tú. Anda vete a dormir.
Cojo: Está bien, patrón.
Don Miguel montó su caballo. Comenzó a cabalgar por su finca y cuando estaba pasando por la pocilga de los cerdos, la silla del caballo al estar suelta se resbaló, y don Miguel cayó. Comenzó a resabiar y llama a Pilar.

Don Miguel: Pilar, Pilar, Pilar.
Pilar: ¡Ay, señor!, ¿qué hace usted ahí?, ¿se cayó?
Don Miguel: Dile al Cojo que venga inmediatamente.
Pilar: Sí, señor.

Don Miguel quedó resabiando.

Pilar: ¡Cojo, Cojo!, despierta, ¿qué fue lo que hiciste?, el señor se cayó del caballo.
Cojo: ¿¡Cómo?!, se me olvidó amarrar la silla. Déjame ir rápido.

Pilar: Ay, Dios mío, que el señor no le vaya a hacer nada al Cojo.
Cojo: Patrón, déjeme ayudarlo.
Don Miguel: Maldito Cojo, ¿qué le hiciste a la silla?, ¿por qué no la amarraste bien? Mírame ahora cómo estoy. Yo, que me había levantado tan feliz; yo que creí que era una jornada de dicha para mí, pero solo un maldito Cojo como tú podía dañarme el día.
Cojo: Perdóneme, patrón.
Don Miguel: Pilar, que lleven al Cojo al calabozo y le den trescientos azotes por bruto.
Cojo: Patrón, tenga piedad de mí, por favor, piedad.
Don Miguel: Piedad, ¿eh? Mírame, ¿tuviste piedad de mí? Por estar bebiendo y emborrachándote no sabes lo que haces. Vamos, Pilar, llévate al jodido Cojo este. (Queda gruñendo).

Larissa y Teresa iban recorriendo poco a poco el camino que las llevaría a un nuevo destino. Las dos iban cantando, también paraban para preguntar a algunos campesinos que se encontraban en el camino por dónde quedaba el pueblo.

Jonás: Padre, quiero vengarme de lo que me hizo el tal don Miguel.
Padre Romero: Hijo, la venganza no es buena, hay que dejarle a Dios todas esas cosas, todo se paga aquí en la Tierra.
Jonás: Fueron dieciocho años perdidos, perdí mi niñez, ni siquiera sé quién soy, no sé quién es mi familia. Por favor no me pidas que no me vengue.
Padre Romero: Entiendo todo lo que has sufrido y sufres todavía, pero la venganza no conduce a nada bueno, además don Miguel es el hombre más poderoso que hay en el país, tiene cientos de hombres a su disposición, y tú eres uno solo, no podrás hacer nada aunque quieras, por favor piénsalo.
Jonás: Ya encontraré la forma de destruirlo a ese malvado.

Cristóbal: Padre, hola, Jonás, ¿cómo estás?
Jonás: Bien, Cristóbal, gracias.
Cristóbal: Padre, necesito hablar con usted.
Padre Romero: Sí, hijo, dime.
Jonás: Perdón, los dejo solos para que hablen.
Cristóbal: Gracias, Jonás, pero no es nada secreto; si quieres, puedes quedarte.
Jonás: Está bien, hablen tranquilos, iré con Sebastián, quiero salir a conocer gente en el pueblo.
Cristóbal: Bueno, como quieras entonces. Padre, quiero que me ayude, ¿se acuerda lo que le conté de mi hija: que mi padre me la quitó y se la llevó?
Padre Romero: Sí, claro que me acuerdo.
Cristóbal: Pues bien, necesito saber si aún vive. Creo que me siento mucho mejor, ya con fuerza de averiguar la verdad, me quema por dentro no saber nada de ella.
Padre Romero: Calma, Cristóbal, es una tarea muy difícil, debemos empezar por algún lugar y hacer un plan que nos ayude a saber si tu hija todavía vive.
Cristóbal: Lo sé, pero la duda me está matando poco a poco, ¿usted se imagina que mi hija aún esté viva? Quién sabe lo que estará pasando, rodando, pasando hambre, sufriendo… Todo esto me tiene mal. Y por otro lado temo lo peor.
Padre Romero: ¿Qué cosa?
Cristóbal: Que no esté viva.
Padre Romero: ¡Jesús y María Santísima! (Se persigna). No digas eso ni de relajo, Cristóbal, ten fe en Dios. Quizás tu hija esté viva y a lo mejor no está tan mal, pero debemos hacer algo para saber de ella. A ver, cuéntame todo desde el principio, tal vez podamos encontrar alguna clave o una respuesta que nos conduzca hacia ella.
Cristóbal: Está bien, ¿pero usted cree que servirá de algo?
Padre Romero: Es posible que sí.

Cristóbal comenzó a contarle todo lo que había sucedido aquella tarde en la cabaña de la esclava María, su gran amor...

Fausto seguía recorriendo en caballo el camino hacia Santiago, el animal estaba muy cansado, sediento y tenía mucha hambre, al igual que Fausto. Algunos lugares por donde pasaba como que le recordaban algo y sabía que había estado por allí, aunque ya todo estaba medio cambiado, habían pasado dieciocho años. De pronto vio unos frutales, se acercó y comenzó a comer con desesperación. También había una pequeña laguna, de donde pudo beber agua y darle al caballo; descansaron un poco. Luego apareció un hombre que alcanzó a ver a Fausto robándose las frutas, el hombre cayó atrás llamándolo "ladrón", pero Fausto estaba tan cansado que no quiso correr.

Hombre: ¡Ladrón!, ¡párese ahí!

El hombre logró atrapar a Fausto, y cuando sacó el machete para herirlo, se quedó sorprendido.

Hombre: (Asombrado). ¡Dios mío!, ¿qué estoy viendo? Es usted don Fausto, ¿verdad?
Fausto: ¡Emilio!, ¿eres tú? ¿Qué haces aquí?
Hombre: ¡No lo puedo creer!, pensé que estaba muerto. Venga, señor, déjeme ayudarlo. ¿Dónde ha estado?, ¿qué pasó con usted y su hijo? Cuando regresé de terminar de recoger el maíz, vi que todo estaba quemado, toda su casa, y vi el cuerpo de su esposa y de su madre, pero no lo vi a usted ni a su hijo. ¿Qué pasó con ustedes, don Fausto?
Fausto: ¡Ay, Emilio!, ¡no te imaginas lo que sucedió desde ese entonces! Huí con mi hijo, me caí, le dije a mi hijo que se fuera corriendo, y los hombres de don Miguel Batista me agarraron y me encerraron en un calabozo por dieciocho años, hasta que me pude escapar.

Emilio: ¿Cómo ha dicho?, ¿Miguel Ángel Batista? ¡Es el mismo hombre que se apoderó de sus tierras! Él dijo que había comprado todos sus terrenos y que usted quería robarle y por eso él se había defendido y quemado todo. Nos despidió a todos los que trabajábamos para usted, luego por eso vine para acá, a estas tierritas, y trato de sobrevivir con estos frutales.
Fausto: Pero dime algo, Emilio: ¿no sabes dónde está mi hijo? He pasado dieciocho años encerrado y tengo una angustia que me rompe el corazón, no sé nada de él, por favor, si sabes algo, dímelo.
Emilio: No, la verdad es que no, señor, no supe más de su hijo ni de usted, tampoco supe de ningún niño que haya muerto en ese tiempo.
Fausto: Eso me da un poco de alegría, es posible que mi hijo esté vivo, esos desgraciados solo querían robarme todo. No pude defender a mi pobre Elena ni a mi madre, pero te juro que ese hombre me la pagará.
Emilio: Don Fausto, puede contar conmigo, usted fue muy bueno con mi familia, y es lo menos que puedo hacer por usted, siempre fui su amigo y ahora más que nunca lo sigo siendo.
Fausto: Gracias, Emilio, agradezco tu gentileza.
Emilio: De nada, don Fausto, pero venga, déjeme ayudarlo, venga conmigo a mi rancho, para que descanse y se tome un caldito.
Fausto: Gracias de nuevo, Emilio.
Larissa: Mira, mamá, una casa. ¿Quién vivirá ahí?
Teresa: No sé, hija, pero vamos a averiguarlo, tal vez podemos pasar la noche ahí.

Larissa y Teresa ignoraban que ese lugar era una posada donde solo había prostitutas. Llegaron al lugar y tocaron la puerta.

Mujer 1: Buenas, ¿qué se le ofrece?

Teresa: Queríamos saber si podíamos pasar la noche aquí, venimos de muy lejos, estamos muy cansadas y hambrientas, y esta es la única casa que hemos visto en más de quince horas de caminata.
Mujer 1: Un momento, por favor. Doña Marta, ahí afuera hay unas personas que desean pasar la noche aquí, debe ir a hablar con ellas.
Marta: Rocío, diles que si traen dinero, no hay ningún problema.
Rocío: Ay, doña Marta, no creo que tengan nada, se ve que la han pasado muy mal.
Marta: ¿Y qué se cree la gente, que esto es una casa de beneficencia? (Se ríe). Bueno, iré a ver. Hola, de entrada, si traen dinero, las dejaré pasar la noche aquí.
Teresa: ¿Dinero? Apenas tengo conmigo cincuenta centavos y llevo más de dieciocho años sin usarlos.
Marta: ¿Cincuenta centavos? (Ríe). Eso no es suficiente. Pero entre, no podría negarle albergue, me rompería el alma.
Larissa: Señora, yo podría limpiarle su casa, ayudarla en lo que sea, para que mi mamá y yo no seamos una carga para usted.

Doña Marta se quedó mirando a Larissa con un sentimiento que no sabía cómo explicar, algo de esa muchacha la había conmovido, y no sabía lo que era.

Marta: No, no te preocupes, niña, aquí todo está limpio siempre, qué hermosa eres.
Larissa: Gracias.
Marta: Señora, su hija es muy bella. Tengo que decirle algo antes de dejarla pasar: esta no es una casa normal, es una posada donde los hombres vienen a beber y a disfrutar de algunas de las muchachas.
Teresa: Ah, entonces no nos podemos quedar, Larissa, vámonos.

Marta: Un momento, señora, pueden quedarse, solo quédense encerradas en una habitación que les mandaré a preparar y no salgan hasta que la gente se vaya. Sé que este trabajo no es honrado, pero es lo que la vida me dio y con puro dolor he tenido que aceptarlo. Carmen, ven, llévalas a una de las habitaciones, y por favor llévales jabón y unas toallas, después que les lleven un poco de comida; vayan, yo luego iré para seguir hablando con ustedes.
Teresa: Gracias, señora.
Larissa: Muchas gracias, qué linda también es usted.

En Santiago, Jonás paseaba con Sebastián por el mercado, se estaban divirtiendo un poco, con las ocurrencias de Sebastián. De pronto Jonás se quedó mirando fijo, había unas personas que se ganaban la vida haciendo teatro en la calle. Había una fogata y un hombre tratando de matar una mujer en la ficción de la representación; a Jonás le llegaron recuerdos de cuando era niño, veía fuego, muertes, algo un poco confuso; sin pensarlo, exaltado, se subió a la tarima del teatro.

Jonás: ¡Suéltela! (Le pegó un puñetazo al señor del teatro). Venga, señora, por aquí, esta gente es mala.
Señora: Oye, estúpido, suéltame, ¿qué haces?
Jonás: Trato de salvarla de ese hombre que la quiere matar.
Señora: ¿De qué hombre?, ¿estás loco?, esto es una obra de teatro.
Sebastián: ¡Jonás!, ¿qué has hecho?, ven rápido, esto es teatro, no es de verdad.
Jonás: ¿Sí? Perdón, señora; perdón, Sebastián, no sé lo que me pasa, vi imágenes en mi cabeza, no sé lo que pasa, es como si ya antes me hubiese pasado, perdón. Sebastián, vámonos, me duele la cabeza.
Señora: Idiota… Está bien, Alberto, ven, levántate, estos idiotas muchachos.

En el recinto de guardia.

Comandante: Sargento, ¿qué noticias me tienes?
Sargento: Mi comandante, el teniente mandó a algunos de sus hombres para informar que han rastreado todo el Norte y no han encontrado nada, que él cree o mejor dicho está casi seguro de que el reo que escapó murió, y que la corriente del río se lo llevó hasta el mar.
Comandante: Tiene que ser así, no es posible que ese reo no aparezca, ya se ha buscado por todas partes. Bueno, así será, el reo se cayó por un barranco, y el río lo arrastró, esa es la historia. Hay que decirle eso a don Miguel que el reo murió, estoy cansado de buscar y buscar.
Sargento: Sí, mi comandante, con su permiso.
Comandante: Espera, sargento, vamos a salir de esto de una vez: llévale esta nota a don Miguel.

> Querido amigo don Miguel:
> Que la preocupación no lo inquiete más, el reo murió.
> Su amigo, el comandante.

Marta: ¿Se puede?
Teresa: Sí, claro, por favor entre.
Marta: Espero que se sientan bien y a gusto en esta habitación, aunque es muy pequeña.
Teresa: No importa, esto es el paraíso para lo que nosotras teníamos y hemos pasado.
Marta: Entonces no me he equivocado, cuando llegaron me di cuenta por sus rostros de que han sufrido mucho. ¿Cuál es su nombre, señora? Ya sé que el de la niña es Larissa, así la llamó usted.

Teresa: El mío es Teresa.
Marta: Qué bellos nombres tienen las dos, el mío es Marta.
Larissa: También su nombre es muy bonito, señora, pero a usted se la ve como a una señora diferente y buena, ¿por qué está en este negocio?
Teresa: Larissa, por Dios, la vida privada de las personas es sagrada, eso no se pregunta.
Marta: No importa, hay muchas veces que me pregunto lo mismo: ¿por qué el destino me trajo hasta aquí? Qué ironía de la vida, no hace mucho vino un señor con el que tuve la misma conversación, pero le contaré a ustedes también.
Teresa: No es necesario, señora Marta, esas son cosas privadas de su vida, no tiene por qué contárnoslas.
Marta: No es nada, Teresa, ya nada me asusta, ni me preocupa.

Marta, empezó a contarles su historia desde el principio, de cómo había llegado a ese lugar.

Sebastián: Padre, tengo que hablar a solas con usted.
Padre Romero: ¿Es muy urgente, Sebastián?
Sebastián: No lo sé, tal vez.
Padre Romero: ¿Cómo que no lo sabes? Bueno, está bien, ven.
Sebastián: Algo raro pasa con Jonás, hoy caminábamos por las calles, y en el teatro que está ahí cerca de aquí, al ver el fuego y parte de la obra, él se subió a la tarima, le pegó al hombre y quiso salvar a la mujer, después me dijo que veía unos reflejos en su cabeza y que por eso había actuado así.
Padre Romero: Has hecho muy bien en contármelo, es posible que Jonás esté empezando a recordar cosas del pasado. Gracias, Sebastián, y por favor no le cuentes a nadie lo que me has dicho, no podemos dejar que Jonás se sienta peor.
Sebastián: Padre, soy una tumba, ni una palabra a nadie.

Teresa: ¿Cómo?, ¡Dios! ¡Pero qué hombre tan malo es don Miguel! ¿Y usted tuvo un hijo con él?
Marta: ¿Tú conoces a don Miguel?
Teresa: Claro que lo conozco, es el mismo diablo puro, algún día pagará todas sus maldades. Dígame quién es su hijo, porque el único que conocí fue a Cristóbal.
Marta: ¿Cristóbal? No, no sé quién es Cristóbal, a mi hijo me lo quitó don Miguel el mismo día que nació, porque no quería que nadie se enterara de que había tenido un hijo con una criada, luego supe que mi hijo había muerto, ahí fue cuando él me acusó de ladrona y tuve que irme de allá.
Teresa: Mentira, mentira de don Miguel, él solo ha tenido un hijo y no ha muerto, usted seguro es la madre de Cristóbal.
Marta: (Asombrada y con lágrimas en sus ojos). ¿Qué dices, Teresa?
Teresa: Sí, él está vivo, lo que no sé es dónde está, la última vez que supe de él lo tenía en el calabozo porque se le había enfrentado cuando nació Larissa. Un momento…Si usted es la madre de Cristóbal, entonces es la abuela de Larissa.
Larissa: Mamá, ¿qué dices?, no entiendo nada.
Marta: A ver explícame bien, tampoco estoy entendiendo.
Teresa: Mire, señora Marta, en realidad Larissa no es mi hija, era hija de María, una esclava que Cristóbal amó con toda su alma, y al nacer Larissa don Miguel se enfureció porque no quería que su hijo blanco se involucrara con una negra esclava. Se llevó a Larissa siendo una bebé y la iba a hacer desaparecer con uno de sus hombres, pero ahí fue cuando yo lo emborraché y pude quitarle a la niña, y desde entonces he criado a Larissa como mi hija. Y si usted es la verdadera madre de Cristóbal, entonces también es la abuela de Larissa.
Marta: (Llorando). No puedo creer que mi hijo esté vivo y que esta hermosa niña sea mi nieta. ¡Dios!, ¡cuánta felicidad en un solo día! Con razón cuando vi a Larissa, sentí algo en mi corazón y no sabía por qué.

Debido a tanta emoción, a la alegría y a las lágrimas, Marta se desmayó. Larissa y Teresa llamaron a las demás muchachas para que las ayudaran.

Teresa: Rápido, trae agua tibia y un paño, y tú, Larissa, pásame mis hierbas.
Larissa: Toma, mamá, aquí están las hierbas, ¿qué más necesita?
Teresa: Busca algo para acomodarle la cabeza.
Rocío: Aquí están el agua tibia y el paño.
Teresa: A ver dámelo.

Mientras Teresa le frotaba el paño con agua tibia y las hierbas medicinales a Marta, ella empezó a reaccionar un poco.

Marta: ¿Qué me pasó?
Larissa: Se ha desmayado, señora.
Marta: Acércate, qué linda eres, tengo una nieta. Fíjate, Rocío, lo que es el mundo: ella es mi nieta, y creo que mi hijo vive. Por favor, Teresa, dígame que es cierto que mi hijo vive, dígame dónde puedo encontrarlo.
Teresa: No lo sé, Marta, es muy posible que esté vivo, es como le dije: la última vez que supe de él, estaba encerrado en un calabozo, y de eso ya hace más de 15 años. No creo que haya durado tanto tiempo encerrado, una vez quise buscarlo para decirle que tenía a su hija conmigo, pero por poco pierdo la vida, y ya no me arriesgué más.
Marta: ¡Ay, por favor, Teresa!, usted me trae la esperanza y también se la lleva.
Teresa: Venga, siéntese, señora Marta, descanse un poco, quizás lo volvamos a ver algún día, pero es muy peligroso ir cerca de don Miguel.

Marta: Pero dígame una cosa, ahora que sé que Larissa es mi nieta, ¿qué va a pasar? Ustedes no se irán, ¿verdad?

Teresa: No lo sé, pero tampoco podemos quedarnos aquí, en este lugar sería fácil encontrarnos con los hombres de don Miguel, y a mí sí me conocen, especialmente Ramón, que fue a quien le quité a Larissa cuando era una bebé, nos mataría.

Marta: Entonces me iré con ustedes a donde se quieran ir, Larissa es un pedazo de mi hijo, al que nunca he conocido.

Larissa: Sí, mamá, que venga con nosotras, es mi abuela, y tengo deseo de compartir con ella. Además nunca he tenido más familia que tú. Yo deseo que venga con nosotras, señora.

Marta: Gracias, Larissa

Teresa: Está bien, pero ¿y entonces todo esto?, ¿qué vas a hacer?

Marta: Las muchachas son de confianza. Ella las va a cuidar como si fuese yo, ¿verdad que sí, Rocío?

Rocío: Sí, señora.

Marta: Soy la mujer más feliz de la Tierra. Mira qué linda es mi nieta, mira, Rocío; te encargarás de este lugar hasta que yo regrese, eres en la que más tengo confianza.

Rocío: Usted sabe que puede contar conmigo, señora, me da mucha alegría que haya podido encontrar a su nieta y espero en Dios que pueda encontrar a su hijo. Pero ¿está segura de que el padre de Larissa es su hijo?

Marta: Segura, segura no, pero Teresa asegura que don Miguel solo tuvo un hijo y seguro fue a quien me arrebató de mis brazos, siento en mi corazón que él debe ser mi hijo. Aunque no creo que don Miguel le hiciera algo a su propio hijo.

Teresa: Disculpe, señora, pero don Miguel es capaz de venderle su alma al diablo, ya ve que quiso deshacerse de Larissa cuando era una bebé, y era su propia nieta.

Marta: Ese maldito viejo, ¿por qué no se muere?, es como dicen por ahí: hierba mala nunca muere. Pero ya no importa, lo que importa es que tengo una nieta y la esperanza de volver a ver a mi hijo. Qué feliz estoy. Rocío, encárgate del negocio.

Rocío: Señora, usted sabe que puede contar conmigo y con las demás muchachas. Si alguien pregunta por usted, le diré que se fue a Santo Domingo a hacer unas diligencias y que no sabe cuándo volverá.

Marta: Gracias, Rocío, y sí, está bien eso.

Mole: Ramón, ¿todavía sigue el Cojo en el calabozo?

Ramón: Sí, Mole, ya lleva una semana encerrado ahí, el patrón dijo que lo dejaran un mes, a ver si se le quita lo bruto.

Mole: Me lleva el diablo, ¿sabes, Ramón?, nosotros somos los perros guardianes de él, damos la vida por él, dejamos atrás nuestra familia, asesinamos por él, y él no tiene compasión con nosotros. Pobre Cojo, debe de estar sufriendo. Eso sí, ni una palabra de esto, porque te mato.

Ramón: ¿Qué pasa, Mole? Tú sabes que hemos sido amigos desde pequeños, y hemos hecho todos los trabajitos sucios de don Miguel. También estoy con los mismos pensamientos, pero tú no digas estas cosas a nadie más, porque si don Miguel se entera, nos mata de una vez.

Don Miguel: Ramón, Mole, vengan enseguida, ¿qué es lo que hacen perdiendo el tiempo ahí, hablando tonterías?

Ramón y Mole: Diga, patrón.

Don Miguel: Vayan a la delegación a ver qué noticia me tiene el comandante.

Ramón: No hace falta, patrón, ahí viene el sargento.

Sargento: Don Miguel, con su permiso, el comandante le manda esta nota, solo vine a eso, me regreso de una vez.

Don Miguel: Espere, sargento, déjame ver qué dice la nota. (Lee la nota y ríe). Ya sabía que mi comandante no me iba a fallar. Espera, llévale esto a mi comandante. (Le da un paquete de dinero).

Sargento: Sí, señor.

Don Miguel: ¿Qué hacen ustedes ahí parados?

Ramón: ¿No se le ofrece otra cosa, patrón?
Don Miguel: No, nada, ya lárguense.

En Santiago en la iglesia del Padre Romero.

Jonás: Padre, estoy teniendo unas visiones que me están torturando, pero no logro precisar de qué se trata realmente.
Padre Romero: ¿Qué clase de visiones?, ¿qué sientes, hijo?
Jonás: ¿Cómo le explico, padre? He tenido sueños, bueno, mejor dicho pesadillas, veo siempre mucho fuego, veo una mujer que no logro identificar, que grita, todo es muy borroso y confuso, me veo corriendo con un hombre que también se ve borroso. A cada rato tengo la misma pesadilla, eso me tortura, padre, ¿usted cree que me estaré volviendo loco?
Padre Romero: ¿Qué dices, hijo? Quizás el golpe que recibiste cuando eras un niño te hizo olvidar todo lo que realmente pasó y te están volviendo reflejos de esas cosas. Lo único que me aterra es que quizás cuando logres descifrar todo, no sea desagradable para ti.
Jonás: Es extraño no recordar nada de mi pasado, padre. ¿Por qué no salimos y preguntamos a ver quién soy, de dónde vengo, dónde está mi familia?
Padre Romero: Lo haremos, hijo, pero necesito que estés recuperado en un cien por ciento.
Sebastián: Permiso, padre, pero hay unas personas que desean bautizar a su hijo y lo esperan para que les ponga fecha.
Padre Romero: Diles que ya voy, Sebastián. Hijo, vamos hablar con calma acerca de esto para armar este rompecabezas.
Jonás: *Ok*, padre, como usted diga, vaya a atender a esas personas. Oye, Sebastián, ven acá.
Sebastián: Sí, joven Jonás.
Jonás: Quiero salir de nuevo a la calle, ¿podemos ir hoy?
Sebastián: ¡Ay, joven Jonás!, me da mucho miedo de que le vaya partiendo la cara a cada hombre que vea en la calle.

Jonás: (Ríe). No te preocupes, ya no golpearé a nadie, me siento mejor y he comprendido que nada de afuera es lo que yo veo en mi mente, y que lo que veo solo son reflejos.

Sebastián: (Hace mueca con su boca como no creyéndole).

Larissa: Señora Marta, ¿hace mucho tiempo que vive por aquí?

Marta: Sí, hija, hace mucho tiempo, más de treinta y cinco años. Oye, Larissa, llámame abuela.

Larissa: Ay, señora Marta, perdóneme, es que debo acostumbrarme, ¡todo esto ha sido tan rápido! Pero creo que pronto lo haré, usted me cayó muy bien desde que la conocimos, y siento en mi corazón que ya la quiero.

Marta: Perdóname tú a mí, Larissa, qué tonta soy, acabo de conocerte y te estoy pidiendo que me llames "abuela". Perdóname, hija, es la emoción, tú no te imaginas lo contenta que estoy, y lo que todo esto significa para mí.

Larissa: Creo que sí la entiendo, señora, también siento igual que usted, recuerde que solo he vivido con mi mamá, que es todo para mí.

Marta: Qué bonito te expresas, eres un amor, Larissa. Y tú, Teresa, qué afortunada eres.

Larissa: Gracias, señora.

Fausto: Oye, Emilio, no quiero molestarte tanto, me iré mañana temprano.

Emilio: ¿Qué le está pasando, don Fausto? ¿Cómo cree que usted molesta? Si hay alguien que ha molestado, ese soy yo y a usted, acuérdese que de no ser por usted, yo estaría muerto ahora. Recuerdo aquel día que me asaltaron y me dejaron casi muerto, usted pasaba en su caballo y sin pensarlo dos veces me recogió, me dio medicina, techo, comida y trabajo. Esas cosas a mí no se me olvidan, usted es como un padre. Además, donde quiera que yo esté, usted es bien recibido, esta es su casa, quédese aquí, porque ya usted ahí afuera no tiene nada, los hombres de don Miguel se quedaron con todo, y yo lo voy ayudar a ver si encontramos a su hijo.

Fausto: Gracias, Emilio, siempre supe el hombre bueno que eras, y no tienes que recordarme nada, sé que tú en mi lugar hubieses hecho lo mismo.
Emilio: Pues claro que sí, mi patrón, hombres como usted quedan muy pocos en este país.
Fausto: Emilio, tengo un gran presentimiento, siento que mi hijo aún vive, es como si pudiera sentirlo, no sé cómo explicarte, pero cuando lo menciono, me palpita el corazón, sé que está vivo, lo siento.
Emilio: Don Fausto, el Señor no abandona, si usted siente eso que dice, es porque su hijo está vivo. Voy a ir a preparar comida, agua y un poco de equipaje, nos vamos mañana para Santiago a encontrar a su hijo.

Mientras tanto en Santo Domingo.

Mole: ¿Viste, te das cuenta, Ramón, de cuánto dinero reparte don Miguel a personas que le hacen un favorcito? Me enoja eso, y a nosotros, que damos la vida por él, que matamos por él, solamente nos da el pago mensual y nunca nada extra.
Ramón: Mole, ten cuidado, que nos pueden oír hablando de esto, ya cálmate, algún día nos vamos a cobrar todos estos favorcitos extra que nosotros le hacemos a él, pero ten paciencia.
Mole: Qué paciencia puede uno tener, después de que suceden estas cosas delante de uno.

De regreso a Santiago.

Jonás: Mira, Sebastián, qué lindas muchachas. Oye, aquí entre nos, ¿tú nada de nada?
Sebastián: ¿Nunca nada?, ¿nunca nada de qué?
Jonás: Vamos, Sebastián, no te hagas, sabes de lo que te hablo.

Sebastián: No te entiendo, Jonás, habla claro.
Jonás: Por Dios, que si no te has echado alguna mujer nunca.
Sebastián: ¡Cómo la voy a echar!, solos los animales se echan, mira por ejemplo al perro de Don…
Jonás: ¡Ay, ya, Sebastián!, ¡uy, qué bruto eres! (Ríe). ¡Que si tú no has tenido relaciones sexuales con una mujer!
Sebastián: ¡Ay, Jesús y María Santísima! (Se persigna). ¿Pero de qué está hablando, Jonás?, yo soy un sacristán muy serio y fiel a Dios.
Jonás: Entonces nunca nada de nada, nadita.
Sebastián: ¡Ay, por Dios, joven Jonás!, sigamos caminando, esos pensamientos tan pecaminosos…

Jonás se va riendo a carcajadas.

Larissa: Mamá, ¿por qué estás tan callada?, ¿te sientes mal?
Teresa: No, hija, no me siento mal, solo pensaba tonterías.
Marta: Larissa, permíteme un momento con Teresa.
Larissa: Sí, señora, tal vez a usted le diga qué le pasa.
Marta: Teresa, quiero que seas sincera conmigo: no es de tu agrado que yo haya venido con ustedes.
Teresa: No, ¿cómo crees eso, señora Marta?
Marta: Es que te he observado desde que salimos, te noto un poco inquieta y creo que es por mi culpa.
Teresa: No. Bueno, sí, pero no estoy molesta porque usted haya venido con nosotras, estoy preocupada porque si usted encuentra a su hijo, él va a querer estar con Larissa, lo que es normal, y ojalá así sea, pero eso significara que voy a perderla. Y por otro lado, si don Miguel se entera, podría hacerles daño a ellos.
Marta: No te adelantes a los acontecimientos, Teresa, nada de eso va a pasar; cuando encontremos a mi hijo, nos iremos lejos todos nosotros y viviremos tranquilos.

Teresa: Usted no conoce a don Miguel, parece.
Marta: ¡Cómo no lo voy a conocer, si es el padre de mi hijo! Aparte, fui su criada. Sé que es un demonio ese hombre, pero ya cálmate, que a Larissa no le gusta verte así, ella se asusta.
Teresa: Es verdad, tienes razón, gracias, señora Marta.
Marta: No des las gracias, y no me digas "señora", que me hace sentir una vieja, solo dime "Marta".
Teresa: Está bien, Marta (Ríe).

Sebastián estaba muy preocupado ya que Jonás se había perdido con tres muchachas y había entrado a un hotelito cercano de por allí.

Sebastián: ¡Dios mío!, ¿adónde se habrá metido Jonás? Ya tengo que ir a tocar las campanas. ¿Qué le habrá pasado desde que entró al hotel ese?

Sebastián entró al hotel.

Sebastián: Disculpen, busco a un muchacho que entró con tres muchachas, ¿en qué cuarto está?
Conserje: Pues no me acuerdo bien, pero me pareció ver a un tipo y tres mujeres en la habitación cinco.
Sebastián: (Para sí mismo). ¡Con que aquí fue que se metió! ¡Tú me vas a oír, Jonás!

Sebastián abrió la puerta de la habitación y cogió un palito, vio cómo se estaban revolcando en la cama, pero no se fijó quiénes eran ya que estaban con la sábana puesta.

Sebastián: ¡Ah, condenado Jonás!, levántate de ahí ahora.

Al mismo tiempo Sebastián le azotó un palo para que se levantara, y cuando se quitaron la sábana eran otras personas.

Una de las mujeres con el mismo palo le cayó atrás a Sebastián, quien salió más rápido que un rayo de esa habitación.

Ramón: ¿Qué pasa, Mole? ¿Cómo crees que voy hablar? Ten paciencia, ya llegará nuestro día.
Mole: Uhm (Gruñe). *Ok*.
Fausto: ¿Sabes, Emilio?, estoy desesperado, no sé ni por dónde empezar a buscar a mi hijo, a lo mejor ni vivo está. ¡Oh, no, que no sea así, Dios!, no veo el momento de que ese desgraciado de don Miguel pague por todo el daño que nos ha hecho.
Emilio: Tranquilo, don Fausto, todo llegará a su debido tiempo, lo importante es buscar a su hijo ahora.
Fausto: Tienes razón, Emilio.
Padre Romero: Jonás, he sabido que sigues recordando cosas, que pueden ser clave para aclarar tu pasado.
Jonás: Sí, padre, he estado recordando situaciones que no logro entender, siempre veo imágenes de fuego, de personas llorando, pero no logro ver su rostro, es todo borroso.
Padre Romero: No te preocupes, Jonás, que poco a poco recordarás todo, y también lo más importante: saber quiénes son tus familiares.
Jonás: Padre, aunque algún día recuerde quiénes son mis padres, usted seguirá siendo mi padre también.
Padre Romero: Gracias, también yo te he querido como a un hijo.
Don Miguel: ¡Pilar! ¡Pilar!
Pilar: Sí, señor, a sus órdenes.
Don Miguel: Dile al Cojo que ensille mi caballo.
Pilar: Pero, don Miguel, se olvida usted que mandó a encerrar al Cojo en el calabozo, ya lleva más de una semana encerrado, usted ordenó que lo dejaran un mes ahí.
Don Miguel: Es verdad, eso es lo que se merece ese maldito Cojo, por bruto. De todos modos, que lo suelten y que venga ahora mismo.
Pilar: Sí, don Miguel, lo que usted ordene.

Marta: Larissa, déjame verte bien. (Marta se echa a llorar al ver a su nieta).
Larissa: ¿Qué le pasa?, ¿por qué llora?
Marta: ¡Ay, hija!, no sabes lo que he sufrido por no saber nada de mi hijo, pensando que estaría muerto. ¡Y mira!, ¡hasta una hija tuvo!, de la que nunca antes supe. Lloro de alegría, hija, no te imaginas la felicidad que me has dado y la esperanza de que mi hijo aún vive.
Larissa: Yo también me siento muy contenta de saber que tengo una abuela, siempre pensé que solo éramos mi madre y yo, tengo una felicidad inmensa dentro de mi corazón y espero también encontrar a mi padre.
Marta: No quiero separarme nunca de ti, eres lo único que tengo.
Larissa: No te preocupes que tampoco yo me separaré de ti, abuela.
Marta: Larissa, qué feliz me hace, me has llamado "abuela", gracias, hija.

Cojo: Patrón, perdóneme, ya no me tenga más encerrado, se lo ruego.
Don Miguel: Ya, ya cállate la boca, vete y ensíllame mi caballo, quiero ver cómo van el ganado y la cosecha en mis tierras. Eso sí, asegúrate de que la silla del caballo esté bien amarrada, porque si me caigo de nuevo, te toca la guillotina.
Cojo: Sí, sí, patrón, todo estará bien, ya me voy a prepararle su caballo.

Padre Romero: Qué linda mañana.

El padre caminó hacia el cuarto de Sebastián como todos los días a despertarlo para que tocara las campanas de la iglesia, también para decirle que se fuera a bañar, que era sábado y le tocaba.

Padre Romero: Sebastián, Sebas, despierta, es hora de que vayas a tocar las campanas, también debes bañarte hoy.
Sebastián: Uhm, ¿quién anda ahí?, déjenme dormir.
Padre Romero: Soy yo, Sebastián, Romero, despierta, dormilón.
Sebastián: Pero, padre, son las cuatro de la mañana.
Padre Romero: ¡Que cuatro ni cuatro!, ¡son las seis ya! Debes tocar las campanas y bañarte, hoy es sábado, y te toca.
Sebastián: Padre, le preparo su comida favorita si me da un chance hasta el otro sábado para bañarme.
Padre Romero: ¿Qué? Prefiero que no me cocines si es para no bañarte. Vamos, levántate, haragán, tocas las campanas y te vas a bañar, y te lavas las orejotas, que deben estar muy sucias, creo que hasta se puede sembrar en ellas, vamos, vamos, levántate.

Sebastián se levantó y se fue gruñendo a hacer lo que el padre Romero le indicaba; este se quedó pensando y riéndose de su colaborador.

Cristóbal: Jonás, Jonás.
Jonás: Uhm.
Cristóbal: Jonás, levántate, hoy tengo deseo de caminar en el pueblo, está muy linda la mañana.
Jonás: Sí, Cristóbal, te acompaño en un momento, deja que me bañe y me vista.

Teresa, Larissa y Marta habían pasado la noche en un hotelito que habían encontrado en el camino.

Teresa: Larissa, Marta, levántense, nos queda mucho camino que recorrer.
Larissa: Está bien, mamá, espero que ya lleguemos a algún lugar, para quedarnos ahí, estoy muy cansada de tanto caminar.

Marta: Así es, yo también, espero que ya lleguemos a Santiago, es el pueblo más importante después de Santo Domingo.
Larissa: Abuela, ¿usted ha estado en ese pueblo?
Marta: Sí, hija, cuando era criada de tu abuelo, a veces nos llevaba con él, cuando venía a quedarse varios días, le gustaban las tierras de Santiago porque eran muy fértiles, pero siempre quería todo a la fuerza, engañando y haciéndoles vender tierras a los pobres campesinos por algunas monedas, estafaba a todo el mundo.
Larissa: Por lo que veo, ese señor es un demonio puro.
Teresa: Así es, hija, pero ya dejen de hablar, que nos coge la hora, vámonos.

Don Miguel: Pilar, dile al Mole que venga.
Pilar: Sí, señor.

Don Fausto y Emilio se pasaron todo el camino preguntando por el hijo de don Fausto, pero nadie sabía nada, ya que todavía estaban en las afuera de Santiago, y todo el mundo temía hablar por miedo a don Miguel.

Fausto: Emilio, hemos recorrido mucho, y nadie sabe nada de mi hijo.
Emilio: Señor, es que es muy difícil saberlo, recuerde que su hijo era pequeño, apenas tenía cuatro o cinco años cuando eso sucedió, y ya han pasado dieciocho años.
Fausto: Pobre de mí, ¿dónde estará Carlitos? Señor, te imploro por lo que más quieras, guíame hacia a él.
Emilio: Cálmese, don Fausto, que si su hijo está vivo, lo vamos a encontrar con la gracia de Dios.
Mole: Sí, patrón, ¿me mandó a llamar?
Don Miguel: Mole, ¿ha sabido algo de mi hijo?
Mole: No, señor, nada todavía, pero mis hombres siguen buscando.

Don Miguel: Que no dejen de seguir buscándolo. Ah, esta noche quiero verlos a ti, al Cojo y a Ramón, son mis hombres de más confianza.
Mole: Como usted diga, patrón, estaremos aquí.
Don Miguel: Ya vete. (Se quedó pensando y fumándose uno de sus puros).
Jonás: Oye, Cristóbal, ¿cómo piensas vengarte de tu padre?
Cristóbal: No sé, Jonás, no lo sé todavía, pero ya encontraré la forma, mi padre debe pagar todo el mal que ha hecho.
Jonás: Tú me perdonas, Cristóbal, pero si tu padre tuvo que ver en mi problema, te juro que lo mataré. He vivido angustiado, sin saber quién soy, no sé si mis padres viven.
Cristóbal: Te entiendo, Jonás, trata de recordar algo, que a lo mejor con algo que recuerde, podríamos empezar a investigar y saber de dónde eres y quién eres.
Jonás: Trato, pero todo lo percibo muy borroso, solo veo fuego, destrucción, personas llorando, pero no sé ni cómo son.

Larissa, Teresa y Marta estaban cruzando un puente contentas y cantando.
Mientras, en Santo Domingo, don Miguel regresaba de ver sus tierras, su ganado y sus cultivos.

Don Miguel: Ah, qué bien me siento, todo va muy bien, el cultivo, el ganado, los negocios: todo va viento en popa. Pilar, prepárame un baño y algo de comer, tengo mucha hambre.
Pilar: Sí, señor.
Larissa: Mamá, cuando lleguemos a ese pueblo que ustedes dicen, y si nos quedamos ahí, quiero ir a la escuela, quiero aprender a leer y a escribir.
Marta: ¡Cómo! ¿No sabes leer ni escribir?
Larissa: No, abuela.
Teresa: ¿Y cómo podrías saber leer y escribir si tuvimos toda una vida escondidas en el bosque para que no nos encontra-

ran? No podía mandarla a la escuela, si don Miguel se enteraba de que estaba viva, ¡uf!, quién sabe qué hubiese pasado.

Marta: Bueno, en parte tienes razón, porque esa situación era preferible a estar cerca de ese desgraciado. Es increíble que ese señor hiciera tanto daño aun sin saberlo, pero no te preocupes, hija, yo me encargo de entrarte a un buen colegio, tengo mis ahorritos, y todo es tuyo.

Larissa: Ay, abuela, no, yo solo me conformo con aprender a leer y escribir, a cualquier escuela barata puedo ir, solo quisiera ser alguien en la vida. ¡Ay, gracias, abuela, qué linda eres!

En otro lado cabalgaban don Fausto y Emilio, seguían preguntando por los alrededores a ver si alguien sabía algo del hijo de don Fausto.

Don Fausto: Es inútil, Emilio, creo que nunca podré saber dónde está mi hijo, nadie sabe de él, nadie recuerda haberlo visto. ¡Es que hace mucho de eso ya!, mi muchacho debe estar muy cambiado. Ese maldito de don Miguel me la va a pagar algún día.

Emilio: No se desanime, señor, no se torture tanto, tenga fe, Diosito nos ayudará a encontrarlo.

Fausto: Quisiera tener tu fe, Emilio, y tienes razón: vamos a seguir buscando hasta el fin del mundo.

Jonás: Padre, padre.

Padre Romero: Dime, hijo mío.

Jonás: Estaba pensando que podría acudir a la escuela que está cerca de aquí, me gustaría aprender a leer a escribir y ser alguien mañana.

Padre Romero: Claro, Jonás, estoy de acuerdo.

Cristóbal interrumpió.

Cristóbal: Claro, Jonás, yo te puedo ayudar con eso, aunque como empezarías, estarías solo con niños. Pero tengo una

idea: padre, ¿qué crees si abrimos una escuelita para gente grande que no se haya alfabetizado?
Padre Romero: ¡Buenísima idea, Cristóbal! Pero tenemos un problemita: si ese malvado de tu padre se entera, te va a descubrir aquí y es capaz de destruir todo, ya sabes que él prefiere que no haya educación, para así dominar a la gente a su antojo.
Cristóbal: Es verdad, nadie debería saber que estoy aquí con ustedes. Pero no importa, abriremos la escuela, y que sea lo que Dios quiera, en algún momento llegará el tiempo de enfrentarme a él.
Padre Romero: No se hable más, cuenta con todo mi apoyo, hijo.
Jonás: Y con el mío.
Cristóbal: Gracias a los dos. Jonás, vamos a planear cómo haremos para que nadie me reconozca, porque yo seré su profesor.
Jonás: Padre, ¿y si le prestamos algo de Sebastián? (Los tres se miran a la cara y se ríen).
Mientras, en la capital el Mole, Ramón y el Cojo se reúnen con don Miguel.

Cojo: Patrón, aquí estamos los tres, como usted quería.
Don Miguel: Quiero que los tres se vayan a Santiago y me busquen toda la información de cómo van mi tierra y las cosechas y todo lo que se esté moviendo por allá. Ah, otra cosa, antes de llegar a Santiago, en el pueblo que está antes, ese al que llaman el Valle de la Vega Real, comiencen a ofrecer lo mismo que en Santiago, y el que no quiera ceder ya ustedes saben, díganle que le pasará lo mismo que a los santiagueros.
Cojo: Como usted mande, patrón. Muchachos, vámonos para Santiago.
Don Miguel: Los quiero ver devuelta lo más pronto posible, y con buenas noticias.

Ramón: Claro, patrón, así será.

Don Miguel se quedó pensando en voz alta: "Este paisito entero pronto será solo mío".

Jonás: Cristóbal, ¿qué tal si te llamaras profesor Pirulo?
Cristóbal: (Ríe). Jonás, por Dios, ¿y ese nombre tan feo?
Jonás: Ah, no, si no te gusta, buscamos otro.
Cristóbal: Na, está bien, así me llamaré. (Ríe). Profesor Pirulo, y me pondré una barba y un sombrero, para que no me reconozcan.
Jonás: Cristóbal, ¿no será esto muy peligroso para ti?
Cristóbal: Mira, Jonás, si lo dice por mi padre, me importa un pepino, seré el profesor de ustedes; y si mi padre se entera, lo enfrento, y que sea lo que Dios quiera.

De pronto Jonás comenzó a tener imágenes de fuego; cada vez un poco más claro iba viendo todo lo que a él le había sucedido. Jonás se puso pálido y sudoroso.

Cristóbal: ¿Qué te pasa, Jonás? ¿Qué tienes?
Jonás: Me vinieron otra vez esas imágenes que siempre me atormentan; veía a alguien que me decía "Corre, corre", pero todo se desvanecía.
Cristóbal: Cada día estás recordando más y más, eso indica que muy pronto podrás descifrar tu rompecabezas y podrás saber de tu pasado.

Larissa: Estoy muy cansada, mamá, ¿vamos a parar?
Teresa: Mira, hija, allá lejos se ve una casa, ahí pararemos, pediremos que nos presten el baño y veremos si podemos pasar la noche ahí.
Marta: Muy buena idea, Teresa, yo también estoy que no aguanto más.

Don Miguel: Pilar, este sábado es mi cumpleaños, quiero hacer una gran fiesta, prepara todo para el sábado, mándale invitación al comandante, a la familia Heroux, a los Betances y a los demás que ya tú conoces.

Pilar: Sí, señor, así lo haré de inmediato. ¿Quiere que para la fiesta se destape el vino francés que usted ha guardado para una ocasión especial?

Don Miguel: Claro, Pilar, ¿no ves que es mi cumpleaños?, quiero lo mejor para lo mejor de este país y que maten tres cerdos para que prepares ese manjar que solo tú sabes hacer.

Pilar: Sí, señor, hoy es lunes, me dará tiempo a todo, todo quedará bien para el sábado.

Tres días más tarde, el padre Romero estaba en el confesonario escuchando a algunos parroquianos. Sebastián se acercó para confesarse también, pero decidió cambiar la voz para que el padre no lo reconociera.

Sebastián: Padre, quiero confesarme, me siento mal.

Padre Romero: ¿A ver, hijo?, ¿qué hiciste?

Sebastián: Ay, padre, es que le mentí a un señor muy importante, él me dijo que me fuera a bañar, le dije que sí, pero no lo hice.

Padre Romero: ¡Pero bañarse es muy bueno! (Cae en la cuenta de que es Sebastián). Oye, hijo, ¿por casualidad ese señor al que engañaste es un señor de edad?

Sebastián: Sí, padre.

Padre Romero: ¿Por casualidad se llama Romero?

Sebastián: Sí, padre; digo no, padre.

Padre Romero: ¡Ah, condenado! ¿Crees que me vas a seguir engañando?, estás haciendo doble pecado, sé que eres tú, Sebastián, el que está ahí. Te pondré tres penitencias y tres días a la semana para que te bañes.

Sebastián: ¡Ay, no, padre!, toda la penitencia que usted quiera, mire: le toco la campana veinticuatro veces al día, le pinto la iglesia, le voy a todos los mandados, pero por favor tres veces de baño por semana no.
Padre Romero: Obedéceme, Sebastián, así lo harás de ahora en adelante: tres veces por semana; y si sigues gruñendo, serán cuatro.
Sebastián: Ya, padre, está bien.

Sebastián se fue refunfuñando y pensando "Qué hice, qué hice", mientras el padre se quedaba riendo.
Finalmente llegó el sábado, era la fiesta de don Miguel, a la que habían asistido las personas más distinguidas de Santo Domingo. Don Miguel las recibió una por una. Todos le llevaban regalos. Mientras tanto, en Santiago...

Teresa: Mira, hija, todo eso que ves allá es Santiago, ya casi llegamos.
Larissa: ¡*Wow*!, ¡qué linda es la ciudad!, ¡qué verdor, mamá!, ¿y tú habías estado antes aquí?
Teresa: No, hija, ya te había dicho que nunca había salido de esa selva, lo que pasa es que ¿ves allá esa iglesia?, es única y solo está en Santiago, por eso me di cuenta, porque una vez mi amiga Laura me había contado, ella sí vivió aquí y luego se fue a vivir a Santo Domingo.
Marta: Así es, hija, tu madre tiene razón: esa iglesia es única. Pero ahora tenemos que buscar dónde nos vamos a quedar, para poder ya estar tranquilas y mañana buscar una escuela para ti.
Larissa: Sí, abuela, vamos a llegar ya.

Jonás: Qué linda noche.
Cristóbal: Sí, Jonás, está preciosa, aunque en Santo Domingo está negra hoy.

Jonás: ¿Por qué dices eso?
Cristóbal: Hoy mi padre cumple años, y seguro debe estar derrochando su alegría y tirando la casa por la ventana con toda las personas iguales que él, que se creen los dueños del país, esa gente tiene dinero y está vacía, tiene un corazón más negro que la noche.
Jonás: ¿Y por qué tu padre es tan malo?

Llegó el padre Romero e interrumpió.

Padre Romero: ¿De qué hablan, hijos?
Jonás: De nada importante, padre, de la noche, que está muy bonita.
Padre Romero: ¿Verdad que sí?, les propongo algo: ¿por qué no vamos de paseo a dar una vueltecita por ahí?
Cristóbal: Vayan ustedes, prefiero descansar un poco.
Jonás: Yo sí voy, padre, déjame llamar a Sebastián también.

Don Miguel: Atención, atención, por favor. Brindo por la riqueza, el poder y todos ustedes, que son mis amigos, la flor innata de este paisito. También brindo por mí, que cumplo años y porque cada día tengamos más poder, riqueza y esclavos. (Ríe).

Todos sonreían y aplaudieron a don Miguel, hombres y mujeres vestidos de mamarrachos, pero con sentimientos podridos.

Larissa: Mamá, ¿aquí nos vamos a quedar? Me gustaría salir a conocer un poco, vamos después de acotejar todo.
Teresa: Sí, hija, aquí nos quedamos. Está bien, te acompañaré a dar una vuelta por ahí, pero no vamos a durar mucho, porque estoy muerta de cansancio. ¿Vienes, Marta?
Marta: No, vayan ustedes, me quedaré aquí arreglando mis cosas.

Todavía estaba aquel circo donde Jonás una vez había tratado de salvar a una mujer que estaba actuando en una obra de teatro. Esa noche había mucha gente, que se acercaba más y más.

Jonás: Padre, el circo, vamos.
Padre Romero: Sí, hijo, el circo viene para esta época todos los años.

Larissa: Mira, mamá, ¿qué es toda esa gente?
Teresa: No sé, hija, vamos a ver.

Cuando lograron aproximarse, vieron un señor cerca.

Teresa: Oiga, señor, ¿qué es eso?
Señor: Es el circo que siempre viene para esta época.
Teresa: ¡Oh, un circo!, gracias, señor.
Larissa: ¡Mira, mamá, qué bonito!, ¡qué lindo todo esto! Si nos hubiésemos quedado, no íbamos a ver nada de esto.

Siguieron caminando por todo el alrededor del circo muy distraídas, también Jonás y el padre. De pronto, sin darse cuenta, chocaron Jonás y Larissa y pidiéndose excusa quedaron mirándose.

Teresa: ¡Hija, hija!, ¿qué pasa?
Larissa: ¿Eh, mamá?, ¿qué dices?
Teresa: ¿Qué pasó?
Larissa: Nada, mamá, que me tropecé con ese joven. Ay, qué pena, disculpe.
Jonás: No, no pasa nada (Queda sorprendido con ella).
Teresa: Vámonos, hija, ven.

Jonás quedó mirándola, y ella también queda mirando a Jonás.
Padre Romero: Jonás, parece como si hubieras visto un ángel.
Jonás: Padre, ¿en la Tierra hay ángeles?
Padre Romero: No, hijo.
Jonás: Pues me topé con uno. ¿Conoce a esa muchacha?
Padre Romero: No, la verdad es que nunca había visto a esas personas por aquí. Te ha dejado muy sorprendido.
Jonás: Sí, padre, ¡qué bella muchacha! (Suspira).
Padre Romero: Es muy linda, sí. Ven, Jonás, vamos a seguir viendo por otro lado de la ciudad.

Fausto: Emilio, ¿qué tal si vamos al centro un poco?, para poder ver mi ciudad de nuevo después de tanto tiempo.
Emilio: Claro, don Fausto, es una buena idea, así se distrae un poco para seguir mañana buscando. Pero hay que tener cuidado, los hombres de don Miguel andan siempre por todos lados y podrían reconocerlo.

Don Miguel: Oye, Pilar, ¿todavía no han llegado Ramón, el Cojo y el Mole?
Pilar: No, señor, creo que llegarán mañana, o tal vez el lunes.
Don Miguel: Apenas lleguen los quiero ver.
Pilar: *Ok*, señor.

Cuando Don Fausto y Emilio casi llegaban a Santiago, vieron tres hombres a caballo.

Fausto: Emilio, ven por aquí rápido, vamos a escondernos, creo saber quiénes son
Emilio: Creo que sí, don Fausto, son gente de don Miguel.
Fausto: Claro, sí, lo recuerdo, esos desgraciado torturaron a mi esposa y después quemaron la casa, suerte que pude salir huyendo con mi hijito.

Emilio: Tranquilo, don Fausto, tenemos que tener precaución con ellos, siempre andan armados, ya veremos luego cómo podemos vengar todo lo que le hicieron, lo importante ahora es encontrar a su hijo.

Fausto: Tienes razón, Emilio, vámonos por aquí, no nos dejemos ver, lleguemos al centro, no creo que ellos vayan para allá.

En el circo empezaba una función de arqueros con flechas encendidas, eso perturbó un poco a Jonás, quien comenzó a recordar todo lo que realmente había pasado en su casa.

Jonás: Padre, padre, el fuego.
Padre Romero: ¿Qué pasa, hijo?
Jonás: He recordado. Sí, he recordado.
Padre Romero: Tranquilo, hijo, a ver, cálmate, ¿qué has recordado?
Jonás: Me acuerdo de que había mucha gente en mi casa, unos hombres a caballo estaban quemando todo, vi a mi mamá, a quien le estaban dando golpes, cuando vino mi papá y me sacó de ahí, nos fuimos corriendo. Recuerdo que mi padre tropezó y no podía correr más y me dijo que me fuera, que corriera lejos, pero también yo caí, y me agarraron: uno de ellos, que tenía una cicatriz, me dio con su pistola en la cabeza, y creo que me dieron por muerto. Luego me levanté y pude caminar hasta la iglesia. De ahí ya no supe de mí.
Padre Romero: Pero dime algo, hijo, ¿te acuerdas bien dónde vivía? ¿Te acuerdas de tus padres, de sus rostros?
Jonás: No sabría decirle. Sé que era un poco lejos de aquí y recuerdo vagamente el rostro de mis padres, es lo único que no logro ver bien.
Padre Romero: De seguro esa gente también agarró a tu padre, ¿pero cómo saberlo?
Jonás: Necesito saber qué pasó con mi padre, no me puedo quedar así.

Padre Romero: No sé cómo, hijo, pero Dios nos iluminará el camino, para que nos guíe.

Fausto: Al fin llegamos, Emilio.
Emilio: Sí, don Fausto, parece que hay fiesta, allá se ve mucha gente.
Fausto: Me parece que sí, vamos averiguar qué es.

Cuando Fausto y Emilio se acercaron al lugar, se dieron cuenta de que era un circo, se pararon un rato para verlo, y como cosa del destino, Jonás y el padre cruzaron por detrás de Fausto y de Emilio, pero nunca se llegaron a ver.

Padre Romero: Jonás, vámonos ya, debemos descansar.
Jonás: Es cierto, padre, vamos.

Jonás se quedó pensando en la muchacha.

Larissa: ¿Viste, mamá, qué muchacho tan guapo el que me tropecé?, y se quedó mirándome.
Teresa: Hija, no te fíes de los hombres, muchos son muy malos.
Larissa: ¡Pero si es un muchacho!, y no tenía cara de gente mala, además estaba con un padre de la Iglesia.
Teresa: Bueno, en eso tienes razón, no creo que un padre estuviera con una gente mala paseándose por aquí.
Larissa sonríe e ilumina la cara con sus ojos bonitos. Teresa se queda mirándola.
Las 6 de la mañana, como siempre, el padre fue a despertar a Sebastián para que toque las campanas y dar la misa del domingo.

Padre Romero: Queridos feligreses, hoy estamos reunidos en la casa del Señor para darle las gracias por este nuevo día y para que vuestros corazones se llenen de alegría y de mucha paz. Recemos: Padre Nuestro que estás en el Cielo, santificado sea tu Nombre...

Cristóbal: Jonás, ¿cómo les fue anoche en el centro?

Jonás: Estoy feliz, Cristóbal, me pasaron dos cosas muy buenas: una es que he podido recordar muchas cosas de mi pasado, y la otra es que conocí a la muchacha más linda de este país, aunque no sé cuál es su nombre, ni dónde vive; ni siquiera el padre la había visto antes.

Cristóbal: ¿De verdad, Jonás?, ¡qué bueno!, me alegro mucho de que hayas podido recordar parte de tu pasado. ¡Y mírate, picarón!, ¡ya le echaste la vista a una muchacha!, ¿eh? (Ríe).

Jonás: Pues sí, Cristóbal, esa muchacha me impactó mucho, pero bueno, lo importante es que he logrado recordar todo lo que sucedió aquella vez. Y aunque todavía no logro ver el rostro de mi padre con claridad, sí recordé a mi madre y la casa donde vivía. Lo que no sé es cómo llegar desde aquí.

Cristóbal: ¿Y no recuerdas el nombre de tus padres?

Jonás: No, la verdad no, tampoco me acuerdo de la ubicación de mi casa, aunque sí recuerdo un pequeño río y unos árboles altos como que se cruzaban, solía jugar cerca.

Cristóbal: Sin una dirección será difícil encontrar a tu familia, pero ya nos ponemos en estos días a investigar. No te desanimes, que los vamos a encontrar con Dios delante, hijo.

En la iglesia cantaban unas de esas canciones religiosas, y Sebastián recogía la limosna como en cada misa.

Sebastián: Una ayudita para los pobres, no sean agarrados, una ayudadita para los desamparados, para las flores y los velones de la iglesia, y otra más para el que toca la campana, perdón, para el arreglo del campanario, no sean tacaños.

Padre Romero: Que la paz este con ustedes.

Multitud: Y con su espíritu.

Padre Romero: Vayan en paz, y que Dios os bendiga, la misa ha terminado.
Jonás: Cristóbal, por favor, acompáñame esta noche al circo, quiero ver a esa muchacha de nuevo.
Cristóbal: ¿Pero ella trabaja allí?
Jonás: No lo creo, porque me tropecé con ella afuera.
Cristóbal: Entonces es difícil saber si la puedes ver, ¡con tantas personas!, y tampoco sabemos si ella va a ir hoy para allá, quizás estaba de pasada por aquí.
Jonás: Tienes razón, pero no dejo de pensar en ella, al menos debo intentarlo e ir, nunca se sabe si la suerte estará de mi lado, aunque sea una vez en la vida.
Cristóbal: ¡Uhm! (Ríe).

Larissa: Mamá, ¿iremos al circo hoy?
Teresa: No, hija, hoy le toca salir a Marta, ayer ella no lo hizo, así que ve y llévala tú.
Larissa: Abuela, ¿quieres ir conmigo al circo esta noche?
Marta: ¡Faltaba más, hija!, ¡claro que sí voy contigo!
Larissa: Gracias, abuela.

Lo que ni Teresa ni Marta sabían es que el deseo de Larissa de ir al circo era ver si tenía la dicha de volver a encontrar a ese chico que tanto la había impresionado.
Llegó la noche. Jonás y Cristóbal se preparaban para salir al centro; Larissa y su abuela Marta, por su lado, también estaban casi listas para irse al circo.

Marta: Vámonos, Larissa.
Larissa: Sí, abuela
Cristóbal: Vamos andando, Jonás, que no quiero regresar muy tarde.
Sebastián: Sí, es verdad, vámonos.
Cristóbal: ¿Y ahora, Sebastián?, ¿a ti quién te invitó?

Sebastián bajó la cabeza medio triste.

Cristóbal: Vamos, Sebastián, no te me pongas así, ¡solo estoy bromeando! Claro que tú vienes con nosotros, eres nuestro circo ambulante.
Sebastián: ¿Qué es eso?
Cristóbal: (Ríe). No me hagas caso, vámonos.
Sebastián: Un momento, recuerde que usted va a ser el profesor Pirulo, así que póngase su vestimenta para que nadie lo reconozca como Cristóbal, usted sabe que algunos hombres de don Miguel andan por ahí.
Cristóbal: ¿Qué haría sin ti, Sebastián?, tienes toda la razón. Y por cierto, ¿qué pasa con el padre Romero?, ¿él no va a ir?
Sebastián: No, señor Cristóbal, el padre me dijo que iba a escribir una carta a su familia, que nos fuéramos nosotros.

Mientras tanto, en Santo Domingo.

Don Miguel: Pilar, busca a la comadre Leonor.
Pilar: Pero, señor, ¿no es muy tarde?, ella debe estar con su esposo ya.
Don Miguel: No me importa, ve a su casa y dile que venga y me la lleva a mi habitación.
Pilar: Claro, señor, ahora voy.

Don Miguel se quedó pensando: "A esa hembrita me la tiro otra vez, ¿qué me importa su esposo?, si se pone jodón, lo hago desaparecer, y asunto arreglado".
En Santiago, el circo estaba lleno de personas del pueblo, que miraban las travesías de sus artistas. De pronto, Jonás, que estaba por ahí con Cristóbal y Sebastián, se dio cuenta de que la misma muchacha que había visto el día anterior y tanto lo había conmovió pasaba con otra mujer, que era su abuela.

Jonás: Mira, Cristóbal, esa es la muchacha de quien te he estado hablando. ¿Qué hago? Quiero conocerla. Dime, ¿qué hago?

Sebastián: Pues ve, Jonás, y dile: "Oye, mamacita, te quiero conocer".

Cristóbal: (Ríe). No, Sebastián, esa manera no es la correcta, ella podría desencantarse de una vez de Jonás. El hombre debe ser caballeroso y muy cortés con una dama.

Jonás: Entonces dime qué hago, porque nunca he estado en esta situación y no sé cómo actuar.

Cristóbal: No sé, déjame pensar. ¡Ah!, ya sé. Mira, parece que está acompañada de esa señora. Toma esta moneda, acércate sin que se den cuenta, te agachas detrás de la señora como si estuvieras recogiendo algo y le dices: "Señora, creo que se le cayó esta moneda", y nada, te introduces, le preguntas de dónde son, etcétera, y ya logras una conversación. Y si ella está interesada en ti, pues querrá seguir la conversación.

Jonás: ¿Y crees que funcione?

Sebastián: Claro, muchacho, anda, corre.

Jonás: *Ok* (Ríe).

Efectivamente Jonás hizo lo que Cristóbal le había dicho. Quedó casi sin respiración hablando con la señora y mirando a Larissa.

Jonás: Perdone, señora, ¿esta moneda es suya? Creo se le cayó.

Marta: No, hijo, no creo.

Jonás: Oh, disculpe, pensé que era suya ya que estaba detrás de usted. ¿Ustedes son de por aquí?, mi nombre es Jonás.

Larissa: (Medio coquetona). Hola, mi nombre es Larissa, y no, no somos de por aquí. ¿Tú eres de por aquí?

Jonás: Pues la verdad no lo sé muy bien, cuando era niño vivía en mi casa, no recuerdo bien donde era, y apenas desperté no hace mucho y estaba aquí, pues la verdad, no lo sé.
Larissa: ¿Qué? (Ríe). No entiendo.
Marta: Y ahora ustedes.
Jonás: Señora, le pido mil disculpas por lo de la moneda, lo hice a propósito, no sabía cómo venir, ya había visto a Larissa ayer, pero ni siquiera le pregunté su nombre, y cuando la vi de nuevo, tuve que inventar esto para acercarme.
Marta: ¡Ah!, ¡con que haciendo trampa para ver a mi nieta, eh!

Todos ríen.

Jonás: (Piensa que nadie debe conocer la identidad de Cristóbal por seguridad). Perdone, fue idea de mi amigo Pirulo, el profesor.
Marta: (Ríe). ¡Qué nombre Pirulo!
Jonás: Así es, señora, Pirulo. (También ríe). Bueno, es ese que está ahí. Pirulo, Sebastián, vengan.

Cuando Cristóbal se acercó y vio de cerca a la señora y a Larissa, algo inexplicable sucedió, una fuerza extraña los conmovió a los tres, sin saber que era la sangre la que los llamaba.

Cristóbal: ("Que extraño me siento con estas personas"). Buenas noches, mi nombre es Pirulo, para servirles, y él es Sebastián.
Marta: Ho, hola. ("¿Por qué ese señor me da ternura? Tranquila, Marta, que apenas lo conoces".)
Cristóbal: ¿Le pasa algo, señora?
Marta: No, no, nada.
Larissa: Abuela, estás pálida. Hola, soy Larissa. ("¿Por qué este señor me cae tan bien, si apenas lo conozco?").

97

Cristóbal: Hola, Larissa. ("¡Dios, qué cosa más extraña!, si mi hija estuviera viva, tendría más o menos la misma edad que ella").
Marta: Hija, vámonos, vámonos.
Larissa: Pero, abuela, acabamos de llegar.
Jonás: Señora, perdone, no quisimos importunarla, nos vamos nosotros, mejor.
Marta: No, muchacho, ya se me pasara esto, es que sentí como una angustia grande. Está bien, Larissa, quedémonos otro rato más.
Sebastián: ¿De veras, señora, se siente bien? Si quiere, vamos a la iglesia, y el padre le reza tres Avemarías para que se sienta mejor.
Marta: (Ríe). No, hijo, está bien, gracias.
Jonás: Oye, Larissa, qué bonita eres.
Larissa: (Ríe). Gracias, tú también lo eres.
Jonás: Uh, no lo creo. (Ríe). Pero dime de dónde eres, nunca te había visto antes, digo, antes de ayer.
Larissa: Pues la verdad, no sé bien dónde vivo, sé que el pueblo de Santo Domingo estaba a tres horas caminando de donde vivía.

El circo estaba por empezar, y se interrumpió la conversación.

Anunciador: Señoras y señores, el circo va a empezar, compren sus taquillas, que en unos minutos va a empezar.

Cristóbal sentía muy adentro de sí una alegría que no podía entender, veía a Larissa y a Marta y experimentaba una sensación muy extraña. Lo mismo les pasaba a Larissa y a Marta, no sabían por qué ese señor les daba paz y una sensación desconocida.

Sebastián: ¿Y ahora? Me dejaron solo. Jonás habla con Larissa, y Pirulo con la señora, me costará irme hablar con el payaso del circo.

Todos rieron. Mientras, en Santo Domingo, Pilar estaba hablando con Leonor para llevarla a la habitación de Don Miguel. Y en Santiago, Fausto y Emilio pasaron por el centro, caminaron un poco por el circo y luego se quedaron en un lugar a pasar la noche.

Ya terminando el circo, cuando todos se disponían a irse, Marta tuvo una inquietud acerca del señor que acompañaba a Jonás.

Marta: Perdón, señor Pirulo, venga, deme un minuto, por favor, ¿usted de dónde es?
Cristóbal: Pues nací en Santo Domingo, y mi padre me mandó a Francia desde pequeñito, hasta que regresé ya hecho un joven. (Recuerda cuando su padre lo había mandado a Francia, y que cuando regresó había conocido a María).
Marta: ¿Y quiénes son tus padres?
Cristóbal: ¡Mis padres! Bueno, a mi madre nunca la conocí, murió al darme a luz.
Marta: ¿Y tu papá?
Cristóbal: Ah, no, de ese no vale la pena hablar, estoy avergonzado de tener un padre tan malo.
Marta: ¿Pero cuál es su nombre?
Cristóbal: Miguel Ángel Batista.

Marta se desmayó al oír el nombre de don Miguel.

Cristóbal: Señora, señora, despierte, ¿qué tiene?
Larisa: ¡Abuela, abuela! ¿Qué le pasó a mi abuela? ¡Díganme por favor que le pasó!

Cristóbal: No sé, se desmayó. ¡Rápido, Sebastián, avísale al doctor! Jonás, ayúdame, vamos a llevarla al doctor.

Fausto: Pues nada, Emilio, mañana seguiremos trotando y preguntando.
Emilio: Así es, señor, recemos para que el Señor nos guíe y nos dé alguna señal.

Llegaron al doctor con Marta en brazos.

Cristóbal: Doctor, la señora se desmayó y no ha respondido, haga algo.
Larissa: Sálvela, por favor, no deje morir a mi abuela.
Jonás: Cálmate, Larissa, el doctor la va a revisar.

Larissa abrazó a Jonás para llorar, sin darse cuenta, Jonás respondió a ese abrazo.

Fausto: Emilio, quiero pedirte un favor.
Emilio: Lo que quiera, señor.
Fausto: ¿Tienes dinero?
Emilio: La verdad es que no mucho, tengo mis ahorritos, pero si usted los necesita, se los doy enseguida.
Fausto: ¡Qué noble eres, Emilio! Algún día todo cambiará, volveré a ser el hombre exitoso que era antes y te prometo que serás mi mano derecha, es más: mi hermano, y te devolveré ese dinero con creces
Emilio: Gracias, don Fausto, no es necesario, usted hizo demasiado conmigo.
Fausto: Tengo una idea, quiero poner letreros y afiches, buscando mi hijo, aunque la verdad no tengo ni un retrato de él.
Emilio: ¿Pero qué pondrá en esos letreros?
Fausto: No lo sé todavía, pero pensaré en algo, Emilio, me desespera no saber nada.

Jonás, Sebastián, Larissa y Cristóbal esperaban afuera del consultorio del doctor que estaba atendiendo a Marta.

Doctor: Ella está bien, pero todavía está muy afectada por lo que le ha pasado, la presión la tiene un poco baja, les recomiendo que la dejen aquí hasta mañana, para tenerla en observación.

Larissa: ¿Pero y mi mamá?, ella tiene que saber, porque no pienso dejarla sola, yo también me quedo.

Cristóbal: Pues ve, y avísale y regresas, yo me quedaré hasta que tú regreses. Jonás y Sebastián, acompañen a Larissa a ver a su mamá.

Jonás: Sí, vamos, Larissa, para que le hagas saber a tu mamá lo que le ha pasado a tu abuela.

Doctor: Es mejor que descanse, hija, y vuelva en la mañana, de todos modos le he puesto un sedante que la hará dormir y descansar.

Larissa: No, doctor, yo quiero regresar y estar con ella.

Cristóbal: Larissa, ve por tu mamá y avísale, yo me quedo aquí hasta que regreses.

Jonás: Vamos, Larissa. Sebastián, avísale al padre que llegaremos más tarde y explícale lo sucedido para que él no se preocupe.

Sebastián: Pero yo quiero ir contigo Jonás, además el padre se duerme temprano, seguro ya está durmiendo.

Jonás: (Le hace una señal a Sebastián para que se vaya). Sebastián, ve a decirle al padre lo que pasó, ¿verdad que irás?

Sebastián: *Ok* (Baja la cabeza y gruñe).

Pilar: Señor, dejé a Leonor en su habitación, como usted lo ordenó.

Don Miguel: Está bien, vete ya. Ey, espera, ¿no hubo problema?

Pilar: No, señor, pero pregúntele a Leonor, ella sabrás mejor que yo.
Don Miguel: *Ok*, bueno vete ya.

Don Miguel se dirigió a su habitación, donde estaba Leonor esperándolo.

Don Miguel: Hola, cielo, ¿cómo estás?
Leonor: Miguel, ¿por qué me hace esto?, ¿quiere que mi marido me mate?, no puedo estar saliendo así de mi casa.
Don Miguel: ¿Qué?, ¿acaso quieres más a tu marido que a mí?
Leonor: No es eso, Miguel, pero él es mi marido, y si me encuentra, me va a matar.
Don Miguel: ¡Ah!, no te preocupes, que si él intenta ponerte un dedo encima, lo mato.
Leonor: Por Dios, Miguel, en tu vida solo tienes pensamientos de matar, encerrar, azotar, ¿no tienes algo mejor?
Don Miguel: Claro que sí, tengo algo mejor.

Don Miguel comenzó a besar a Leonor bruscamente y a quitarle la ropa. Por otro lado, Jonás y Larissa llegaban al lugar donde se encontraba Teresa.

Larissa: ¡Mamá, mamá!, mi abuela se desmayó, y la llevamos al doctor, solo vine avisarte para decirte que me quedaré con ella, porque el doctor la quiere observar hasta mañana.
Teresa: ¿Pero cómo?, ¿qué le pasó, hija?
Larissa: No sé, mamá, estaba hablando con un señor que estaba con Jonás, y de pronto, ¡cataplán!, se desmayó.
Jonás: Cálmese, señora, ella estará bien, el doctor dijo que solo fue un desmayo y tener la presión bajita, pero que mañana estará bien.
Teresa: ¿Y tú quién eres? ¿Y con qué señor estaba?

Jonás: Disculpe, señora, soy Jonás, y el señor con quien estaba es el profesor Pirulo, que por cierto se quedó cuidando a la abuela de Larissa hasta que nosotros regresemos.
Teresa: Ah, ya me acuerdo de quién eres, el muchacho que estaba ayer en el circo.
Jonás: Así es, señora.
Teresa: ¿Pero qué esperamos?, vamos a ir a ver a Marta.
Larissa: No, mamá, no te preocupes, mañana la verás. Es que el doctor quería hasta que yo me quedara aquí y no fuera, mejor ya me traigo a mi abuela mañana temprano.
Marta: Bueno, entonces espera, llévate estas cosas para que no te dé frío en la madrugada.
Larissa: Gracias, mamá.
Teresa: Dios te acompañe, hija. Oye, muchacho, cuidado con mi hija, que por ella soy capaz de lo que sea.
Jonás: (Ríe). Despreocúpese, señora, solo vine acompañarla para no dejarla sola.
Teresa: Bueno, de todos modos está advertido.
Larissa: ¡Ay, mamá!, ni que fuera una niña. Chau, nos vemos mañana.

Don Miguel seguía en la cama haciéndole el amor a Leonor.

Leonor: Miguel, tengo mucho miedo, es un poco tarde, y nunca salgo de noche.
Don Miguel: No te preocupes, Leonor, yo te mando otra vez con Pilar, y le inventa una mentira ahí a tu maridito.
Leonor: Miguel, ¿y el collar que me prometiste?, ¿qué pasó con eso?
Don Miguel: (Ríe). Para eso sí que no tienes miedo, ¡lo que son las mujeres! Mira, Leonor, claro que te lo compré, aquí lo tengo, pero te lo daré solo cuando estés conmigo solamente y dejes al maridito ese, el musu que tienes.

Leonor: No jodas, Miguel, tú sabes bien que no puedo dejar a mi marido, él es el padre de mi hija y además es un hombre bueno. Aquí la mala soy yo, por estar metiéndome contigo.
Don Miguel: Por cierto, ya que la mencionas, tu hija está bastante grandecita ya, debe tener unos dieciocho años, es mayor de edad.
Leonor: Miguel, ni te atrevas a echarle el ojo a mi hija, no lo intentes, porque soy capaz de todo.
Don Miguel: ¿A ver?, ¿capaz de qué?

En Santiago, al consultorio del doctor llegaban Larissa y Jonás.

Doctor: Por fin llegaron, ya es muy tarde, y no se pueden quedar todos aquí. Mire, su abuela ya está mejor, pero se quedó dormida con el sedante que le di.
Larissa: Doctor, ellos ya se van, solo me quedaré yo, gracias. Y gracias también a ti, Jonás, por acompañarme (Le da un beso en la mejilla). Gracias también a usted, señor, por cuidar de mi abuela.
Cristóbal: De nada, niña, mañana regresamos a ver cómo sigue ella, que pases buenas.

El doctor acompañó hasta la salida a Jonás y a Cristóbal. Jonás se retiró sin quitar los ojos de Larissa, y ella también lo siguió a él con su mirada, hasta que por fin se fueron. Larissa se quedó acariciando el rostro de su abuela.

Leonor: Ya me voy, Miguel, no puedo estar más tiempo aquí, y mira, eso que insinuaste, por favor, no te atrevas, conmigo lo que quieras, pero con mi hija no.
Don Miguel: Ah, cielo, no te preocupes, solo estoy molestándote. Anda, dile a Pilar que te acompañe.

El sonido de los pajaritos y algunos gallos en un bello amanecer en Santiago. Marta despertó.

Marta: ¿Dónde estás? Hija, hija despierta, ¿dónde está él?
Larissa: Abuela, ¿qué pasa?, ¿"dónde está" quién?
Marta: El señor Pirilo, Pirulo, no sé, dónde está él, que estaba hablando conmigo anoche.
Larissa: No sé, abuela, anoche él estuvo aquí acompañándote hasta que yo fui avisarle a mi mamá, y cuando regresé, ya se fue con Jonás.
Marta: ¿Y tu mamá dónde está? Necesito hablar con ella urgente.
Larissa: Está en la habitación que rentamos, abuela.
Marta: Vamos, llévame, tengo que hablar con ella.
Larissa: Espera, abuela, debo avisarle al doctor que ya nos vamos.

Fausto y Emilio comenzaban a arreglar sus caballos para seguir buscando y preparar los letreros que habían pensado, para ver si dan con el paradero del hijo de Fausto.

Larissa: Abuela, el doctor te va a chequear antes de irnos, para asegurarse de que estés bien.
Doctor: A ver, señora, déjeme tomarle la presión. Está un poco baja, pero está estable. Lo que noto es que está un poco ansiosa, tómese estas pastillas, una cada doce horas, y trate de descansar.
Marta: Sí, está bien, doctor, gracias. Vamos, hija, que tengo que hablar con Teresa.
Doctor: Ah, señora, pase por donde está mi secretaria, para saldar lo...
Marta: Sí, sí, doctor, no se preocupe, no me iba a ir sin pagar. Vamos, Larissa.

Larissa y Marta llegaron al lugar donde estaba Teresa.

Marta: Teresa, dime algo, ¿Miguel tuvo otro hijo?
Teresa: ¿Otro hijo? No, yo nunca supe de otro hijo. No, la verdad no creo, estoy segura de que no.
Marta: Pues anoche un señor que estaba con el amigo de Larissa me dijo que se llamaba Pirulo y que era profesor, me contó que su padre era un hombre malo y que era Miguel Ángel Batista.
Teresa: ¡¿Qué!? No, no puede ser, tiene que haber un error, don Miguel solo tuvo un hijo, y es Cristóbal, que es el papá de Larissa.
Larissa: Mamá, ¿entonces quiere decir que ese hombre que vimos mi abuela y yo es mi tío?
Teresa: No, esperen, no se adelanten, aquí debe haber un error. Larissa, ¿dónde está ese señor Pirulo?
Larissa: La verdad no sé, no sé ni dónde viven, solo dijeron que iban a ir ahora en la mañana a ver cómo seguía la abuela, pero nos vinimos para acá.
Teresa: A ver, vayan hasta lo del doctor, tal vez lo alcancen a ver, y me lo traen.

Teresa se quedó pensando en eso tan extraño.

Fausto: Emilio, esta noche vamos a pegar todos los afiches, tengo fe de que encontraremos a mi hijo. ¿Sabes?, cuando me escapé de la cárcel y venía huyendo hacia acá, tuve que dormir un día en una casa de cita.
Emilio: ¿Cómo, don Fausto? ¿Acaso usted…?
Fausto: No, Emilio. (Ríe). No es lo que tú piensas, lo que te quiero decir es que la dueña de ese lugar, doña Marta, se portó tan bien conmigo, que no entiendo cómo puede estar en ese lugar, ella también sufrió mucho por causa del tipejo ese don Miguel, me gustaría verla de nuevo. Bueno, nada, vamos a trabajar con lo que estamos.
Emilio: Don Fausto, con todo el respeto del mundo, se le iluminaron los ojos al hablar de ella, cuidado si usted se enamoró.

Fausto: (Vuelve a reír). No, Emilio. (Se queda sonriente y pensando en Marta).

Don Miguel: Pilar, ¿los inútiles no han regresado?
Pilar: No, don Miguel. ¿Quiere que le traiga algo de comer?
Don Miguel: Sí.

Don Miguel se quedó pensando cómo se iba a adueñar de todo el país poco a poco.

Marta: Apura el paso, Larissa, a ver si llegamos a toparnos de nuevo con ese señor.
Larissa: Abuela, recuerde lo que dijo el doctor: que debe descansar para recuperarse.
Marta: Lo sé, hija, pero necesito saber la verdad, y si ese es mi hijo, debo hablar con él.
Larissa: Tienes razón, abuela, a lo mejor también me puede decir dónde está mi papá.
Marta: Claro, hija, mira, ya llegamos. Entremos.
Doctor: Señora, ¿qué pasa?, ¿usted aquí de nuevo?, le dije que fuera a descansar.
Marta: Sí, doctor, lo sé, pero necesito saber si el hombre que me trajo anoche ha venido por aquí.
Doctor: Sí, vino hace un momento a saber de usted, pero como le dije que usted se había ido, pues ya se fue.
Marta: ¿Y no sabe dónde vive él?
Doctor: No, la verdad es que no sé.
Marta: ¿Qué vamos hacer ahora, Larissa?
Larissa: Pues no sé, abuela, esperemos que vayan hoy al circo de nuevo. Tampoco Jonás nunca me dijo dónde vivía, aunque se me ocurre algo: ¿recuerdas con quién estaban ellos anoche?
Marta: No, hija, no me acuerdo.
Larissa: Estaban Jonás, el señor y Sebastián.

Marta: ¿Y qué con eso?
Larissa: Que Sebastián estaba vestido como un padre de iglesia, debe ser el ayudante o algo así, y aquí hay solo una iglesia, lo que significa que podemos ir a buscarlo y preguntarle.
Marta: ¡Tienes razón, hija!, vamos a la iglesia.

Marta y Larissa se fueron rumbo a la iglesia. Marta tenía el deseo de ver nuevamente a ese señor, y Larissa la ilusión de ver a Jonás.

Por su lado, don Fausto y Emilio llegaron al centro y entraron a una imprenta para mandar a hacer muchos afiches con la información de búsqueda.

Don Miguel: ¡Al fin llegaron! ¿Por qué tardaron tanto?
Ramón: Patrón, es que esa gente es brava, pudimos convencer algunos, pero hubo muchos que mandaron a decir que si usted quiere guerra, la tendrá, que allá usted no va a hacer lo que hizo en Santiago hace mucho.
Don Miguel: ¿Y qué es lo que se cree esa gente, carajo?, ¡ya veremos! Reúne todos los hombres que puedas, de inmediato nos vamos al Norte. Les va a pasar algo peor de lo que vivió Santiago, ¡para que no me desafíen, campesinos de mierda!
Cojo: Pero, patrón, las cosas así no salen bien.
Don Miguel: ¿Y quién te pidió tu opinión, maldito Cojo?
Cojo: Perdón, patrón.
Mole: Patrón, con todo respeto, el Cojo tiene razón, así a lo loco no podemos actuar, esa gente está también bien preparada y tiene armas, hay que pensar un plan y prepararles una emboscada sorpresa.
Don Miguel: Bueno, está bien, pero que sea rápido, pónganse a trabajar en eso, y que no pase de esta semana, esos campesinos ya sabrán quién es don Miguel Batista.

Larissa: Abuela, ya llegamos, esa debe ser la iglesia. Perdón, niño, ¿en esa iglesia hay un ayudante del padre que se llama Sebastián?
Niño: Sí, el *amemao* siempre está ahí.
Larissa: (Ríe). ¿El qué?
Niño: Es que así es como lo conocen aquí, como el *amemao*.
Larissa: Gracias, niño. Abuela, ¿qué es eso de *amemao*?
Marta: Una persona boba, cuyo cuerpo está aquí, pero su mente en otro lugar.
Larissa: (Ríe). ¡Pobre Sebastián!, se lo ve buena persona.
Marta: Vamos a entrar, hija.

Sebastián alcanzó a ver a Larissa y a su abuela y se mandó corriendo a contarle a Jonás.

Sebastián: ¡Jonás, corre! ¡Jonás, ven, date prisa!
Jonás: ¡Sebastián, cálmate! ¿Qué te pasa?
Sebastián: ¡Larissa! ¡Ven, corre!
Jonás: ¿Qué le pasa a Larissa?
Sebastián: Que viene ahí con su abuela.
Jonás: ¿De veras? Déjame ir a recibirla.
Padre Romero: ¿En qué les puedo servir?
Jonás: Padre, padre, vaya tranquilo, yo las atiendo a ellas
Padre Romero: ¡Pero Jonás...!
Jonás: No importa, padre, luego le explico. Hola, Larissa. Señora, ¿cómo se siente?
Larissa: Hola, Jonás. Vinimos porque mi abuela quiere ver al profesor Pirulo, ¿sabes dónde vive?
Jonás: Sí, claro, él vive aquí con nosotros.
Marta: Por favor, dígale que necesito verlo urgente.
Jonás: Sí, claro, se lo diré, pero no está aquí ahora, él salió precisamente a verla a usted a lo del doctor, aunque ya hace un rato de eso, y no ha regresado. Pero entren, siéntense, seguro no tarda en venir.

Marta: Gracias, hijo, sí, lo vamos a esperar, porque tengo que hablar muy urgente con él.
Jonás: ¿Pasa algo malo?
Larissa: No, pero es algo muy importante para mi abuela, que le podría cambiar la vida.
Jonás: Un momento, déjenme buscar a Sebastián para que les traiga una limonada.

Teresa se hablaba así misma: "Dios, pero qué cosa tan extraña, la verdad es que no entiendo, no puede ser que don Miguel haya tenido otro hijo, se hubiese sabido, debí ir con ellas averiguar también".

Fausto: Bueno ya está todo listo, mañana nos entregarán los afiches para pegarlos en las calles.
Emilio: Así es, don Fausto, espero que esto dé resultado, alguien debe saber algo. Pero también debemos tener cuidado, no puede dejarse ver por los hombres de don Miguel, podrían reconocerlo, no se crea que esa gente lo ha dejado de buscar.
Fausto: Es cierto, Emilio, después de que hagamos esto, necesito hacer un plan para recuperar lo que ese maldito me robó y vengarme de él.
Emilio: Claro que sí, don Fausto, poco a poco reuniremos hombres para darle la batalla a ese demonio.

Sebastián: Aquí viene la limonada, para que se refresquen un poco.
Marta: Gracias, hijo.
Larissa: Gracias, Sebastián, oye: ahí afuera le preguntamos a un niño por ti, y me dijo que te decían el *amemao*, yo te veo normal.
Sebastián: ¿Cómo que el *amemao*? Yo no soy *amemao*, no les hagas caso a los niños, tú sabes cómo son de inquietos y traviesos.

Jonás: ¿*Amemao*? ¿Qué es eso?
Sebastián: Nada, así le dicen a la gente más inteligente, personas superdotadas, con conocimientos más allá de la ciencia, pero la verdad es no me agrada que me llamen así, me gusta ser muy humilde.

Larissa y Marta se miraron a los ojos y comenzaron a reírse a carcajadas, ellas sí sabían lo que era una persona *amemada*. Jonás también se reía, pero sin saber por qué, como buscando una explicación, él tampoco sabía el significado de aquella palabra.

Comandante: ¡Don Miguel!, ¡qué gusto de verlo! Pasaba por esta tierra y decidí entrar para saludarlo, y darle las gracias por lo que me mando.
Don Miguel: Me alegra verlo también, comandante, y que le haya gustado lo que le mande, así trato yo a las personas que son fieles a mí.
Comandante: Pero, don Miguel, usted sabe que conmigo puedes contar siempre.
Don Miguel: Me alegra escuchar eso, porque pronto voy a querer que me ayude en algo.
Comandante: ¿Y para qué será?
Don Miguel: Estoy planeando irme al Norte a comprar unas tierritas, como hice en Santiago, y necesito ayuda de algunos de sus hombres Usted sabe que hay algunos revoltosos que se me pueden alborotar, y hay que pararlos en seco.
Comandante: Pero, don Miguel, eso no está fácil, esa gente del Norte se ha armado bien, y más ahora, que el comandante que esta allá los defiende a ellos, no tengo buena amistad con él.
Don Miguel: Ah, ¿y quién es ese comandante que no está de nuestro lado?
Comandante: El comandante Sambrano, se la da de muy serio y muy nacionalista, pero seguro debe tener su precio también.

Don Miguel: Pues convénzalo para que esté de nuestro lado, si no, se la va a ver conmigo.
Comandante: Haré lo posible, don Miguel, pero desde ya no le aseguro nada.

Padre Romero: Jonás, ¿cuándo van a abrir la escuelita?, ¿ya quedaron de acuerdo con Cri…?

Jonás interrumpió al padre Romero antes de que cometiera una indiscreción al pronunciar el verdadero nombre de Cristóbal.

Jonás: Padre, sí, sí, sí, ya quedamos de acuerdo con el profesor Pirulo. Qué extraño que todavía no ha llegado, me da pena por ustedes, que han esperado tanto tiempo, es raro, él nunca sale, y hoy se ha demorado mucho.
Larissa: Abuela, es verdad, no sabemos si él va a regresar, vámonos, además ya hemos dejado mucho tiempo a mi mamá sola.
Jonás: En ese caso, podría llevarlo a su casa cuando él regrese.
Marta: Gracias, hijo, pero prefiero esperar.
Larissa: Abuela, pero ya Jonás dijo que cuando él llegue lo lleva a la casa, es lo mismo, así tú descansas, y no dejamos mucho tiempo a mamá sola.
Padre Romero: Pero dígame, señora, ¿en algo podría yo ayudarla, ya que no está la persona que ustedes esperan?
Marta: Creo que no, padre, lo que necesito preguntarle a Pirulo solo él lo sabe.
Padre Romero: Bueno, en ese caso, la dejo en su casa, me iré a la iglesia a arreglar todo para la misa de mañana.
Larissa: Gracias, padre. Abuela, vámonos también, gracias, Jonás, no deje de llevar al profesor Pirulo. Por cierto, me gustaría saber más de esa escuelita que van hacer, yo tengo deseo de aprender a escribir y a leer.

Jonás: Claro que sí, serás la primera estudiante, yo también tengo que aprender a leer y escribir.

Cristóbal se paseaba por la calle, no dejaba de pensar en la señora, porque sentía algo muy extraño, hasta que por fin llegó a la iglesia.

Jonás: Cristóbal, ¿dónde has estado? Aquí estuvieron Larissa y su abuela esperando por ti. No hace mucho se acaban de ir.
Cristóbal: ¿Cómo? Si fui a buscarla a lo del doctor, pero ya se habían ido, y me quedé dando vueltas en el centro.
Jonás: Pero recuerda lo que te dijo el padre: que es muy peligroso para ti estar caminando por ahí así, te pueden reconocer. *Ok*, mira, quedé en llevarte a la casa de ellas cuando vinieras, pero me imagino que vas a comer primero.
Cristóbal: La verdad es que sí, me muero del hambre y también quiero ir a la casa de ellas. Hay algo muy extraño que no logro entender, Jonás, desde que vi esa señora, algo me inquieta, y no sé lo que es.
Jonás: ¿Qué será? Ah, mira a Sebastián aquí, para que nos acompañe más tarde a ir a ver a Larissa y a su abuela.
Sebastián: Claro que sí, pero por favor dile que ya no mencionen la palabra *amemao*, que me da vergüenza.

Cristóbal quedó mirándolo a Jonás como quien dice "¿Y esto?, ¿qué pasó aquí?". Como Jonás tampoco sabía, se quedó solo haciendo una mueca.

Teresa: ¿Qué pasó?, ¿pudieron ver a ese tal Pirulo?
Marta: No, nos quedamos esperando, pero nunca llegó.
Larissa: Pero no importa, mamá, porque cuando él llegue, Jonás lo va a traer aquí.
Marta: Espero que así sea, porque la angustia me mata.

Teresa: Bueno, por lo menos en cualquier momento se sabrá quién es él y cuándo fue que nació, porque la verdad es no recuerdo que don Miguel tuviera otro hijo. ¿Y a ti, hija, qué te pasa?, te noto un poco alegre. Ah, ya sé, es el muchacho ese.

Larissa: Sí, mamá, no te lo puedo negar, cada vez que lo veo, siento como muchas hormiguitas que me hacen cosquillas en todo el cuerpo.

Teresa: ¡Ay, llegó el amor a esta casa! (Ríe).

Jonás: Padre, voy a llevar en un rato a Cristóbal a ver a las personas que vinieron ahorita buscándolo, la verdad es que no entiendo qué está pasando.

Padre Romero: Yo menos, hijo, y cuéntame por qué quisiste atender esas personas personalmente.

Jonás: Esa es la muchacha de la otra vez, de cuando fuimos al circo.

Padre Romero: ¡Ah!, ya veo por dónde va la cosa.

Jonás: ¿Qué cosa, padre?

Padre Romero: No, nada, hijo, yo me entiendo. (Ríe). ¿Y qué más, Jonás?

Jonás: Pues la verdad, padre, no sé qué me pasa cuando la miro, me entra un nerviosismo y un deseo enorme de estar con ella y protegerla.

Padre Romero: ¡Ay, llegó el amor a la casa de Dios!

Jonás: Padre, necesito que Cristóbal avance en lo de la escuelita, Larissa también quiere aprender a leer y a escribir, y me gustaría estar con ella todo el tiempo, para conocerla más.

Padre Romero: Hay que hablar con Cristóbal, hoy vinieron varias personas preguntando, que también quieren estar en la escuelita.

Jonás: Pues no se diga más nada, padre, que Cristóbal empiece esta misma semana.

Comandante: Cabo, entréguele esta carta al mensajero. Que vaya inmediatamente a Santiago y se la dé al Comandante de puesto allá, el comandante Sambrano.
Cabo: Claro, mi comandante.

El comandante se quedó pensando, veremos si este comandante estará de nuestra parte o no, más le vale, porque Don Miguel no le tiembla el pulso para mandar hacer cualquier voltereta.

Fausto: Emilio, manos a la obra, ya tenemos todos los afiches. Ahora a pegarlos en todo el pueblo.
Emilio: Claro, don Fausto, pero con precaución, no nos podemos dejar ver por la gente de don Miguel, deberíamos hacerlo de noche.
Fausto: Tienes razón, Emilio, a la noche nadie nos verá haciendo esto, y ya mañana la gente se despierta, y todos estos afiches estarán pegados, esperemos en Dios que alguien sepa algo.

Cristóbal: Jonás, ya estoy listo, vamos a ver a esa señora y a Larissa.
Jonás: Claro, Cristóbal, vamos, que deben estar esperándonos. ¡Sebastián!, ¡Sebastián!, date prisa, ya nos vamos.
Sebastián: Ya voy, dame un momento. ("¡Ay!, ¿qué me habrá hecho daño, que me duele tanto la barriga?").

Teresa: ¿Pero dónde está esa gente, que no llega?
Larissa: Mamá, tranquila, ellos van a venir.
Teresa: La verdad, hija, estoy un poco preocupada con todo esto, no sé ni qué pensar.

Alguien tocó la puerta.

Larissa: Mamá, deben ser ellos, déjame ir a abrirle.

Teresa: Déjame ir a buscar a Marta.
Larissa: Jonás, profesor Pirulo, Sebastián, entren. Mi mamá fue a buscar a mi abuela, siéntense.
Jonás: Gracias, Larissa.

En ese momento entraron Marta y Teresa. Cuando Teresa vio a Pirulo, que en realidad era Cristóbal, comenzó a llorar de la emoción.

Larissa: ¿Qué te pasa, mamá?

Cristóbal entró en *shock* al ver a Teresa, no la había visto desde aquella vez en que María, su amada, había dado a luz a esa niña; le pasaban las imágenes por el pensamiento.

Cristóbal: ¡Teresa, Teresa! ¡Oh, Dios, qué sorpresa volver a verte! ¡Dime qué pasó con mi hija!, ¡por favor dímelo!

Llorando, los dos se abrazaban. Teresa le hizo una seña de que Larissa era su hija. También agarró a Marta y le dijo:

Teresa: Él es Cristóbal, tu hijo; Cristóbal, ella es tu verdadera madre.

Fue tanto el suspenso, tanto el llanto, tanto los abrazos... fue una felicidad completa. Jonás y Sebastián se habían quedado boquiabiertos con lo que estaba sucediendo, no sabían cómo actuar entre tantas emociones encontradas.

Larissa: (Con los ojos llenos de lágrimas). Mamá, ¿tú estás segura de lo que me estás diciendo?, ¿él es mi padre?
Teresa: Sí, hija, él es tu padre.
Cristóbal: (Se hinca). Gracias, Dios mío, gracias por hacerme tan feliz, nunca pensé que este día fuera a llegar.

Cristóbal abrazó con todas sus fuerzas a Larissa, ninguno de los dos podía dejar de llorar. Marta también lloraba de felicidad al ver que por fin había encontrado a su hijo, lo miraba a los ojos y se le tiraba encima para abrazarlo y besarlo, fueron momentos mágicos para todos.

Teresa: Cristóbal, ¿dónde estuviste todos estos años?
Cristóbal: ¡Ay, Teresa!, es una historia larga. ¿Te acuerdas cuando nació mi hija?, mi padre me encerró en el calabozo, me dejó encerrado por dieciocho años, hasta que un día por fin me dejó libre, y fue cuando pude escaparme. ¿Cómo lograste tú dar con mi hija?, porque mi padre nos la había quitado y la había dado a uno de sus hombres.
Teresa: ¡Uy!, si te cuento, no termino hoy, pero resumiendo: la pude rescatar, y nos fuimos a vivir al bosque. No iba a permitir que le hicieran daño a la niña.
Cristóbal: Te debo la vida, Teresa. Nunca olvidaré esto que has hecho con mi hija. Pero hay algo que no entiendo: ¿ella es mi mamá? Mi padre me había dicho que había muerto cuando yo nací.
Marta: Eso me dijo él a mí: que tú habías muerto. Yo era su criada cuando me embarazó. Después de que naciste me echó de la casa. Y yo, pensando que tú habías muerto, tuve que irme del pueblo y hacer una vida nueva en otro lugar, que ahora no quiero contarte, quizás más adelante.
Cristóbal: Mamá, qué falta me has hecho... ¡Vivir todo este tiempo sin saber que estabas viva! Cómo odio a mi padre.
Larissa: (El llanto le hace un nudo en la garganta). ¿De veras eres mi padre?
Cristóbal: No tengo la menor duda, hija. Teresa, ven, mamá.

Cristóbal los abraza a todos. Era un mal de lágrimas, hasta Sebastián estaba llorando, aunque no entendía bien qué era lo que estaba pasando. Jonás también estaba en el aire, pero se sentía feliz porque al fin Cristóbal había encontrado a su familia.

Fausto: Emilio, ¡tengo tanta fe!, creo que vamos a encontrar a mi hijo, presiento en mi alma que así será.
Emilio: Estoy de acuerdo, don Fausto, cuando pongamos todos estos afiches, alguien sabrá algo y nos lo dirá, estoy muy seguro de que Dios nos guaira hacia él.

Marta: Gracias, Señor. Gracias, mi Dios, yo sabía que algo bueno tenías para mí, soy inmensamente feliz, por fin ha terminado mi calvario, mi hijo y mi nieta juntos, y esta gran mujer, Teresa, a la que le debo la vida. (Llora y abraza a todos).
Jonás: Sebastián, ¿estás llorando?
Sebastián: ¡Ay, Jonás!, pero esto solo se ve en novela de guerra que lee el padre Romero.

Todos se rieron con lo que había dicho Sebastián.

Don Miguel: Mole, Cojo y Ramón, ¿han pensado ya en algún plan?, necesito tener esas tierras del valle, me han dicho que son muy fértiles, las quiero ya.
Mole: Estuvimos pensando en un plan, patrón, pero vamos a necesitar más gente, más algunas de las personas del comandante amigo suyo, al menos debemos sumar unos doscientos hombres más.
Don Miguel: ¿Cómo que doscientos hombres más? ¿Qué ejército es que esa gente tiene?
Mole: No es eso, patrón, ellos son muchos, pero están bien armados, y según me contaron, el comandante de esa área es muy bueno con los agricultores de ahí, dicen que los defiende muchísimo, por eso tenemos que preparar algo fuerte, contundente.

Don Miguel: Bueno, en ese caso, recluten los hombres que faltan, ofrézcanle cincuenta pesos más dos cabezas de ganado a cada uno cuando terminen el trabajo.
Cojo: Así será, patrón, me voy al pueblo a ofrecerles eso que usted dice.
Ramón: Yo también voy por las afueras de la ciudad a reclutar lo más que pueda.
Don Miguel: ¿Qué esperan?, entonces muévanse y váyanse, regresen con toda esa gente, quiero ya esas tierra a como dé lugar.
Mole: Vámonos, muchachos.

Por otro lado, en España, se encontraba doña Rosario con sus hijos Dalia y Daniel de la Garza.

Daniel: Mamá, hace dieciocho años que nos vinimos a vivir a España, y no me acostumbro, quiero regresar a mi tierra.
Dalia: Hermano, ¿para qué quieres regresar a esa tierra sucia, con tanta gente inculta?
Rosario: Dalia, no te expreses así, ese es tu país, donde naciste, y esa es tu raza, debes quererla, no importa dónde te encuentres.
Dalia: ¡Ay, madre, tú y tus comentarios!, típicos de la gente inculta. Aquí estamos bien, nos rodeamos con la gente de clase alta.
Daniel: No me importa lo que pienses, Dalia, ese es mi país, y quiero volver, quiero comprarles para atrás las tierras que mi padre le vendió a don Miguel Ángel Batista. Madre, quiero regresar, y es algo que he pensado una y otra vez, quiero recuperar las tierras de papá y de paso adueñarme de todo Santiago. Que don Miguel que se quede con su Santo Domingo, papá no debió venderle esas tierras.
Rosario: Hijo, tu padre tuvo que vendérselas a don Miguel, tú sabes que él estaba enfermo y que solo aquí en España po-

dían tratarlo, por eso duró unos años más con nosotros. Además, siempre nos dijo que don Miguel no era de fiarse, a pesar de que nos llevábamos bien con él.

Daniel: Está decidido, madre, regreso a Santiago, y ustedes se vienen conmigo.
Dalia: ¡Ja!, ni muerta me voy a esa pocilga de tierra.
Rosario: Dalia, te he dicho que no hables así. ¿Qué clase de educación te di? No fue esa, ¿por qué eres así?, ¿qué te pasa?
Dalia: No quiero ir allá, ni estar entre gente sucia e inculta. Mírate a ti, nunca llegaste a nada por ser como ellos.
Rosario: Cállate.

La madre le dio una cachetada a la hija y se agarró el pecho con las dos manos, como si le fuera a dar un infarto.

Daniel: ¡Madre, madre!, ¡qué te pasa! Dalia, si le pasa algo a mi madre por tu culpa, no sabes de lo que soy capaz. Y ve recogiendo tus cosas porque te vienes con nosotros a como dé lugar. No te das cuenta de que seremos los reyes en Santiago, dueños de todo Santiago.

Dalia se quedó resabiando y con gesto de altanería.

Sebastián: ¡Ay, padre!, usted no sabe lo que ha pasado.
Padre Romero: Cálmate, hijo, ¿qué?
Sebastián: Resulta ser que Pirulo, digo Cristóbal, es la hija de Teresa, y Teresa es la madre de Marta, y Larissa la abuela de Cristóbal. O ¿cómo es la cosa...?
Jonás: (Ríe). ¡Sebastián, estás loco! (Ríe). Padre, lo que quiere contarle es que Cristóbal encontró a su madre, y que Larissa es su hija, es un caso insólito.
Padre Romero: ¡¿A ver!?, por partes, que no entiendo bien ese rollo. ¿Me estás diciendo que Cristóbal encontró a su madre, que me imagino que es la señora que anda con Larissa?

¿Y dices que Larissa es hija de Cristóbal, esa niña de la que él siempre hablaba y creía que estaba viva? ¡Dios!, has hecho un milagro.

Jonás: Así es, padre, y Marta es la madre de Cristóbal. Teresa, la mamá de Larissa, lo reconoció a Cristóbal.

Sebastián: ¡Ay, padre, qué historia más tierna poder reunirse con su familia, así de una! Cristóbal se quedó allá con ellas.

Padre Romero: ¡Bendito seas, Señor! Hay que preparar una misa en nombre de ellos.

Sebastiano: Padre, no, recuerde que es peligroso para Cristóbal: si saben de él, ese hombre malo puede hacer algo dañino.

Padre Romero: Tienes razón, Sebastián, ¿qué haría yo sin ti?

Sebastián le susurró a Jonás algo al oído, le dijo:

Sebastián: ¿Ves, Jonás, por qué me dicen *amemao* en la calle?, porque soy superinteligente.

Jonás se quedó riendo, y el padre le hacía señas a Jonás de lo que le había dicho Sebastián.

Dos días más tarde llegaban Mole, Cojo y Ramón a lo de don Miguel.

Mole: Patrón, tuvimos que ofrecer algo más, la gente no quería unirse a nosotros, decían que usted tiene mucho dinero y que lo que les daba era solo la sobra. Pero pudimos reunir casi las doscientas personas.

Don Miguel: ¿Y qué se cree esa gente?, casi todos comen de mi mano. ¿Qué más les ofreciste?

Cojo: Tuvimos que aumentar a tres cabezas de ganado por hombre, era la única forma de reclutarlos.

Ramón: Así es, patrón, pero cuando se termine todo y conquistemos el valle, cuando regresemos, si quieres volvemos y le quitamos la cabeza de ganado a esa gente y solo les dejamos los cincuenta pesos.

Don Miguel: No, no, está bien, que se queden con las tres cabezas de ganado, de todos modos los necesito por si algo pasa más adelante.

Cristóbal: Hija, déjame abrazarte de nuevo, no sabes la falta que me has hecho todo este tiempo, todos estos años de angustia, no había un día que no pensara en ti. Madre, perdóname, yo no tenía ni idea, siempre me dijeron que habías muerto cuando nací, ¡pero no sabes cuánto me alegro de que estés viva!

Larissa: Papá, soy la muchacha más feliz del mundo, con mi mamá Teresa, con mi abuela y ahora contigo, no lo puedo creer. En estos dos días desde que nos conocimos, he tratado de expresarte lo feliz que me siento, pero se me ha hecho un poco difícil porque no sabía ni cómo eras. Aunque mi mamá Teresa me dijo siempre que eras el hombre más bueno de todo el país.

Marta: Hijo, yo también estoy feliz, no me cabe la felicidad en el corazón, esto es un milagro de Dios, sé que no te sientes seguro de todo esto, y te comprendo, pero no me importa, soy la mare más feliz del universo, y cada día que pase te voy adorar por todo el tiempo que he perdido sin verte.

Cristóbal: Madre, todo este tiempo crecí sin conocer el cariño de una madre, solo tuve a mi papá. Él me lo dio todo, pero es una persona con muy malos sentimientos, no le tiembla el pulso para quitar a cualquiera del medio, incluyéndome a mí mismo, ya ves que me encerró por dieciocho años.

Marta: La verdad es que Miguel nunca cambió, a mí siempre me trató muy mal, me daba golpes para que estuviera con él a la fuerza, me engañó muchas veces, yo era una joven sin estudios ni nada, no sabía cómo defenderme.

Teresa: Ya, por favor, no nos pasaremos hablando de ese demonio cuando hay tantas cosas que debemos planear. No nos podemos quedar aquí mucho tiempo, en este pueblo hay mucha gente de don Miguel, que si nos encuentra, ya no quieran saber lo que nos pasaría.

Daniel: Aquí tengo los boletos del barco para que nos vayamos a Santo Domingo.
Dalia: Te dije que no quiero ir.
Daniel: Aquí el hombre soy yo, y tú vas hacer lo que yo diga, y ya basta, no se diga una palabra más.
Rosario: Por favor, no se peleen. Dalia, acostúmbrate, vamos a regresar, ya verás que te va a gustar estar allá, tierra bendita esa, siempre es verano y hay una brisa tropical inigualable.
Dalia: Sí, madre, tú porque creciste allá con toda esa gentuza, pero yo me crié aquí, donde están todas mis amigas, aquí tengo mi propio carruaje con chofer, vamos a los mejores eventos sociales, y allá no tendré nada de eso.
Daniel: Ya basta, allá podrás conseguir lo que quieras y podrás tener no uno sino dos choferes si quieres, y para que no te quejes tanto, te voy a poner dos muchachas a tu disposición para que te sirvan como lo desees.

Dalia no quedó muy contenta, pero no le quedaba otra.

Jonás: Padre, ¿qué irá a pasar ahora?, ¿usted cree que Cristóbal querrá seguir con lo de la escuela?
Padre Romero: No lo sé, hijo, imagínate que ya han pasado dos días, y no ha venido. Claro, me imagino que el pobre debe estar tan feliz que no tiene pensamiento para nada más.
Jonás: Hoy voy a ir con Sebastián a verlo y también para ver a Larissa.
Padre Romero: Sí, hijo, ve, quizás se les ofrezca algo, en ese caso me mandas a avisar con Sebastián.

Sebastián: Perdón, padre, ahí afuera hay unos señores, para ver si les deja pegar unos afiches en la pared de la iglesia.

Padre Romero: ¿Unos afiches?, ¿será de algún circo? No, no, diles que se vayan.

Sebastián: Nunca los había visto, parecen gente decente, ¿por qué mejor no sale usted y les dice?

Padre Romero: Un día de estos te voy a poner de penitencia cinco baños en una semana.

Sebastián se persignó y en voz baja dijo: "Jesús Santísimo, María y José, eso no, por favor". Jonás se quedó mirándolo y riéndose.

Jonás: Sebastián, vamos a prepararnos para ir con Cristóbal y Larissa, vámonos por la puerta de atrás, antes de que el padre regrese y nos ponga hacer otra cosa.

Sebastián: ¡Ay, niño Jonás!, ¡y si el padre cumple lo que dijo de ponerme esa penitencia, no quiero hacerlo enojar más!

Jonás: Anda, vamos, que yo ya le había dicho a él que íbamos juntos, y él dijo que estaba bien.

Sebastián: ¿Seguro, niño Jonás?, mira que prefiero dormir de pie por tres días y no que me mande a bañar tantas veces.

Padre Romero: Buenas, señores, ¿en qué puedo servirles?

Fausto: (Se persigna). Disculpe que lo moleste, padre. Mi nombre es Fausto Guzmán, y él es Emilio. Hace mucho tiempo perdí a mi hijo, no sé por dónde buscarlo, así que decidimos hacer estos afiches para pegarlos en toda la ciudad, y como aquí viene mucha gente, quizás alguien ha sabido algo de él.

Padre Romero: Pero, hijo mío, en la iglesia no se pueden pegar afiches, ¿por qué mejor no vienes temprano en la mañana y te paras ahí en la puerta con el afiche en la mano?, así la gente podrá leerlo.

Emilio: Es una magnífica idea, pero no podemos dejarnos ver mucho, al menos don Fausto no puede.

Padre Romero: ¿Pero por qué, hijo mío?

Emilio: Pues porque los hombres de Miguel Ángel Batista lo pueden ver, ese demonio lo tuvo encerrado por dieciocho años a don Fausto, ese criminal mató a toda su familia, y el único que se salvó fue su hijo, pero no sabe dónde ha estado durante todo este tiempo.

El padre se quedó pensando que la de don Fausto era una historia parecida a la de Jonás, y se persignó.

Padre Romero: Dios Misericordioso, hace ese mismo tiempo ese señor vino y destruyó muchísimas cosas, le robó las tierras a la gente, le mató las familias a quien no le vendiera su tierra... En ese mismo tiempo llegó aquí un niño moribundo, con un golpe grandísimo, y lo he tenido aquí durante todos estos años, estuvo mucho tiempo en coma y no hace mucho despertó, pero no sabría decirle si estamos hablando del mismo niño.

Fausto: ¿Y dónde está ese niño, padre?, dígame, déjeme verlo, por favor, ¿dónde está?

Padre Romero: Calma, hijo, vamos por partes. ¿Cómo era tu hijo? No quiero hacerle creer una cosa que no es, él ha sufrido mucho. No quiero generarle falsas esperanzas. Y después de tantos años, ¿cómo crees que podrías reconocerlo?

Fausto: Padre, recuerdo que él tenía una marca en su trasero.

Padre Romero: La verdad es que no me he dado cuenta desde que vino aquí, lo he cuidado, y nunca me he dado cuenta de esa marca, pero puedo estar equivocado, siempre lo bañábamos entre Sebastián y yo.

Fausto: Pero, padre, búsquelo, así me puedo quitar esa duda de la cabeza, que me atormenta. Compréndame, llevo dieciocho años sin saber nada de mi hijo.

Padre Romero: Te comprendo, está bien, espera un momento. Jonás… Jonás… Sebastián…Sebastián, ¿pero dónde se habrán metido estos muchachos? Señor, parece que no están aquí, pero si gusta esperarlos, Jonás y Sebastián no deben andar lejos, estaban cuando ustedes llegaron.
Emilio: Padre, vamos a regresar más tarde, seguiremos pegando afiches por si no es el niño que buscamos seguir en la búsqueda. Es mejor así, don Fausto, de todos modos esos muchachos viven aquí con el padre y regresarán.
Fausto: Tienes razón, Emilio, vamos a seguir pegando los afiches. Padre, muchísimas gracias por su gentileza, regresaremos más tarde.
Padre Romero: A la orden siempre, queridos hermanos, que el Señor lo acompañe y que puedan dar con su hijo.
Fausto: Gracias, padre.

Dalia estaba resabiando en su habitación porque tenía que irse de España a Santo Domingo, cuando entró su madre, doña Rosario.

Rosario: Hija, debemos hablar.
Dalia: Ahora no, mamá, ¿no ves que estoy ocupada haciendo maletas para este molesto viaje?
Rosario: ¿Qué es lo que te pasa, hija? ¿Qué te hemos hecho para que nos trates así? No te di esa educación, si tu padre estuviera vivo, no permitiría que me hablaras así.
Dalia: ¡Ay, mamá!, tú no cambias esa forma tuya pueblerina. Yo salí de allá siendo una niña, no conozco a nadie allá, aquí están mi vida, mis amistades, mis cosas, mis reuniones de sociedad, en fin todo lo mío; y solo porque a Daniel se le metió en la cabeza irse para ese mugroso país, tenemos que irnos obligadas. Debí casarme con el primero aquí para así no tener que escuchar a Daniel ni a ti.
Rosario: No te conozco, Dalia. ¿Cuándo fue que cambiaste?, tú no eras así, este país con toda esa gente de clase alta altanera te ha cambiado la vida para mal. Qué tristeza me da, hija.

Dalia: Déjame en paz, ya soy bastante grande para que me den sermones.

La madre de Dalia salió de la habitación; Dalia se quedó estrellando la ropa en la maleta y con rabia.

Jonás: Cristóbal, qué gusto verte, vinimos a saber de ustedes. Ya han pasado dos días, y no regresaste.
Cristóbal: Así es, me he quedado aquí con mi hija, mi madre y Teresa, no puedo dejarlas solas…Este milagro d Dios, de devolverme la vida mandándome a mi hija y a mi madre al mismo tiempo, ¡*wow*!, no lo puedo creer, jamás me separaré de ellas.
Sebastián: Qué lindo oírlo hablar así, Cristóbal. Por cierto, ¿qué va a pasar con la escuela?
Cristóbal: ¡Ah, claro! Eso se hará, ya decidí quedarme, no voy a huir, solo necesito conseguir una casa en las afuera de Santiago, para evitar que nos crucemos con la gente de mi papá.
Sebastián: Yo conozco a un amigo que cuida una casa que dejó abandonada una familia rica de aquí hace 18 años, es posible que él se la pueda rentar a ustedes.
Cristóbal: ¡Qué buena idea, Sebastián! Claro, por favor, averíguame eso para mudarnos de una vez.
Jonás: Cristóbal, ¿podría ver a Larissa un rato?
Cristóbal: Claro, Jonás, ellas están en la habitación, déjame llamarla.

Don Miguel: Ramón, ¿alguna noticia de mi hijo?
Ramón: No, nada todavía. Patrón, cuidado si su hijo se fue del país.
Don Miguel: No creo, mi hijo no debe estar lejos, solo debe estar escondido, ¿adónde va a ir, si no tiene dinero con él?
Ramón: Tiene razón, patrón. También quería decirle que solo esperamos órdenes de usted para marcharnos al Norte,

los hombres que conseguimos ya están todos armados y con caballo.

Don Miguel: Me gustaría ir yo mismo en persona, pero debo arreglar unos asuntos. ¿Dónde están Mole y el Cojo?, tráemelos.

Ramón: Sí, patrón, están afuera.

Larissa: Hola, Jonás, ¿cómo has estado?
Jonás: Bien, Larissa. Y tú me has hecho falta estos dos días en que no te he visto.
Larissa: Tú a mí también.
Jonás: La verdad es no sé qué me pasa cuando estoy cerca de ti, es como si no quisiera irme nunca.
Larissa: A mí me pasa igual. Todos los días pienso en ti.

Jonás se le acercó a Larissa para darle un beso, pero de pronto apareció Sebastián y los interrumpió con una tos.

Sebastián: Perdón, joven Jonás, pero ya debemos irnos, hay que conseguir esa casa para que Cristóbal y su familia vivan en ella.
Jonás: Sebastián, Sebastián, Seba, sí, sí, ya voy.
Larissa: Ve con él, nos vemos a la noche, ¿qué tal si vamos a la ciudad juntos?
Jonás: Claro que sí, está bien vendré por ti en la noche.
Sebastián: ¿Puedo ir con ustedes?

Jonás y Larissa se quedaron mirándolo y riéndose.

Larissa: Sí, claro que sí, Sebastián, puedes venir.
Mole: Patrón, ¿nos mandó a llamar?
Don Miguel: Sí, me dijo Ramón que todo está listo para irse al Norte.
Cojo: Sí, patrón, todo listo.

Don Miguel: Bien, ustedes tres van a comandar todo como lo hicieron en Santiago. Recuerden: si hay alguno que no quiera venderme al precio que ustedes ya saben, hagan lo mismo que en Santiago, para que los demás no pongan objeción en vender de una vez.
Mole: Como usted ordene, patrón. Cojo, Ramón, avísenles a los hombres que están esperando en las caballerizas que partimos esta misma noche para arribar en tres días a Santiago y llegara la noche por sorpresa, dormiremos durante el día.
Cojo: Andando, Ramón.

Jonás: Pero, Sebastián, ¿adónde vamos?, hemos caminado ya demasiado.
Sebastián: Joven, la casa que vamos a ver está en las afueras; todavía falta otro poco, de regreso le diré a mi amigo Pedro a ver si nos presta una mula, para no venir caminando.
Jonás: ¿Sabes, Sebastián?, se me va a hacer difícil ir a ver a Larissa si vivirá tan lejos, pero creo que estoy enamorado, no me importa ir al fin del mundo por ella, es la chica más linda que he visto en mi vida.
Sebastián: ¡Oigan a este!, ¡muchas que has visto tú!, a Pancha, la que limpia la iglesia; a Hortensia, la del mercado; a Macarena, la rezadora…Si estuviste toda una vida durmiendo.

Los dos se miran a la cara y se ríen.

Jonás: Tienes razón, pero aun así lo que siento por Larissa es grande, y en este pueblo no he visto una muchacha más linda que ella.
Sebastián: Estoy de acuerdo contigo, joven Jonás, Larissa es un ángel, ¡*wow*!, ¡qué muchacha más bella! ¡Uhm!, ¡ay, si no fuera sacristán!…
Jonás: ¿Qué dices, Sebastián?
Sebastián: No, nada, joven Jonás, que sí, que Larissa es la más linda de todo el pueblo. ¿Y sabes qué?, creo que a ella

también le gustas tú, se lo he visto en los ojos, cómo te mira, se pone nerviosa cuando habla contigo.
Jonás: Así es, Sebastián, a mí me pasa lo mismo.

Teresa: Cristóbal, debemos hablar.
Cristóbal: Sí, Teresa, dime qué pasa.
Teresa: ¿Qué vamos a hacer?, no podemos quedarnos aquí, es muy peligroso. Tengo miedo de que la gente de tu papá nos encuentre.
Cristóbal: No te preocupes. Sebastián y Jonás fueron a ver la casa de un amigo de Sebastián en las afueras del pueblo, no estaremos tan cerca, pero tampoco tan lejos, porque quiero seguir con el plan de la escuela en la iglesia.
Teresa: Pero eso puede ser peligroso, sabes que tu papá no quiere que haya escuela, para mantener la población a sus pies.
Cristóbal: No te preocupes, ya no podemos estar soportando a mi padre, además debemos alfabetizar a Jonás y a Larissa, se los he prometido.
Teresa: ¿Y cómo vamos a pagar la casa por la que mandaste a averiguar?, tengo que ponerme a trabajar para poder hacer algo de dinero, y así mantenernos.
Marta: Por ahora eso no es problema, traje conmigo mis ahorros, que me había ganado en mi negocio, con eso podemos mantenernos un tiempo, y después ya veremos.
Cristóbal: Pero, madre, no es correcto que gastes tus ahorros, yo voy a conseguirme un trabajo, hablaré con el padre Romero, él debe saber de alguien.

Sebastián: Mira, Jonás, ya llegamos. Ahí está Pedro. ¡Pedro, mi amigo!, ¡cuánto tiempo sin verte! Te voy a poner cinco penitencias, no te he vuelto a ver por la iglesia.
Pedro: Sebastián, me las pones cuando tú seas padrecito. ¿Y esta soipresa?, ¿qué jesta haciendo poi estos rumbos?
Sebastián: Mira, Pedro, él es Jonás, como un hermano.

Jonás: Mucho gusto, señor Pedro.

Pedro: Ei guto je mio, joven, ¿pa que soy gueno?

Sebastián: Mira, Pedro, tengo una familia amiga de la iglesia que necesita mudarse a una casa urgente. Pensé en ti ya que cuidas esta propiedad. Estaba pensando que se la podías rentar, así ganas algo para tu familia. Pero ellos solo pueden pagar poco, son muy, muy pobrecitos.

Pedro: Eso que me pides es muy complicao, Sebastián, jeta propiedad no e mía, a mí me la dejan a caigo, y si e veidad que esa gente masinunca han vueito, pero y si vienen, en ei lio que yo me meto.

Sebastián: Pero, mi amigo, si esa gente regresa, te lo va a comunicar, para que le tengas la casa limpia, porque me imagino que debe estar sucia con todos esos años cerrada. Y si eso pasa, entonces yo le explico a la familia, para que salga antes de que llegue la gente.

Jonás: Es verdad, señor Pedro. Mire, si ellos vienen, de una vez sacamos a la familia de aquí, y así no tendrá problemas.

Pedro: Eso es muy riegoso, pero ta bien, voy a decirle a Maicela pa que limpie la casa. ¿Y pa cuándo es que se van a mudai?

Jonás: Bueno, en ese caso mañana mismo.

Pedro: Ta gueno.

Sebastián: Gracias, mi amigo, sabía que podía contar contigo.

Pedro: Tú sabe que somo como heimano, Sebastián, tu familia y la mía somos vecino y crecimos juntitico, váyanse ya, pa que no le coja la noche.

Sebastián: Ah, Pedro, préstame una de tus mulas, te la regreso mañana, es para no irnos a pie, tú sabes que estamos un poco lejos.

Pedro: Apérame aquí, deja a traeite a Geitrudis esa mula esta decansaita, hoy la dejamo descansando, y no trabajó.

Jonás y Sebastián se rieron.

Fausto: Emilio, ¿cree que el muchacho esté ya en lo del padre?
Emilio: Ya ha pasado bastante tiempo, seguro debe estar. Vamos a tocar, estamos cerca, y al fin pegamos todos los afiches.

Fausto y Emilio tocaron la puerta de la iglesia, el padre les abrió.

Fausto: Padre, disculpe, nosotros de nuevo por aquí.
Padre Romero: No importa, hijo, pasen, pasen.
Emilio: ¿Ya está aquí el muchacho?
Padre Romero: No, todavía no ha llegado. Es raro: ni Sebastián ni Jonás salen por tanto tiempo, ya deberían estar aquí, me estoy empezando a preocupar un poco.
Fausto: ¿No les habrá pasado algo?
Padre Romero: No creo, las cosas malas se saben pronto.
Emilio: ¿Podemos quedarnos un rato?
Padre Romero: Claro que sí, esta es la casa de Dios y de sus hijos.

Mientras, por el camino iban Jonás y Sebastián cabalgando encima de la mula que les había prestado Pedro. Se hacían cuentos de camino, y Jonás pensaba en Larissa.

Larissa: Abuela, ya se está haciendo tarde, y Jonás dijo que iba a volver a la noche.
Marta: No te preocupes, Larissa, si él te dijo que iba a volver, ya vendrá, no te desesperes, hija.
Larissa: Es que hace rato se fue con Sebastián. ¿Es tan lejos esa casa que andan buscando?
Teresa: Hija, tu padre quiere mudarse a las afueras, me imagino que debe ser un poco lejos de aquí.

Jonás: ¡Oh, Sebastián!, vete a la iglesia, yo me quedo aquí, le dije a Larissa que la pasaba a recoger para llevarla al centro.

Sebastián: Pero ya se está haciendo tarde, y el padre no sabe nada de nosotros desde que nos fuimos.

Jonás: Anda, no pasa nada, ve y dile que llegaré más tarde porque estoy acompañando a Larissa.

Sebastián: *Ok*, joven.

Daniel: Mamá, Dalia, ¿terminaron de empacar ya?, son las cuatro de la mañana, debemos partir, el barco sale temprano, a las seis, y nos queda un viaje muy largo por hacer.

Rosario: Sí, hijo, ya estamos listas.

Dalia: ¿No hay posibilidad de que los alcance el mes que viene?

Daniel: No, no te vamos a dejar sola aquí, así que ya no se diga una palabra más, y vámonos.

Fausto: Padre, se está haciendo tarde, y esos muchachos no regresan.

Padre Romero: Ah, mira, ahí viene Sebastián. Sebastián, ¿y ese animal?, ¿qué haces en él?, ¿y dónde está Jonás?

Sebastián: Ay, padre, es que Pedro, mi amigo, ¿se acuerda el que vivía al lado de mi casa?, me prestó su mula para venir para acá. Jonás se fue a lo de Larissa, dijo que la llevaba al centro y que regresaba más tarde.

Padre Romero: Pero estas personas lo están esperando a él.

Emilio: No se preocupe, padre, podemos regresar mañana, además ya se está haciendo medio tarde, y debemos regresar.

Fausto: Sí, regresaré a la mañana, por favor dígale a ese joven que no salga, necesito verlo.

Padre Romero: Así será, hijo, no lo dejaré salir, aunque para eso lo tenga que amarrar.

Jonás: Larissa, perdona que llegue a esta hora, pero la casa que fuimos a ver está un poco retirada del pueblo. Ah, Cristóbal, qué tal, hablamos con el señor de la casa, mañana mismo se pueden mudar.

Cristóbal: ¿Cómo tan rápido? ¿Y cómo pasó eso?

Jonás: Luego te cuento, pero deben empacar para mañana ir ya para allá, vengo temprano con Sebastián a llevarlos al lugar y ayudarlos con la mudanza, pero ahora necesito que me des permiso para llevar a Larissa al centro, le ofrecí llevarla.

Cristóbal: Claro, Jonás, lleva a Larissa para que se distraiga un poco.

Jonás: Vámonos, Larissa.

Larissa: Estoy feliz de ir contigo.

Jonás: Yo también.

Mientras, en el bosque cabalgaba la gente de don Miguel, vía el valle de la Vega, se oía el murmullo de la gente al paso de los animales.

Mole: Ramón, Cojo, todo salió bien, como lo planeamos, a esta gente solo les daremos dos cabezas de ganado como le dijimos y nos quedaremos con la tercera para nosotros, el patrón se creyó el cuento de las tres cabezas.

Ramón: Pero, Mole, si el patrón pregunta a esa gente, y esta le dice que solo le dimos dos cabezas de ganado, nos meteremos en un lío.

Cojo: Es verdad, Mole, y tú sabes cómo es el patrón: no le tiembla el pulso para mandarnos a matar.

Mole: ¿Pero ustedes creen que yo soy tonto o qué? Ya he pensado en todo eso, solo a los que están más cerca de la finca del patrón les damos de a tres, y a los demás de a dos, es gente que el patrón ni conoce. Además, ¿creen que el patrón se va a rebajar hablando con esa gente? Tranquilos muchachos, a cada uno de nosotros nos tocarán de a veinte a treinta cabezas de ganado, y podremos hacer un buen dinerito con eso.

En el centro de Santiago, Jonás y Larissa disfrutaban de la ciudad, del circo, de los paisajes. Jonás le agarró la mano, y siguieron paseando y observando más cosas del centro. En un momento, los dos detuvieron su andar, se acercaron y, sin nada que decir, se miraron a los ojos y se besaron apasionadamente, como en una novela.

Jonás: Larissa, te quiero, y no quiero dejarte nunca.
Larissa: Yo también te quiero, Jonás, y tampoco quiero dejarte nunca. Creo debemos hablar con mi familia, para que sepa que nos queremos.
Jonás: Claro que sí, Larissa, mañana mismo hablo con Cristóbal y con Teresa. Esto que siento por ti va más allá del cielo.

Se besaron de nuevo. Por al lado les pasaron Fausto y Emilio, y el primero ni cuenta se dio de que quien estaba ahí era Jonás, su hijo.
Por otro lado, don Miguel y dos de esas mujeres de la vida tenían relaciones en la cama de él, que disfrutaba y jugaba con ellas.
Jonás por fin llegó a la iglesia. El padre Romero y Sebastián estaban esperándolo.

Padre Romero: Jonás, ¿qué horas son estas de llegar?
Jonás: Padre, perdóneme, pero le había ofrecido a Larissa llevarla al centro.
Padre Romero: Pero, hijo, por el amor de Dios, es muy tarde para andar en la calle, bájate los pantalones, enséñame la parte de atrás.

Sebastián se quedó sorprendido por lo que había dicho el padre, al igual que Jonás.

Sebastián: Pero, padre, ¿y eso?
Jonás: ¿Por qué, padre?, ¿qué pasa?
Padre Romero: Solo bájatelos pantalones y enséñame tu parte de atrás.

Con asombro, Jonás hizo lo que decía el padre. Cuando este lo ve, se queda sorprendido, y Sebastián se extraña aún más al verle la cara al padre, no entendía nada. El padre se arrodilló y comenzó a rezar en voz baja.

Jonás: Pero, padre, ¿qué pasa?
Sebastián: Sí, ¿qué pasa?, yo también quiero una explicación.
Padre Romero: ¡Bendito seas Dios Todopoderoso! Dios ha hecho otro milagro, Jonás: ya sé quién eres, ya sé quién es tu padre. ¡Oh, mi Dios, gracias, gracias! Tu padre estuvo aquí esperándote dos veces. Vino y nunca te encontró, porque ustedes no estaban aquí, pero viene mañana temprano, así que no puedo dejarte salir a ningún lado.
Jonás: Pero, padre, ¿de qué habla?, ¿cómo que mi papá?, no entiendo nada.
Padre Romero: Sí, hijo, tu padre. Él me contó cómo sucedieron las cosas, y hemos llegado a la conclusión de que tú eres su hijo. Me habló de esa marca que tienes en el trasero, por eso te dije que te bajaras los pantalones, y tú tienes esa marca. Todo coincide con tus sueños, tus visiones.
Sebastián: ¡Jesús, María y José!, ¡pero esto sí es un milagro!
Jonás: Padre, ¿usted está seguro de lo que está diciendo?, ¿y dónde está ese señor que dice que puede ser mi padre?, quiero verlo.
Padre Romero: Ya te dije, viene mañana, hijo, esperaremos hasta mañana.

Jonás: Pero tenía que ir a buscar a Cristóbal y a Larissa para llevarlos a la casa donde se van a mudar.
Padre Romero: Que Sebastián los lleve, hijo, pero esto no puedes dejarlo para después. Si este señor es tu padre, tu deber es estar con él. Se le ve que ha sufrido muchísimo, al igual que tú.
Sebastián: ¡Ay, padre, pero yo no me quiero perder ese acontecimiento!
Padre Romero: Ya lo veras después, debes ayudar a Cristóbal y a su familia a que se muden lo antes posible, sabes el peligro que corren donde están.

Sebastián no quedó muy convencido, puso cara de tristeza. El mismo Jonás se sentía un poco confuso y al mismo tiempo feliz. Jonás había quedado impresionado con lo que había oído alegre y a la vez asustado, no sabía cómo iba a tomar todo eso después de tantos años sin saber de su familia.

Larissa: ¡Mamá, me siento tan feliz!, Jonás me dijo que me quería y que no me iba a dejar nunca.
Teresa: ¡Ay, hija, yo también me siento bien por ti!, pero debes tener cuidado, los hombres no son fáciles, hoy quieren a una, y mañana a otra, pero en fin, hay muchos que son muy buenos, mira por ejemplo a tu papá, que quiso a tu mamá con locura, a pesar de que tenía prohibido salir con gente de color.
Larissa: ¡Ay, mamá!, yo siento en el corazón que Jonás también me quiere de verdad, así como mi papá quiso a mi mamá. Yo también lo quiero.
Cristóbal: ¿A ver?,¿de qué está hablando mi hija?,¿ya está enamorada? Hija, Jonás es muy buena persona, y sé que te va a respetar y a querer de verdad. Yo siempre te voy a apoyar; mientras estés feliz, yo seré feliz, nunca cometería el mismo error que mi papá. Ahora que te recuperé no quiero perderte nunca más.

Larissa: Gracias por apoyarme, papá, gracias, sé que te voy a querer más de lo que ya te quiero.

Daniel: Dalia, sé que a ti no te gusta volver a nuestro país, pero no debes ser tan soberbia, allí estarás mejor que en aquí, en España, podrás tener todo lo que quieras, sirvientes a tus órdenes.

Dalia: Pero toda nuestra vida ha sido en España, todo lo tenemos aquí, además ¿qué voy hacer yo allá, donde no hay nada?

Daniel: Te voy a comprar un carruaje para que no andes nunca a pie, te encargarás de las finanzas de la familia, mientras yo me ocupo de las tierras, del ganado y de las exportaciones que vamos hacer. Ya verás, seremos la familia más importante del país. Yo hice todos los contactos para exportar ganado y agricultura, y quién sabe si algún día llegaremos a ser parte del gobierno, todo el mundo se rendirá a tus pies.

Dalia: No sé, todavía no me gusta la idea, volver a lo de esa gentuza que me imagino ni siquiera tiene modales para dirigirse a uno. También mamá se mete en todo lo mío, y no me gusta.

Daniel: Nuestra madre está enferma y muy mayor, debes tratarla con tranquilidad, es la única familia que nos queda.

Dalia: Lo sé, pero me da rabia cuando se mete en mis cosas.

El sonido de los gallos y el aroma de la mañana hicieron levantar al padre Romero para su misa de todos los días. Fue directo al cuarto de Sebastián.

Padre Romero: Sebastián, despierta, hay que tocar las campanas

Sebastián: ¿A quién hay que sonar? ¿Quién quiere cantar en la mañana?

Padre Romero: Sebastián, deja de hacerte el payaso y ve a tocar las campanas.

El problema de todos los días con Sebastián, se levantaba medio gruñón y se iba resabiando a tocar las campanas. El padre quedó riéndose y moviendo su cabeza en señal de negación.

Marta: Larissa, Teresa, levántense, que hay que ir temprano, como dijo Jonás, para irnos a la nueva casa, déjame ir a despertar a mi hijo también.

De pronto sonó la puerta de la iglesia, alguien muy temprano tocaba con insistencia. El padre Romero fue a ver quién era.

Padre Romero: Oh, señor Fausto, son ustedes, no los esperaba tan temprano.
Fausto: Discúlpeme, padre, no he podido dormir pensando en ese niño, y le dije a Emilio que apenas amaneciera fuéramos a la iglesia, no fuera a hacer cosa que el muchacho fuera a salir de nuevo y ya no supiera de él.
Padre Romero: Si no me equivoco, Dios ha hecho un milagro, creo que Jonás es su verdadero hijo. Ayer, cuando regresó, le pedí que me dejara ver su trasero, y efectivamente tiene la marca de la que usted me habló.

Fausto se agarró con las dos manos el corazón, como si se fuese a desmayar.

Emilio: ¡Don Fausto!,¿qué le pasa?, ¿está usted bien?
Padre Romero: Ven, hijo, tráelo para acá, vamos a sentarlo, debe ser la emoción de saber de su hijo. Toma, échale fresco, voy a traer a Jonás.

Emilio: Sí, padre, vaya. Don Fausto, dígame si está bien, sé que está feliz con lo que el padre dijo, pero no se me puede desvanecer ahora. Si este muchacho es su hijo, hay que celebrarlo.

Padre Romero: ¡Jonás, Jonás, despierta!, cámbiate, que aquí está el señor que creo que es tu verdadero padre.

Jonás: ¿De veras? Claro, enseguida voy. ¿Y Sebastián dónde está?

Padre Romero: Lo mandé a tocar las campanas.

Jonás: Padre, Sebastián debe ir a buscar a Larissa y a su familia para llevarlas a lo de su amigo, deben mudarse a la casa nueva.

Padre Romero: Tranquilo, ya le avisaré que apenas termine de tocar las campanas se vaya directo a lo de Cristóbal.

Cristóbal: Sí, mamá, estoy despierto desde muy temprano, estaba ordenando todo lo que ustedes tienen para irnos tempranito. Hay que caminar un poco, los muchachos me dijeron que no es tan cerca de aquí.

Marta: Así es, hijo, he levantado a Teresa y a Larissa para que se arreglen, yo ya estoy lista, solo es esperar a que vengan Jonás y Sebastián.

Jonás llegó a donde estaban don Fausto y Emilio. El lazo familiar lo llamó cuando vio a Fausto, se *freezó* en el tiempo, y comenzaron a llegarle todas las imágenes de lo que realmente había ocurrido aquel día: vio cómo mataban a su mamá y a sus abuelos; vio cuando su papá lo cogió y corrió con él; vio cuando su padre cayó y le dijo "¡Corre, corre, hijo!". También se acordó de que había corrido hasta caer por una barranca, se había dado un golpe grande en la cabeza. Recordó, cómo se había despertado y había comenzado a caminar sin rumbo hasta llegar a la puerta de la iglesia, donde se había desmayado.

Jonás: (Con lágrimas en los ojos). ¡Papá, papá!

Fausto: ¡Hijo!¡Carlos, hijo mío!,¡al fin te encuentro! ¡No sabes lo angustiado que he estado todo este tiempo, pensando que nunca te iba a encontrar!

Jonás: ¡Papá, abrázame fuerte!,¡he podido recordar todo! ¡Padre, ya recordé todo!

El padre Romero y Emilio lloraban de felicidad. El padre Romero se le acercó y los miró con una expresión de alegría y de llanto, y los abrazó. Mientras, Sebastián llegaba al lugar donde Cristóbal y su familia se habían quedado.

Sebastián: Hola, señora Marta, vine por ustedes.
Marta: ¿Y Jonás?
Sebastián: Se quedó con el padre Romero en la iglesia.
Larissa: Pero él me dijo que iba a venir por nosotros.
Sebastián: No te pongas triste, Larissa, que hoy puede ser el día más feliz de la vida de Jonás.
Cristóbal: ¿Qué pasa, Sebastián?,¿por qué dices eso?
Sebastián: Creo que hoy Jonás se encontrará con su verdadero papá.
Teresa: ¡Oh, Dios, qué alegría saber eso! ¡Es milagro tras milagro!: primero Marta, a la que encontramos sin darnos cuenta, después Cristóbal, ahora Jonás, ¡qué feliz me siento por él!
Larissa: Me gustaría estar con él en estos momentos.
Cristóbal: No, hija, debemos irnos a la nueva casa, te prometo que cuando estemos instalados te llevo a la iglesia para que lo veas.
Sebastián: Sí, joven Larissa, porque el viaje no es corto, el lugar no es cerca. Me traje la mula que me prestó mi amigo Pedro, para que ustedes las monten y no caminen tanto.
Cristóbal: Gracias, Sebastián, tú siempre tan servicial, con razón el padre te quiere tanto.
Sebastián: (Entre dientes). Sí, para tocar campanas y hacer mandado.

Los demás lo escucharon y se rieron.

Padre Romero: Hijos, perdónenme, tengo que ir a dar la misa.
Fausto: Padre, iremos con usted, tengo que darle las gracias a Dios por este milagro.

Mientras tanto, en el bosque, los hombres de don Miguel Ángel Batista se preparaban para descansar. Antes de irse a dormir, el Mole les dijo unas palabras.

Mole: Todos a descansar bien, porque esta noche atacaremos al pueblo de la Vega, ya saben todos las instrucciones: solo se salvan los que quieran vender al precio que he dicho, y a los que no quieran, los quiebran de una vez y les queman las casas.
Ramón: Así que ya saben: el que no haga lo que se le está diciendo, no tendrá las cabezas de ganados ni el dinero que ofrecimos, y también tendrán problemas sus familias con el patrón.
Cojo: Todos, ya a dormir, que esta noche usaremos toda nuestra fuerza, yo mismo estaré supervisando a los que no hagan el trabajo.

La multitud de gente se fue a dormir. Había uno que era un infiltrado, hizo el papel de que se iba a dormir y esperó que todos se acostaran, entonces se retiró un poco, pero uno de los hombres de don Miguel lo atajó.

Hombre 1: ¿A dónde vas?
Espía: Tengo que hacer una necesidad, no puedo dejarlo para después, por eso iba a hacerlo detrás de esos arbustos.
Hombre 1: *Ok*, date prisa y regresa a dormir, que hay que estar descansado para esta noche.

El espía se fue despacito, medio nervioso, y cuando ya no veía al hombre, comenzó a aumentar el paso y a correr, alejándose de ahí. Corrió lo más rápido posible.

Fausto y Jonás en la iglesia escuchaban el sermón del padre.

Padre Romero: Hermanos y hermanas, hoy Dios ha hecho un milagro. ¿Se acuerdan que hace dieciocho años Jonás llegó a esta iglesia?, ¿que muchos de ustedes se opusieron a que yo lo cuidara, porque les dije que iba a ser como su padre? Pues hoy Dios ha hecho el milagro: su verdadero padre apareció, y se han juntados. Dios no desampara a sus hijos, oremos: Padre Nuestro que estás en el cielo, santificado sea tu nombre…

La multitud también rezó con el padre.

Don Miguel: Heriberto, ¿alguna noticia de los muchachos?
Heriberto: Sí, señor, estaba esperando a que usted despertara. Anoche llegó un custodio con el mensaje del Mole: que hoy a la noche iban a atacar el pueblo.
Don Miguel: ¡Ah, qué bien! Manda al custodio de vuelta y que no se acerque mucho al pueblo, solo que observe a ver cómo ocurre todo, aunque me imagino que para cuando llegue ya todo habrá pasado. De todos modos, que se fije si las cosas han ido bien, que se junte con el Mole, el Cojo y Ramón, a ver qué logramos. Quiero que me traiga de inmediato la información.
Heriberto: Así será, patrón, ahora mismo.
Don Miguel: Pilar, tráeme el desayuno a la terraza. ¿Ya las muchachas las despachaste anoche mismo?
Pilar: Sí, don Miguel, y les di la cosa que usted me dijo.
Don Miguel: *Ok*, perfecto, Pilar, mantenlas cerca, creo que volveré luego a necesitar a esas muchachas, son puros terremotos.

Pilar se quedó mirándolo por atrás con cara de desprecio, pero no podía hacer nada, solo era una criada.

Teresa: Pero, Sebastián ¿dónde es la casa?, ya llevamos como dos horas caminando.
Sebastián: Es allí mismo, señora Teresa.
Teresa: Pero me has dicho ya tres veces "Es allí mismo", y no llegamos.

Larissa iba pensando en Jonás y preguntándose cómo estaría él, qué estaría haciendo, cómo tomaría lo de su papá…¿Sería parecido a cuando ella había encontrado a su papá?
La misa se había acabado, todos se iban, y el padre quedó con Fausto, Emilio y Jonás en la iglesia.

Jonás: Papá, oí que me llamaste Carlos.
Fausto: Así es, hijo, tu nombre es Carlos, Carlos Guzmán Aragón.
Padre Romero: Jonás, cuando viniste, no sabíamos nada de ti y teníamos que ponerte un nombre, por eso elegí Jonás.
Jonás: Bueno, la verdad es que me he acostumbrado al nombre Jonás, y ya todos me llaman así. Papá, ¿no importa si la gente me sigue llamando Jonás? Tú me puedes llamar Carlos, o tal vez Carlos Jonás.
Fausto: No importa, eso es lo de menos, lo importante es que te he encontrado y no quiero perderte.
Jonás: Hay muchas cosas que no me acuerdo.
Fausto: No te preocupes, hijo, ya te iré contando poco a poco lo que no recuerdas.
Padre Romero: Jonás, hijo, creo que debes ir con tu padre, yo estaré aquí siempre para ti, esta es tu casa también.
Jonás: Padre, usted ha sido un padre para mí, todo este tiempo me cuidó como tal, yo no me iré lejos, vendré todos los

días por aquí, voy a extrañar todo esto, también a Sebastián con sus locuras.

Todos quedaron riendo y con lágrimas en sus ojos. Era un momento triste: tener que ver que Jonás se iba de la iglesia. Pero al mismo tiempo era un momento de felicidad, porque Jonás había podido por fin encontrar a su verdadero padre.
En otro lado, Sebastián llegaba con Cristóbal, Larissa, Marta y Teresa a la casa situada en las afuera del pueblo.

Sebastián: Pedro, mi amigo, aquí te traje a Gertrudis de nuevo y también a las personas que te van alquilar la casa.
Pedro: Sebatián, amigo mío, quetai, hola Pedro pa seivirle, mi amigo Sebatián me dijo que toito utede querían aiquilai la casa.
Cristóbal: Sí, joven, la verdad es que nos urge mudarnos para estar tranquilos.
Pedro: La veida que no tengo inconveniente, pero tengo que decirle que eta casa no e mía, yo solo la cuido, la gente hace mucho se fue y no ha vuelto, pero si aigún día regresa, utede se tienen que salir juyendo, poique e un atrevimento de mi paite hacei eto, pero mi amigo Sebatián me dijo que utede son peisona muy buena.
Larissa: ¡Ay, sí, señor! Nosotros haremos lo que usted nos diga, y nos iremos cuando nos lo indique, no queremos que usted se meta en problemas por nuestra culpa.
Teresa: Así, es hijo mío, nunca haremos nada que le cause problemas.
Marta: ¿Y a ver, joven Pedro?¿Cuánto tenemos que pagarte cada mes?
Pedro: La veida yo no sé mucho de esa cosa, pero deme lo mimito que utede etaban pagando donde utede etaban ante.
Marta: Pues no se diga más, así será, te voy adelantar tres meses.

Pedro: Pero no e necesario señora, ¿veida, Sebatián?

Sebastián: Es cierto, señora Marta, no es necesario, Pedro es de confianza, y ustedes también lo son.

Cristóbal: Bueno, está bien, vamos a entrar para ver la casa e instalarnos de una vez.

Aquel hombre que había desertado de los hombres de don Miguel llegó muy cansado al puesto de guardia de la Vega Real.

Espía: Comandante Sambrano, al fin pude escapármele a la gente, van atacar esta noche a las familias que tienen terrenos grandes, la idea es que si no les venden al precio que ellos ponen, matarán y quemarán sus tierras, sus casas, etc. para quedarse con todo.

C. Sambrano: ¡Así es que está la cosa! Ese don Miguel me tiene entre ceja y ceja. Yo había recibido una nota del comandante Pérez, de Santo Domingo, para que estuviera del lado de don Miguel, y le mandé a decir que estoy solo del lado de la ley, sin importar quién sea don Miguel ni nadie.

Espía: Comandante, son casi como doscientos hombres, hay muchos que no tienen preparación, les ofrecieron dos cabezas de ganado y unos pesos ahí, y como no tienen nada, se metieron en eso. Pero están fuertemente armados.

C. Sambrano: Bueno, ya lo esperaremos. Capitán, venga rápido, aliste a sus hombres, es posible que tengamos emboscada, mande un batallón por cada entrada al pueblo, se aproximan alrededor de doscientos hombres fuertemente armados.

Espía: Comandante, tienen pensado entrar por el bosque, pero si se dieron cuenta de que me escapé sabrán que soy un espía, hay que estar preparados.

C. Sambrano: Tienes razón, soldado. Capitán, que vigilen las entradas por los bosque más vulnerables, mantenga un hombre cada cien yardas y en cuanto vean movimiento regresen al cuartela avisarnos, también manden de a diez hombres donde los ganaderos, no vamos a permitir que se nos ataque al pueblo como lo hicieron en Santiago.

Capitán: Sí, mi comandante, ahora mismo preparo a los hombres. Sería bueno mandar a uno de ellos a Santiago a avisarle al comandante Rodríguez, para que nos manden refuerzos.

C. Sambrano: Mándelo, capitán, y que lo hagan sin mucha bulla. Recuerda que en Santiago hay mucha de la gente de don Miguel, y se podrían dar cuenta. A Rodríguez que nos manden cien hombres.

Capitán: Sí, mi comandante.

C. Sambrano: Soldado, ha hecho un magnífico trabajo, voy a recomendarte para un ascenso.

Espía: Gracias, mi comandante, es un placer servirlo a usted y a la sociedad seria y honesta de este país.

Sebastián: Bueno, ya ustedes están instalados, regresaré a la iglesia, he dejado al padre Romero solo ya mucho tiempo.

Cristóbal: Sí, es cierto, Sebastián, no sabes cuánto te agradezco todo lo que has hecho por nosotros, dile al padre que iré mañana, tenemos que empezar lo de la escuela.

Sebastián: Está bien, pero recuerde: usted es el profesor Pirulo.

Cristóbal: (Ríe). Claro que recuerdo, no te preocupes, usaré tus cosas también para que no sepan quién soy.

Larissa: Sebastián, dile a Jonás que lo he extrañado, que voy con mi papá mañana también a la iglesia a verlo.

Sebastián: Así lo haré, joven Larissa. Bueno, hasta pronto; adiós, señora Marta, adiós, Teresa; mi amigo Pedro, Dios te va a recompensar por este acto de buena fe.

Pedro: Ay, Sebatián pero si no e naida que yo ayude un poco, a mí también me ayuda eto, ay meno podre comei uno diita mejoi con ete dinerito.

Todos se quedaron riendo y se despidieron de Sebastián. Mientras, Jonás, Fausto y Emilio llegaban a casa de Emilio.

Fausto: Hijo, esta casa es de Emilio, estaremos aquí hasta que yo pueda recuperar mis tierras, de las que nos despojó ese malvado.

Emilio: Así es, joven Carlos, esta es su casa también, y se pueden quedar el tiempo que deseen aquí, vamos a planear cómo recuperar todo. Tu papá era una de las personas más poderosas, pero al mismo tiempo más bondadosas, todavía hay muchos trabajadores que pusieron a trabajar por obligación con don Miguel en las tierras de tu padre, pero ellos no saben que don Fausto está con nosotros. Debemos poco a poco ir haciéndoles saber cuando estemos preparados para hacer la lucha y recobrar la tierra de tu padre.

Fausto: Así es, hijo, ya llegará el momento, y te voy a enseñar todo lo que sé, ya que tú serás el dueño de todo eso, yo ya estoy un poco mayor y casi no tengo fuerza, al menos he recuperado lo más valioso para mí, que eres tú.

Jonás: Gracias, papá, también yo siento una alegría inmensa por dentro al volver a recuperarte, aunque no te engaño, extraño mucho al padre Romero, la verdad es que es como mi segundo padre.

Fausto: Así es, hijo, y así quiero que lo veas siempre, yo no tengo con qué pagarle al padre todo lo que hizo por ti, a él en cierto modo le debo la vida, por haberte cuidado como si fueras su hijo.

El soldado que habían mandado desde la Vega, llegó a caballo al puesto de Santiago.

Soldado: Pronto, necesito hablar con el comandante Rodríguez, de parte del comandante Sambrano.

Soldado 2: Un momento. Comandante, ahí afuera hay un soldado de la Vega enviado por el comandante Sambrano.
C. Rodríguez: Hazlo pasar.
Soldado 2: Pase, soldado.
Soldado: Mi respeto, mi comandante. El comandante Sambrano necesita que le mande cien hombres, esta noche van a atacar, parece ser la misma gente que atacó Santiago aquella vez. Mandamos a uno de nuestros hombres, que se infiltró entre ellos, y ya están en las afueras y tienen orden de atacar esta noche.
C. Rodríguez: Es la gente de don Miguel, ¿verdad?
Soldado: Sí, mi comandante.
C. Rodríguez: Ese hombre se cree el dueño del país y cree que porque tiene el apoyo del gobierno todos somos iguales, ya verás lo que le va a pasar si se acerca a la Vega. Capitán, venga rápido, alísteme cien hombres y váyanse con el soldado ahora mismo para la Vega, me mantiene al tanto de todo lo que pase por allá.
Capitán: Sí, mi comandante. Vámonos, no hay tiempo que perder.
Hombre 1: Mole, Mole despierta.
Mole: ¿Qué pasa?
Hombre 1: Hubo uno de los hombres que fue disque a hacer una necesidad y no ha vuelto, ya hace varias horas de eso, lo he buscado por todas partes, y no aparece.
Mole: ¿Y qué con eso?
Hombre1: ¿No se da cuenta?,¿y si este hombre fue a avisarle a la gente y era un espía?
Mole: ¡Diablos!, sí, tienes razón, mándame rápido a Cucho a lo de don Miguel, dile que vamos a necesitar más hombres, que hable con el comandante Pérez para que nos mande cien hombres y que vengan disfrazados de civiles.
Hombre 1: *Ok*, perfecto, ya mismo lo despierto y lo mando. Entonces no podemos atacar, debemos esperar a que lleguen los refuerzos.

Mole: Pues, claro, no nos vamos arriesgar, vamos a esperar.

Llegó la noche, y todos los soldados del comandante Sambrano estaban a la espera en los diferentes lugares, medios inquietos porque no sabían por dónde iba a atacar la gente de don Miguel. Por otro lado, el Mole les decía a sus hombres.

Mole: Esta noche no atacaremos, vamos a esperar unos cuantos días más hasta que nos lleguen unos refuerzos, creo que los campesinos están advertidos de que vamos a ir. Así, cuando no nos vean llegar, creerán que ya no vamos a atacar y los agarraremos por sorpresa cuando lleguen los refuerzos.
Ramón: ¿Pero qué pasó, Mole?
Mole: (Susurra). Parece que teníamos un espía con nosotros, y escapó anoche, seguro fue a avisarle a esa gente.
Cojo: Entonces debemos cambiar el plan de ataque, de seguro ya le fue a contar cómo íbamos atacar.
Mole: Sí, pensé eso, Cojo, vamos a trazar otro tipo de ataque. Muchachos, descansen, que hoy no haremos nada, mañana les diremos cómo vamos a atacar. Ramón, Cojo, vengan, hay que hacer otro plan, muy diferente al que teníamos, para que no nos agarren en emboscada.

Espía: Comandante, me parece que se dieron cuenta de que yo faltaba, hace rato ya debieron de empezar atacar a los ganaderos, de seguro cambiaron la táctica de ataque.
C. Sambrano: Sí, soldado, estuve pensando en eso, y también creo que si se dieron cuenta de tu ausencia, es posible que estén pensando que viniste avisar a los ganaderos, no creo que sepan que eres militar, ya que ellos piensan que todos los militares están con don Miguel.
Espía: Así es, mi comandante, me parece que no atacarán hoy.
C. Sambrano: Yo creo lo mismo y estoy seguro de que ellos están pensando en cambiar la táctica de ataque, vamos a des-

plegar más hombres y pensar hasta lo imposible por dónde podrían atacar, hay que cubrir todos los puntos, hay que hacer la Operación Campestre.

Capitán: Ya mismo me pongo en eso, mi comandante, voy a desplegar cien de nuestros hombres vestidos de campesinos para que estén observando todo lo que pasa alrededor.

Sebastián: Padre, qué cansado estoy, y qué hambre, ¿usted hizo algo?, tengo las tripas aplaudiéndome adentro.

Padre Romero: (Ríe). Hijo, sí, ve a la cocina, ahí he guardado algo para ti, sé que debes estar muy cansado con todo ese recorrido que hiciste. ¿Y cómo les fue a todos?

Sebastián: Ya están instalados, Cristóbal viene mañana, para lo de la escuela. ¿Y dónde está Jonás?

Padre Romero: Con su verdadero padre, me dijo que venía mañana.

Sebastián: ¡Ay, qué lindo encontrarse de nuevo con su familia!, pero me va a hacer falta.

Padre Romero: ¿Solo a ti, hijo? Ya siento este vacío por dentro, la verdad es que me había encariñado tanto con Jonás… Por cierto, su verdadero nombre es Carlos.

Sebastián: ¿Carlos?, me gusta más Jonás, bueno, pues ojalá que venga mañana, porque Larissa viene con Cristóbal, y la verdad padre, ¡ay, el amor!, esos dos tórtolos están enamorados.

El padre Romero se quedó mirando a Sebastián y riéndose al tiempo que meneaba su cabeza de lado a lado. Al día siguiente, cuando amaneció, se escuchaba el sonido de los gallos, los pajaritos, el sonar del agua del río. Marta y Teresa acomodaban y limpiaban esa casa tan grande, pero abandonada. Cristóbal y Larissa se preparaban para ir al pueblo, a la iglesia. El padre, como todos los días, estaba en su iglesia temprano esperando a los feligreses para dar su misa. Sebastián tocaba la campana medio durmiendo. Don Fausto se había levantado temprano y había despertado a Jonás para empezar de una vez a enseñarle algunas cosas: a montar a caballo, a disparar el arma, etcétera.

Soldado: Don Miguel, el comandante Pérez le manda esta nota.

> Querido, don Miguel:
> Los comandantes del Norte creo no están en disponibilidad para nuestra causa, hay que tener mucho cuidado.
> Atte.,
>
> Pérez.

Don Miguel: ¿Con que así es la cosa? Ya verán lo que les va a pasar a esos soldaditos, dejen que me reúna con los ministros para que vean cómo lo sacan de su puesto o lo trasladan. Dígale a Pérez que está bien, que lo mantendré al tanto de lo que vaya a hacer.

Soldado: A sus órdenes, don Miguel.

Rosario: Hijo, yo ya estoy muy enferma, no creo que aguante tanto, cuida a tu hermana, tú eres más sensato que ella, aconséjale que deje esa rabia que tiene con nuestra gente. Y tú también, hijo, no sé qué te ha pasado últimamente, tienes la misma mente de don Miguel: poder, riqueza y tratar mal a los de otro color.

Daniel: Madre, no te preocupes por Dalia, ella es bastante grande ya, y te prometo cuidarla. Respecto de lo que dices, que me parezco a don Miguel, estás en lo correcto, quiero ser más grande que él, quiero ser el dueño y señor de todo el país. Don Miguel siempre explotó a mi padre comprándole todo a medio precio, y aunque no lo sé, tengo la impresión de que mi padre vivía con miedo a ese señor.

Rosario: Tu padre era un macho, lo que pasa es no le gustaba tener problemas con nadie, por eso vivimos en paz y siempre llevábamos la fiesta en paz con don Miguel, hasta tal punto que nos visitábamos, aunque a mí nunca él me agradó, yo a ustedes los llevaba a la finca de él cuando eran muy pequeños, para guardar las apariencias.

Daniel: No sé, madre, pero cuando yo era muy niño mi papá una vez me dijo que siempre tuviera mucho cuidado con don Miguel, que no era de confiar, de todos modos le hare creer que estamos muy agradecidos con él por todo, para ganar su confianza y ver hasta dónde puedo manipularlo.

Dalia: ¿De quién hablan y a quién vas a manipular, hermano?, es hora que también de que yo participe en los negocios de la familia.

Daniel: No te preocupes, Dalia, ya pronto te explicaré nuestros planes.

Rosario: Hijos, por favor.

Doña Rosario quedó muy triste al oír cómo hablaban sus hijos, eso no era lo que ella esperaba de ellos, quería que se parecieran más a su padre, que era noble y que no gustaba de los problemas.

Jonás: Papá, es increíble, ¡tantas cosas que hay que aprender!, pero he comprendido todo lo que me has estado enseñando.

Fausto: Poco a poco, hijo, ya aprenderás todo sobre la tierra, cómo administrarla, cómo tratar a tus trabajadores y cómo hacer negocios entre otras cosas.

Jonás: Es muy interesante, y voy a poner todas las ganas del mundo en aprender lo que tú sabes.

Fausto: Bien, hijo. Ahora iré con Emilio a preparar el plan de cómo recuperar las tierras que ese malvado nos robó, que también son tuyas.

Jonás: Está bien. Yo mientras tanto iré a lo del padre Romero, quedé en visitarlo hoy, y también voy a decirle a Sebastián que me acompañe a ver a Larissa.

Fausto: Ten mucho cuidado, no debes decir que eres hijo mío, temo por tu seguridad, hay muchos hombres de ese desgraciado en el pueblo, y estoy seguro de que me andan buscando todavía.

Jonás: No te preocupes, papá, seguiré como Jonás, el hijo del padre Romero.

Cristóbal: Larissa, apúrate, que no quiero llegar tarde. Además hay que caminar mucho para llegar a la iglesia.

Larissa: Ya estoy lista, papá. ¿Me veo bien? Tengo muchos deseos de encontrarme con Jonás y que me vea linda.

Cristóbal: Estás hecha una mujer muy guapa, hija, Jonás no encontrará a nadie como tú, con esa belleza y esa nobleza. ¡Cuánto te adoro!

Dalia estaba en su camarote del barco, arreglándose para dormir y pensando lo que iba a hacer en Santo Domingo: "Espero que allá, en ese paisito, exista aunque sea un hombre de mi nivel social, para poder estar con alguien, no puedo estar sin alguien que me comprenda, que me dé cariño y me complazca en todo lo que yo desee".

Pilar: Don Miguel, ha llegado un mensajero de parte del Mole y de los muchachos.

Don Miguel: Hazlo pasar inmediatamente.

Pilar: Sí, señor. (Va a la sala). Que pase.

Mensajero: Con su permiso, patrón.

Don Miguel: Anda, dime a qué viniste.

Mensajero: Patrón, dice el Mole que hable con el comandante Pérez para que nos manden al menos cien hombres disfrazados de civiles, parece que tuvimos un espía y se nos escapó, y de seguro ya les advirtieron a los ganaderos.

Don Miguel: ¿Pero cómo rayos pasó eso?, ¿de dónde salió ese espía?

Mensajero: No lo sé, yo solo vine a traer la noticia. Los muchachos están esperando en el bosque y no van a atacar hasta que no lleguen refuerzos.

Don Miguel: Bueno, es una idea sensata esa. Vete a lo del comandante Pérez, que venga de inmediato para acá.

Mensajero: Sí, mi patrón.

Jonás: ¡Padre!, ¿cómo está? ¡Qué alegría verlo! La verdad es que he extrañado, aunque solo fue ayer que me fui.

Padre Romero: ¡Jonás, hijo! El gusto es mío de verte. Sebastián ha preguntado por ti, también le dará gusto encontrarte aquí.

Jonás: Quiero que le dé permiso para que vaya conmigo a las afueras del pueblo, quiero ir a ver a Larissa y saludar a Cristóbal.

Cristóbal: No hace falta, Jonás, sabía que ibas a venir para acá, y Larissa hará lo mismo. También tenemos que hablar sobre la escuela.

Jonás: ¡Cristóbal, qué gusto verte! ¡Larissa, qué bella estás! Perdónenme que no pude acompañarlos en la mudanza.

Larissa: No te preocupes, Jonás, sabemos por qué no fuiste. ¡Me alegro tanto de que hayas encontrado a tu verdadero padre! Sé lo que se siente. ¡Qué gusto verte también!

Padre Romero: Me van a hacer llorar. Ven, Cristóbal, dejémoslos a ellos, que tienen mucho que hablar. Ven, vamos a hablar de la escuela.

Jonás: Larissa, mi amor, qué linda estás.

Larissa: ¿Tú crees, mi vida? Me arreglé para ti, quiero ser la única mujer en el mundo que tú mires y quieras.

Jonás: Eres la más bella del mundo, mi amor. ¡Cuánto quisiera estar trabajando para que nos casemos y tengamos nuestra propia familia!

Larissa: (Ríe). Me abruman tus palabras, yo también deseo pasarme el resto de mi vida contigo. Te amo, no dejo de pensar en ti ni un momento.
Jonás: Yo también te amo, desde el primer día que te vi, mi corazón se inquietó bastante, recuerdo tu mirada y esa sonrisa tan dulce del momento en que te vi la primera vez.

Los dos se abrazaron y empezaron a besarse. De pronto apareció Sebastián, los vio y comenzó a toser para que ellos se detuvieran.

Sebastián: ¡Jonás, Larissa, por Dios!, esta es la casa del Señor. ¿Qué dirá nuestro Dios si ve esto? Yo sé de un lugarcito detrás de la iglesia si quieren seguir con esos… esos muak, muak, muak.

Jonás y Larissa se rieron con la ocurrencia de Sebastián.

Jonás: ¡Estoy tan feliz, mi hermano Sebastián! He encontrado a la mujer de mi vida y a mi padre, ¡y no sabes las cosas que estoy aprendiendo con él!
Sebastián: Dichoso tú que tienes una novia tan bella como Larissa. Yo, en cambio, solo tengo las campanas de la iglesia y al padre, que me despierta tan temprano, ¡ay!, eso es lo más terrible de ser sacristán.
Larissa: Sebastián, también a ti te quiero mucho. (Jonás abrió los ojazos y sonrió). Pero te quiero como un hermanito. Jonás me ha contado mucho de ti, que eres su mejor amigo. Gracias por cuidar de él.(Le dio un beso en la mejilla a Sebastián, y este se quedó como hipnotizado, mientras Jonás y Larissa morían de la risa).

Mensajero: Comandante Pérez, don Miguel lo quiere ver de inmediato, es muy urgente.

C. Pérez: ¿Pero para qué?
Mensajero: Es mejor que vaya, prefiero que él se lo diga.

C. Pérez se quedó pensando, esperaba que don Miguel no hubiera encontrado la verdad de aquel reo que se había escapado y del que él le había dicho que había muerto. De todos modos, se alistó para ir a verlo.

C. Sambrano: Capitán, ¿alguna noticia de esa gente?
Capitán: No, mi comandante, pero ya he hecho la Operación Campestre, muchos hombres están regados por todos lados con la misión de informar alguna anomalía en los alrededores.
C. Sambrano: Mande a uno de los solados a lo del C. Rodríguez en Santiago, que le diga que me quedaré con sus hombres unos días más, porque estoy seguro de que deben estar reagrupándose para poder atacar.
Capitán: Sí, mi comandante, ahora mismo.

Fausto: Emilio, necesitamos saber de cuántos hombres disponemos en mi finca para poder coger el control de mis tierras.
Emilio: Ya me había puesto en eso, he hablado con la mayoría, y están muy contentos de saber que usted sigue vivo. Están dispuestos a pelear hasta la muerte por usted. A esa gente desde que usted se fue la han tratado como esclavos, los obligan a trabajar como bestias. Ahora solo esperan órdenes y un plan.
Fausto: Bien, Emilio, debemos conseguir algunas armas, porque no va a ser fácil si esos trabajadores no tienen con qué defenderse. La gente de Don Miguel tiene las tierras muy cuidadas y con hombres armados.
Emilio: Algunos de los que trabajábamos con usted nos quedamos con algunas de las armas, también he sabido que el Comandante de aquí, Rodríguez, es una persona honesta y no tiene mucho contacto con don Miguel.

Fausto: ¿Qué propones, Emilio?

Emilio: Pues pedirle armas prestadas.

Fausto: Pero es muy peligroso, y si alerta a las personas de don Miguel, estamos perdidos.

Emilio: Lo sé, don Fausto, pero es un riesgo que debemos correr. Por lo que he oído, al comandante no le simpatiza mucho don Miguel, creo que nos puede ayudar.

Fausto: Pues andando, ve a lo del comandante, y que sea lo que Dios quiera.

C. Pérez: Don Miguel, mi amigo, ¿qué tal? Me mandó a llamar, ¿para qué soy bueno?

Don Miguel: Para muchas cosas es usted bueno, pero quiero saber qué tan fiel a mí es.

C. Pérez: ¡Pero don Miguel!, todos estos años le he demostrado mi amistad sincera.

Don Miguel: Necesito cien de sus hombres y vestidos de civil, tengo que mandarlos inmediatamente a la Vega para apoyar a mis hombres, creo que se ha complicado un poco.

C. Pérez: Pero eso que me pide no es tan fácil, desprenderme de cien hombres así como así… ¿Y si pasa algo aquí?, no contaré con nadie. Además, si el Estado mayor sabe algo así, es muerte.

Don Miguel: Por el Estado mayor no te preocupes, lo puedo controlar con mis influencias, pero necesito esos hombres ya, no puedo perder tiempo; de lo contrario, atente a las consecuencias.

C. Pérez: Está bien, don Miguel, tampoco se moleste, voy a mandarle esa gente ahora mismo.

Don Miguel: *Ok*, perfecto, así me gusta, saber que cuento con verdaderos amigos; este, que se encargue, para que se vayan con él inmediatamente.

C. Pérez: De acuerdo, don Miguel, hasta pronto.

El comandante Pérez se fue inquieto y con el pensamiento lleno de rabia. "Don Miguel, algún día me la vas a pagar. Cree que puede mangonear a uno así solo porque tiene dinero y amigos en el gobierno, algún día será maldito viejo".

Jonás: Larissa, mi amor, los voy acompañar a su casa, no quiero que se vayan solos.
Cristóbal: No te preocupes, Jonás, todavía es de día, llegaremos a buena hora. Además es un viaje largo, y llegarás muy tarde a tu casa, tu padre puede preocuparse, sé lo que es sentir eso cuando se pierde a un hijo, créeme.
Larissa: Es verdad, mi amor, ve con tu padre. Ya mi papá arregló todo con el padre para empezar la semana que viene la escuela; tú y yo vamos a coger las clases y nos podremos ver todos los días.
Jonás: Está bien, pero la verdad es que me hubiese gustado acompañarlos, no quiero que les vaya a pasar nada en el camino.
Padre Romero: Tranquilo, Jonás, Cristóbal es un hombre y sabrá cómo defenderse si algo sucede, pero no va a pasar nada.
Sebastián: Así, es nada va a pasar, le voy a decir a Pedro que les preste la mula siempre, así Larissa y Cristóbal no caminan tanto y pueden venir todos los días en ella.

Todos se despidieron. El padre Romero quedó a solas con Sebastián.

Padre Romero: Sebastián, hoy tienes algo que hacer, ¿te acuerdas?, una vez a la semana.
Sebastián: ¿De qué habla, padre?
Padre Romero: No te hagas, hoy te toca, tú sabes, agua, qué sed tengo, la lluvia.
Sebastián: ¿Qué agua?, ¿qué lluvia? ¡Ay, Dios!, ¡pero, padre, a usted no se le escapa una nunca!

Sebastián se fue resabiando, era el día que le tocaba bañarse, y eso para él era una desgracia. El cura se persignó y pensó cuándo Dios haría el milagro con Sebastián, para que él no tuviera que hacerle recordar el aseo.

Cuando se hizo de noche, llegó Emilio a lo de don Fausto, que estaba cenando junto a Jonás.

Emilio: Don Fausto, Carlos, ¿cómo está?
Jonás: Bien, Emilio, ¿y tú cómo has estado?
Emilio: Muy bien, joven. Don Fausto, venga a ver.

Emilio llevó a don Fausto afuera y le enseñó dos caballos y unas alganas llenas de armas.

Fausto: Emilio, ¿dónde conseguiste esto?, no me digas que el comandante…
Emilio: Así es, don Fausto, tal y como le dije, el comandante no quiere saber de don Miguel y aceptó prestarnos estas armas para nuestro plan. También me contó algo muy peligroso.
Fausto: ¿Qué cosa, Emilio?
Emilio: Parece ser que don Miguel pretende atacar de nuevo, pero ahora es en el valle de la Vega. El comandante tuvo que mandarle unos cien hombres de refuerzo al comandante de allá, es muy posible que ya en estos momentos estén peleando, o si no, muy pronto.
Fausto: Eso no nos conviene, si se adueña de la Vega, es un problema para nosotros, allá tenía mis contactos, la familia Ureña y la familia Sambrano, por cierto: fui el padrino de unos de los hijos de Guillermo Sambrano, el niño se llamaba Orlando Sambrano. ¿Qué habrá pasado con esa familia?
Emilio: Yo me acuerdo que una vez que fui con usted lo de esa gente, pero ya jamás tuve contacto, la verdad es que no sé de ellos.
Jonás: ¿De qué hablan, papá? ¿Ese señor, el tal don Miguel, quiere atacar otro pueblo? Estoy dispuesto a luchar con ustedes, también quiero vengarme de él, me da pena por Cristóbal.

Fausto: ¿Quién es Cristóbal, hijo?

Jonás: Es el papá de Larissa, es hijo de don Miguel.

Fausto: ¿De qué hablas, hijo?, ¿cómo tienes amigos de esa familia?,¿y es el padre de la muchacha de quien estás enamorado? No puedo permitir eso, ese hombre nos hizo mucho daño.

Jonás: Cristóbal ha sido una víctima de su papá también, ¿no ves cómo está aquí escondido de él? Estuvo dieciocho años encerrado, como tú, solo porque él se había enamorado de una de las esclavas de don Miguel, y cuando ella tuvo a Larissa, don Miguel se la quitó y la hizo desaparecer. Gracias a Teresa, la recuperó y se la llevó a vivir al bosque, por eso don Miguel encerró a Cristóbal en una celda, y cuando pudo escapar, se vino para acá, para estar escondido de su padre.

Fausto: Un momento, hijo, ¿dijiste "Teresa y Larissa"?

Jonás: Así es.

Fausto: Perdóname, no debí hablar así sin escuchar el porqué de las cosas, ¡es que he pasado tanto recordando cómo ese maldito hombre mató a mi esposa y a mis padres y cómo me encerró por tanto tiempo sin saber de ti! Pero también puedo pensar en ese señor, en lo que debió de haber sufrido.

Fausto se quedó pensando si eran las mismas personas que había conocido y que lo habían ayudado cuando había escapado de la cárcel.

Jonás: ¿Qué pasa, papá?, ¿por qué te has quedado callado?

Fausto: Por nada, hijo, es que esos nombre me hicieron recordar algo, unas personas que se llamaban igual, aunque no sé si serán las mismas. Bueno, ya después me las presentarás, así las conozco.

Emilio: Don Fausto, ¿qué hacemos entonces?

Fausto: Debemos ayudar a la gente de la Vega, vamos a atacar esta noche, primero a los hombres de don Miguel que están en mi propiedad, recuperamos las tierras y mañana mandamos apoyo a la gente de la Vega. Lleva las armas a los trabajadores que estén más capacitados y ten mucho cuidado de que no te vean.

Emilio: No se preocupe, sé por dónde entrar a las tierras sin que nadie me vea. Seguimos el plan que trazamos, entonces, mandamos a dos mujeres a hacer ruido en la entrada para dispersar la seguridad a fin de atacar por la retaguardia, solo hay quince de ellos, los superamos en hombres con los trabajadores.

Fausto: Exacto, Emilio, vete ya, vamos a terminar con esto hoy mismo.

Jonás: Papá, yo quiero ir.

Fausto: No, hijo, tú no estás acostumbrado a esto, y no quiero que te vaya a pasar absolutamente nada.

Fausto siguió pensando si aquellas mujeres de las que su hijo le había hablado serían las mismas que él había conocido, o si solo era pura coincidencia.

Imágenes de Dalia cenando con su hermano y su mamá en unos de los camarotes del barco, mientras Daniel les pasaba una nota a unos de los empleados.

Daniel: Mande ese telegrama a Santo Domingo, debe llegar antes que nosotros, aunque todavía nos faltas unos veinticinco días para arribar.

Empleado: Enseguida, joven, mandaremos la embarcación de correo, que es más rápida que el barco.

Venancio: Oiga, joven, oí que van a mandar una embarcación que llega antes, también tengo un telegrama que enviar, ¿podrían llevármelo?

Empleado: Claro, señor, páseme su telegrama.

Venancio: Gracias, joven, es usted muy amable. Mira, Gabriela, al menos Romero ya sabrá más rápido de nosotros y de mamá.

Gabriela: Papá, ¡tengo tantas ganas de ver al tío Romero!, ¡desde hace tanto tiempo sé que es mi tío, y nunca lo he visto!, me lo imagino todo un señor elegante y apuesto, como tú.

Venancio: (Ríe). Hija, ¡qué va! Romero fue siempre más elegante que yo, cuando éramos jóvenes las muchachas le llovían, pero decidió encomendarse a Dios, y allá se quiso quedar, en Santiago, donde nacimos, Luego papá y mamá quisieron venir a España y me trajeron con ellos. Ahí conocí a tu madre, que en paz descanse, por suerte te tuvimos a ti, mi princesa.

Gabriela: Me vas a hacer llorar, papá. Me imagino cuántos lindos recuerdos.

Venancio: Así es, hija, muchos recuerdos.

Llegó la noche y empezó a llevarse a cabo el plan de don Fausto y de Emilio. Comenzaron las dos mujeres en la puerta de la finca a vociferar, para llamar la atención de los hombres de don Miguel. Al menos cinco de ellos fueron a ver qué es lo que estaba pasando. Emilio aprovechó y entró a los cuartos de los trabajadores para darles las armas y defender las tierras de don Fausto. Todos empezaron a salir y a agarrar. La gente de don Fausto inició la balacera, los hombres de don Miguel comenzaron a caer, uno a uno. Los que estaban adelante se dieron cuenta de que era una emboscada, y uno de ellos llegó a dispararle a una de las mujeres, y la mató; la otra mujer lloraba y la llamaba por su nombre. Hasta que por fin mataron a todos los hombres de don Miguel, excepto a uno, que logró escapar a caballo. Los vencedores quedaron celebrando. Cuando don Fausto pisó nuevamente su tierra, la gente se quedó asombrada de verlo, y al mismo tiempo celebraba con él ese regreso a lo que le pertenecía.

Don Fausto: ¡Mi querida gente!, ¡no saben cuánto los he extrañado a todos ustedes! Por fin hoy pudimos recuperar lo que es nuestro, porque también esto es de ustedes, sin ustedes yo no soy nadie.

Hombre: ¡Viva, don Fausto!
Multitud: ¡Que viva!, ¡que viva el patrón que está de vuelta!
Hombre: Patrón, a nosotros nos da más gusto volver a verlo, y quiero que sepa que todos estamos dispuestos a dar nuestra vida para defender estas tierras, usted siempre nos trató como personas, como de la familia, y es lo mínimo que podemos hacer, siempre le estaremos agradecidos, así que cuente con nosotros para lo que sea. ¿Verdad que es así?
Multitud: ¡Sí!, ¡que viva el patrón!
Fausto: Muchísimas gracias, mi gente, mi familia. Quiero pedirles que ayudemos también a nuestros hermanos del valle, que están en peligro de ser atacados como nos sucedió a nosotros hace dieciocho años.
Hombre: Cuente con nosotros, patrón, lo que usted mande.
Emilio: Gracias a todos, ahora vamos a sacar estos cuerpos de nuestra tierra y vamos a reunirnos para hacer el plan, a fin de ir ayudar a los hermanos del Valle de la Vega.

Sebastián: Ay, padre, se me había olvidado, ayer después de tocar las campanas vino el cartero y le dejó este telegrama, perdóneme.
Padre Romero: No te preocupes, Sebastián. ¿A ver?, déjame ver de quién es.

El padre comenzó a leer el telegrama.

> Querido Hermano:
> Para cuando recibas esta nota, ya habrá pasado un tiempo, dos meses más o menos, y tal como te dije en la primera carta, cuando murió papá, nuestra madre cayó en depresión, y también acaba de morir. Ya no tengo nada aquí. Voy a arreglar todo para irme a nuestro país y estar allá contigo y con mi hija Gabriela, que por cierto se ha graduado de Administra-

ción con las mejores calificaciones. Estaré partiendo dentro de un mes para allá. Quizás cuando recibas esta carta, ya estaré en un barco rumbo a Quisqueya.

 Te quiero. Y Gabriela te manda muchos besos y saludos.

Venancio, tu hermano.

Al padre Romero se le caían las lágrimas.

Sebastián: ¿Qué le pasa, padre?
Padre Romero: ¡Ay, hijo! Venancio, mi hermano, me dice que mi madre murió, y lo que más me duele es que ya no podré verla más. Pero también me dice que se viene a vivir acá, quizás en algunas semanas ya estarán aquí.
Sebastián: Padre, lo siento mucho por su mamita. ¿Y cómo es eso de que *estarán* aquí?, ¿y no dice que es Venancio su hermano?
Padre Romero: Sí, pero viene con su hija, mi sobrina Gabriela.
Sebastián: ¡Ah!, no sabía que tenía una sobrina.
Padre Romero: Así es, hijo. Ve y arregla el cuarto que era de Jonás y de Cristóbal, para que se instalen ahí cuando lleguen.

Al otro día temprano llegó don Fausto junto con sus trabajadores al valle, cuando por equivocación lo sorprendió una de las patrullas del comandante Sambrano y le apuntó creyendo que eran gente de don Miguel.

Soldado: ¿A dónde va con toda esa gente, y armados?
Fausto: Soldado, vamos a defender a los ganaderos del valle, hemos sabido que la gente de don Miguel quiere atacarla.
Soldado: ¿Y cómo sabemos nosotros que ustedes no son gente de don Miguel?

Fausto: Yo soy Fausto Guzmán y anoche pude recuperar mis tierras, tuvimos que sacar del medio a la gente de don Miguel, que me la había quitado y matado a mi familia hace dieciocho años. Si quiere, pregunte al comandante Rodríguez, que nos prestó unas armas para defendernos.
Soldado: Un momento, le mandaré una nota al comandante para que venga él mismo y usted hable con él.
Fausto: *Ok*, perfecto.

Jonás estaba inquieto en la casa, esperando noticias, ya que su padre había salido temprano para el valle. Decidió irse a la iglesia, para ver si Sebastián lo acompañaba a ir a lo de Larissa.

Teresa: Hija, cada vez que ves a Jonás, te brillan los ojos.
Larissa: ¡Ay, mamá!, es que lo amo, estoy muy enamorada de él.
Marta: Esa nieta mía, qué suerte que tiene; yo, en cambio, no volví a ver a Fausto.
Larissa: ¿A Fausto? ¿Quién es Fausto, abuela?
Marta: Es una historia, no importa, hija, yo me comprendo. Bueno, las dejo, quiero ir al pueblo a ver qué negocio puedo hacer ya que no podemos quedarnos aquí de brazos cruzados. También a mandar a alguien a lo de Rocío, para que me mande algo de las ganancias del negocio, y ya dejarle eso a ella.
Larissa: *Ok*, abuela. Mamá, qué coincidencia: el hombre que entró aquella vez en nuestra casita del bosque también se llamaba Fausto. Por cierto, ¿cómo estará ese hombre?, ojalá haya encontrado a su hijo.
Teresa: Sí, tienes razón, así se llamaba, ay… (Suspira).
Larissa: Mamá, volvieron a brillarte los ojos al mencionar a ese hombre.
Teresa: ¡Ay, hija!, la verdad es que nunca ningún hombre me había impresionado tanto como Fausto Guzmán.

Larissa quedó mirando a su mamá con picardía. Mientras, al valle llegaba el comandante Sambrano.

C. Sambrano: Sí, señores, me ha dicho el soldado que vienen ayudar a los ganaderos de aquí.
Fausto: Así es, nos enteramos que el malvado de don Miguel quiere atacar aquí, y no vamos a permitir eso, yo ya sufrí algo igual y no quiero que les pase lo mismo a mis familias amigas, a los Ureña y los Sambrano.
C. Sambranos: ¿Cómo?, ¿conoce usted a la familia Sambrano?
Fausto: Así es, don Guillermo y yo somos compadres, le bauticé a Orlandito.
C. Sambrano: ¡No puede ser! No puede ser… ¡entonces usted es Fausto Guzmán! Mi padre siempre me habló maravillas de usted. Yo soy Orlandito, Orlando Sambrano, y usted es mi padrino.
Fausto: ¡Oh, Dios, cómo has crecido, mi ahijado! ¡No puedo creerlo! ¡Pero cuéntame cómo está mi compadre!
C. Sambrano: Soldado, dejen pasar a todos, llévelos al cuartel, denle comida y armas al que no la tenga, estaré un rato aquí con mi padrino. Padrino, discúlpeme, mi padre murió de una neumonía hace casi cinco años.
Fausto: Cuánto lo siento, hijo. Tu padre y yo éramos como hermanos, todos nuestros negocios de agricultura los hacíamos juntos, y nuestro lazo fue tan fuerte que él quiso que yo bautizara a uno de sus hijos, y él bautizó a mi hijo Carlos.
C. Sambrano: Venga, padrino, vamos al cuartel, allá tomamos algo y seguimos platicando.
Fausto: Gracias, hijo, vamos.

Hombre: Mole, se acerca un hombre montado a caballo con mucha prisa.
Mole: Deténganlo a como dé lugar.

Hombre: Claro. ¡Ey, tú y tú!, vengan conmigo, vamos a cerrarle el paso a quien viene a caballo.

Ramón: ¿Qué pasa, Mole?

Mole: No sé, uno de los hombres vio venir a alguien por el paso a toda velocidad, no sabemos quién, por eso lo mandé a detener.

Cojo: Ya los refuerzos deben estar llegando aquí, si es que el patrón los mandó.

Mole: Pero claro que el patrón los mandó, tú sabes cómo es el patrón, no se detiene ante nada cuando quiere algo, además sabe que si le mandé a buscar esos hombres, es por algo.

Ramón: Así es, Cojo y Mole, el patrón no se detiene ante nada, por eso nosotros debemos unirnos siempre, porque si descubre lo de los ganados, no tendrá compasión con nosotros.

Mole: No te preocupes, que nunca sabrás nada, y menos con todo este problemón, ahora, con más gente, mucho menos sabrá lo que se dio y lo que no.

Hombre: Mole, aquí está el hombre.

Mole: ¡Genaro!, ¿qué haces?,¿a dónde ibas tan rápido?

Genaro: Mole, debo llegar a Santo Domingo para avisarle al patrón que el hombre que aquella vez sacamos de esas tierras en Santiago regresó con un bastión de personas, los esclavos se revoletearon, mataron a todos, yo pude salvar mi vida y tengo que llegar a avisarle al patrón.

Mole: ¿Qué dices? ¿El tipo que se le escapó al comandante Pérez, que don Miguel había mandado a encerrar, regresó de nuevo? El comandante Pérez le dijo al patrón que se había caído por una barranca. Cuando el patrón sepa eso, no quiero ni estar cerca, el comandante tendrá muchos problemas con él. Bueno, vete y avísale lo que ha sucedido, nosotros estamos esperando unos refuerzos para atacar el valle de la Vega.

Genaro: Claro, Mole, solo descansaré esta noche y sigo a la mañana.

Cojo: Oye, Genaro, si ves los refuerzos en el camino, diles que apuren el paso, ya me está poniendo nervioso esta situación, ahora serán dos problemas: la Vega y ese hombre suelto en Santiago, que seguro se va a proteger.

Ramón: Tranquilo, Cojo, nosotros somos más y tenemos al comandante Pérez y al gobierno de nuestro lado. Vete, Genaro, y hazle saber que estamos esperando aquí para poder atacar.

Genaro: *Ok*, hasta luego y suerte.

C. Sambrano: Padrino, ¿entonces don Miguel lo tuvo encerrado dieciocho años en el destacamento de Santo Domingo? Ahí está un tal comandante Pérez, no lo conozco, pero me han dicho que es un oportunista.

Fausto: Así es, hijo, estuve encerrado en ese lugar por orden de don Miguel, perdía mi familia, solo se pudo salvar mi hijo, y apenas lo he vuelto a encontrar, gracias al padre Romero, que lo cuidó como si fuera suyo.

Capitán: Con su permiso, comandante, la Operación Campestre avisó que observaron una cantidad de hombres que se dirigían hacia acá, cabalgaban por el monte y llevaban armas.

C. Sambrano: Eso seguramente es el aviso que le mandaron a don Miguel; si no, hace tres días que hubiesen atacado. Preparen las tropas, hagan un despliegue total, los vamos a estar esperando; ellos atacarán seguro esta noche, y si no, mañana.

Capitán: Sí, mi señor.

Fausto: Ahijado, yo traje como treinta hombres conmigo, están a tu disposición, no vamos a aceptar que pase aquí lo mismo que aquella vez ocurrió en Santiago.

C. Sambrano: Yo también me pude reforzar un poco, padrino, había mandado a buscar cien hombres más desde Santiago, vamos a dejar a tus hombres en el departamento como reserva; en caso de necesitarlos, los mando a buscar, pero prefiero que tus hombres estén aquí sin ningún peligro, porque los vas a necesitar luego. Cuando ese hombre sepa que volviste a recuperar tus tierras, te va a hacer la guerra.

Fausto: Como tú lo creas conveniente, ahijado, pero no dudes ni una sola vez en mandarnos a buscar. Si nos necesitas, estaremos aquí esperando.

C. Sambrano: Mi papá no se equivocó con usted, padrino, usted es un gran hombre.

Cucho y los soldados vestidos de civiles llegaron al bosque donde se encontraban el Mole, Ramón, el Cojo y los demás hombres de don Miguel.

Cucho: Mole, pudimos reunir cien hombres más, son los soldados del comandante Pérez, vestidos de civil, para no meterse en problemas con el gobierno.

Mole: Muy bien, descansen, muchachos, que esta noche atacaremos a los ganaderos. Cojo, ¿y el hombre que mandaste adelante a observar?, ¿ha regresado?

Cojo: Sí, Mole, hace unos minutos. No ha visto movimiento de nada, solo observó campesinos en la zona.

Mole: *Ok*, perfecto. Bueno, descansen todos, que esta noche atacamos.

Sebastián: Padre, ¡cuánta falta me hace Jonás!, al menos juntos podíamos salir al pueblo y ver chicas.

Padre Romero: ¡Sebastián!, tú eres el sacristán de esta iglesia y algún día serás cura, no puedes pensar en eso, es pecaminoso.

Sebastián: ¡Ay, padre!, pero ¿y uno se tiene que pasar la vida entera sin ninguna muchacha?

Padre Romero: Así es, en el sacerdocio se casa uno solo con Dios, debemos abstenernos de las tentaciones, así que vete olvidando de esa idea, o no podrás nunca entrar al monasterio.

Sebastián: (Baja la cabeza y se va echando chulpis con la boca, moviendo la cabeza de un lado para otro). Uhm, pa' qué yo me metí en esto, todo el mundo en la calle con su noviecita, y yo ni siquiera soy padre, y no puedo tener, solo por ser el sacristán, no está nada fácil.

El Padre Romero se quedó mirándolo y pensando: "Pobre Sebastián, no creo que esté apto para entrar al monasterio. Tendré que mandarlo a un retiro para que se dé cuenta de lo que realmente quiere en su vida"
Llegó la noche, y el Mole comenzó a ordenar a todos sus hombres para atacar a los ganaderos.

Mole: Ya saben lo que tienen que hacer: con el que no quiera vender sus tierras al precio que les he dicho, no tengan piedad, quemen todo; y al que se le ponga al brinco, pues lo matan.

Todos gritaban "Sí, arriba don Miguel, vamos", uno más que otro gritaba al son de la lucha.
Dalia y Daniel estaban paseando en el barco, cuando Daniel alcanzó a ver a Gabriela.

Daniel: Mira, Dalia, qué muchacha más bella, se ve que tiene clase, ¿por qué no te le acercas y comienzas a tener amigas de tu mismo nivel social?
Dalia: ¿No será que te ha gustado y quieres que yo haga la amistad primero para que luego te introduzca, como es costumbre? Siempre les has temido a las muchachas bonitas; acércatele.
Daniel: Pues la verdad, así es, no soportaría ningún rechazo, no nací para eso, sino para que me obedezcan.
Dalia: Pues acostúmbrate, no todas te van a obedecer. Si te toca una como yo, no creas que te van a obedecer, porque yo no le obedezco a nadie en este mundo.

Daniel: Eso lo dices porque todavía no has encontrado el hombre que te siente bien.

Dalia: ¡Ay, hermano!, tú no me conoces todavía. Esta será la última vez que voy abogar por ti.

Dalia fue directo a donde estaba Gabriela, para ver si podía encontrar una amistad, a fin de poder presentársela a Daniel.

Dalia: Buenos días.

Gabriela: Buenos días, ¿en qué puedo ayudarla?

Dalia: Bueno, en realidad en nada, solo que le vi un parecido a alguien que conocí en Madrid. Disculpe, no fue mi intención molestarla.

Gabriela: No, para nada, no me molesta. Gabriela, para servirle.

Dalia: Qué lindo nombre. El mío es Dalia. ¿Estás de vacaciones?

Gabriela: No, de hecho me vengo a vivir a Quisqueya, ¿y usted?

Dalia: Pues la verdad, nos regresamos a vivir a esa isla.

Gabriela: Siento como si no le gustara.

Dalia: La verdad es que me he acostumbrado a España, llegué cuando era una niña, y toda mi vida me la he pasado en ese país, casi no recuerdo nada de esa isla, es como volver a empezar.

Gabriela: Pero mi padre nació en Quisqueya y siempre me dice que es la tierra más hermosa que hay en el mundo, y la verdad es que ya estoy loca por conocerla.

Dalia, al oír eso, plegó la boca en señal de que no estaba de acuerdo con esa ideología del papá de Gabriela.

Dalia: Bueno, yo estoy acostumbrada a España, no sé podré acostumbrarme en esa isla.

Gabriela: ¿Dónde piensas vivir?

Dalia: Primero vamos a Santo Domingo unos días y luego nos vamos a la casa de nuestros padres, en Santiago.

Gabriela: No vienes sola, como dijiste "nosotros"… Por cierto, mi padre y yo vamos a Santiago también, allá está mi tío, que es el sacerdote de la iglesia.

Dalia: Perdón, es que no te dije: ese muchacho es mi hermano Daniel. Espera. Daniel, ven. Mira, Daniel, ella es Gabriela y también viene a vivir a Santiago, su tío es el sacerdote de la iglesia de Santiago.

Daniel: Señorita, un placer; Daniel, para servirle.

Gabriela: Encantada, Daniel. Mi nombre es Gabriela, aunque ya tu hermana te lo dijo. El placer es mío.

Daniel: ¿Y a qué se dedica, señorita Gabriela?

Gabriela: Pues ahora mismo a nada, acabo de terminar la universidad. Estudié Administración, pero en eso mis abuelos fallecieron, y como no tenemos a nadie aquí, pues mi papá decidió irse a Quisqueya para estar cerca de su hermano, mi tío, el sacerdote.

Daniel: ¡Pero mira qué bien, Dalia!, nos ha caído del cielo un ángel, nosotros pensábamos contratar a un administrador, para la casa y las tierras que mi padre nos dejó, ya mi madre está muy enferma y no se puede ocupar de eso.

Gabriela: Pues yo encantada, no tengo ningún problema, estaré viviendo en la casa de la iglesia, cuando deseen me pueden encontrar ahí. Dalia, cuando te sientas sola, búscame, y así te sentirás aunque sea en un pedacito de nuestra tierra España.

Dalia: Claro que sí, Gabriela. Discúlpame ahora, tengo que ir al tocador, te dejo en buena compañía, con mi hermano.

Gabriela: Gracias, Dalia, adelante.

A Dalia no le había gustado para nada la idea de que Daniel básicamente le ofreciera el puesto de administradora a Gabriela, porque había pensado ella misma podría haberse hecho cargo de los negocios de la familia. Así que se fue a su habitación un poco furiosa y guardando las apariencias, para que Gabriela no se diera cuenta de su enojo. Mientras, Daniel se quedó conversando muy agradablemente con Gabriela.

Al Valle llegó uno de los hombres de la operación campestre.

Hombre: Mi capitán, los malhechores se acercan por el lado este, por la sierra, y son muchos, creo que hay más de doscientos hombres.

Capitán: Rápido, avísale al comandante, yo reuniré a las demás tropas. Por esa vía está la finca de los Ureña, que es la más grande, seguro querrán atacar esa primero.

Hombre: Sí, mi capitán.

Cristóbal: Mamá, no sé, pero la noche se ve muy tenebrosa con esas nubes tan negras. ¿Irá a llover?

Marta: No creo, hijo, quizás nadie sabe.

Teresa: Los viejos de antes siempre decían que cuando la bruma se acerca, es porque algo malo va a pasar.

Larissa: ¡Ay, mamá!, tú siempre con esas cosas.

Teresa: Hija, las cosas malas existen y están dentro de esos seres humanos que son malos, como tu abuelo, perdón, Cristóbal, sé que es tu papá.

Cristóbal: No te preocupes, Teresa, sé muy bien a lo que te refieres y estoy de acuerdo contigo.

Marta: Bueno, tampoco nos vamos a amargar la noche hablando de ese infierno, vamos adentro de la casa, que les voy a preparar una sopita que se van a lamer los dedos.

Teresa: Yo voy con usted, Marta, quiero aprender a preparar esa sopa tan rica.

Los hombres de don Miguel se acercaban al rancho de los Ureña, mientras los soldados estaban escondidos esperando la señal del comandante, para poder atacar. El Mole se bajó de su caballo y preguntó al portero del rancho:

Mole: ¿Dónde está tu patrón?
Portero: Está en la casa, déjeme llamarlo.
Mole: No vas a llamar a nadie, yo mismo voy, ustedes agarren a este, que no se mueva.

C. Sambrano: Capitán, si entran los demás, es porque aquel les dio la señal de destruir, ahí atacamos nosotros y lo agarramos de sorpresa, despliegue un poco de guardia, que estén por la retaguardia, por si salen huyendo.
Capitán: Sí, mi comandante.

Mole: Oiga, ¿usted es el patrón aquí?
José Ureña: Sí, ¿qué se le ofrece?
Mole: Le tengo una proposición, más bien dos, una buena y otra mala. La buena es que don Miguel le manda a decir que él quiere esta propiedad; le daremos milpesos con todo, y el ganado. La mala es que si no acepta, se la quitamos y no le damos nada. Así que mejor venda, para que no pierda todo.
José Ureña: ¿De qué habla? Esta propiedad cuesta casi cinco mil pesos, y no se la estoy vendiendo ni a don Miguel ni a nadie.
Mole: Oh, ¿sí?, bien entonces,

Mole sacó su revólver y le dio un tiro a don José, los demás, que estaban ahí, se fueron a agarrar a Don José mientras este iba cayendo al suelo. Los otros hombres, al oír el disparo, dieron la orden de entrar y matar a quien seles opusiera. El C. Sambrano también dio la orden para contrarrestar esos hombres, y empezó la balacera, se iban matando entre los bandos, pero los soldados del comandante Sambrano tomaron la delantera porque cogieron desprevenidos a los hombres de don Miguel.

Cojo: Ramón, hay que salir de aquí, es una trampa, ellos son muchísimos más. Ve por el Mole, y vamos a dispersarnos por el monte, que no se vayan por donde vinimos, que seguro están esperándonos también.
Ramón: Bien, Cojo, ya busco al Mole. Apóyame, tira para adelante mientras entro a la casa. Vengan, muchachos.

La balacera seguía, al capitán lo hirieron de un balazo. El comandante Sambrano agarró al capitán y pidió a dos de los soldados que se lo llevaran mientras él seguía tirando. Mató como a tres hombres más, vio que por el costado salían varios hombres a caballo que se metían por el monte, y por el otro lado también se estaban escapando algunos hombres.

C. Sambrano: Teniente, la gente dela retaguardia se está escapando por el lado sur de la finca.

Mientras, en el cuartel estaba don Fausto, preocupado por lo que estaba pasando y por no poder estar ahí para ayudar. No aguantaba más.

Fausto: Emilio, trae a los hombres, vamos a ayudar a mi ahijado, no sabemos cómo le está yendo.
Emilio: Pero, don Fausto, el comandante dijo que esperáramos aquí.
Fausto: No, Emilio, siento que debemos ayudarlos, vamos.
Emilio: *Ok*, don Fausto. Vamos, muchachos, síganme, preparen sus armas.

El padre Romero y Sebastián estaban orando antes de irse a dormir. También Larissa se preparaba para dormir, pero con sus pensamientos en Jonás. Jonás, por su parte, pensaba en

Larissa. Marta pensaba en Fausto, y Teresa también, aunque no sabían que el objeto de su deseo era el mismo hombre.

Fausto: Emilio, ¿quién esa gente que va rápido a caballo?
Emilio: No sé, pero parece gente de don Miguel.

Fausto logró alcanzar a ver al Mole, al Cojo y a Ramón, los mismos que aquella vez habían matado a su esposa y a sus padres.

Fausto: Sí, son gente de don Miguel.

Fausto comenzó a dispararles. Hirió en un brazo al Mole. Estelo vio y lo recordó, pero siguió corriendo en el caballo, hasta desaparecer en el bosque junto a los demás. Ahí llegaba la gente del comandante Sambrano, que se encontró con Fausto.

Teniente: Don Fausto, ¿por dónde se fueron?
Fausto: Se perdieron en el bosque, está muy oscuro para entrar ahí, sería una muerte segura, hay que estar pendiente toda la noche por si quieren volver a atacar.
Teniente: Está en lo correcto, don Fausto, ¿pero qué hace usted aquí?, mi comandante le dijo que se quedara en el cuartel.
Fausto: No aguanté, teniente, no podía dejarlos solos. Creo haber herido al que estaba comandando a esos hombres.
Teniente: Ah, mire, ahí viene el comandante.
C. Sambrano: Padrino, ¿qué haces aquí?
Fausto: Tuve que venir, ahijado, no te iba a dejar solo. ¿Qué pasó allá?
C. Sambrano: Tuvimos veinticinco bajas, y ellos casi setenta, pero mataron a don José Ureña.
Fausto: ¿A don José? ¡No me diga algo así!, ¡era un hombre que nunca le había hecho daño a nadie!

C. Sambrano: Lo siento mucho, ya no hay nada que hacer.
Soldado: Discúlpeme, comandante, aquí hay algo extraño.
C. Sambrano: ¿Qué pasa, soldado?
Soldado: Algunos de los hombres que matamos tienen la placa de soldados, mire.

El soldado le enseñó la cadena que identificaba a los militares.

C. Sambrano: ¿Pero qué es esto?, ¿quieres decir que don Miguel está usando soldados también para hacer sus crímenes? Rápido, tráeme hoja, una pluma y un mensajero, esto debe saberlo el gobierno central. Me imagino que el comandante Pérez le está suministrando esa ayuda, porque estos soldados no son de aquí, debieron haberlo traído de Santo Domingo.
Fausto: No lo dudo, porque yo estuve encerrado en la cárcel del cuartel, donde me juzgaron como ladrón y me condenaron, ahí hay conexiones entre ellos.

Al otro día los hombres de don Miguel siguieron cabalgando destino a Santo Domingo nuevamente.

Ramón: Mole, ¿te sientes bien?, ese balazo que te dieron en el brazo fue fuerte, ha estado botando mucha sangre.
Mole: Estoy bien, Ramón. ¿Sabes quién me disparó? El reo que se escapó, el mismo al que le tomamos las tierras aquella vez en Santiago, creo que se acordó de mí, porque se quedó mirándome.
Cojo: El patrón se va a poner furioso con esto.
Mole: Bueno, tampoco podemos luchar así, están apoyados por los soldados y nos redoblaban en cantidad, si seguíamos ahí, era una muerte segura. Es mejor que nos vayamos a Santo Domingo y regresar bien preparados, con más de quinientos

hombres, aquí no se puede uno meter así, están bien armados y nos estaban esperando.

Ramón: En eso tienes razón. Eran demasiados y nos estaban esperando, seguro que aquel hombre que se escapó les avisó, y no se tragaron los días que no fuimos, se quedaron esperando, esta gente es inteligente. Hay que armar un plan con cinco pasos delante que ellos.

Hombre: ¡Patrón, patrón!, el reo al que aquella vez le quitamos las tierras en Santiago y había escapado de aquí se apareció en la finca que tomamos con un puñado de hombres y nos agarró por sorpresa, los mató a todos, apenas me pude escapar, seguro él se adueñó de la finca nuevamente.

Don Miguel: ¿Qué dices? ¡¿Pero qué carajo estaban haciendo ustedes, que no pudieron acabarlo ahí mismo!? ¡Que me parta un rayo! Vete nuevamente, cuando acaben con la gente de la Vega, le dices al Mole que sigan a Santiago y que me agarren vivo a ese desgraciado, me lo traen, que yo mismo lo voy a matar. Y que vuelvan a adueñarse de las tierras, y al que se interponga me lo matan de una vez.

Hombre: Claro, patrón, ahora mismo regreso.

Pasaron dos días, y ya estaba todo más calmado. Por fin Fausto y su hijo llegaron a su verdadera casa; Emilio y los demás hombres festejaban la llegada de don Fausto a ese lugar.

Fausto: Por fin hemos regresado, hijo, esta es tu casa, tu tierra, tu gente.

Multitud: ¡Que viva don Fausto!, ¡que viva!

Jonás: Papá, la gente te adora aquí.

Emilio: Así es, joven Carlos, aquí todos queremos a don Fausto, porque a pesar de ser el patrón, es como un pariente, siempre nos trató como de su familia, sin distinción, y eso la gente no lo olvida. ¿Ves cómo todos apoyaron esta revuelta?, nadie se opuso, porque todos aman a tu padre.

Fausto: Así es, hijo, no hay que menospreciar a nadie, quien menos esperas te da la mano en el momento que más lo necesitas, y si eres una persona de mal, nunca esperes que nadie te ayude, porque nadie lo hará. Mira, nada de esto hubiese sido posible sin la ayuda de Emilio, quien me acogió en su hogar todo este tiempo sin ningún interés.

Emilio: No diga eso, que a usted le debo la vida, sin usted tampoco yo hoy sería alguien.

Jonás: Papá, ¿y qué vamos hacer ahora?, tenemos que estar precavidos, esa gente puede volver nuevamente, debemos contratar más personas para que nos ayuden aquí en la tierra, y también que nos puedan defender.

Fausto: No te preocupes, que así será. Emilio, desde hoy tú eres el capataz, encárgate de todo el cultivo. Yo enseñaré a mi hijo cómo administrar todo esto y le diré cómo se hacen los negocios.

Emilio: Sí, don Fausto, ahora mismo me pongo en eso. Vamos, señores, a trabajar, y ahora felices, porque es con don Fausto. Se acabó el yugo, todo es como antes, pero claro, con mejor sueldo.

Multitud: ¡Ah, arriba don Fausto y su hijo Carlos! ¡Arriba!

Fausto: Señores, quiero que me den una prórroga hasta hacer los primeros negocios, ya que no tengo con qué pagarles ahora mismo.

Hombre: Don Fausto, con usted hasta gratis, somos nosotros los que no tenemos con qué pagarle, nos ha liberado de esos bastardos. Coja el tiempo que sea necesario, nosotros estamos contentos con usted y con su hijo, ya que él será nuestro administrador. Y claro, con don Emilio también, mejor que él para el puesto de capataz, ninguno, ¿verdad, muchachos?

Multitud: Claro que sí.

Cojo: Patrón, el Mole está malherido, no pudimos hacer nada.

Don Miguel: ¿Cómo que no pudieron hacer nada?, ¿de qué hablas? Si tenían casi trescientos hombres…

Ramón: Ellos nos redoblaban en cantidad y estaban muy armados, el ejército de allá los estaba ayudando, nos estaban esperando, todo fue una emboscada, no pudimos arriesgarnos porque nos mataban a todos, perdimos setenta hombres en menos de treinta minutos.

Don Miguel: Ustedes son unos mamarrachos, ¿no tenían un buen plan?, ¿qué les falló?, ¿a ver?, ¡díganme qué les falló!

Cojo: Nada, patrón, todo iba muy bien hasta que ese hombre se escapó, por eso se mandaron a buscar cien hombres más, no podíamos arriesgarnos a entrar así. Y mire usted, como quiera, nos esperaron con el doble de los hombres, y también lo estaba ayudando el reo que se había escapado, el terrateniente ese de Santiago, que fue quien le disparó al Mole, que por cierto está muy mal, ha perdido mucha sangre.

Don Miguel: A ver tú, tráeme de inmediato al comandante Pérez; y tú, busca al doctor para que atienda al Mole. Ustedes váyanse, pero no se alejen. Déjame ver qué vamos a hacer, esto no se quedará así.

Iban pasando los días, Jonás seguía aprendiendo con su padre, Larissa iba a la escuela con su papa. Ahí se veía con Jonás. El vínculo entre ambos era cada día era más fuerte. El padre Romero y Sebastián, en la iglesia, daban la misa; y continuaban los problemas del baño con Sebastián.

Daniel seguía hablando con Gabriela, Dalia estaba cada vez más enfurecida, no le gustaba esa idea y veía en aquella una rival para la administración de su tierra.

Teresa y Marta habían comenzado a vender en un puesto ropa, frutas y hierbas, de todo un poco, para así poder mantener la casa.

A Santo Domingo llegó un mensajero a la casa de don Miguel, y otro salió a Santiago con la correspondencia de allá.

Pilar: Don Miguel, ha llegado este telegrama para usted.

Don Miguel: ¡¡Telegrama!! ¿Para mí?, ¿de quién será?
Pilar: No sé.
Don Miguel: Déjame ver. Daniel Molina…¿y quién carajo es Daniel Molina?
Pilar: Pero lea el telegrama, así sabrá quién es.
Don Miguel: ¿A ver qué dice?

Estimado don Miguel Ángel Batista:
Le escribe Daniel Molina, hijo de Rosario y Fernando Molina.

Don Miguel: ¡Oh, Pilar!, es el hijo de Fernando, el de Santiago. ¡Pero qué extraño!, ellos se fueron del país hace muchísimo tiempo, ¿qué querrá?
Pilar: Siga leyendo, don Miguel.
Don Miguel: Pero te interesa más a ti que a mí, parece. (Gruñe).

Espero se acuerde de nosotros y de mi hermana Dalia, hemos decidido regresar al país, ya que a raíz de la muerte de nuestro padre, hemos querido volver para seguir los negocios que él alguna vez tuvo con usted y nuestra tierra en Santiago.
Estaremos llegando en algunos días, espero ser recibido por usted, por la amistad que lo unió a usted con nuestro padre. Solo nos quedaremos un par de días y luego continuaremos hacia Santiago. Disculpe la molestia por este atrevimiento.
Se despiden con un fuerte abrazo,
Daniel, Dalia y mi madre Rosario

Don Miguel: ¿Y esta gente a qué regresa? Disque a seguir los negocios que tenía con Fernando, bueno, qué se va a hacer.

Pilar, manda a uno de los criados a averiguar cuándo llega el dichoso barco ese, para tener en qué ir a recibir a esa gente, y que les preparen tres habitaciones.

Pilar: Sí, don Miguel, ahora mismo mando a uno de los muchachos.

Con su temperamento resabioso, don Miguel se quedó pensando para qué iba esa gente, con tantos problemas que él tenía.

Por otro lado, seguían pasando los días. Jonás estaba muy entusiasmado con todo lo que su padre le había enseñado. El padre Romero al fin recibió el telegrama de su hermano, en el que le expresaba que ya casi estaba a punto de llegar al país. El cura se lo contó a Sebastián con una sonrisa, y estese quedó en el aire como siempre. Larissa cada día iba aprendiendo más junto con Jonás en la escuela, y Cristóbal estaba contento al ver que su hija se estaba superando y al constatar el amor que Jonás y ella se tenían. En fin, todo iba marchando a la perfección, sin ninguna molestia de los hombres de don Miguel. El comandante Sambrano visitó a su padrino don Fausto que había retomado los negocios dela familia, y le dio consejos para seguir distribuyendo sus productos y buscar una forma de exportar la agricultura. Don Fausto estaba contento al ver que todo estaba marchando bien. Pasaron dos semanas y algo, cuando el barco por fin llegó al puerto de Santo Domingo, bajaron los pasajeros.

Rosario: Hijo, aquel que esta allá es don Miguel.

Daniel: *Ok*, mamá, ya lo veo. Don Miguel, qué gusto verlo, soy Daniel, ella es Dalia, y mi mamá Rosario, seguro la recuerda.

Don Miguel: ¡Pero claro que la recuerdo! Rosario, cuánto tiempo, ¿cómo ha estado? Lamento mucho lo de tu esposo, mi amigo Fernando, ¡y qué grande está el muchacho!, todo un hombre. Y qué hermosa está Dalia, toda una señorita.(Se queda mirándola con ojos pícaros y piensa "La verdad es que esta niña ha crecido, es toda una belleza, qué buena está").

Rosario: Gracias, Miguel, sí, hacía mucho que no sabíamos de ti. Perdona que acudimos a ti aquí, no teníamos dónde llegar, estos viajes son muy cansadores.

Don Miguel: Para nada, Rosario, yo encantado, con la amistad que nos unía con Fernando… para mí eso basta. Venga, ustedes son bienvenidos.

Rosario: (Le susurra a Daniel en el oído). No me gusta la forma en que Miguel miró a Dalia.

Daniel: Tranquila, madre, tranquila, yo también me di cuenta.

Daniel alcanzó a ver a Gabriela y fue donde ella estaba, para despedirla.

Daniel: Gabriela, nosotros nos quedaremos aquí, en lo de un amigo de nuestro padre. En dos o tres días estaremos yéndonos a Santiago, iré a la iglesia como acordamos, a buscarte.

Gabriela: Está bien, Daniel, ahí estaré. Ah, mira, te presento a mi padre.

Daniel: Mucho gusto, señor.

Venancio: Venancio, joven, ese es mi nombre.

Daniel: Mucho gusto, tiene una hija espectacular, tal vez trabaje para mí, mi nombre es Daniel.

Venancio: Sí, joven, ya escuché a mi hija llamarle Daniel.

Daniel: Bueno, los dejo, y nos vemos allá, en Santiago, pronto.

Gabriela: *Ok*, Daniel, hasta luego.

Venancio: (Le susurra a Gabriela). No me agradó mucho ese muchacho, no sé, tiene como un aire de grandeza, la verdad no me gustó nada.

Gabriela: Ay, papá, son percepciones tuyas, se ha portado muy amable conmigo.

Venancio: De todos modos, hija, yo siempre he confiado en ti, y esta no será la excepción, pero ten cuidado, mucho ojo. Ahora vamos a buscar un carruaje a ver quién nos llevará a Santiago, o nos hospedamos en algún lugar y mañana temprano nos vamos.

Gabriela: Vamos, papá, allá hay uno, preguntémosle.

Teresa: ¿De quién habrá sido esta casa tan grande?, tanto tiempo que la tenían desocupada.

Marta: Pues la verdad, sea quien sea, debió tener mucho dinero, porque es una casa bien grande, y ese patio ahí atrás es infinito. Qué mal que nadie ha estado cultivando esas tierras, son muy buenas.

Larissa: ¡Ay, abuela!, ¿y tú sabe de cultivos?

Marta: Claro que sí sé, yo cultivaba cuando era joven, ahí fue cuando tu abuelo, el demonio ese, me enamoró y me ofreció el cielo solo para engañarme, hasta que me embarazó de tu papa y luego me echó de la casa.

Larissa: Pero, abuela, si usted sabe de cultivo, ¿por qué no nos ponemos todos nosotros a trabajar esa tierra?, no creo que Pedro, el amigo de Sebastián, se oponga.

Teresa: ¡Ay, hija!, eso es para hombre, cultivar la tierra no es para mujeres, es un trabajo muy pesado.

Marta: Teresa tienes razón, es una tarea para hombres, y ya nosotras estamos viejas para eso, lo que sí podemos hacer es ver si Pedro nos consigue unos cuantos amigos que quieran hacerlo y compartir las ganancias con ellos.

Larissa: Pues hagamos eso.

Llegó Cristóbal a la casa y saludó a todas.

Cristóbal: ¿De qué me perdí?, ¿de qué hablaban?

Marta: Hijo, a Larissa se le ha ocurrido trabajar las tierras que están detrás de la casa, es una manera de ayudarnos aquí.
Cristóbal: Es una buena idea, pero esta casa no es nuestra, tampoco esas tierras.
Larissa: Papá, pero podemos preguntarle a Pedro, él debe conocer más, además los dueños de todo esto jamás volvieron, quién sabe lo que ha pasado con ellos.
Cristóbal: La verdad es que no me parece buena idea, pero si quieren preguntarle, adelante.

Jonás: Papá, voy a ir a lo de Larissa, ¿por qué no vienes conmigo?, así conoces a su familia.
Fausto: Está bien, hijo, pero ya debo ponerte siempre a alguien que te acompañe, no quiero que andes solo por ahí, y menos ahora, que no sabemos si esa gente vuelve a atacar de nuevo.
Jonás: Está bien, como tú digas.
Fausto: Emilio, dile a uno de los muchachos que nos ensillen dos caballos y trae a uno que nos acompañe y que siempre esté con Jonás para su seguridad.
Emilio: Voy a traer al hijo de Flora, que es casi de la misma edad de Jonás y sé que se llevarán bien, además es el que tiene mejor puntería entre todos.
Fausto: Perfecto, que así sea.

Fausto se quedó abrazando a su hijo, mientas Emilio se iba a buscar al hijo de Flora.
Venancio y Gabriela iban camino a Santiago, pero ya era de tardecita y estaban un poco cansados.

Venancio: (Al señor del carruaje). Escuche, amigo, ¿dónde hay una posada?, es mejor descansar, y seguimos mañana.
Señor: Mi señor, en las afueras de Santo Domingo hay una, ahí podemos quedarnos y continuar viaje temprano. Estaremos en ese lugar más o menos en una media hora.

Venancio: Gracias, ahí pararemos entonces. Hija, cuéntame más de ese muchacho que conociste.

Gabriela: Papá, te has obsesionado con Daniel. ¿Qué te puedo decir de él?, se lo llevaron de aquí cuando era un niño, también a su hermana, sus padres los llevaron a España, se criaron allá, su padre murió. Ahora ha querido regresar a este país. A la que no le agrada mucho la idea de haber venido es a su hermana. Su mamá se ve muy buena persona, pero está muy enferma, no creo que dure mucho.

Venancio: Qué pena por ella, se nota que esos muchachos han tenido una vida muy buena, pero a veces eso hace que sus mentes se tuerzan. La verdad es que no lo sentí muy sincero a él, pero nada, yo no me meto en eso, tú eres bien grande y muy inteligente.

Gabriela se quedó mirando a su papá con una sonrisa, como quien dice "Ay, tú con tus cosas".

En Santiago, Jonás y Fausto llegaron a la casa donde vivía Larissa. Cuando estaban por ser recibidos, Marta y Teresa al mismo tiempo pronunciaron el nombre de Fausto; Jonás y Cristóbal se quedaron asombrados ya que no sabían que Marta y Teresa lo conocían.

Larissa: Don Fausto, qué gusto verlo nuevamente, pero un momento: ¿entonces quiere decir que el hijo de quien hablaba era Jonás?

Fausto: Hola, Larissa, a mí también me da mucho gusto verte, y a Teresa, también a ti, Marta.

Jonás: Pero, papá, ¿cómo es eso?, ¿de dónde las conoces?

Fausto: Es una historia larga, ya luego te cuento.

Marta y Teresa se quedaron mirando a Fausto como si hubiesen visto un fantasma. Y con esa mirada de enamoradas, todos se dieron cuenta de que había algo especial entre ellos tres, incluso hasta el mismo Cristóbal se percató de ello.

Cristóbal: Disculpe, Fausto, soy Cristóbal, padre de Larissa, y Marta es mi madre. Teresa cuidó a mi hija como si fuera su verdadera madre.

Fausto: Lo sé, Cristóbal, yo conozco la historia, no sabe lo que les debo, si no fuera por ellas, quizás hoy estaría otra vez en el calabozo en el que tu padre me había mandado a encerrar.

Cristóbal: ¿Usted ha sido otra víctima de mi papá?

Fausto: Así es, pero no te preocupes, ya mi hijo me contó todo lo que tú también sufriste. Lo que desconocía es que eras familiar de Larissa y de Marta.

Teresa: ¡Fausto, qué gusto volver a verte de nuevo!, se me puso la piel de gallina.

Larissa: (Sonriendo). ¡¡¡Mamá!!!

Teresa: Es que jamás pensé que volvería a ver a Fausto.

Marta: Yo tampoco, ¡pero qué gusto volver a verte, Fausto!

Fausto: El gusto es mío. Teresa, Marta, Larissa, ustedes han sido parte de mi vida, la verdad es que esto también es un milagro, me alegro muchísimo de que mi hijo esté viéndote, Larissa, serás como otra hija para mí.

Larissa: Gracias, pues la verdad amo a Jonás.

Fausto rió.

Larissa: ¿Qué pasó?, ¿dije algo malo?

Fausto: No, hija, es que tendré que acostumbrarme al nombre de Jonás, su verdadero nombre es Carlos.

Ya en la casa de don Miguel, todos estaban acomodados y listos para cenar.

Don Miguel: Pilar, ya puedes traer la cena, aunque mi amigo Fernando no esté presente, vamos a cenar en nombre de él. Ven, niña, siéntate aquí a mi lado; ustedes ahí. Ya que Fernando no está, mírame como a un padre.

Rosario: Miguel, gracias nuevamente por tu gentileza, trataremos de no molestar mucho, ¿verdad, hijo?
Daniel: Así es, nos iremos en un par de días, quisiera ver algunas cosas aquí primero y también hablar de negocios con usted.
Don Miguel: Claro, lo que desees, hijo.

Don Miguel miró de reojo a Dalia, le sonrió con cara pícara y por debajo de la mesa le puso la mano en una rodilla. Dalia, por educación, no dijo nada, pero se incomodó un poco y se puso de pie.

Dalia: Disculpen, quiero ir al baño, la verdad es que no me siento bien, debe ser por el viaje, me gustaría mejor descansar un poco.
Don Miguel: Pilar, lleva a la señorita al baño y luego a su habitación, para que descanse.

Rosario se quedó un poco preocupada por su hija, y Daniel siguió hablando con don Miguel. Al otro día el Estado Mayor recibió la correspondencia que le había mandado el C. Sambrano y comenzó a leerla en voz baja; al terminar de leerla, el general llamó a un coronel.

General: García, busque de inmediato al comandante Pérez.
García: Sí, mi general.

Gabriela: Papá, Daniel básicamente me ofreció trabajo para administrar sus propiedades en Santiago, ¿tú qué piensas de eso?
Venancio: Pues la verdad es que no me gusta mucho, pero debes ejercer tu profesión, y si él te da el trabajo, pues adelante, hija. Porque por otro lado, nos cae del cielo ese trabajo, ya que no quiero estar arrimado a lo de mi hermano.
Gabriela: Estoy loca por conocer a mi tío Romero.

Venancio: Ya verás cómo lo vas a querer, es todo un personaje.

Padre Romero: Sebastián, esta casa pronto va a cobrar vida con la llegada de mi hermano y su hija, y con la escuela de Cristóbal, Jonás, Larissa y los demás muchachos que vienen.
Sebastián: ¡Ay, padre!, ¡qué contento lo noto!, me gusta verlo así, ¡a usted se le olvidan tantas cosas cuando está contento!
Padre Romero: ¿Cómo que se me olvidan tantas cosas?
Sebastián: Sí, padre, ¿no se acuerda aquella vez que vinieron unos amigos suyos y se pusieron a contar chistes?, usted reía a carcajadas y al otro día olvidó dar la misa.
Padre Romero: No fue que se me olvidó, me acosté muy tarde ese día y no me pude levantar, además no creo que sea por eso que lo dices, también no recordé mandarte a bañar esa vez.
Sebastián: (Se persigna). Ay, padre, ya viene usted a dañar la conversación. (Se va haciendo chulpi con la boca).

El padre Romero quedó con la sonrisita y diciéndose "Dios mío, ¡pero por qué no le gusta el agua!".

C. Pérez: Mi general, me mandó a llamar, ¿para qué soy bueno?
General: Mire, Pérez, quiero que me diga la verdad, de eso depende si usted sigue en el departamento o lo despido.
C. Pérez: ¿A qué se refiere, mi general?
General: He recibido un telegrama del C. Sambrano, de la Vega. Hombres de don Miguel atacaron esa ciudad para hacerlo mismo que aquella vez en Santiago, y parte de esos hombres son soldados de aquí. Así que piense bien lo que me va a responder.

El comandante Pérez entró en un pánico nervioso, porque esos hombres los había mandado él para ayudar a don Miguel.

General: ¿Qué espera para contestarme?

C. Pérez: General, no le voy a mentir, usted sabe las conexiones que tiene don Miguel con el gobierno, amenazó con destituirme si no lo ayudaba con algunos hombres.

General: ¿Pero acaso usted se está volviendo loco?, ¿no se da cuenta de lo que ha hecho?, ¡puso nuestras mismas fuerzas castrenses a pelearse!, ¿¡pero en qué mundo vive!?, usted debió comunicarme eso.

C. Pérez: Lo siento mucho, mi general, pero aquí todos respetamos a don Miguel, usted sabe muy bien cuál es su amistad con el gobierno central.

General: A mí me importa un pepino la amistad de ese señor con el gobierno, queda usted arrestado treinta días por insubordinación y por no haberme comentado nada de este operativo, yo mismo hablaré con el gobierno central, estas cosas no deben estar pasando, que sea la última vez que usted le preste atención a ese fulano.

C. Pérez: Perdóneme, mi general, no se volverá a repetir, de verdad discúlpeme.

General: Tendré que mandarle una nota al comandante Sambrano pidiéndole disculpas, tendré que decirle que algunos hombres se vendieron a don Miguel a escondidas de nosotros y que serán destituidos de la institución los que participaron.

C. Pérez: Buena idea, mi general.

General: ¡Qué buena idea ni qué buena!, ¡usted creó todo este caos con su debilidad, teniéndole miedo a ese fulano, solo por preservar su puesto de comandante! ¡Ahora váyase y enciérrese por treinta días! Sargento, venga acá, espere un momento. (Escribe una nota al C. Sambrano). Vaya y mande el mensajero a que le lleven esta nota al C. Sambrano en la Vega. ¿Y usted qué hace aquí?, ¡váyase ya!

C. Pérez: Sí, mi general, discúlpeme otra vez.

Rosario: ¿Qué pasó, hija, que te levantaste de la mesa sin ni siquiera probar un bocado?
Dalia: No me gusta nada de esto, no sé a qué me trajeron aquí, no me gusta este país, y ese viejo me tocó las piernas cuando estábamos en la mesa.
Rosario: Yo nunca he confiado en Miguel, siempre fue muy pícaro, nunca le dije a tu papá nada, pero a mí me acosaba, por eso no me gustó que ustedes vinieran aquí.
Dalia: ¿Nosotros? Será Daniel, fue él quien quiso venir para acá y planeó todo.
Rosario: Hablaré con él. Mañana mismo temprano nos vamos a Santiago, así que trata de descansar, que el viaje es largo.

Al fin llegó el día en que Venancio y Gabriela llegaron a la iglesia del padre Romero y tocaron a su puerta. Quien les abrió fue Sebastián, y como este no los conocía, les preguntó que quiénes eran.

Sebastián: ¿En qué puedo ayudarlos?
Venancio: Buen día, soy Venancio, el hermano de Romero, y ella es mi hija Gabriela.

Sebastián se quedó perplejo al ver a Gabriela, era tan bonita que no pudo decir ni una palabra, sus ojos se iluminaron como dos estrellas. Gabriela, al ver la reacción de Sebastián, comenzó a reírse, y Venancio a llamarle la atención:

Venancio: ¡Joven!, joven, ¡ey, joven!
Sebastián: Ay, perdone, ¿me decía?
Venancio: ¿Está mi hermano aquí?
Sebastián: Sí, sí, claro, ha estado esperándolos, está en la capilla, pero vengan, entren, esta es su casa, le diré que ya llegaron.

Sebastián salió corriendo a buscar al cura.

Padre Romero: ¿Qué pasa, Sebastián?
Sebastián: ¡Padre!, llegaron su hermano y su hija uhm Gabriela.
Padre Romero: ¡Ah, qué bueno!, déjame ir a recibirlos.

Por casualidad en ese mismo momento Jonás también llegaba a la iglesia. Al entrar vio al señor Venancio y a Gabriela. Al ver a Jonás, a ella le palpitó el corazón un poco.

Jonás: Hola, disculpen, ¿están aquí buscando al padre Romero?
Venancio: Así es, joven.

En ese momento entró el padre Romero y vio a Venancio: se le abalanzó, le dio un abrazo enorme, luego vio a su sobrina y también le dio un abrazo.

Padre Romero: ¡Venancio, hermano, qué alegría verte después de tanto tiempo! ¡Gabriela, qué bella es mi sobrina!, ¡qué gusto!, por fin te conozco. ¡Hola, hijo!
Venancio: ¡Romero, a mí también me da muchísimo gusto verte! No te imaginas las ganas que tenía de reunirnos, por fin juntos otra vez.
Gabriela: Tío, ¡mi padre me ha hablado tanto de ti!, que ya te conocía sin verte. A mí también me alegra mucho conocerte en persona. (Se da vuelta, ve a Jonás y le dice). Hola, mi nombre es Gabriela.
Jonás: Y el mío es Jonás, o Carlos, como quieras llamarme.
Padre Romero: Él es Jonás, es mi hijo básicamente.
Venancio: ¿Tu hijo? ¿Y desde cuando los sacerdotes pueden tener hijos?

Padre Romero: Es una historia larga, ya te la contaré, pero vengan, vengan, los llevo a su habitación.

Gabriela se quedó mirando a Jonás medio coquetona. A él no le pareció mal la muchacha, la vio muy bonita, pero pensó en Larissa, y bueno, se despidió de todos.

Jonás: Padre, yo vendré luego, quédese con su familia, deben tener muchas cosas de qué hablar.
Padre Romero: Pero, hijo, tú también eres mi familia, quédate a comer con nosotros.
Gabriela: ¡Anda, hombre!, si te está invitando el tío Romero, quédate.
Jonás: No, tranquilos ustedes, yo me iré a lo de Larissa ya que hoy no tenemos clase aquí.
Gabriela: ¿Y quién es Larissa?
Jonás: Mi novia.
Gabriela: Oh entiendo, pues anda, no los dejes esperando.
Jonás: Bueno, hasta luego, fue un placer haberlos conocido, luego vengo y nos conocemos más. ¡El Padre tenía tantos deseos de verlos!, hablaba mucho de ustedes, así que tendrán miles de cosas de que conversar. Bueno, hasta pronto.

Sebastián estaba afuera de la iglesia, todavía un poco en el aire.

Jonás: Sebastián, ¿qué haces aquí? ¿Qué tienes?
Sebastián: ¡Ay, Jonás, qué bella, qué bella!
Jonás: ¿De qué hablas?
Sebastián: De Gabriela, ¿no me digas que no te fijaste en ella?, en lo bella que es.
Jonás: Pues la verdad es que sí es muy bonita y muy elegante, pero mi corazón es solo para Larissa.
Sebastián: ¿Tú crees que ella me haría caso a mí? Sé que no soy tan buenmozo como tú, pero soy buena gente.

En ese momento pasaron por allí unos niños y le vocearon a Sebastián "El *amemao*, el *amemao*".

Sebastián: ¿Ves, Jonás?, también soy el *amemao*, o sea inteligente, todo el mundo lo reconoce.

Jonás: ¡Sí, Sebastián!(Ríe). Mira, pues la verdad no sé, todo depende de ella, pero si te gusta, conócela y háblale. Debes tener mucho cuidado, porque es la sobrina del padre Romero, y aparte de eso, en caso de estar con ella, ya no podrás ser cura nunca en tu vida, sabes que los religiosos no se pueden casar con una mujer, solo se casan con Dios.

Sebastián: He estado pensando mucho y me he dado cuenta de que tengo debilidades con las muchachas. Hablaré con el padre, para que él sepa que no podré ser sacerdote nunca, es que hoy me di cuenta, Jonás. ¡Uy, cómo me encantó Gabriela!, ¡qué bella, Dios!, ¡qué bella!

Jonás: Bueno, Sebastián, pues nada, me voy a lo de Larissa, ¿quieres venir conmigo?

Sebastián: Déjame avisarle al padre, él va a estar ocupado con la familia, no creo que me necesite hoy.

En Santo Domingo, Daniel se despedía de don Miguel ya que su mamá y su hermana querían irse lo antes posible de ese lugar.

Daniel: Pues, don Miguel, muchísimas gracias por su hospitalidad. Espero que sigamos haciendo los mismos negocios que mi papá tenía con usted. Por cierto, tengo en mente comprarle parte de los terrenos que usted tiene en Santiago, le voy a pagar muy bien por ellos.

Don Miguel: No sé por qué se van tan rápido, podían quedarse más tiempo, pero está bien, pronto los visitaré por allá. Respecto de los terrenos, no creo que se los pueda vender, joven Daniel, al contrario: podría comprar los tuyos, a mí siempre me gustaron esos terrenos de tu papá.

Daniel: Bueno, ya veremos, ya veremos, esos terrenos no están en venta, y vine para quedarme, tengo bastante contactos en España, que quieren comprar mis productos. Por eso necesito más tierras. Pero ya veremos. Bueno, hasta luego y gracias de nuevo.

Don Miguel: Hasta pronto. Adiós, Rosario; adiós, Dalia.

Rosario y Dalia no le contestaron, pero con un movimiento de cabeza básicamente le dijeron "adiós", para no pasar por mal educadas. Don Miguel se quedó pensando: "Este mocoso se cree que porque le fue bien en España va a venir aquí a imponer reglas y a comprar terrenos. Aquí el único dueño y señor soy yo. Ya tengo otro enemigo, debo cuidarme de este. Si no fuera porque me gusta tanto la hermana, ni siquiera lo hubiese dejado quedarse aquí, ¿qué se cree?".

Fausto: Emilio, ¿cómo va todo por las tierras?

Emilio: Pues muy bien, don Fausto, todo está marchando como lo hemos planeado, los trabajadores, muy contentos, están echando el cultivo a andar, ya hice contactos con la gente del pueblo para que vuelvan a comprar parte de la cosecha, y también voy a averiguar con las personas con que usted hacía negocios antes, a ver si todavía están en eso.

Fausto: Muy bien, Emilio. Lleva a Jonás contigo para que los conozca a ellos y para que mire cómo se hacen las cosas, aunque ya le he estado enseñando, y Jonás aprende muy rápido.

Emilio: Así es, don Fausto, se da a querer, aquí todos los quieren, no se puede negar que es su hijo, ya lo respetan y lo quieren como si fuera usted. Lo único que no me gusta es que sigue yéndose sin la seguridad que usted le puso; se lleva bien con el hijo de Flora, pero dice que sabe cuidarse solo.

Fausto: Tranquilo, Emilio, hablaré con él, quizás no ve el peligro que puede correr con esa gente.

Sebastián: ¡Ah, Jonás, mira: mi amigo Pedro! Pedro, ¿cómo has estado?
Pedro: Po la veida muy bien, ¡eso chelito me han caído de bien!, con lo que me dio tu gente, le compre un catre heimosiimo a mi mujei y ei otro me voy a vei si compro un compañero pa Geitrudi poique esa mula sola ahí sin compañero no ta en na.
Jonás: Pedro, no sabes lo que te agradezco que hayas ayudado en todo esto a Larissa y a su familia.
Pedro: De naida, joven, tamo pa seivirle ai nesecitao, ¿veida, Sebastián?
Sebastián: Claro que sí, Pedro. Bueno, ahora te dejamos, vamos a ver a Larissa, Cristóbal, Teresa y doña Marta.
Pedro: Yo solo creo que ahí ta la joven y su papá, vi a las señora irse tempranito, segurito que fuen pai pueblo.
Jonás: Ah, *ok*, está bien, gracias, Pedro, saludos a tu familia.
Pedro: Hata luego, que les vaya bien.

El C. Sambrano recibió la nota que le había mandado el general, pero no se creyó ese cuento.

C. Sambrano: Mira, capitán, el general cree que somos tontos, que los soldados que matamos aquí al parecer hicieron eso por su cuenta y que cogieron dinero, etcétera.
Capitán: Conocí al general, es una persona decente y muy apegada a las leyes y al buen orden y la disciplina de la institución, es posible que esté tratando de evitar un conflicto mayor, pero estoy seguro de que tomará cartas en el asunto.
C. Sambrano: Yo también lo conocí, fue mi maestro en la escuela militar, es un buen tipo, pero mejor me hubiese mandado una nota diciéndome la verdad y lo comprendería. De

todos modos, por ser él, no haremos nada; pero si ocurre de nuevo, yo mismo iré al gobierno central.

Don Miguel: Cojo, ¿dónde están el Mole y Ramón?
Cojo: Creo que en los terrenos, vigilando que todo marche bien en el cultivo; desde que el Mole se recuperó, no sale de ahí.
Don Miguel: Pues cuando regresen, vienen los tres a verme, hay algo que quiero que hagan.
Cojo: Sí, patrón.

La verdadera causa de que el Mole y Ramón se fueran a los cultivos todos los días era que estaban acosando y violando a unas esclavas y amenazándolas de matarle a la familia entera si hablaban. Mantenían a esas mujeres en zozobra, y no querían que don Miguel supiera, aunque a este tampoco le importaba la suerte de los esclavos,

Larissa: Mi amor, qué bueno que viniste. Hola, Sebastián, ¿cómo estás?
Sebastián: Hola, Larissa; hola, Cristóbal.
Cristóbal: Hola, Jonás; hola, Sebastián; qué gusto verlos por aquí.
Jonás: Gracias. Más gusto me da a mí venir a verlos, ya no me acostumbro a no ver a Larissa cuando no hay clases. Mi amor, ¿cómo estás? Yo he estado un poco ocupado en el campo con mi papá, aprendiendo todo lo que concierne a las tierras, la venta de todo y cómo se hacen los negocios.
Larissa: Yo también estoy bien, ayudando a mi papá aquí, en la casa; mi mamá y mi abuela fueron al pueblo, creo que harán un negocio allá.
Jonás: ¡Ah, qué bien! Ya saben, en lo que pueda ayudar, estoy aquí para ustedes.
Sebastián: Y yo también.

Jonás: Cristóbal, qué pena contigo, tu papá quiso hacer lo mismo que hizo aquí, en Santiago.

Cristóbal: ¿A qué te refieres, Jonás?

Jonás: Pues trató de adueñarse de las tierras de los hacendados en la Vega, pero gracias a Dios encontró una buena resistencia de parte del comandante de allá, y mi papá también los ayudó, y salieron huyendo.

Cristóbal: ¡¡Pero hasta cuándo mi padre hará daño, hasta cuándo!? ¿Y tu papá está bien?

Jonás: Sí, él está bien, y todos los demás, aunque me dijo que perdieron algunos hombres, pero ellos perdieron más.

Cristóbal: Conozco a mi papá, eso no se va a quedar así, lo conozco, ya verás que buscará la manera de volver a enfrentar a esa gente. Él siempre decía que no nació para ser un perdedor. Avísale a tu papá que estén atentos, que el mío en cualquier momento hace una emboscada, lo conozco como la palma de mi mano.

Jonás: Así será, Cristóbal. Ahora, con su permiso, quiero llevar a Larissa a dar una vuelta por estos lugares.

Cristóbal: Claro, Jonás, ve, pero no regresen tarde, hay que preparar los alimentos. Si esas dos mujeres vienen del pueblo muertas de hambre y no hay nada, las que se nos arma.

Larisa: ¡Ay, papá!, ¡la que se me arma a mí!, ellas saben que tú no sabes cocinar.

Todos se rieron.

Sebastián: Bueno, yo me iré a lo de mi amigo Pedro para ver a sus hijos y a su esposa Petronila, hace mucho que no los veo.

Jonás: ¿Petronila? ¿Y cómo se crió con ese nombre? (Ríe).

Daniel: Escuche, señor, ¿cuántos nos queda para llegar?

Señor: Un día más, y estamos allá.

Daniel: ¿Un día más? ¿Hay algún lugar donde pasar la noche?
Señor: Hay una casa de cita a unas tres horas de aquí, ahí alquilan habitaciones también, pero no sé si eso es lugar para ustedes.
Daniel: No creo que haya otra posibilidad, si no hay más nada por estos alrededores.
Dalia: ¿Ves?, te lo dije: esto es una jungla, aquí no hay nada; si estuviéramos en España, esto no pasaría.
Rosario: Hija, pero no puedes comparar España con Quisqueya.
Dalia: ¡Ay, mamá!, tú siempre defendiendo esta cosa, aquí no hay nada, fíjate la cantidad de horas recorridas, y ni siquiera un lugar para comer.
Daniel: Ya basta, el señor dijo que hay un lugar a tres horas, ahí descansaremos y ya veremos, alguien debe tener algo para comer.

Mole: Patrón, aquí estamos.
Don Miguel: ¿Dónde andaban?
Ramón: Estuvimos en la cosecha y observando el trabajo de los esclavos.
Don Miguel: ¿Y por eso tardaron tanto?
Mole: No, don Miguel, tiene usted toda la razón, pero de verdad estábamos en eso.
Don Miguel: Bueno, ya, dejemos ese tema, ahora quiero que me hagan esto.

Don Miguel comenzó a exponer un plan para hacerle daño a Daniel, para que se jodieran la tierra y los cultivos de ellos y regresasen a España. De este modo, él podría quedarse con esos terrenos. Mole, Ramón y el Cojo escuchaban la idea.

Venancio: Hermano, me gustaría hacer algo aquí, en Santiago, para ayudarte con los gastos, no quiero venir a arrimarme a costilla tuya.

Padre Romero: Pues no sé, habrá que ver qué puedes hacer, aquí casi se vive de la agricultura.

Venancio: Pues traje mis ahorros, estaba pensando comprar una tierra y sembrar tabaco, en España se fuma mucho, y la mejor tierra para ese tipo de cultivo es esta.

Padre Romero: En eso tienes razón, estas tierras son bendecidas, tienen el clima esencial, la tierra es rica en proteínas… Pues te apoyo, hermano; cuando quieras, te acompaño. Y veré quién vende algún terreno, para que lo puedas comprar.

Venancio: Vale, mañana cuando salgas de misa, pues hacemos un recorrido.

Sebastián: Pero, mi amigo, quise venir a visitarte para ver a tus niños y a tu esposa Petronila. ¿Cómo están ellos?

Pedro: Que gueno que vinite, yo taba pensando preguntaite para vei si tu ere ei padrino de uno de mis encuincle.

Sebastián: ¿El qué?

Pedro: Encuincle, pue mi hijo, pa que me entienda mejoi. E que tú eres mi mejoi amigo, bueno, como un heimano, y quién mejoi que tú pa cuidailo si me pasa aigo.

Sebastián: Pero, Pedro, claro que sí, seré el padrino de uno de ellos, y no digas esas cosas, que a ti nada te va a pasar, Dios siempre protege a la gente buena.

Pedro: ¡Ay, tú con tu cosa!, ni tan gueno que he sio yo, yo también tengo mi cosita por ahí, pero cuidao, que Petronila no me ecuche, que me mata.

Sebastián: ¿No me digas que la has engañado con otra mujer?, mira que Dios ahí sí te castiga.

Pedro: No, con otra mujei no, y lo peoi dei caso, que ha sio con Geitrudi.

Sebastián: ¿Qué?, ¡pero, Pedro!, ¡te estás volviendo loco!, ¿cómo vas a engañar a tu mujer con la mula?
Pedro: E que a vece ella me tiene jaito con eso dique doloi de cabeza, oh si no la vaina esa que le llega to lo mese, siempre e una vaina y yo me desepero.
Sebastián: Pedro, eso está muy mal, Dios te va a castigar.
Pedro: ¡Ay, no, Sebastián!, dile que no, que yo no vueivo haceilo jamá.
Sebastián: Pues te pondré unas penitencias, para que Dios te perdone.
Pedro: Las que tú quieras, pero poi favoi no le diga na a Diosito.

Sebastián se quedó mirando a Pedro, como quien dice "Dios mío, qué cabeza la de este amigo".

Teresa: Marta, no hemos hablado de algo que nos está comiendo por dentro.
Marta: ¿Te refieres a Fausto?
Teresa: ¿Cómo sabes que se trata de él?
Marta: Me di cuenta por cómo te brillaron los ojos cuando lo viste, y tú sabes que nosotras, las mujeres, sabemos cuándo hay algún interés por alguien.
Teresa: Pues también me di cuenta de cómo tú lo miraste.
Marta: Pues no te voy a negar que a mí ese hombre me fascinó, nunca me había enamorado de nadie y creo que de él sí.
Teresa: Pues a mí tampoco me había pasado con nadie, y cuando él llegó a mi casa en el bosque, la verdad al principio tuve miedo, pero cuando lo fui conociendo, me entró esa ternura y desde entonces nunca lo he olvidado.
Marta: ¿Y qué vamos a hacer, Teresa?, no nos podemos quedar las dos con él.
Teresa: Pues no, Marta, yo nunca he estado con nadie, pero por las miradas que se cruzaron el día que se vieron, supe que

algo ya había pasado entre ustedes, yo no voy a ser tu rival, nunca me voy a interponer en nada. No lo dejes ir.

Marta: No sé qué decirte... ¡Qué lección de grandeza y de bondad me has dado! La verdad es que tú te lo mereces más que yo, tu vida ha sido limpia y pura; en cambio, la mía no. Nunca hubiese querido elegir ese camino, pero no sabía qué hacer sola en el mundo, sin nadie que me diera un consejo, hasta que me ofrecieron esa vida fácil.

Teresa: Tranquila, Marta, que tú eres una persona de muy buenos sentimientos. Mira: ayudaste a Fausto, nos ayudaste a nosotras aun cuando no nos conocías, y esas son las cosas que valen para Dios. Pero de verdad, trata de ser feliz con Fausto, yo he estado toda la vida así, y la verdad es que nunca me ha hecho falta ningún hombre.

Gabriela salió a dar una vuelta por el pueblo, cuando allí se encontró a Jonás y a Larissa, que también estaban paseando.

Gabriela: ¡Jonás!, ¿qué tal, hombre?, ¿ella es tu novia Larissa?

Jonás: Hola, Gabriela, sí: ella es mi novia. Larissa, ella es Gabriela, es la hija del hermano del padre Romero.

Larissa: ¡Ah, qué bueno!, no sabía que el padre tenía un hermano.

Gabriela: Así es, acabamos de llegar de España, y nada, quise dar una vuelta por aquí. ¿Y cómo se conocieron ustedes? Eres muy bella, Larissa.

Larissa: Usted también lo es, Gabriela, y muy refinada, cualquier chico podría fijarse en usted.

Gabriela: No, ¡qué va, mujer!, a mí los chicos siempre me huyen, no sé, será porque soy muy exigente.

Jonás: Bueno, pues ya que estamos aquí, vamos a enseñarle a Gabriela algunos lugares, ¿te parece, mi amor?

Larissa: Por mí no hay problema.

Gabriela: Yo encantadísima.

Larissa se quedó un poco preocupada con esa muchacha tan bonita, joven y refinada. A Jonás parecía caerle superbien, y a Larissa le entró incertidumbre, sintió una competencia, no se sentía muy cómoda, pero para guardar las apariencias se quedó tranquila, con una sonrisa un poco falsa.

Por fin llegaban Daniel, Dalia y Rosario a la casa de citas.

Cochero: Señor, ya llegamos, pero le repito: esa casa no es para ustedes.

Daniel: Sé a qué te refieres, pero no importa, en algún lugar tenemos que dormir y comer.

Dalia: ¡Pero, hermano!, ¡no nos vas a meter ahí!, eso parece un burdel de mala muerte.

Daniel: Hermana, eso mismo es. ¿O prefieres dormir aquí afuera, en el carruaje?

Rosario: Por favor, hijos, tranquilos, vamos a preguntar a ver si hay alguna habitación donde nos instalemos por esta noche.

Daniel tocó la puerta, y salió una muchacha.

Rocío: ¿Sí?, ¿en qué puedo ayudarlos?

Daniel: Buenas noches, señorita, ¿por casualidad tiene algunas habitaciones para que mi madre, mi hermana y yo nos quedemos esta noche?

Rocío: ¿Pero usted sabe lo que es esto?

Daniel: Bueno, pues por la fachada, me imagino. Mire, no vamos a molestar, solo queremos descansar y comer algo, yo le pago el doble de lo que cueste.

Rocío: Pues si es así, adelante. Sí, hay tres habitaciones, pero tendré que retirar a los caballeros que están aquí, porque ya no podrán usarlas si se antojan de una de las chicas.

Daniel: Mire, señorita, si eso es un inconveniente, le voy a pagar lo que esas personas pudieran consumir con esas chicas, así usted no tiene pérdidas, y nosotros podemos dormir y comer algo, ¿le parece?

Rocío: Claro, de acuerdo, vengan, entren.

Jonás y Larissa acompañaron a Gabriela a la iglesia, donde ella se estaba quedando.

Gabriela: Gracias a ambos por el paseo, lo disfruté, ¡pero pasen!

Jonás: No, está bien, dile al padre que regreso mañana a visitarlo, tengo que llevar a Larissa a su casa, porque se está haciendo muy tarde, y el camino es largo.

Larissa: Así es, vivo muy lejos, y también Jonás tiene que regresar a su casa, que queda bastante retirada.

Gabriela: Bueno, pero, Jonás, si quieres, después de dejarla a ella, puedes venir para acá, que queda más cerca que tu casa, así no andas solo en esa oscuridad.

Larissa: ¿Pero por qué la insistencia de que Jonás esté por aquí?, él tiene que volver a su casa, de lo contrario, su papa se va a inquietar al no verlo llegar.

Gabriela: Tranquila, Larissa, no lo dije por nada malo, pero tienes razón, no pensé en eso.

Jonás: Bueno, vámonos, saludos a tu papá y al padre.

Gabriela: Hasta pronto. Disculpas, Larissa, no quise causarte molestias.

Larissa: Está bien, no pasa nada, que pases buenas.

Daniel: Espero que puedan descansar bien, porque mañana salimos temprano.

Dalia: Esta habitación es un asco, no me gusta para nada.

Daniel: Pues fácil, Dalia, si no quieres dormir en ella, afuera está el carruaje: anda, ve, y duermes en él.

Rosario: Hijos, por favor, otra vez no.

Daniel: Es que me tiene hastiado, todo lo encuentra malo, se porta como una niña de cinco años.

Dalia: Es que los hombres creen que las mujeres somos iguales que ustedes, a los que no les importa nada. Yo nunca he vivido así, entre este asco, y haciendo todo este viaje sin sentido. Debieron haberme dejado en España.
Rosario: ¡Ya basta! (Se desmaya).
Daniel: ¡Mamá, mamá!,¡qué te pasa!¡Pronto!, mira a ver si hay un médico cerca.

Dalia salió a ver si encontraba a algún médico, le preguntó a Rocío.

Dalia:¡Pronto!, ¿¡hay aquí un médico!?, mi mamá se desmayó.
Rocío: Pues la verdad es que solo hay un señor, pero vive como a media hora de aquí, es un hombre mayor, ya no ejerce, pero de todos modos lo mandaré a buscar.
Dalia: Sí, por favor, le pagaremos lo que sea, que venga rápido.

Rocío fue a lo de uno de los muchachos que trabajaba para que buscara al doctor. Por otro lado, en Santiago, Larissa iba muy callada.

Jonás: Amor, ¿qué tienes?, no has hablado nada desde que dejamos a Gabriela en la iglesia.
Larissa: No me gustó la forma en que te mira ni la insistencia que puso para que te quedaras allá. Esa mujer está enamorada de ti.
Jonás:¡Pero, amor!, apenas nos conocimos, ¿cómo crees que ya se va a enamorar de mí?, eso son cosas tuyas.
Larissa: Mira, Jonás, la primera vez que tú y yo nos vimos, nos enamoramos, así que no me digas que eso no le puede pasar a ella también.
Jonás: Tienes razón, pero no tengas cuidado, solo tengo ojos para ti, tranquila, estás celosa.

Larissa: Pues sí, lo estoy, ella es muy bonita y muy refinada, sería tan fácil para ti enamorarte de ella en lugar de fascinarte con una burra como yo, que no sé hacer nada ni hablar bien.
Jonás: ¡No te menosprecies! Para mí tú vales una eternidad, eres el amor de mi vida, y así como dijiste: desde la primera vez que te vi, quedé tendido a tus pies. Aparte de todo eso, eres la mujer más bella de este universo, por dentro y por fuera.

Por fin Larissa se sintió un poco consolada con esas palabras de Jonás, se rió un poco y lo abrazó. Se besaron.
En Santo Domingo, el general le hacía una visita sorpresa a don Miguel.

Pilar: Don Miguel, ahí está el general, que lo quiere ver.
Don Miguel: ¿A mí? ¿Y para qué quiere verme el general?, nunca he tenido trato con ese señor.
Pilar: La verdad es que no lo sé, pero no trae cara de amigo.
Don Miguel: *Ok*, no te preocupes, ya voy para allá.

Don Miguel caminó hacia la sala donde estaba el general esperándolo.

Don Miguel: Mi general, qué sorpresa, ¿y esta visita tan inesperada?
General: Mire, don Miguel, no vine en son de visita, solo a decirle que sea la última vez que usted usa a uno de los comandantes del destacamento para que le preste hombres para usted hacer sus fechorías. La próxima vez, se las verá conmigo.
Don Miguel: ¡Pero qué insolente es usted! No sabe quién soy yo, esto no se quedará así. Acaba de perder su puesto, mañana mismo hablo con el ministro.
General: Por mí, hable con quien quiera, no le tengo ningún miedo ni a usted ni a nadie, solo le advierto que mi institución se respeta.

Don Miguel: Ya veremos, esta insolencia le va a costar muy cara, se ha echado de enemigo a don Miguel Batista. ¡Mole, Ramón, Cojo!
Mole: Sí, patrón.
Don Miguel: ¡Saquen a este hombre de mi casa ahora mismo!
Cojo: ¡Pero patrón!, es el general.
Don Miguel: No me importa quién sea, les digo que lo saquen ahora mismo.
General: Ni intenten ponerme las manos encima, yo sé la salida. Y a usted: que sea la última vez que usa a mi gente para sus fechorías.
Don Miguel: ¡Váyase ya, insolente! ¿Qué se cree esta gente enfrentándome? Ya verán lo que le va a pasar a este mamarracho uniformado. ¡Pilar, Pilar!
Pilar: Dígame, señor.
Don Miguel: Búscame una ropa apropiada, mañana mismo me voy al gobierno central a hablar con mi amigo el ministro; y si no, con el presidente, si es necesario. Esta insolencia no se la permito a este generalito de la porra.
Pilar: Sí, señor, como usted diga…

Pilar se fue pensando "Por fin alguien lo puso en su puesto a este viejo tan malo".

Al otro día, Fausto salió con Jonás para enseñarle más cosas de la cosecha y de las cosas que él debía hacer cuando tomara las riendas del negocio. El padre Romero daba la misa en la iglesia. Don Miguel se cambiaba para ir temprano a ver al ministro. Daniel y Dalia amanecían con su madre y el doctor.

Doctor: Su madre está muy delicada, tuvo un preinfarto, es mejor que la lleven al hospital más cercano, que está en Santiago.

Daniel: Para allá vamos, doctor, ahí está nuestra casa.

Doctor: Mejor, así puede reposar mejor, les aconsejo que traten de evitar que sufra otro disgusto o se altere, eso podría causarle la muerte.

Dalia: Es nuestra culpa, ¡pobre mamá!, pero es que si ustedes no me hubiesen traído para acá, nada de esto hubiese pasado.

Daniel: Cállate, Dalia, que todo esto es por tus berrinches de niña malcriada. Deja que lleguemos, a ver si no me vas a respetar; como tu hermano mayor, debes obedecerme como si fuera nuestro padre.

Doctor: Ya, hijos cálmense, nada de esto le hace bien a su mamá, mejor llévensela lo antes posible y sigan al pie de la letra mis recomendaciones.

Daniel: Gracias, doctor. Recoge las cosas, nos vamos ahora mismo.

Jonás: Papá, creo que ya me siento capacitado para tomar las riendas de aquí.

Fausto: Yo también lo creo, hijo, es posible que ya todo el mundo deba saber quién eres, porque los grandes negocios los harás tú en mi lugar, así que no te vas a despegar de la seguridad que te puse, tienes que prometerme eso hijo.

Jonás: Está bien, papá, así será. Otra cosa: donde vive Larissa, hay unas tierras muy fértiles, ella me estaba contando que quizás las pongan a producir si Pedro, el que cuida, les da el permiso. Quería darles una mano en eso, llevarme a algunos hombres de aquí para que los ayuden a trabajar hasta que ellos puedan buscar su propia gente.

Fausto: Claro que sí, hijo, ¡cómo no voy a ayudarlos cuando lo necesitan! Tanto Teresa como doña Marta me ayudaron bastante, a ellas les debo la vida.

Jonás: Gracias, papá, dentro de un rato iré a ver a Larissa y le diré que tú aceptaste para ayudarlas, se va a poner muy contenta.

Pasaron unas horas, cuando Daniel, Dalia y doña Rosario llegaron a la casa. Primero querían desmontar todo y luego llevar a doña Rosario al hospital, para que la atendieran.

Rosario: Miren, hijos, esa es nuestra casa. Ahí está Pedro, a quien dejamos cuidando.

Cuando el carruaje se acercó, y Pedro vio a doña Rosario apearse, los ojos se le saltaron, porque habían llegado sin avisar, ¡y el problemón que se le venía encima!, ya que tenía la casa alquilada.

Rosario: ¡Pedro, qué gusto verte, cuánto tiempo!
Pedro: ¡Doña Rosario!, ¡y poiqué no me avisé que aste venía para acá!
Rosario: Es que todo fue de improviso. ¿Pero y tu familia?, ¿cómo está? Veo que la casa me la has cuidado muy bien, se ve limpia y todo ordenadito por fuera.
Daniel: Oiga, traiga el equipaje para la casa.

Pedro no sabía qué hacer, cómo decirles que había una gente ahí adentro, trató de hablar con doña Rosario.

Pedro: Doña Rosario, quiero decirle aigo.
Rosario: Ahora no, Pedro, déjame disfrutar de mi casa, más tarde.
Pedro: Pero, doña Rosario…
Dalia: ¿No has oído lo que te dijeron?: más tarde. Esta gente, siempre insolente.

El pobre Pedro se quedó paralizado, no podía decir nada. Cuando todos entraron a la casa, vieron a Marta, Teresa, Larissa y Cristóbal adentro.

Dalia: ¿Y quiénes son ustedes?

Marta: ¿Cómo que quiénes somos? Usted es la que está entrando a nuestra casa, ¿quiénes son ustedes?

Daniel: Un momento: ¿cómo "nuestra casa"?, esta es nuestra casa, la casa de mis padres.

Pedro: E vista, doña Maita, ello son lo dueño de eta casa.

Cristóbal: Pero, Pedro, quedaste en avisarnos si venían los dueños.

Pedro: E que yo no sabía, etoi también soiprendido.

Rosario: A ver, un momento, ¿me pueden explicar qué pasa aquí, Pedro?

Pedro: Señora, e lo que le quería decir ahí afuera, mi amigo Sebastián me trajo a eta gente para acá, que no tenían dónde quedaise, y como la casa etaba vacía, pue le dije que taba bien, que se quedaran, pero que si utede venían se tenían que salirse.

Cristóbal: Disculpe, señora, es cierto lo que dice Pedro, pero no se preocupe, nosotros nos vamos cuanto antes.

Dalia: ¿Y qué esperan? ¡Gentuza esta!, se aprovechan porque uno no estaba aquí.

Larissa: Un momento, a mi papá no le hablas así, nos vamos a ir, pero sin ofender, disque gentuza, más gentuza eres tú, que vienes con ese aire a *jefear*.

Daniel: Bueno, ya basta, esta es nuestra casa, así que recojan todo lo de ustedes, y se largan. Y tú también te largas, no tenías ningún derecho a prestar nuestra casa sin nuestro permiso.

Rosario: No, Pedro no se va, ha estado sirviéndonos desde siempre.

Daniel: Dije que se va, y se va, aquí hay que poner orden, la gente tiene que andar derecho.

Pedro: No se preocupe, doña Rosario, yo me voi, ¡cuánta faita hace don Feinando!, ¡y qué mai que sus hijos no salieron a ei!

Rosario: ¡Pedro, lo siento tanto! Fernando antes de morir dejó a cargo de todo a Daniel, mi hijo.
Cristóbal: Pedro, no te preocupes, te vienes con nosotros, también tu esposa y tus hijos, ya veremos qué hacer.
Dalia: Ya dejen de hablar y lárguense de una vez.

Larissa la miró con deseos de romperle la boca, pero se aguantó, para evitar más problemas.

Teresa: Vamos, hija, recojamos todo para irnos lo antes posible de aquí.
Larissa: ¿Y a dónde vamos a ir?
Teresa: Podemos regresar a donde estábamos antes, hasta que consigamos otro lugar.

Jonás: Papá, ya me voy a ver a Larissa.
Fausto: Mira, hijo, vete con Moreno, que te acompañe. Moreno, no lo dejes solo ni un momento, es tu responsabilidad.
Moreno: Claro, señor Fausto, no me le despegaré.
Jonás: Vamos, Moreno.

Padre Romero: Hermano, qué feliz me siento de que estén aquí. Gabriela en cualquier momento se enamora, se nos casa y se va, y nos quedaremos solos otra vez.
Venancio: No creas, Romero, Gabriela es dura, casi todos los muchachos salen corriendo de ella, es muy recta, salió a la madre.
Padre Romero: Los muchachos de este país son diferentes, Venancio, aquí los hombres casi siempre dominan a las mujeres.
Venancio: ¡Qué va, Romero!, ¡ni yo he podido dominar a Gabriela! Cuando ella dice "por ahí es", por ahí se va, mente española, ya te puedes imaginar.

Larissa, Marta, Teresa, Cristóbal, Pedro y su familia se fueron con lo que tenían encima y la mula Gertrudis cargada de cuantas cosas habían podido recoger. Mientras, Jonás seguía su cabalgata para la casa, sin saber que ya no iba a encontrar a Larissa allí.

Jonás: Moreno, cuéntame qué hacen normalmente ustedes, los muchachos de la finca de mi papá, durante su tiempo libre.
Moreno: Pues, ¿qué le puedo decir, joven Carlos? Nosotros casi no hemos tenido tiempo de nada, yo apenas era un niño cuando a su papá se lo llevaron esos hombres, y cuando ellos cogieron las tierras, nos obligaron a trabajar como perros como catorce horas al día. Ahora que su papá está de vuelta, estamos tranquilos, y solo nos reunimos en las caballerizas para jugar un poco de dominó y contarnos cuentos.
Jonás: Suena genial, espero me invites, me gustaría compartir más con ustedes, y me gustaría aprender a jugar ese juego que dijiste.
Moreno: ¡Al dominó! Nos entretiene bastante, pero lo mejor es cuando empezamos a contar los chistes, porque nos reímos mucho, y es una terapia para todos nosotros.
Jonás: ¿Sabes leer y escribir?
Moreno: Sí, gracias a mi madre Flora, ella fue maestra en la escuela que hay en Santiago, y cuando se casó con mi papá, se vino a vivir aquí, en la finca, y en el tiempito libre que teníamos, ella nos enseñó a leer y a escribir a los muchachos de mi edad.
Jonás: ¡Qué bueno! Tengo a mi amigo Cristóbal, que ha estado enseñándonos a algunos, incluyéndome y a Larissa, mi novia. Le hablaré, tal vez él y tu mamá pueda ayudar más a la juventud de aquí. En la iglesia del padre Romero tenemos un lugarcito para las clases. Podríamos ampliarlo para que tu mamá también siga dando clases, ¿te parece?

Moreno: Pues seguro mi mamá se pondría muy contenta, esa ha sido su vida: enseñar.

Jonás: Pues no se hable más: hoy mismo conversaré con el padre Romero, y ahora, cuando lleguemos, con Cristóbal.

Don Miguel: Mi amigo Lorenzo, ministro, ¿cómo ha estado?

Ministro: Miguel, qué gusto verte, nos has abandonado, ya casi ni vienes a nuestras reuniones.

Don Miguel: Es cierto, casi no vengo, pero mis donaciones sí.

Ministro: Ah, sí, esas siempre llegan a tiempo. ¿En qué te puedo servir?

Don Miguel: Pues voy al grano: necesito que cancelen al general ese, fue a mi casa de insolente y me faltó el respeto.

Ministro: Ah, sí, ya nos llegó el reporte, es que no debiste usar las fuerzas castrenses para tus cosas, eso es muy grave, desde mi posición quizás pueda hacer algo, como mandarlo a otro lugar, aunque lo veo casi imposible, porque el general es amigo muy íntimo del presidente, su hombre de mayor confianza.

Don Miguel: ¿Entonces qué? ¿Me estás queriendo decir que no puedes hacer nada?

Ministro: Veré lo que puedo hacer, Miguel, pero no te prometo nada, tú sabe que siempre hago todo lo que está en mi poder para ayudarte, pero hay cosas que se me van de las manos.

Don Miguel: Bueno, ese es tu trabajo, porque yo no fallo cuando te mando esas donaciones.

Ministro: Veré lo que hago, Miguel.

Jonás llegó a la casa, y muy contento entró sin saber que Larissa ya no estaba.

Jonás: ¡Larissa, Larissa!

Dalia escuchó ese llamado y salió de su habitación medio enojada por el ruido. Avanzó preguntándose "¿Quién será el que está voceando?, esto es de locos". Cuando llegó a la sala y vio a Jonás, sintió algo extraño que nunca antes había sentido, se le iluminaron los ojos, pero al mismo tiempo no quería mostrar ningún tipo de debilidad ante nadie.

Dalia: ¿Qué se le ofrece, joven?
Jonás: Perdón, ¿quién es usted? (Mira para todos lados creyendo que se había equivocado de casa).
Dalia: Soy la dueña de esta casa, ¿usted quién es?
Jonás: Soy Jonás, o Carlos, como quieras llamarme. ¿Pero dónde está Larissa, Cristóbal y los demás?
Dalia: ¡Ah!,¿se refiere a la gentuza que estaba aquí?, pues ya no está. Los sacamos, no sé con qué permiso se habían metido aquí. No sé, hace rato que se fueron.
Jonás: ¿Y por qué se expresa de esa manera?
Dalia: ¿Y de qué otra manera tengo que expresarme?, llego a mi casa y encuentro a personas que no conozco ocupándola sin el permiso de ninguno de nosotros. Mire, joven, no sé bien quién es usted, no lo mando a sacar porque me cayó bien, y porque además se nota que usted es de otro nivel.
Jonás: Da pena que una muchacha tan bonita refleje tanto rencor hacia la gente común y corriente, espero en Dios que algún día no necesite la ayuda de esa gentuza, como usted dice.
Dalia: Pues si no le gusta mi forma, puede irse por donde vino, intruso.
Daniel: ¿Qué pasa aquí?
Dalia: Nada, el joven ya se iba, vino a buscar a la gentuza que había aquí, parece que son amigos.
Daniel: Disculpe, joven, ellos ya no están aquí.

Jonás: Sí, ya la señorita me lo dijo, con su permiso.
Daniel: Espere, usted se ve una persona educada y fuerte, nosotros regresamos aquí y estamos buscando personal para que trabaje con nosotros.
Jonás: Le agradezco el ofrecimiento, pero yo tengo que atender mis tierras también.

Dalia lo miró de arriba abajo y sintió deseo por él, pero el orgullo no la dejaba ser más sencilla.

Dalia: Pues si no quiere, él se lo pierde, aquí se lo trataría muy bien y tendría un buen sueldo.
Jonás: ¿Qué tal si yo te ofrezco trabajo a ti en mis tierras?
Daniel: Bueno, disculpe, no sabía que también tenía negocios en la agricultura, a lo mejor después hacemos negocios juntos.
Jonás: No podría decirle que no, porque uno nunca sabe, pero le doy un consejo: cámbiele el sentido del humor a su hermana para que sus negocios salgan a flote, nos vemos.

Dalia se enojó, pero al mismo tiempo sintió un deseo inmenso por ese muchacho, Daniel se quedó mirándola.

Moreno: ¿Qué pasó, joven?
Jonás: No sé, Moreno, hay una gente nueva, aparentemente sacaron a Larissa y a su familia de aquí, no tengo idea de dónde se han ido, pero vamos a la iglesia, a lo mejor se fueron para allá.
Moreno: Vamos, joven.
Daniel: Hermana, vamos a llevar a mamá al hospital para que la revisen y para que esté más tranquila. También tenemos que contratar a algunas personas, incluyendo una enfermera para ella.
Dalia: Yo necesito también alguien para que me haga las cosas que quiero.

Daniel: No te preocupes, tendrás tu servidumbre hoy mismo, te consigo un par de muchachas que te ayuden en todo.

Teresa: Hija, ¿qué te pasa? No has hablado en todo el camino.
Larissa: ¡Es que tengo una rabia con esa petiseca! ¡Urgh!, si la agarro, le parto la boca.
Cristóbal: Tranquila, hija, que la violencia no es buena.
Marta: Sé lo que sientes, yo he tenido esos mismo berrinches con algunas, disque señoras de la sociedad cuando iban a buscar a sus maridos a la posada, me querían armar siempre un problema allá, y ellas con esa aristocracia, mire, señora yo no hablo con usted, usted me ensucia mi nombre de solo hablarme y bla bla bla, uhm, se me metía un coraje para mandarla al diablo y cachetearla.
Teresa: Se ve que usted no era fácil, Marta. (Ríe).
Marta: Cuando yo era una niña, peleaba siempre, tenía un genio de los mil demonios, pero según fui creciendo, me fui aquietando, mi último berrinche grande lo tuve con Miguel, cuando me echó de la casa y me dijo que mi hijo había muerto.
Cristóbal: Mamá, ya no recuerdes esas cosas, gracias a Dios estamos todos juntos aquí, y yo más contento no podría estar junto con mi madre, mi hija y Teresa, que es como una hermana para mí. Bueno, ya llegamos, déjame ir hablar con la señora, a ver si nos renta el lugar otra vez.

Jonás llegó a la iglesia y quien le abrió la puerta fue Gabriela, quien lo saludó con dos besos, como hacían en España.

Gabriela: Hola, Jonás, qué gusto verte, ¿cómo has estado?
Jonás: Hola, Gabriela, ¿y por qué dos besos?
Gabriela: Ah, es que en España se saluda así.
Jonás: Oh, *ok*, entiendo. Él es Moreno, me acompaña a todos lados para mi seguridad.

Moreno: Encantado, señorita, es usted muy guapa.
Gabriela: Muchas gracias, joven, mi nombre es Gabriela, ¿y el suyo?
Moreno: Pues todos me dicen Moreno, pero mi verdadero nombre es Leonardo.
Gabriela: Oh, qué interesante, ¿qué tal si te llamo Leo?
Moreno: Usted hasta León me puede llamar.

Jonás miró a Moreno y se rió, mientras pensaba "No sabía que Moreno aparte de todo era chistoso". Gabriela los invitó a entrar a los dos.

Gabriela: Pero no se queden ahí, entren, mi papá y mi tío están en la sala.
Jonás: Qué bueno, quiero hablar con el padre, pero también te puedo preguntar:¿no están aquí Larissa y su familia?
Gabriela: ¿Aquí? No. ¿Por qué tendrían que estar aquí ellos?
Pare Romero: ¿Qué pasa, hijo?
Jonás: Padre, ¿cómo estás? Yo estoy preocupado, los dueños de la casa donde se estaban quedando Larissa y su familia llegaron y los echaron a la calle, pensé que habían venido para acá, pero veo que no es así.
Padre Romero: ¿Cómo que los echaron? ¡Qué mal! No, aquí no han venido. ¿Ya fuiste donde se quedaban antes?
Jonás: No, padre, no había pensado en eso, es posible que hayan ido al mismo lugar.
Padre Romero: Espérame, hijo, te voy acompañar, si no están allá, vamos a buscarlos por todo el pueblo, y que se vengan para acá, no los dejaremos en la calle.
Jonás: Gracias. ¡Ah, padre!, quería decirle: la mamá de Moreno también es maestra de escuela, ¿podría venir ella aquí y también enseñar junto con Cristóbal?, así tendremos más estudiantes y más jóvenes que aprendan a leer y a escribir.

Padre Romero: Pero claro que sí, hijo, aquí no tienes que preguntar nada ni pedir permiso, esta es tu casa también, prepararemos un lugar extra para que la mamá del joven enseñe aquí.

Moreno: Mi madre se pondrá feliz, y yo también, porque ya tengo una razón más para venir a aprender, claro, si el joven Carlos me deja.

Jonás: Por supuesto, Moreno, y podemos venir juntos. Padre, ¿pero dónde está Sebastián?, hace rato que no lo veo.

Sebastián: Aquí estoy, Jonás, qué gusto verte de nuevo, me estaba preparando para ir a visitar a mi amigo Pedro y de paso ir a ver a Cristóbal y a los demás.

Jonás: Bueno, ya ellos no están ahí, por eso vine, pensando que estaban aquí, pero los vamos a buscar en el pueblo.

Sebastián: ¿Qué ha pasado?

Jonás: Te cuento en el camino, ¿te animas a venir con nosotros?

Sebastián: Claro que sí.

Gabriela: Pues si quieren que los acompañe, también puedo ir.

Padre Romero: Vamos todos, déjame buscar a mi hermano Venancio para que venga con nosotros también.

Emilio: Don Fausto, hablé con la gente que antes nos compraba, y están dispuestos a volver a comprar, básicamente tenemos el cultivo vendido, aunque estaremos reservando una gran parte por si tenemos que exportar.

Fausto: Muy bien, Emilio, ¡qué buena noticia! Con ese primer dinero que entre, les pagaremos a los trabajadores de una vez, y compraremos más semillas y productos para hacer otra cosecha más grande.

Emilio: Así es, don Fausto, en dos meses más ya todo el cultivo estará listo para venderse, todo volverá a ser como antes y quizás mejor, pero no debemos descuidarnos, esa gente podría volver. Por cierto, vino uno de los soldados de la Vega, le manda a decir el C. Sambrano que va a venir a visitarlo y a hablar de negocios con usted.

Fausto: ¡Oh, mi ahijado, qué bien! Apenas llegue, por favor háganlo pasar, ésta es su casa también.

Daniel hablaba con el doctor en el hospital, mientras Dalia esperaba con su mamá, que estaba en una cama, a ver qué decía el doctor.

Rosario: Hija, ¿qué es lo que tanto habla el doctor con Daniel?

Dalia: No sé, mamá, pero creo que te tendrás que quedar aquí hasta que te recuperes, no estás bien de salud.

Rosario: Yo sé que no me queda mucho de vida, solo quiero que tú y Daniel se lleven bien y no peleen tanto.

Dalia: ¡Mamá, pero hasta aquí estarás dándome sermones!, mira las condiciones en que estás, y solo piensas en eso. Ya, tranquila... aunque Daniel y yo nos peleamos de vez en cuando, no significa que nos odiemos, es mi hermano, y lo quiero.

Rosario: ¡Ay, hija!, trata de ser mejor persona, cambia esa actitud, sé más humilde.

Dalia: Ya, deja ver lo que dice el doctor.

Doctor: Mire, joven, le aconsejo que deje a su mamá aquí, así la podremos estar monitoreando, tiene problemas en el corazón, y su ritmo cardíaco es muy rápido, déjeme tenerla en observación, aquí estará tranquila, comenzará un tratamiento, a ver si mejora, pero no quiero darles muchas esperanzas, en cualquier momento su madre puede fallecer.

Daniel: Doctor, haga lo que sea por ella, traiga al mejor médico del país para que la atienda; por dinero no se preocupe.

Doctor: No se trata de mejor o peor médico, su mamá tiene el corazón muy delicado por la hipertensión que sufre, su presión no es constante, y eso es un mal que no podemos evitar, no hay nada que cure o controle la presión, solo descansar, no alterarse, no sufrir disgustos.

Dalia: Bueno, entonces que mi mamá se quede aquí. Haga todo lo que pueda para que ella esté tranquila y se pueda mejorar.

Doctor: Así será, señorita.

Jonás, el padre Romero y compañía llegaron al lugar donde antes se habían quedado Larissa y los demás. Efectivamente, ahí los encontraron. Apenas Larissa vio a Jonás, se le lanzó encima llorando.

Jonás: ¿Qué tienes, mi amor?

Larissa: ¡Es que esa mujer nos trató tan mal! Nos echaron de la casa. ¿Cómo sabías que estábamos aquí?

Padre Romero: Era lo más probable: que regresaran al mismo lugar donde estaban antes. Pero si no se sienten bien aquí, con mucho gusto me los llevo para la iglesia, allí nos podemos acomodar todos.

Cristóbal: Gracias, padre, pero ya hablamos con esta gente de aquí, y nos cedieron el lugar sin ningún problema.

Venancio: Hola, Cristóbal, lo que dice mi hermano no es ningún problema, mi hija y yo podemos dormir en una habitación, y ustedes pueden coger las demás.

Gabriela: Claro que sí, además nos encantaría que estuvieran allá, ¿verdad, tío?

Padre Romero: Claro que sí, hija. ¿Y dónde están tu madre y Teresa?

Cristóbal: No tardan en llegar, fueron a comprar algo para comer. Ah, mira, ahí vienen.

Cuando Venancio vio a Teresa, sintió algo inexplicable, Sebastián fue el único que se dio cuenta de eso y se quedó mirándolos. En cambio, Teresa no se percató de nada, solo atinó a entrar junto con Marta y saludar a todos.

Teresa: ¿Ya se enteraron de lo que nos hicieron?

Jonás: Así es, Teresa, pero no se preocupen, que hay lugar de sobra para que ustedes se queden, el padre ha ofrecido que se queden en la iglesia, yo también les ofrezco mi casa, es bastante grande, y hay varias habitaciones.

Marta: ¡Oh, pero eso sería una gran idea!: irnos a la casa de Jonás y Fausto.

Cristóbal: No, mamá, la verdad es que no me sentiría bien allá.

Jonás: ¿Por qué?

Cristóbal: Cada vez que pienso que por culpa de mi papá mataron a tu familia, a tu mamá, a tus abuelos, me siento muy mal.

Teresa: Cristóbal tiene razón, además nos quedaría muy alejado del negocito que con Marta tenemos en el pueblo.

Venancio: Perdón, no me he presentado, mi nombre es Venancio, soy hermano de Romero, ella es mi hija Gabriela.

Teresa: Encantada. Por cierto, es muy linda su hija, don Venancio. Ella es Marta, la mamá de Cristóbal y abuela de Larissa, y yo soy Teresa, básicamente la mamá de Larissa.

Larissa: Tú eres mi mamá, ningún "básicamente".

Venancio: Gracias, el placer es mío, en mi humilde opinión si no me estoy entrometiendo, creo que lo mejor sería que fueran a la iglesia con nosotros; o si ya están bien ubicados aquí, pues entonces todo bien, no están lejos del pueblo ni de la iglesia.

Sebastián: Yo creo que si se van a la iglesia, es mejor. Mírenlo de esta manera: Cristóbal tiene la escuela allá, no tendrá tanto peligro de salir a la calle y que alguien de su familia sepa que está aquí; Larissa y Jonás están en la escuela, están enchulaos, y allá se podrán ver siempre; además Jonás es como mi hermano, y así podré estar con él a menudo; y como Teresa se levanta temprano, me ayudaría a tocar las campanas de vez en cuando, así el padre me deja dormir un chin más.

Todos se rieron a carcajadas de las ocurrencias de Sebastián.

Cristóbal: Aunque quisiéramos ir, no podemos, nos trajimos a Pedro y a su familia también, esa gente también los echó.
Sebastián: ¿¡Qué!?, ¡oh, Dios, es mi culpa!
Pedro: No, Sebatián, no e tu culpa ni naide, no sé qué paso, pero don Feinando era buenísima gente, y doña Rosario también, son lo sijos jesto, parece que los pajises lo cambiaron, ese tal Daniel y la bruja de la heimana, la Dalia jesa, e una perra con ropa.
Gabriela: Un momento, ¿están hablando de Daniel, Dalia y doña Rosario, que vinieron de España? Papá, son la misma gente que viajaba en el barco con nosotros.
Venancio: Parece que sí, hija.
Gabriela: Pero no entiendo, Daniel me parece una persona educada y agradable, no sé cómo es que los ha tratado a ustedes de esa manera.
Pedro: Pue sepalo bien, señorita, eso do son uno perro vetio, no botaron como perro de allá.
Jonás: La verdad, cuando fui a buscarlos me di cuenta de que esta muchacha, Dalia, no tiene muy buen genio, el hermano es más o menos, pero tienen un aire de grandeza, no pueden con ellos.
Padre Romero: Bueno, pues nada, si se van a quedar aquí, muy bien, de todos modos cualquier cosa vayan a la iglesia, esa casa estará abierta siempre para ustedes.

Venancio seguía mirando a Teresa. Ella se dio cuenta y se puso nerviosa, nunca antes ningún hombre la había mirado de la forma. Sebastián, siempre al acecho, los observaba, mientras los otros se despedían.

Jonás: Mi amor, tengo que regresar a lo de mi papá, que quería presentarme a unas personas, en la noche regreso para que vayamos a pasear.

Larissa: Claro, aquí te espero, voy a estar ordenando cosas.

Ministro: Hola, Miguel, vine personalmente a decirte que no pude hacer nada, por más que le hable al presidente de mover al general, se negó rotundamente, que él no coge órdenes tuyas ni de nadie, que si quieres volver para atrás con tus donaciones, él te las devuelve.

Don Miguel: ¡Ah, ahora sí, pero cuando necesitaba llegar al poder, no había problema en aceptar mis donaciones!, ¡qué bien hoy me den la espalda!

Ministro: De verdad lo siento mucho, pero esto se me escapa de las manos, el presidente es el presidente.

Don Miguel: Dime algo, ¿tú estás conmigo o con ellos?

Ministro: Sabes que siempre he estado contigo, te he dado la mano en todo.

Don Miguel: *Ok*, ¿y cómo te sientes con el gobierno?

Ministro: Pues la verdad, entre nosotros, ya no es lo mismo, antes podíamos extraer algunas cosas, tú sabes, propiedades, algunos fondos... Pero ahora se nos ha hecho más difícil.

Don Miguel: Consígueme una entrevista con Ulises.

Ministro: ¿Qué? ¿Te estás volviendo loco? Sabes cómo es Ulises, sus pensamientos van más allá de gobernar.

Don Miguel: Los míos también, así que habla con él, dile que necesito reunirme con él urgente.

Ministro: Esté bien, Miguel, pero conmigo no cuentes para eso, yo prefiero irme del país antes que Ulises.

Don Miguel: Siempre me he tratado con la familia Heroux, así que no tengas tanto miedo, carajo, sé que con Ulises la relación ha sido un poco tensa siempre, pero eso se puede remediar, solo necesito hablar con él, ya veremos si el gobierno me da la espalda.

Daniel llevó a la casa gente que contrató para trabajar en la casa y en las tierras.

Daniel: Dalia, estas dos muchachas estarán a tu disposición para lo que desees. Estas dos aquí se encargarán de la limpieza de la casa y la cocina; este señor estará disponible para cualquier diligencia que se necesite; y esta será la enfermera para mamá.

Dalia: Bueno, pues a empezar de una vez, vengan por aquí, así les indico qué hacer.

Daniel: Oiga, Melecio, ¿no conoces a alguien con don de mando para ser capataz?, necesito uno para de una vez ponerlo a atender las tierras.

Melecio: Güeno, joven yo conoco uno que etá medio digutao con ese senoi de la capitai poique dice tiene varios meses que no él han pagao.

Daniel: ¿Y quién es ese señor?

Melecio: Le llaman el Filo, pero su nombre nunca lo hemo sabío.

Daniel: Pues ve, búscalo y tráemelo.

Melecio: Quiero contaile aigo ante de traeilo, hace mucho tiempo ese hombre mató a la familia entera en la tierra que ei etá trabajando ahora poi oiden dei tal Miguel de la capitai, no e muy buena esa peisona, pero sí tiene don de mando, poique toe i que trabaja ai lo repeta mucho no le tiembla ei puiso para matai a cuaiquiera.

Daniel: Bueno, gente así es la que quiero aquí, para que controle todo y no deje que nadie haga lo que quiera. Ve, tráelo ahora, dile que le tengo una buena oferta.

Melecio: *Ok*, joven Daniei, yo voi y le digo, que venga huyendo.

A todo esto, pasaban las horas, Jonás estaba con su papá hablando con unas personas importantes para el comercio entre ellos. Dalia, en su habitación, pensaba en Jonás, por alguna razón ese muchacho la había impresionado mucho. Daniel hablaba con el Filo, le daba instrucciones de lo que quería para las tierras y para contratar más hombres, y le ofreció el trabajo de capataz, básicamente hacer lo que fuera para que los hombres trabajaran las tierras a todo vapor.

Varios días después, Jonás buscaba algunas cosas en el pueblo junto a Moreno, su hombre de seguridad; por otro lado, también estaba Dalia con sus las muchachas que trabajaban para ella. Dalia alcanzó a ver a Jonás, y pensó que como acercarse a él,

Dalia: Nora y Sandra, váyanse a la casa, lleven esas cosas, yo regreso más tarde.
Sandra: Pero, señora, el joven Daniel nos dijo que no nos despegáramos de usted.
Dalia: ¿Quieres seguir trabajando conmigo o no?
Sandra: Claro que sí.
Dalia: Pues obedece, váyanse a la casa ahora mismo, yo llego después.
Sandra: *Ok*, señora. Vámonos, Nora.

Dalia se hizo la que no había visto a Jonás y caminó derecho hacia él mirando para otro lado, observando unas flores que estaban ahí, y se hizo la que tropezaba con Jonás.

Jonás: Oh, perdone, señorita, no la vi. (Se da cuenta de que es la misma muchacha que había sacado a la familia de Larissa de la casa). Oh, es usted.
Dalia: Discúlpame a mí, no estaba mirando por dónde caminaba, ah, tú eres Jonás, te recuerdo, qué bueno que te veo, quería pedirte disculpas por lo de la otra vez, no me comporté muy bien, pero había tenido unos días muy malos con mi familia, mi madre por poco se nos muere.

Jonás: No se preocupe, señorita, no ha pasado nada, solo no me gustó la forma en que trataron...

Dalia: Ya no siga, por favor, me siento muy mal con eso, no debí tratarlos así a ellos, la verdad es que no soy así, no sé qué me pasó ese día, estaba muy furiosa por todas las cosas que había pasado.

Jonás: Ojalá que lo diga de corazón, usted es una mujer muy atractiva, y se ve que tiene clase, no sería bueno saber que tiene mal genio.

Dalia: Bueno, sí, tengo mi genio, pero no soy mala gente. ¡Oh!, ¿y dónde están Sandra y Nora?

Jonás: ¿Quiénes?

Dalia: Sandra y Nora, las muchachas que trabajan para mí, estaban conmigo…¿Y ahora qué voy hacer?

Jonás: No se preocupe, el mercado no es tan grande, podemos ir a buscarlas.

Dalia: ¿No le importaría?

Jonás: Claro que no. Moreno, ve y compra las cosas que mi papá quiere, nos encontramos aquí mismo en un rato, déjame acompañar a la señorita a buscar a esas muchachas.

Moreno: Claro, joven.

Jonás y Dalia se adentraron en el mercado, supuestamente buscando a Sandra y a Nora, pero todo era una excusa de Dalia para estar cerca de Jonás. En su trayecto, pasaron por el negocio que Teresa y Marta tenían allí.

Teresa: Marta, ¿ese no es Jonás? Está con la mujer que nos echó de la casa… ¿Qué estará haciendo con ella?

Marta: La verdad, no sé qué decirte, pero es raro, eso sí, espero que no sea nada, no quiero ver sufrir a mi nieta.

Teresa: No creo que Jonás sea capaz de engañar a Larissa, pues él la quiere mucho. De todos modos, debemos prevenirla.

Daniel se acercó a la iglesia y tocó la puerta; quien le abrió fue Gabriela por casualidad.

Gabriela: Daniel, oh, qué gusto verte, pensé que nunca ibas a venir.
Daniel: Pues ya ves que estoy aquí, vine a hablar contigo por aquello que te propuse en el barco.
Gabriela: Muy bien, entra, vamos a la sala, ahí podremos conversar tranquilos.
Daniel: Gracias. Déjame decirte que el país te ha caído muy bien, te ves más preciosa, más radiante.
Gabriela: Pues, hombre, no me digas esas cosas, que me pongo rojiza.

Los dos entraron riéndose a la sala de la casa de la iglesia. Mientras, en Santo Domingo, don Miguel se reunía con Ulises, un hombre de mediana estatura, de piel morena, y con una actitud y una personalidad muy fuertes. Hablaban haciendo gestos como si no estuvieran de acuerdo, pero al final se dieron la mano, y don Miguel le pasó una bolsa con lo que parecía dinero.

Dalia: ¿Pero dónde se habrán metido estas muchachas?
Jonás: Tal vez se fueron.
Dalia: No lo sé, hemos buscado por todas partes, y no las hemos visto, no sé qué voy hacer, yo no sé llegar a la casa, es la primera vez que salgo.
Jonás: Bueno, por eso no se preocupe: si quiere, yo la acompaño, yo sé llegar.
Dalia: ¿No te importaría, de veras? Ay, discúlpame si te he quitado todo tu tiempo, quizás tenías que hacer cosas, y yo te he interrumpido.
Jonás: No, para nada, no hay ningún inconveniente. Moreno, ve, lleva esas cosas a la casa y regresa, te esperamos aquí, para acompañar la señorita a su casa.

Moreno: Sí, joven, voy y regreso lo más rápido posible.

Dalia: Gracias de verdad, vamos a sentarnos, que estoy un poco cansada. ¿Sabes?, no me había fijado bien, pero eres el muchacho más guapo que he visto por todos estos lugares.

Jonás: Gracias, pero no es para tanto, solo soy una persona normal.

Dalia: Qué modesto eres. Espero que podamos ser amigos y queme disculpes por lo de la otra vez.

Jonás: No se preocupe, señorita, ya todo está olvidado, no pasa nada.

Dalia: No me llames "señorita", mi nombre es Dalia, dime así. ¿Amigos? (Le extiende la mano).

Jonás: Está bien, Dalia, amigos.

En eso venía Moreno de regreso. Teresa y Marta todavía seguían observando a Jonás y a Dalia. Jonás ayudó a Dalia a subirse al caballo, y él se subió detrás de ella. Al ver eso, Teresa sintió un poco de rabia, también Marta.

Don Miguel: Ramón, ¿cómo va todo en la tierra?, ¿cuántos hombres ya han podido reclutar? ¿Y el Mole ya se puede mover bien?, porque lo necesito.

Mole: Patrón, todo en la tierra va a pedir de boca, también entre el Cojo y yo tenemos casi ya mil hombres. El Mole en un par de días estará cien por ciento listo para estar con nosotros de nuevo.

Don Miguel: Bueno, esta vez sí no va a haber problema, y me voy apropiar del país entero, hice un trato con Ulises.

Ramón: ¿Con Ulises el de los Heroux?

Don Miguel: Sí, con ese mismo.

Ramón: Pero, patrón, Ulises es traicionero, y usted lo sabe, a él solo le importa él y nadie más.

Don Miguel: Lo sé, Ramón, pero ya he hablado con él y le puse las cosas bien claras, esta vez lo estaré ayudando a algo grande, pero primero debo adueñarme de casi todo el país. Él me prestará quinientos de sus hombres, y con los mil que tenemos, seremos indestructibles, así que prepara todo, porque muy pronto vamos otra vez por la Vega, y el tipo ese que cogió mi tierra, a ese me lo hacen desaparecer.

Ramón: ¿Y qué es lo grande que usted está planeando con ese Ulises?

Don Miguel: Vamos a derrocar el gobierno, para que él sea el presidente. Con él en el poder, las cosas serán mejores, haremos negocios juntos, yo me adueño de las tierras y de todo lo demás.

Ramón: Bueno, espero que todo salga bien, pues me voy a ir preparando todo con mil hombres más quinientos más que vienen, me lleva unos días preparar el viaje.

Don Miguel: Vete, y que el Mole y el Cojo te ayuden en todo, esta vez no quiero fallas.

Mientras tanto, en Santiago, Larissa estaba en la casa limpiando; Cristóbal, en una mesa, hacía unos cálculos.

Larissa: ¿Qué haces, papá?
Cristóbal: Unos cálculos con los ahorros que mamá tiene. Es que no nos da con lo que ella y Teresa ganan en el negocio, y no quiero quedarme así, necesito hacer algo.

Larissa: ¿Por qué no le preguntas al papá de Jonás, don Fausto?, es buena persona, quizás te puede dar trabajo en su tierra.

Cristóbal: Había pensado eso, hija, pero no quiero abusar. Además, cada vez que le viera la cara voy a pensar en lo que mi papá le hizo a su familia, y eso no me va a gustar, siento mucha vergüenza ante ellos.

Larissa: En eso tienes razón, pero podemos al menos comprar algo de tierra, sembrarla, y que el papá de Jonás, como tiene sus conexiones, nos diga quién puede comprarnos los frutos o los vegetales que cosechemos.

Cristóbal: No se me había ocurrido, tienes razón, mañana mismo salgo a ver quién me puede vender algo de tierra, y hacemos eso.

Jonás, Dalia y Moreno llegaron por fin a la casa. Jonás se apeó primero del caballo y ayudó a Dalia. Ella aprovechó la situación para apearse muy pegada a él y cuando fue bajando, rozó su boca con la boca de Jonás.

Dalia: Uy, qué pena contigo, perdón, es que nunca había montado caballo y no sé cómo uno se apea de estas cosas.
Jonás: Está bien, no hay problema. Bueno, ya llegamos, tengo que irme, espero que termine de pasarla bien, cuídese mucho.
Dalia: Gracias, de veras, gracias por tu compañía y por traerme, estoy en deuda contigo. ¿Nos podemos ver luego?
Jonás: La verdad, no sabría decirle, yo no vengo por estos lugares.
Dalia: Ven en cualquier momento, necesito pagarte el favor aunque sea invitándote a cenar. No dejarás que una mujer te suplique.
Jonás: Bueno, está bien, otro día vendré, vendré el fin de semana
Dalia: Gracias nuevamente, Jonás, eres muy agradables, no dejes de venir, te estaré esperando.

Dalia se despidió dándole, como en España, dos besos, uno en cada mejilla, pero el último beso se lo dio muy despacito, tocándole la esquinita de los labios. Los dos quedaron mirándose por un momento, hasta que Jonás decidió irse, y Dalia le fue diciendo adiós con la mano. Daniel había visto todo aquello, no le había gustado nada, pero no quiso interferir.

Moreno: Joven, esa mujer está enamorada de usted.

Jonás: ¿Cómo crees, Moreno?
Moreno: Mire, Carlos, yo sé mucho de mujeres, y lo que ella hizo fue a propósito, a mí me da que ese cuento de las muchachas que no estaban era mentira, lo mismo que el choque que tuvo con usted, yo conozco bien las mujeres cuando alguien les interesa.
Jonás: Yo no creo, todo fue coincidencia.
Moreno: Usted es muy bueno y no tiene malicia, pero yo me he criado en la calle, sé de estas cosas, y aunque usted no lo crea, esa mujer está enamorada de usted.
Jonás: ¡Na!, esas son cosa tuyas, Moreno.

Daniel: Dalia, ¿me puedes explicar lo que vi?
Dalia: ¿Qué viste?
Daniel: No te hagas la tonta, sabes bien que vi cómo besaste al tipo ese apropósito.
Dalia: Pues sí, ¿y qué?, me gusta mucho Jonás.
Daniel: Pero eres loca, ¿no te das cuenta de que es el novio de la persona que sacamos de aquí?
Dalia: Lo sé, y no me importa, ese hombre será mío. ¿Qué te pasa a ti?, ¿acaso no tengo derecho a enamorarme? Tengo que luchar por lo que quiero, y es él, así que no te metas con mis cosas, ya bastante me has hastiado con traerme aquí, ¿y ahora no quieres que no me enamores?
Daniel: No es eso, pero por qué buscarte más problemas, y más con esa fiera, ¿no te acuerdas cómo te quería tragar el día que vinimos?, esa gente está acostumbrada a pelear en la calle, tú no.
Dalia: Bueno, pues no me dejaré, tampoco soy una paralítica.

Llegó la noche. Teresa y Marta arribaron a su casa, allí estaba Larissa preparando lacena para todos.
Teresa: ¡Ay, m'hija, qué hambre!, vengo molida, ese trabajito no es fácil porque implica estar parada el día entero.

Marta: ¿Y a mí qué me deja?, ya no estoy para tanto trote. ¿Cuándo será que Fausto me pedirá matrimonio?, así estaré tranquila.

Larissa y Teresa se quedan miraron y explotaron de la risa.

Marta: ¿Qué pasó?, ¿dije algo malo?
Larissa: Ay, abuela, ¿y eso?
Marta: Bueno, hija, ese hombre me trae mal, mal mal, me daré un baño, vengo a cenar ahora con ustedes.
Larissa: Mamá, cuéntame cómo les fue hoy.
Teresa: Ven, tengo que decirte algo. Tienes que tener mucho ojo: hoy vimos a Jonás con la mujer esa que nos sacó de la casa.
Larissa: ¿Qué? ¿Y qué hacía con ella?
Teresa: La verdad, no lo sé. No creo que Jonás sea capaz de engañarte, pero esa arpía no me gusta para nada. Debes tener cuidado y no dejar que Jonás se acerque a ella.
Larissa: Ahora mismo voy a buscarlo para que me explique.
Teresa: No, hija, se está haciendo tarde, deja eso para después.
Larissa: No, mamá, ningún después, ahora mismo voy para allá.
Teresa: Oh, Dios, no debí decirle nada, sabiendo yo cómo es de fiera esta hija mía.

Larissa se fue muy enojada a buscar a Jonás para que le diera explicaciones.

Dalia: Sandra, ¿qué venden aquí que haga dormir a la gente?
Sandra: Pues en el pueblo venden unas hierbas muy efectivas. ¿Para qué las quiere?
Dalia: Eh…para mí, sí, para mí, es que no he dormido bien, y quiero caer rendida, a ver si se me quita este cansancio.
Sandra: *Ok*, señora, mañana mismo se las busco en el pueblo.

Gabriela: Papá, tío, hoy vino Daniel a ofrecerme trabajo como administradora de sus tierras y sus negocios.
Padre Romero: Qué bueno, me alegro mucho.
Venancio: Así es, hija, qué bueno, ¿y cuándo empiezas?
Gabriela: Pues él me dijo que mañana mismo si quería, pero tengo que hacer varias cosas. Me llevo mañana a Sebastián conmigo al pueblo, ¿no te importa, tío?
Padre Romero: Para nada, no hay problema.
Sebastián: ¿Dónde me van a llevar?
Gabriela: Ah, hola, Sebastián, qué bueno que viniste, quiero que me ayudes mañana con algunas cosas en el pueblo.

Sebastián abrió los ojos y emitió una sonrisita nerviosa.

Sebastián: Claro que sí, yo voy donde tú quieras, Gabi.
Padre Romero: ¿Y esto, disque Gabi?
Sebastián: Sí, padre, Gabi, solo para ella, la más bella de estas tierras.
Venancio: Sebastián, te la encargo especialmente, que no le pase nada a mi hija. Romero, me voy a dormir temprano.
Sebastián: No se preocupe, don Venancio, cuidaré de ella como si fuera mi esposa.
Padre Romero: ¿Y tú tienes esposa? ¿Cómo se cuidan ellas?
Sebastián: Ay, padre, no me mate la ilusión.

Gabriela y el padre Romero se miraron como quien dice "¿Qué pasó aquí?", pero al mismo tiempo se rieron.
Por otro lado, Larissa llegaba a la casa de Jonás.

Larissa: Don Fausto, ¿cómo está? ¿Jonás está aquí?, necesito verlo inmediatamente.
Fausto: ¿Qué te pasa, hija?, te veo un poco furiosa.
Larissa: Sí, perdóneme si lo estoy. Dígame si Jonás está aquí.

Fausto: Pues la verdad no ha llegado, a la tarde mandó a Moreno a traer unas cosas que le había pedido, y luego Moreno se fue otra vez a buscarlo al pueblo.
Larissa: ¿Puedo esperarlo?
Fausto: No hace falta, ahí viene.
Jonás: Mi amor, ¿qué haces aquí?(Intenta besarla, pero Larissa lo rechaza). ¿Qué pasa?
Fausto: Moreno, ven, dejémoslos solos.
Larissa: Dime tú qué pasa.
Jonás: ¿Qué pasa de qué? No entiendo, te veo furiosa y no sé por qué.
Larissa: ¿No sabes por qué?, ¿de dónde vienes?
Jonás: De acompañar a Dalia a su casa.
Larissa: Oh, Dalia se llama ella, muy bien. ¿Me puedes explicar qué hiciste con ella todo el día?
Jonás: Ah, ya veo por dónde viene la cosa… Sí, mi amor, te puedo explicar, pero con una condición.
Larissa: ¿Cuál?
Jonás: Que te calmes y me escuches.
Larissa: Está bien, adelante, explícame, estoy esperando.
Jonás: Mira, lo que pasó fue que estábamos Moreno y yo por el mercado…

Jonás le dio la explicación de todo lo que había ocurrido ese día.

Mientras, Cristóbal les explicaba a su mamá y a Teresa lo que quería hacer con los ahorros para poder ayudar en la casa. Marta aprobó todo lo que él proponía.

Cristóbal: ¿Y dónde está mi hija?
Teresa: Se fue a buscar a Jonás.
Cristóbal: ¿A esta hora?
Teresa: Es que le conté que lo vimos hoy con la mujer que nos sacó de la casa.

Cristóbal: ¿De veras? ¿Y qué hacía Jonás con ella?
Marta: La verdad es que no sé, pero ustedes, los hombres, donde ven faldas se vuelven locos.
Cristóbal: No, no es así tampoco, pero bueno, dicen que la carne es débil, y la verdad es que esa muchacha es muy guapa, le puede gustar a cualquier hombre… Pero no creo que Jonás le falte a mi hija, además Larissa es muchísimo más bonita.

Jonás terminó de explicarle todo a su novia, quien quedó un poco complacida.

Larissa: Mi amor, perdóname, pero no soportaría que me engañaras con alguien, y menos con esa petiseca.
Jonás: Debes controlarte, Larissa, nunca te he dado motivo para que me celes y menos con alguien que apenas conozco, tampoco te voy a engañar. Le prometí a ella volver porque estaba muy agradecida por la ayuda e insistió tanto que me daba apuro decirle que no, pero será la última vez que la vea, te lo prometo, no quiero que ella sea motivo para que tú y yo tengamos problemas.
Larissa: Pero ¿y es obligación que vayas?
Jonás: La verdad es que no, pero no quiero pasar por mal educado, será ya la última vez, no tengo tiempo para estar en esos menesteres. Mi papá ya me ha dado casi todo para que me encargue, y es mucho trabajo, el tiempo libre que tengo es para ti, mi amor. Además, ya quiero que nos casemos, así podemos estar juntos más tiempo, y siempre me puedes ayudar con lo de las tierras, que también serán tuyas, mi amor.
Larissa: ¿De veras quieres casarte conmigo?
Jonás: Claro que sí, Larissa, no veo el momento en que estemos juntos.
Larissa: ¡Qué feliz me haces!, pues nada, vamos a ordenar todo para que nos casemos lo antes posible. ¿Qué tal el mes que viene?

Jonás: ¿Y por qué tanto tiempo?, por mí vamos ahora mismo a ver al padre para que nos case.

Larissa: (Ríe). ¡Mi amor!, para eso se necesita tiempo, hay que organizar algo, avisarle con tiempo al padre y hacer una fiesta, aunque sea para nosotros y la gente que conocemos, aunque no son muchos.

Jonás: No importa queseamos tú y yo solamente. Pero está bien, dejo el asunto en tus manos. Hablaré con mi papé para decirle que en un mes me caso contigo.

Larissa: Y yo hablaré con los míos, así también mi mamá y mi abuela me ayudan con los preparativos. ¡Qué feliz soy, mi amor! (Lo besa).

Al otro día a la mañana, Sebastián llevó a Gabriela al pueblo. Cuando un par de hombres los acechó con el propósito de robarles, Moreno, que pasaba por el lugar, se dio cuenta y fue tras ellos. Uno delos hombres golpeó a Sebastián por atrás, y el otro a Gabriela; los dos quedaron inconscientes. Los tipos les quitaron todo lo que llevaban, pero Moreno se les fue encima y logró tumbar a uno. Pero el otro le dio un garrotazo por atrás a Moreno. Por allí pasaba Daniel, que vio lo que estaba pasando. Moreno se levantó y siguió peleando con el bandido, que finalmente salió huyendo con las pertenencias de Gabriela y de Moreno. Este cayó atrás, para quitarle lo de Gabriela, Daniel se acercó a donde estaba Gabriela y trató de reanimarla. El otro bandido que Moreno había tumbado recibió una patada de Daniel. Gabriela, que recién había despertado, pensó que había sido Daniel el que la había defendido del todo.

Daniel: Gabriela, ¿te sientes bien?
Gabriela: Sí, creo que sí. ¡Oh, Dios, Sebastián! ¡Sebastián!,¿estás bien?
Sebastián: Me duele mucho, me dio duro el desgraciado ese. ¡Qué chichón me hizo!

Gabriela: ¡Qué bueno que estás bien, Sebastián! Gracias por defendernos, Daniel.

Daniel: No es nada, Gabriela, daría la vida por ti si fuese necesario. Ven, déjame ayudarte y llevarte a tu casa.

Gabriela: ¿Y mis cosas?

Daniel: ¿Qué cosas?

Gabriela: Mi cartera.

Daniel: Pues no sé, uno de los bandidos huyó, no pude con los dos. Seguro se la llevo, pero no te preocupes, yo te repongo el dinero que tenías ahí.

Gabriela: Gracias, pero no me refiero al dinero, tenía unas notas y mis documentos, en esas notas tenía apuntadas las cosas que iba a necesitar en tu casa.

Daniel: Bueno, por eso no te preocupes, vuelve y hazlas de nuevo. En cuanto a los documentos, habrá que sacarlos de nuevo si no aparece la cartera.

Gabriela: Pero es mi documento de España, para eso debo volver allá.

Daniel: Déjame ver qué puedo hacer, a ver si alguien encuentra al bandido y lo devuelve, a él nada le sirven esos papeles. Ahora vamos, que te llevo.

Gabriela y Sebastián se fueron junto con Daniel para la iglesia. Moreno regresó al rato con la cartera de Gabriela, tenía toda la cara golpeada y cortada. No vio a nadie, y se quedó pensando a dónde podría haberse ido Gabriela. Tampoco estaba el otro bandido; creyó lo peor: que el bandido se había levantado y se había llevado a la fuerza a Gabriela y a Sebastián.

Moreno: ¡Dios!,¿y ahora? Gabriela, Gabriela. ¿Qué hago ahora?, seguro el bandido la secuestró a ella y al sacristán. ¿Qué hago?

Moreno decidió ir al rancho de don Fausto para decirle a Jonás lo que había pasado y regresar a la iglesia para explicarle al papá de Gabriela y al padre Romero, también para buscar unos cuantos hombres e ir en busca de ella.

Mientras, el padre Romero vio que a la iglesia iban llegando Gabriela y Sebastián junto con Daniel.

Padre Romero: ¡Hija!, ¿qué les pasó?

Sebastián: ¡Ay, padre!, nos dieron un majaguaso y nos robaron todo.

Gabriela: Pero Daniel nos defendió, gracias que llegó a tiempo; si no, quién sabe lo que hubiese pasado.

Padre Romero: ¿Pero cómo pasó? ¡Oh, Dios mío!, desde que esa gente de don Miguel se apoderó de este pueblo, ya nada es seguro, hacen de todo, y nadie hace nada. Daniel, gracias por salvar a mi sobrina y a Sebastián.

Daniel: De nada, padre, pero tuve que hacer algo al ver que le estaban robando. Perdió sus documentos, mandaré a alguien para investigar a ver si aparecen.

Moreno llegó al rancho de don Fausto y alcanzó a ver a Jonás.

Jonás: ¿Qué te pasó, Moreno? Estás todo golpeado.

Moreno: Tuve que defender a la señorita Gabriela, dos tipos la asaltaron a ella y al sacristán, les dieron unos golpes y la dejaron inconsciente, me fajé con ellos, pude tumbar a uno, el otro se escapó, y le caí atrás, hasta que lo alcancé y también lo tumbé, le quité esto que pertenecía a Gabriela. Cuando regresé ya Gabriela no estaba, tampoco el sacristán, ni el otro bandido, al que había tumbado, me temo que éste los secuestró.

Jonás: ¿Qué? No es posible, vamos a la iglesia, hay que decirle al padre lo que ha pasado. Búscate cinco de los hombres, vamos por Gabriela y Sebastián.

Moreno: Sí, Jonás, ahora mismo.

Jonás le explicó a su papá lo que había pasado, don Fausto apoyó la iniciativa de su hijo.

Fausto: Hijo, llévate contigo a Emilio, que conoce muy bien la zona; y si necesitas llevarte más hombres, hazlo.
Carlos: Gracias, papá, ahora mismo voy por Emilio, ya Moreno anda buscando cinco de los hombres para que nos acompañen.
Moreno: Joven, los hombres están afuera, ya listos.
Carlos: Bien, también busca a Emilio también.
Moreno: Bien, joven.
Venancio: Hija, no quiero que vuelvas a salir sola a la calle, mira lo que te pasó.
Gabriela: Papá, pero no fui sola, estaba con Sebastián.
Venancio: Pero Sebastián es un sacristán.
Sebastián: ¿Y qué tiene que ver eso?, nos dieron un majaguaso por atrás, si hubiera sido de frente, me hubiera enfrentado a ellos y hubiéramos peleado hasta ver quién caía primero.
Padre Romero: Lo que importa es que están bien, gracias a Dios.
Daniel: Voy a ordenar a algunos hombres que busquen al tipo que te llevó tus pertenencias, para poder recuperarlas.
Gabriela: Muchísimas gracias, Daniel, no tengo cómo pagarte el que nos hayas defendido de esos bandidos.

En ese instante entró Moreno junto con Jonás y escuchó lo que Gabriela le estaba diciendo a Daniel, sabiendo que no era cierto. Daniel vio a Moreno y comenzó a gritarle.

Daniel: ¡Este es!, ¡este es el tipo que vi corriendo!, ¡y mira: ahí trae tus cosas!, seguro se arrepintió de habértelas robado.

Moreno: Un momento, no he robado nada, yo me peleé con los bandidos que querían robarle a la señorita.

Gabriela: ¿Cómo que tú te peleaste? A quien vi dándole una patada fue a Daniel.

Jonás: Un momento, Moreno no está mintiendo: si dijo que te defendió, es porque lo hizo.

Daniel: Eso es mentira, seguro este se robó tu bolso, ahora está arrepentido, lo ha traído y se está inventando esa historia.

Padre Romero: Todos recuerden que esta es la casa de Dios.

Moreno: Padre, discúlpeme, pero este señor es un mentiroso, cuando me peleé con esos dos bandidos, él no estaba ahí, no sé por qué dice que defendió a la señorita.

Gabriela: Yo cuando desperté del golpe, a quien vi fue a Daniel dándole una patada al bandido que estaba en el suelo.

Moreno: Claro, yo a ese lo tumbé; el otro se escapó y le caí atrás para poder quitarle tu bolso, toma.

Daniel: No entiendo esta clase de persona, ¿qué ganas con mentir?

Moreno: Joven, me voy para no partirle la cara a este.

Jonás: Tranquilo, Moreno, yo te creo a ti. Y usted, señor, no sé cómo pasan las cosas. De todos modos, gracias por traer a Gabriela y a Sebastián.

Moreno salió de la iglesia muy enojado, porque Gabriela no le había creído sino que había confiado más en la palabra de Daniel. Jonás hizo un gesto de no complacencia hacia Gabriela y salió detrás de Moreno, pero antes le dijo a Daniel:

Jonás: Dile a tu hermana que paso el domingo por allá. Moreno, espera, no te preocupes, yo sí te creo. Ese tipo no me cae muy bien, sé que está mintiendo, seguro llegó después, cuando todo había pasado y se trajo a Gabriela adjudicándose que él fue quien la defendió, para ganar confianza con ella, a la legua se ve que Gabriela le gusta; y sé que a ti también te gusta, por eso estás muy enojado, porque ella básicamente le creyó más a él, que a ti.

Moreno: Me dieron ganas de romperle la cara por mentiroso. Emilio, diles a los muchachos que ya no son necesarios. Vámonos otra vez al rancho, Gabriela está a salvo aquí en la iglesia.

Emilio: Bendito sea el Señor. Vamos al rancho, muchachos.

Daniel: Gabriela, siento mucho todo esto, nunca me había involucrado en algo así. Es una vergüenza para mí tener que estar peleando como un niño con esta persona para que tú creas lo que realmente pasó, no tengo que probar nada, tú viste que yo estaba ahí, pateé al bandido aquel para que te golpee por atrás.

Sebastián: Es muy raro, muy raro, muy raro.

Padre Romero: ¿Qué cosa, Sebastián?

Sebastián: Todo lo que pasó, pero también que ese muchacho es la seguridad personal de Jonás y quiera golpearnos a nosotros para robarnos. Si Jonás anda con él, es porque confía.

Daniel: Mira, amigo, a veces no se puede confiar en la gente, quien menos tú crees te traiciona. Bueno, me voy, me alegro de que ya tengas de nuevo tu bolso y tus documentos. Discúlpeme, hasta luego, Gabriela, y nada, te espero allá cuando estés lista.

Gabriela: Gracias de nuevo, Daniel.(Le da un beso de despedida en la mejilla).

Daniel se fue y se dijo así mismo en su mente: "Tuvo que venir el idiota ese a poner las dudas, por suerte Gabriela no le creyó mucho". Moreno seguía explicándole a Jonás lo que había pasado, para que de verdad le pudiera creer sin ninguna duda.

Por otro lado, don Miguel se había reunido nuevamente con Ulises y le dio otro bolso lleno de dinero, mientras brindaban con unas copas de agua ardiente y varias mujeres alrededor de ellos.

Don Fausto logró hacer otro contacto para exportar la cosecha e hizo un trato con el C. Sambrano.

Un poco más tarde llegaba Daniel a su casa.

Dalia: ¿Dónde andabas? Estaba preocupada ya por ti.
Daniel: Haciendo algunas diligencias. Por cierto, ¿qué tienes que ver tú con el tal Jonás?
Dalia: ¿Cómo qué tengo ver? Nada. ¿Por qué me preguntas eso?
Daniel: No entendí bien, pero me dijo que te recordara que venía el domingo.
Dalia: Ah, pues, no sé, quizás porque me trajo del pueblo los otros días, porque no sabía cómo venir, y no sé, a lo mejor anda detrás de mí.
Daniel: Mucho cuidado contigo, Dalia, ese tipo no me gusta para nada.

Dalia hizo un gesto, se dio vuelta y se rió para sí misma, contenta porque Jonás iba para allá el domingo. Entró a su habitación y comenzó a llamar a Sandra.

Dalia: ¡Sandra!¡Sandra!
Sandra: ¿Sí, joven?,¿en qué puedo ayudarla?
Dalia: Te acuerdas de las hierbas esas que me dijiste que hacen dormir?, pues necesito que me consigas un poco. Toma, vete al pueblo ahora mismo por eso.
Sandra: Como usted mande.

Dalia se quedó pensando el plan para el domingo. Cuando llegó ese día, Jonás pasó por lo de Larissa antes de seguir para la casa de Dalia.

Pedro: Hola, joven, ¿cómo tamo?
Jonás: Hola, Pedro, qué gusto verte, ¿para dónde vas?

Pedro: Ei guto e mio, joven, me voy temprano con ei senoi Critóbal, vano a ir a vei una tierra que ei quiere vei, no toy seguro, pero creo ei la quiere comprai.

Jonás: ¡Qué bien!, pues tú sabes más que él de eso. Ve y asesóralo. Ah, mira, ahí viene Larissa.

Pedro: Güeno, pue lo dejo ahí, en compañía de su amoi, yo me voy, que don Critóbal me epera. Cuídese, joven.

Jonás: Hasta luego, Pedro, saludos a la familia. Hola, mi amor, ¿cómo te sientes hoy?

Larissa: Hola, mi vida. Estoy bien. ¿Y tú?,¿cómo amaneciste?

Jonás: Bien, gracias al Señor. Quise pasar por aquí primero antes de ir a lo de esa muchacha.

Larissa:¡Ah!, ¿es hoy que vas a ir? Pues no te tardes.

Jonás: No, mi amor, solo iré un rato, y vengo a buscarte para que vamos a pasear por el pueblo.

Larissa: Está bien, te espero aquí. (Se besan).

Jonás se fue, Larissa quedó encantada con la promesa de Jonás de sacarla a pasear. En la iglesia, Gabriela conversaba con su tío y con su papá.

Gabriela: Bueno, pues como les decía, ya mañana me voy a trabajar con Daniel a su hacienda, debo producir dinero para ayudar aquí, tío.

Padre Romero: ¿Cómo dices eso, hija?, aquí no hay problema con eso, casi no he gastado los ahorros que me dio papá cuando quise quedarme a ejercer el sacerdocio aquí.

Venancio: ¡Pero, Romero, qué tacaño que eres!,¿en todo este tiempo no te has gastado lo que te dejo papá?

Padre Romero: No necesito mucho, no tengo en qué gastarlo. Además, la orden eclesiástica siempre nos manda algo para comer, y los feligreses con su limosna compran las cosas que se necesitan en la iglesia. Y Sebastián es muy medido con todo, cuando va al mercado ya quisiera que ustedes lo vieran comprar.

Gabriela: Pues a mí me gustaría ver eso, además Sebastián me cae muy bien, ya lo quiero como un hermano.

Como siempre, salió Sebastián, que había estado oyendo detrás de las paredes.

Sebastián: ¿Como un hermano solamente?
Gabriela: Sí, Sebastián, como un hermano, eres genial, me fascina tu compañía.

Sebastián se quedó un poco triste, ya que tenía sentimientos por Gabriela. El padre Romero se dio cuenta de eso.

Padre Romero: Sebastián, debemos hablar seriamente sobre ti.
Sebastián: Cuando me dice así, es que algo malo me va a comunicar, yo no he hecho nada, se lo juro por el santo niño de cuarzo.
Padre Romero: ¿Y quién es el santo niño de cuarzo?
Sebastián: El que teme sus palabras y se fue para su cuarto.

Todos se rieron al mismo tiempo.

Dalia: Sandra, prepárame un té de esas hierbas.
Sandra: Pero es muy temprano, joven, ¿usted va a descansar ahora?
Dalia: No preguntes tanto y haz lo que te digo, para eso te pago. Me lo dejas en la cocina, que yo lo paso a buscar. Luego te vas al frente, y cuando llegue Jonás, un joven apuesto, le dices que pase, y te llevas a Nora al pueblo. Toma dinero, compren vegetales, que casi no hay en la casa. Tengo que hacer un negocio muy importante con este muchacho y no quiero interrupciones.

Sandra: Como usted mande, joven.

De casualidad en ese momento llegaba Jonás; Sandra lo vio y lo fue a recibir.

Sandra: Dispénseme, ¿usted es Jonás?
Jonás: Sí, señorita.
Sandra: La joven Dalia lo espera, pase.
Jonás: Muchas gracias.

Sandra se fue rápido a la cocina, dejó preparado el té de hierbas y se llevó a Nora al pueblo para hacer las compras tal como le habían indicado.

Dalia: Jonás, qué gusto verte. (Casi se le va casi encima y le da un beso en las mejillas, pero igual que la otra vez: con la mitad delos labios pegada a los labios de Jonás).
Jonás: Hola, Dalia, vine para cumplir con la promesa, pero no me puedo quedar mucho, tengo que llevar a mi novia Larissa a pasear.
Dalia: Pero acabas de llegar y, ¡ay, quieres irte!, ¡qué dichosa es esa muchacha!
Jonás: ¿Por qué dices eso?
Dalia: En España hablamos sin tapujo: tú estás hecho un papasote, y la verdad es que me caes muy bien, lástima que ya tienes novia.
Jonás: Gracias por el cumplido, tú también eres muy bonita, y estoy seguro de que cualquier hombre te puede mirar.
Dalia: Sí, pero la persona en quien me fijo está ocupado.
Jonás: Si te hubiese conocido antes, y Larissa no existiera, seguro te podría cortejar, porque no voy a negar que eres muy hermosa.
Dalia: Me sonrojas con esas palabras. Pero bueno, ven, vamos a sentarnos, déjame buscarte algo de beber, ¿quieres un té?

Jonás: Bueno, me tomaré un té contigo, pero después me voy.

Dalia: Está bien, no te quitaré mucho tiempo. Bebemos el té, conversamos un poco, y ya cuando tengas que irte, te vas. Espérame aquí.

Dalia entró a la cocina acoger el té que le había preparado Sandra. Ella cogió agua caliente con otro tipo de té normal.

Dalia: Toma, Jonás, salud.
Jonás: Salud, Dalia.

Larissa: ¡Ay, mamá, estoy feliz! Jonás viene hoy a buscarme para pasear. Se me olvidó decirte que nos casamos en un mes, quiero que tú y la abuela me ayuden a preparar todo.
Teresa: ¡Qué felicidad!
Marta: ¿Por qué están tan felices?
Teresa: Se nos casa la muchacha, Marta, dentro de un mes se casa con Jonás.
Marta: ¿Cómo? ¡Pero, hija, te lo tenías muy escondido!
Larissa: No, abuela, estaba tan emocionada con eso, que se me había olvidado decírselo a ustedes, también tengo que contárselo a papá.
Marta: Tu papá fue a hablar con el cura, creo que ya encontró un lugar donde hacer la escuela más grande, porque me dijo que están yendo varios muchachos y no caben ya en la iglesia.
Larissa: Así es, abuela, ya somos muchos los que tomamos clase, y el lugar es pequeño.
Jonás: No sé qué me pasa, me estoy cayendo del sueño.
Dalia: Ven, Jonás, déjame ayudarte, debes estar muy cansado.

Dalia agarró a Jonás por los brazos y lo llevó a su habitación, donde lo tiró en su cama. Cuando Jonás cayó completamente dormido, Dalia comenzó a quitarle la ropa lentamente, y ella se acostó al lado de él, también sin ropa, y trató de que hicieran el amor.

Con el paso de las horas, Larissa se iba desesperando por la ausencia de Jonás.

Teresa: ¿Qué tienes?
Larissa: Jonás me dijo que pasaba por mí, pero ya es de tardecita, y no ha regresado, lleva ya muchas horas en casa de esa mujer. Lo voy a buscar, no aguanto más.
Teresa: Espera, yo voy contigo, no te dejaré ir sola.

En Santo Domingo, don Miguel continuaba haciendo planes con Mole, Ramón y el Cojo para seguir contratando más gente.

Daniel visitaba a Gabriela, ya que estaba loco por tenerla en su habitación.

Al fin Larissa y Teresa llegaron a la casa de Dalia, vocearon y entraron hasta la sala.

Larissa: ¡Jonás!... ¡Jonás!

Dalia escuchó todo ese murmullo y salió enrollada en la sábana de su cuarto, a ver qué sucedía. Cuando llegó a la sala, vio a Larissa y a Teresa.

Dalia: ¿Qué es este escándalo?
Larissa: ¿Dónde está Jonás?

Dalia se rió, y Larissa se enfureció más, la quitó del medio y fue para el cuarto de Dalia, Teresa la seguía. Cuando Larissa vio a Jonás todavía en la cama, todo desnudo, con la sábana que tapaba apenas parte de su parte, el dolor que sintió fue tan desesperante, que no quiso ver más. Jonás estaba profundamente dormido, sin saber lo que estaba pasando. Larissa salió corriendo y gritando de la habitación de Dalia, y Teresa detrás de ella.

Teresa: ¡Hija, espérame!

La pobre Larissa corría desesperada y llorando como un niño. Dalia se sentía complacida por lo que había hecho, pues básicamente había causado la ruptura entre ellos. Al rato Jonás despertó y se vio en aquella cama desnudo. No entendía, estaba un poco confundido. En ese momento Dalia entró al cuarto, y él se sorprendió al verla también básicamente desnuda y enrollada en sábanas.

Jonás: ¿Qué es esto?, ¿qué hago aquí, Dalia? ¿Por qué estamos así?¿Qué me paso?

Dalia: ¿No recuerdas nada? Me trajiste a la habitación y me hiciste el amor.

Jonás: ¿Cómo? ¿Que yo te traje aquí y te hice el amor? No me acuerdo de nada.

Dalia: ¿Tan mal te caigo que ni te acuerdas?, me dijiste que me querías hacer el amor, y yo como una tonta creí que era cierto. (Finge llorar).

Jonás: Lo siento, Dalia, no quise hacerte sentir mal, pero de veras no me acuerdo de nada. ¡Qué mal me siento!,¡no pude hacerle esto a Larissa!

Dalia: Ella estuvo aquí y nos vio juntos.

Jonás: ¿Qué? ¡Tú estás loca! ¡¡Larissa estuvo aquí!?, ¡¡cómo!?

Dalia: No sé, ella vino como una loca buscándote, no pude detenerla, y entró a la habitación.

Jonás: ¡Oh, no, Dios, qué hice, qué hice! ¡La perdí para siempre!

Jonás bajó la cabeza, y Dalia sonrió como si hubiese ganado un trofeo, pensó "A este no me lo quita nadie, todo salió mucho mejor de lo que pensaba".

Jonás: Debo irme, tengo que explicarle a Larissa; si no, la voy a perder.
Dalia: Pero quédate, ¿qué más da?, ¿o acaso solo jugaste conmigo? Después de que me trajiste a la cama, me decía que te gustaba, esto y lo otro.
Jonás: Yo no recuerdo nada, de verdad lo siento, esto nunca debió pasar.
Dalia: Yo sí te quiero, aunque tú a mí no, y te estaré esperando (Sigue fingiendo que llora).
Jonás: Ya, por favor, no me atormentes más. Perdón, mil veces perdón, esto no debió pasar. ¡Qué mal me siento! Tú eres muy hermosa y le puedes gustar a cualquier hombre, pero mi corazón es de Larissa.

Larissa: (Entres llantos). No quiero saber de Jonás, lo odio. ¿Cómo me pudo hacer eso a mí?, ¡estábamos a punto de casarnos, y me decía que de verdad me quería!
Teresa: Hija, yo siempre te lo he dicho: no se puede confiar plenamente en los hombres. Pero esto es raro: ¿cómo puede ser que Jonás, con todo el escándalo que hiciste, no se haya despertado?, ¿tan profundamente dormido estaba?
Larissa: No trates de buscar excusas, mamá. Tú y yo lo vimos en la cama desnudo, ella también estaba desnuda, envuelta en esa sábana, se acostaron juntos.
Teresa: En algún momento él vendrá y tendrá que darte una explicación.
Larissa: No quiero saber de Jonás, no quiero explicación ni nada. Lo que vi no tiene explicación, todo estuvo muy claro.

Nora: Sandra, la veidá que eso ta raro.
Sandra: ¿Qué cosa, Nora?
Nora: A mí no me guta opinai nada, pero me da que esa yerba que te mandó a bucai la señorita no era pa ella, poique

era como un plan que ella tenía, ¿no te da cuenta de que llegó el joven ese, y no mandó a irno de una ve?

Sandra: Yo también me lo encontré raro, y tú sabe lo poderosas que son esas yerba, que dejan a uno casi sin sentido cuando se la toma en té, pero ya ha pasado mucho rato, vamos para la casa averiguar.

Nora: Sí, vamo, Sandra, mira yo toi necesitada, pero a mí no me guta que le hagan daño a la gente, y esa señorita tú sabe cómo e, siempre no habla mai y e media miteriosa.

Jonás llegó a la casa de Larissa, tocó la puerta, y quien le abrió fue Teresa.

Jonás: Teresa, necesito hablar con Larissa.

Teresa: Lo siento, Jonás, pero lo que tú has hecho no tiene perdón de Dios, le has roto el corazón a mi hija, ella no quiere verte.

Jonás: Por favor, necesito explicarle, le juro que yo no sé qué paso, no me acuerdo de nada.

Teresa: Ay, ¿y qué cuentos son esos?,¿cómo que no te acuerdas de nada?, te vimos ahí tirado en la cama todo desnudo y a la mujerzuela esa.

Jonás: Se lo juro, Teresa, que no sé lo que paso, créame, no me acuerdo de nada.

Larissa: Tú no tienes vergüenza, ¡después de lo que has hecho, venir aquí!

Jonás: Mi amor, por favor, escúchame.

Larissa: Lárgate de aquí y no vuelvas más, no quiero saber de ti, lárgate, lárgate.

Jonás: Pero déjame explicarte.

Larissa: ¿Explicarme qué?, no hay anda que explicar, ¿qué vas a decirme?, ¿que como yo no me he acostado contigo, y tú eres hombre y necesitas eso, te fuiste con ella?, pues fíjate que no. Ahora por favor lárgate de aquí, que no quiero saber más de ti.

Teresa: Por favor, Jonás, vete, es mejor así.

Jonás salió desorientado, con un dolor terrible por haber perdido el amor de su vida. Larissa se quedó llorando desconsoladamente, mientras Teresa trata de calmarla. Pasaron los días, Jonás se quedaba encerrado en su habitación, su papá se preocupó mucho por lo que le estaba pasando, aunque su hijo no le había contado nada de lo ocurrido. Don Fausto decidió ir a buscar a Larissa pensando que quizás ella pudiera hablar con Jonás.

Don Fausto: Hola, Marta, ¿cómo te encuentras?
Marta: Fausto, qué gusto verte, jamás volviste por aquí.
Fausto: Discúlpame, es que he estado muy ocupado tratando de que todo vuelva a la normalidad en mi rancho. Pero cuando todo esté normalizado, prometo venir a verte más a menudo, y tenemos que hablar de lo que pasó aquella vez.
Marta: Pero, Fausto, ya eso pasó hace mucho, aunque te confieso que no he podido olvidar ese día.
Fausto: La verdad yo tampoco, por eso tenemos que hablar. Pero ahora tengo algo que me preocupa: necesito hablar con Larissa. No sé qué le pasa a mi hijo, pero lleva varios días encerrado en su habitación y no quiere comer nada.
Marta: No es para menos, así está Larissa también. Pero por lo que veo, no sabes lo que hizo tu hijo.
Fausto: ¿Qué hizo? Es que no he podido hablar con él, no me abre la puerta.
Marta: Pues se metió en la cama con la tipa esa, la que nos sacó a nosotros de donde vivíamos, y Larissa y Teresa lo vieron.
Fausto: ¿Cómo? ¿Mi hijo engañó a Larissa con esa fulana?
Marta: Así es, mi pobre nieta desde entonces no quiere saber más de hombres. La pobre está muy triste, apenas prueba un bocado y se va a llorar de nuevo a su habitación.

Fausto: No sé qué decirte, Marta, no puedo creer que mi hijo haya sido capaz de eso. ¡Con razón está encerrado en su habitación! Bueno, pues voy a ir a la iglesia a buscar al padre Romero, quizás él pueda hablarle.

Marta: Pues de paso dile al padre que venga por aquí, a ver si mi nieta también deja esa tristeza. Y tú no dejes de venir, te estaré esperando.

Fausto: Está bien, Marta. Gracias por informarme y te prometo que vendré más seguido a verte.

Gabriela empezó a trabajar con Daniel, él le enseñaba lo que había en sus tierras y las cosas que ella debía administrar. Dalia estaba enojada por la presencia de Gabriela, que básicamente le había quitado el trabajo que ella quería hacer en su tierra.

El padre Romero trató de hablar con Jonás, pero este tampoco le abrió a él la puerta, había caído en una depresión muy grande. El cura también trató de hablar con Larissa, pero tuvo básicamente el mismo resultado que con Jonás.

Sebastián acompañó a Gabriela de nuevo al mercado, allí se tropezaron con Moreno. Gabriela quiso hablarle para disculparse por la manera en que lo había tratado la otra vez al no creerle, pero Moreno la miró y la dejó, se fue sin decirle ninguna palabra, porque todavía tenía el enojo de aquel día, y a pesar de que la quería en silencio a Gabriela. Ella se quedó un poco desolada, porque nunca había sido rechazada por alguien así. Por su lado, Sebastián alcanzó a ver a una muchacha media frondosa de cuerpo y un vestido muy típico del campo donde él había nacido, creyó reconocerla.

Sebastián: Perdón, señorita, ¿usted es Jessica, la hija de Crespancio y de Nercida?

Jessica: Claro, pero ven acá… tú ere Sebastián, ay, mi Dio, no te veía dende niño, ¡pero qué güen mozo tu tá!

Sebastián: (Ríe). Gracias, Jessica. ¿Y qué ha sido de tu vida?, ¿cómo están tus padres?

Jessica: ¡Ay, Sebastián!, ma y pa hace mucho murieron, yo quedé sola con mis hermanitos varone ma pequeño, y na sola en aima cuidando esos muchacho, poique no hay ma na. Pero cuéntame de ti, dende que te fuite dei campo, jama voivi a sabei de ti.

Sebastián: ¿Pues qué te digo? Me vine aquí al pueblo, me fui a la iglesia, ahí me gustó lo que vi, hablé con el padre para que me dejara estar allá y me convertí en sacristán. Ah, perdona, mira, ella es Gabriela, la sobrina del padre Romero.

Jessica: Mucho guto, señorita, a sus óidenes.

Gabriela: El gusto es mío, pero no paren de conversar, ya me di cuenta de que no se ven desde niños, sigan, mientras yo voy al mercado y compro algunas cosas. Me buscas adentro, Sebastián.

Jessica: Pero ute sí jabla bonito, ay, Dio, me guta cómo ute habla.

Gabriela se rió y se fue al mercado a comprar. Sebastián se quedó hablando con Jessica.

Pasó el tiempo, Jonás apenas comenzó a salir de su habitación y a entregarse de lleno al trabajo. Había ido ya adquiriendo todos los conocimientos necesarios sobre la tierra y había cogido el control absoluto de todo en el rancho de don Fausto, su padre.

Por otro lado, en Santo Domingo, seguía don Miguel reuniéndose con Ulises para tratar de derrocar el gobierno y para tener más fuerza con el gobierno de su lado y así poder hacer todo lo que él quería. El Mole, Ramón y el Cojo reclutaban cada día más gente a fin de conformar básicamente un gran ejército para los propósitos de don Miguel.

Fausto empezó a visitar más a menudo a Marta, y la sacaba de paseo de vez en cuando. Venancio se topó con Teresa en el pueblo, se quedaron hablando por un buen rato hasta que cada uno fue cogiendo confianza, y también empezaron a verse. Cristóbal seguía en su escuela, cada día con más alumnos, y también trabajaba unas tierra junto a Pedro. Larissa al fin salió a la calle para poder disimular el dolor que le había causado Jonás. Moreno seguía todavía pensando en Gabriela y acompañando a Jonás a todos lados como su seguridad.

Daniel cada día se acercaba más a Gabriela, estaba loco por meterla en su cama. Delante de ella se comportaba como un angelito, y cuando estaba solo, lo único que pensaba era cómo meterla en su cama, por eso le había dado el trabajo. A pesar de todo, Gabriela estaba haciendo un trabajo excelente. Un día Daniel se puso a beber y estaba un poco borracho, cuando Gabriela entró a la oficina.

Daniel: Gabriela, ya no aguanto más.
Gabriela: ¿Qué pasa, Daniel, has tomado?
Daniel: Sí, un poco, quiero que seas mi mujer.
Gabriela: ¿Y eso?
Daniel: Pues la verdad, me gustas mucho, y quiero que seas mi mujer, déjame besarte.
Gabriela: Tranquilo, Daniel, está tomado. Cuando estés sobrio, hablamos.
Daniel: No, quiero hablar ahora.
Gabriela: ¿Qué te pasa? Tranquilízate, y hablamos cuando no estés tomado.

Daniel se le fue encima a Gabriela y la besó a la fuerza. Ella forcejeó con él porque no estaba dispuesta a eso, y aunque Daniel le agradaba no era la forma de hacer las cosas. Gabriela enfurecida lo empuja y se fue de la oficina corriendo.

Dalia: ¿Qué pasa, hermano? ¿Por qué el escándalo?
Daniel: Hermanita, quiero a esa mujer a como dé lugar.

Dalia: ¿Pero qué te pasa?, quizás si haces las cosas más tranquilo, será más fácil, pero a las mujeres no les gusta la brutalidad. Además, mírate: estás borracho.

Daniel: No me importa, esa mujer tiene que ser mía a como dé lugar.

Dalia: No te preocupes, te voy ayudar a que ella sea tuya, pero debes darme poder aquí para ordenar y mandar hacer cosas.

Daniel: Haz lo que quieras, pero tráeme a esa mujer, tiene que ser mía, ya no aguanto más.

Pasó el tiempo, Gabriela no regresó más a ese rancho, había quedado muy desencantada por lo que había tratado de hacer Daniel. Dalia se hizo cargo de la administración del lugar.

Jonás hacía de su rancho un emporio comprando más cultivos a los demás campesinos, para exportarlos, cada día estaba más próspero y daba trabajo a más personas.

Cristóbal había formado una escuela ya grande y al mismo tiempo le vendía sus cultivos al mismo Jonás. Con eso estaba también progresando.

Don Fausto y Marta estaban saliendo formalmente: Teresa hacía lo mismo con Venancio.

La pobre Larissa todavía estaba sola, al igual que Jonás. Dalia preguntó y preguntó hasta que llegó al rancho de Jonás y le hizo una visita sorpresa.

Jonás: ¿Qué haces aquí?

Dalia: ¿Pero ni siquiera saludas? ¿Por qué me tratas así?, no te hecho ningún mal.

Jonás: ¿Que no me has hecho ningún mal? Por tu culpa perdí lo que más quería en mi vida: a Larissa.

Dalia: ¿Por mi culpa? ¿Por qué por mi culpa? Fuiste tú el que me metió en la cama, y me decías que te gustaba, y como tú sí me gustas, pues te creí y me acosté contigo.

Jonás: Yo no me acuerdo nada, no entiendo cómo pasó todo eso.

Dalia: ¿Es que acaso te repugno tanto?, qué cruel eres conmigo. Así como engañaste a Larissa conmigo, también tienes la facilidad de decirme en mi propia cara que no te acuerdas de nada, solo para tapar lo que me hiciste.

Jonás: Es que de verdad no me acuerdo de nada.

Dalia: Yo vine para saber de ti, qué estúpida fui, me enamoré de alguien que no valora a nadie.

Jonás: Perdón, Dalia, no he querido ofenderte, pero debes entenderme, yo amo a Larissa y por lo que pasó la he perdido para siempre.

Dalia: Yo te quiero a ti y no quiero perderte, y si tengo que luchar con el mundo, lo haré. Te amo a ti solamente.

Jonás: Agradezco ese cariño que sientes hacia a mí, pero no quiero pensar en nada por ahora, no sé si vuelva a enamorarme otra vez.

Dalia: No importa, yo puedo esperar el tiempo que sea necesario. Si al menos me dejas venir a verte de vez en cuando, podemos ser amigos, y si algún día crees que me puedes querer, te estaré esperando.

Dalia se le acercó, lo provocó, le coqueteó. Moreno estaba detrás de unos sacos mirando todo. Jonás estaba confundido con las palabras de Dalia, ella sin pensarlo se le abalanzó y lo besó. Justo en ese momento entraban Marta y Fausto y lo vieron, creyeron que Jonás la estaba besando.

Marta: ¡Jonás, entonces es cierto! ¿Y dices que no te acordabas de nada?, aquí estás con esta señorita, besuqueándote.

Jonás: No, Marta, no es así. ¿Ves lo que has hecho nuevamente?, por favor vete, Dalia.

Dalia: Está bien, me voy, pero recuerda lo que hemos hablado: te quiero y no te voy a dejar.

Fausto: Hijo, no soy quién para pedirte explicaciones, pero no puedes estar pregonando que amas a alguien y te besas o te acuestas con otra persona.
Jonás: Papá, no es así la cosa. ¡Dios, Dios, por qué! (Se va de ahí sin saber qué explicar).

Moreno solo tendió a plegar su rostro y, sabiendo que Jonás no había tenido la culpa, fue detrás de él.

Fausto: Mi amor, debo pedirte un favor.
Marta: Dime.
Fausto: Por favor no le comentes nada de esto a Larissa, voy hablar seriamente con mi hijo, aunque ya ella no está junto a él, mi hijo sigue sufriendo por ella.
Marta: La pobre Larissa nos tiene prohibido hablar de Jonás en la casa, y le veo en sus ojos todo lo que sufre por Jonás. Pero descuida, no le diré nada, aunque me da rabia lo que he visto.
Fausto: Gracias, amor, déjame hablar con mi hijo, porque él no puede decir una cosa y hacer otra.

Padre Romero: Ya casi es Semana Santa, debemos preparar lo que vamos a hacer este año y hacer el vía crucis de siempre. Sebastián, encárgate de buscar algunas personas del pueblo para hacer la procesión.
Sebastián: Claro, padre, cuente conmigo, me encanta esta fecha, le diré a Jessica para que se integre.
Padre Romero: ¿Y quién es Jessica, Sebastián?
Gabriela: Ah, es una amiguita de Sebastián, creo que de la infancia, ¡pero es más elocuente esa muchacha! (Ríe).
Padre Romero: Por lo que veo, tú ya la conoces, bueno, no importa, Sebastián, sabes que todo el que quiera participar es bienvenido. Y dime, Venancio, cómo te está yendo a ti con Teresa.
Venancio: Pues la verdad muy bien, hermano, ella es una gran mujer, le voy a pedir matrimonio. Claro, si mi hija no se opone.

Gabriela: Papá, ¿cómo me voy a oponer a tu felicidad? Adelante, sé que mamé desde el cielo tampoco se pondrá brava, ella siempre fue muy feliz y nos quiso ver muy felices.

Padre Romero: ¿Y tú, hija, cuándo nos darás la sorpresa de que te has enamorado?

Gabriela: Tío, me estaba enamorando, creo, pero me di cuenta de que no, hay alguien que me inquieta las veces que lo he visto, pero no sé si es por la culpa o porque de verdad siento algo.

Venancio: ¿A qué te refieres, hija?, la verdad es que nos has dejado en el aire.

Gabriela: Nada, solo son pensamientos vanos, sigamos mejor analizando lo de Semana Santa.

Don Miguel: Mole, la mejor época para atacar Santiago y la Vega otra vez será en plena Semana Santa, la gente está en eso del disque Dios en que ellos creen, así será más fácil.

Mole: Usted solo ordene, ya tenemos básicamente un ejército entero, con más de mil hombres,

Don Miguel: Lo sé, Mole, yo creo que también ha llegado la hora de hacerle ver al gobierno quién es don Miguel Ángel Batista, por fin ha llegado la hora de vengarme por haberme dado la espalda. Hoy hablo con Ulises para los últimos detalles, hay que estar pendientes para cualquier cosa rápida, avísales a Ramón y al Cojo.

Mole: Sí, patrón, ahora mismo les digo.

Fausto: Hijo, has hecho un buen trabajo, los trabajadores están muy contentos, están dando más del cien por ciento en el trabajo, toda la cosecha está vendida, y hay un intermediario que nos compró más de la mitad de la cosecha para el próximo año y nos pagó por adelantado,

Jonás: Eso es genial, la verdad, me alegro bastante de estar siendo útil. Pero hay algo que me inquieta desde hace días.

Fausto: ¿Qué es?
Jonás: Tanta tranquilidad.
Fausto: No te entiendo.
Jonás: No creo que ese hombre que te tenía apresado, nos quitó todo y atacó la Vega hace varios meses esté tranquilo, debe estar planeando algo.
Fausto: Lo sé, por eso le dije a Emilio que mandara a un par de hombres a infiltrarse allá, quiero saber los planes de esa gente, ya llevan un par de semanas por allá.
Jonás: Hay que tener mucho cuidado.
Fausto: Para tu tranquilidad, iré hablar con mi ahijado, el C. Sambrano, en la Vega, y si quieres contratar a más personas para la seguridad del rancho, hazlo.
Jonás: Estuve pensando en eso, voy a ver si puedo buscarme aunque sea cien hombres más. Con el dinero que nos entró, nos da para mantener todo esto hasta la otra cosecha, y después de ahí ya veremos.
Fausto: Lo primero es lo primero, hay que enfrentar a ese hombre si viene, también voy a ver cómo con mi ahijado podemos conseguir un poco de armas, para poder defendernos.

Don Miguel: Ulises, ya tenemos bastantes hombres y armas, creo que llegó el momento de que ponga tu plan a funcionar para derrocar el gobierno. Luego podré ir a Santiago y a la Vega para adueñarme de las tierras.
Ulises: Todo está listo de mi parte, Miguel, esta semana seré presidente de este país.
Don Miguel: Esos mal nacidos me las van a pagar, seremos dueños y amos de este país.

Mole: Cojo, Ramón, lo que viene es fuerte, el plan es derrocar al gobierno primero, y luego, cuando Ulises controle el gobierno, estaremos apoyados totalmente. El patrón quiere que arrasemos en la Vega y en Santiago, hay que volver a adueñarse de Santiago, y no dejar vivo al tipo ese.

Cojo: Esta vez sí tendremos el apoyo del gobierno, muchachos, podremos hacer lo que queramos y seremos ricos, porque somos los hombres de confianza del patrón, y él sin nosotros no anda solo.

Ramón: Pues así es la cosa, así como él no se dio cuenta del ganado que nos llevamos la otra vez, muchas cosas podremos hacer a sus espaldas, pero eso sí, los tres estamos en esta, ni una palabra ni a sus mamacitas.

Jonás: Moreno, ¿qué tienes? ¿Por qué tan pensativo?

Moreno: La verdad, joven, no sé qué tengo, pero me he enamorado ciegamente de esa muchacha.

Jonás: ¿De quién? Ah, ya, no me digas, de Gabriela.

Moreno: Pues sí, joven, de ella, y lo que me da rabia es que no me creyó el día que la quisieron secuestrar, seguro prefiere al otro porque es rico.

Jonás: No, no creo que sea eso, Gabriela no parece una persona que se guíe por lo material, lo que pasa es que no has tenido trato con ella. ¿Por qué no vas a la iglesia y la invitas a pasear?, no sé, tú eres un muchacho culto, eso le va a encantar a ella.

Moreno: No sé, ella es diferente, siento que la quiero, pero a la vez me da rabia cuando la veo, yo siempre sé cómo tatar a las mujeres, pero con ella no sé qué hacer, no sé cómo actuar.

Jonás: Sé tú mismo, déjate llevar por tus instintos, en el corazón no se manda, quizás ella sea el amor de tu vida, no desperdicies la oportunidad.

Moreno: ¿Y por qué usted no ha hecho eso mismo?

Jonás: ¿A qué te refieres?

Moreno: Usted cree que no me he dado cuenta, sé lo que ha estado sufriendo, vaya a lo de su novia, pídale perdón, hable con ella, yo sé que usted no es culpable, me di cuenta cuando usted hablaba con la mujer esa y vi cuando se le abalanzó encima para besarlo y por mala suerte llegaron su papá y esa señora, la abuela de su novia.

Jonás: Ya no creo que podamos volver, Moreno. Larissa no quiere saber de mí, es un hecho, me vio en la cama de esa mujer disque desnudo y pensó lo peor, lo malo es que yo no recuerdo nada.

Moreno: A mí me da que a usted lo sedaron, por eso no recuerda nada.

Jonás: ¿Cómo?

Moreno: ¿A ver?, ¿qué paso antes de que usted se olvidara de todo?

Jonás: Pues estaba conversando con Dalia, ella me brindó un té, seguimos hablando, y ya no recuerdo más nada.

Moreno: ¿Un té? Ahí está la respuesta, esa mujer lo durmió para poder llevarlo a la cama.

Jonás: No es posible, Moreno, ella también estaba tomando té, igual que yo.

Moreno: ¿Y realmente sabes si lo que ella tomaba era té?

Jonás: Pues me imagino, no sé, pero creo que sí, la verdad, me has confundido.

Moreno: La escopolamina.

Jonás: ¿La qué?

Moreno: Sí, joven, estoy seguro de que le dieron la hierba escopolamina, que es capaz de dormirlo por varias horas y quitarle el recuerdo. Voy a averiguar en el mercado, solo hay un solo lugar donde venden esa hierba.

Jonás: ¿Y cómo lo vas a averiguar?

Moreno: Pues este es un pueblo chico, aquí todo se conocen, preguntaré si alguien ha comprado de esa hierba, es muy peligrosa si se da en mucha cantidad, solo se usa un poco, para dormir a una persona.

Jonás: Pues me avisas lo que te digan, aunque la verdad no creo que Dalia incluso supiera de esa hierba, ni se ha criado en este país, es una muchacha de ciudad.

Dalia estaba con sus trabajadoras dándoles algunas instrucciones; Daniel llegaba junto al Filo, su capataz.

Daniel: Dalia, ¿cómo va todo?, ¿qué pasó con las personas que iban a comprar la cosecha?
Dalia: Pues me dijeron que habían comprado ya una cosecha entera a don Fausto Guzmán, el papa de Jonás.
Daniel: Maldita sea, ¿y no hay forma de hacer que nos compren a nosotros?
Filo: Patrón, yo tengo una forma.
Daniel: ¿Cuál, Filo?
Filo: Conozco un químico que le puede dañar la cosecha a esa gente, y así tendrán que comprarnos a nosotros para poder suplir el comprador.
Dalia: Sí, esa es una buena idea, estoy de acuerdo.
Daniel: Filo, ¿y quién haría ese trabajo?, tiene que ser alguien de mucha confianza y cuidar de que esa gente no se dé cuenta, me han dicho que son bastantes y hasta tienen seguridad con armas.
Filo: Así es, patrón, pero no se preocupe, que yo tengo mi gente para hacer ese trabajito.
Dalia: ¿Y se les dañará toda la cosecha?
Filo: Bueno, vamos a dañar una parte, porque si se daña todo, lo encontrarán extraño, porque parecerá una plaga, y la cosecha de nosotros no se va a dañar por eso, y podrían sospechar.
Daniel: Pues haz lo que tengas que hacer.
Filo: Esta misma noche mando a un par de hombres a regar con el tóxico la cosecha de ese señor.

Don Miguel: Cojo, no quiero que nadie sepa los planes que tenemos, solo ustedes tres los saben, así que si aparece otro infiltrado como la otra vez y habla de nuestros proyectos, ustedes serán los culpables.

Cojo: Pero, patrón, ¿cuándo nosotros hemos hablado, a menos que usted nos dé el permiso?
Don Miguel: Bueno, ya lo saben, esto queda entre nosotros. Prepárense, porque el lunes tempranito atacamos el palacio de gobierno, derrocaremos al gobierno, y cuando todo se normalice, nos vamos con todo a la Vega y a Santiago.
Cojo: Ahora mismo hablo con Mole y con Ramón para indicarles lo que usted me ha dicho.
Don Miguel: Anda, vete ya. Pilar, quiero que me busques a tú sabes quién esta noche.
Pilar: Imposible, don Miguel, hace como un mes esa mujer se fue con su familia de aquí.
Don Miguel: ¿Y ahora es que me vienes a decir eso?
Pilar: Yo tampoco sabía nada, apenas me enteré hoy, cuando fui a su casa a devolverle un dinero que me había prestado, los vecinos me informaron eso.
Don Miguel: ¿Y no sabes dónde se fueron?
Pilar: No, señor.
Don Miguel: Bueno, pues no sé, ve y consígueme a alguna jovencita, ofrécele lo que sea y que nunca haya estado con nadie.
Pilar: Trataré de hacer lo posible, don Miguel, eso que me pide es muy difícil para mí, es mejor ir a la casa de citas y traerle a una de esas mujeres que ya se ganan la vida así, que traerle a una jovencita y tener que desgraciarle la vida por unas cuantas monedas.
Don Miguel: ¿Y tú me estás retando a mí? Cuando yo doy una orden, se cumple sí o sí.
Pilar: Perdone. (Se va con una furia por dentro, con odio hacia don Miguel).

Llegó la noche, y dos de los hombres del Filo esperaban en unos matorrales para echarle un tóxico al cultivo de don Fausto Guzmán, pero no podían moverse hasta que todos los trabajadores se fueran a sus habitaciones y la guardia hubiera bajado. Por otro lado, Moreno estaba en frente dela iglesia pensando en las palabras que le había dicho Jonás: "Sé tú mismo, déjate llevar por tus instintos, en el corazón no se manda, quizás ella sea el amor de tu vida, no desperdicies la oportunidad".

Moreno: ¡Dios!,¿qué hago? ¡Voy!, ¿pero y si me rechaza, qué pasa, Moreno, que pasa? ¿A qué le temes?

Moreno decidió ir a tocar la puerta, quien le abrió fue Sebastián.

Sebastián: Moreno, ¿qué haces por aquí a esta hora?
Moreno: Hola, Sebastián, ¿puedo hablar con Gabriela?
Sebastián: ¿Y para qué quieres hablar con mi Gabi?
Moreno: ¿Con tu Gabi?
Sebastián: Bueno, con Gabriela. Es que le digo así por cariño.
Moreno: Ve, por favor, dile que quiero hablar con ella.
Sebastián: Deja ver si te quiere recibir a esta hora, creo que se estaba por acostar.

Los hombres de Filo seguían mirando que todo estuviera despejado para ir a echar ese tóxico en las plantaciones de don Fausto.

Sebastián: Gabi, ahí está Moreno, que quiere hablar contigo.
Gabriela: ¿Moreno? ¿Y quién es Moreno?
Sebastián: El que Jonás tiene como seguridad.
Gabriela: Oh, ya sé quién es, dile que ya voy, en un momento. "¿Qué querrá ese muchacho a esta hora?".

Manso: Vamos ahora, Pancho, ya todos se fueron, vamos a regar esto bien antes de que el Filo se enoje con nosotros, tú sabes cómo es él cuando se enoja.
Pancho: Vamos, Manso.

Gabriela: Buenas noches, en qué puedo ayudarlo.
Moreno: A mí en nada, solo quería venir a disculparme.
Gabriela: ¿A disculparse? Más bien sería yo la que debo disculparme con usted, no estoy segura de lo que pasó aquel día, ¿pero sabe?, en mi corazón algo me dice que usted me dijo la verdad, y yo en ese momento no le creí.
Moreno: Mire, señorita, le juro por lo más sagrado que las cosas fueron como yo le dije, ese señor no sé con qué intención se hizo el héroe y me echó la culpa, yo sería incapaz de hacerle daño a usted.
Gabriela: Agradezco tus palabras, la verdad es que cuando te vi en el mercado, quise decírtelo, pero vi que me rechazaste con la mirada.
Moreno: Sí, es cierto, señorita, tenía mucha rabia por dentro, porque usted me trae mal, la quiero desde el primer día que la vi, y al mismo tiempo me dolía que usted no me hubiera creído ese día, por eso mi reacción.
Gabriela: No sé qué decirte, me has dejado sin palabras, te confesaré que me caes bien y a veces he pensado por qué me inquietas, pero no te conozco, solo fue algo así, fugaz.
Moreno: Pues conózcame, entonces, deme la oportunidad de venir a visitarla, que sepa más de mí, que sepa quién soy.
Gabriela: No lo sé, es muy rápido todo esto.
Moreno: No, señorita, yo la puedo esperar una eternidad, solo deme la oportunidad de venir a visitarla como amigos, y si algún día usted siente algo, pues aquí estoy para usted. Le prometo que si mi presencia le hace daño, yo me iría de una vez, mis deseos son otros: que algún día usted sea mi esposa, que formemos una familia con diez hijos.

Gabriela: ¿Con diez qué? (Ríe).¡Pero estás loco!,¿crees que soy ganado?

Moreno: No, señorita, pero usted es tan especial para mí, que quisiera dejar una descendencia que dure para siempre, una familia grande. Pero está bien, me conformo solo con que algún día sea mi esposa.

Gabriela: Pero la verdad, no pierdes tiempo. Aparte de todo, es muy cómico, me caes bien. Mira: haremos una cosa, dejaré que vengas a visitarme, pero sin ningún compromiso. ¿De acuerdo?

Moreno: De acuerdo, señorita.

Gabriela: Y con una condición.

Moreno: ¿Cuál?

Gabriela: Llámame Gabriela, o Gabi, como me dice Sebastián.

Moreno: Está bien, señorita Gabriela, pues ahora me voy, para no molestarla más, que pase buenas noches.

Gabriela: Hasta pronto.

Sebastián había oído toda la conversación y se sentía un poco incómodo, porque a él le gustaba Gabriela. Se decía así mismo: "Yo Creo que mi Gabi no me va a mirar nunca, voy a tener que ir a visitar a Jessica, y tendré que hablar con el padre, siento que estoy pecando, y ante Dios no puedo hacer esto así" y se persignó.

En el rancho de don Fausto, los hombres seguían echando el mencionado tóxico.

Pancho: Manso, ya se me acabó el veneno.

Manso: A mí también, vámonos, ya cubrió una buena parte del cultivo.

Al otro día uno de los trabajadores fue rápido a la casa de don Fausto y se encontró con Jonás.

Trabajador: Joven, tenemos problemas.
Jonás: ¿Qué pasa? Cálmate, dime.
Trabajador: Como todas las mañana, fui a mirar a ver cómo iba el cultivo, y hay una gran parte dañada, como si le hubiera caído una plaga, casi la mitad del cultivo se ha perjudicado.
Jonás: ¿Cómo pudo pasar eso? Vamos a ver.

Jonás y el trabajador salieron. Jonás se encontró con Emilio y le dijo que le informara a su papá lo que estaba pasando.

Emilio: Don Fausto, rápido, parece que parte del cultivo se ha dañado, no sé qué paso, el joven Carlos me contó muy rápido y se fue con uno de los trabajadores a ver lo que pasaba.
Fausto: Ensíllame mi caballo, vamos a ver también qué pasó.
Emilio: Sí, don Fausto, ahora mismo.

Dalia: Daniel, ¿qué pasó con aquello?
Daniel: Todo listo, anoche se hizo el trabajo, hoy tienen que amanecer con el grito al cielo.
Dalia: Perfecto, pues ahora mismo me voy para allá.
Daniel: ¿Y a qué vas?
Dalia: ¿Cómo a qué? Seré su salvadora y de paso les vendemos la cosecha nuestra.
Daniel: No lo había pensado, me sorprendes, Dalia.
Dalia: Es que siempre has creído que porque soy mujer no sirvo para nada, pero nosotras logramos siempre más que ustedes, los hombres. Bueno, ahora me voy, para llegar a tiempo.

Jonás: Mira, papá, todo esto dañado, ¿qué pasó aquí? Porque solo fue una parte, es muy extraño.
Fausto: La verdad es que sí. Emilio, habla con los trabajadores, a ver qué pasó aquí.

Emilio: Sí, don Fausto, ahora mismo voy y averiguo, esto no parece ninguna plaga, ayer todo estaba muy bien, y las plagas no destruyen tan rápido.

Dalia llegó a la casa de Jonás y le preguntó a una de las trabajadoras por él.

Dalia: ¿Podría hablar con Jonás?
Trabajadora: El joven salió a las tierras porque algo pasó allí.
Dalia: Oh, entiendo, ¿y puedo esperarlo?
Trabajadora: Sí, claro, lo que no sé es cuánto tardará, porque hasta don Fausto y Emilio fueron para allá.
Dalia: No importa, yo espero.

Filo: Patrón, a esta hora ya debe estar todo ese cultivo dañado.
Daniel: Sí, me imagino. Dalia fue para allá y se aprovechará de la situación. Les venderá nuestro cultivo a ellos, los salvamos, pero también nosotros vendemos el nuestro, y estaremos haciendo siempre esto, hasta que las personas nos compren a nosotros.
Filo: Patrón, podemos debilitarlos, también podemos robarles el ganado.
Daniel: ¿Crees que puedes hacer eso?
Filo: Pero claro, así era que trabajábamos con don Miguel, así fue que él se hizo de mucho dinero, saqueando los otros ranchos, robándoles el ganado y dañándoles la siembra a los demás, así ellos quebraban, y él les compraba baratísimo, hasta que se apoderó de todo.
Daniel: Buena idea, Filo, vamos a darle forma a eso, porque mi interés es adueñarme del país entero.

Jonás, don Fausto, Emilio y Moreno entraron a la casa hablando de lo sucedido; encontraron a Dalia esperando.

Jonás: Dalia, ¿qué haces aquí?
Dalia: Vine a verte para que hablemos.
Jonás: Discúlpame, Dalia, hoy no, estamos atravesando un problema grande aquí.
Fausto: Hijo, tenemos otro problema.
Jonás: ¿Cuál, papá?
Fausto: Que la cosecha que se dañó ya estaba vendida, tendremos que devolver el dinero, y ya lo habíamos invertido, solo nos queda la mitad.
Jonás: Pero ¿y qué pasó con la cosecha del año que viene, que también nos compraron?, podemos usar ese dinero.
Fausto: Ya usamos también una parte para pagarles a los trabajadores y para la contratación de los otros trabajadores.
Dalia: Perdón, Jonás. ¿Qué pasó con la cosecha de ustedes?
Jonás: No sabemos bien, no sé si una plaga, la cuestión es que se ha dañado gran parte de la cosecha, y ya la teníamos vendida.
Dalia: Yo puedo ayudarlos.
Jonás: ¿Oh, sí?,¿y cómo?
Dalia: Pues a nosotros nadie no ha comprado todavía el cultivo, podemos vendérselo a ustedes, un poco menos que el que ustedes vendieron, así no pierden todo. Y queda su credibilidad intacta con quien les compró.
Fausto:¿De veras usted haría eso?
Emilio: Creo, don Fausto, que sería una buena solución, y ya con el otro cultivo nos recuperamos.
Jonás: ¿Por qué haces esto, Dalia?
Dalia: Pues para ayudarlos, de todos modos, nosotros tenemos que vender ese cultivo a quien quiera comprarlo.
Jonás: Pero es que todo esto es como si fuese caído del cielo.
Dalia: Bueno, pues nada, si no lo quieres, entiendo, ya buscaremos otros compradores y lo podremos vender al precio real, solo estaba tratando de ayudarte, pero veo que es como si desconfiaras, y no sé por qué.

Fausto: Espere, señorita, sí, aceptamos, le compramos el cultivo.

Dalia: Pues no se hable más, Te espero en mi oficina, Jonás, para que firmemos el contrato.

Jonás: Perdóname, Dalia, no quise desconfiar, solo estoy un poco perturbado por todo esto.

Dalia: No te preocupes, te puedo entender. ¿Qué tal si después de haber firmado el contrato, te quedas a comer?, así podemos hacer planes juntos con los cultivos que vienen, mi hermano piensa comprar más tierras para cultivarlas, y tiene pensado exportarlas también, y si hacemos una unión, podremos hacer algo bueno, ¿te parece?

Jonás: Suena genial. Está bien, mañana temprano estaré en tu oficina, y hablamos. Ahora voy a ver algunas cosas con mi papá, para comprender la cantidad de daño que nos causó esto y vigilar que la otra plantación no esté en peligro.

Dalia: Muy bien, mañana te espero entonces.

Moreno se queda mirándola con muy poca confianza y empezó a sospechar, había algo en esa mujer que no le gustaba para nada.

Cristóbal: Hija, ¿por qué no has vuelto a la escuela?

Larissa: No tengo más animo de volver, papá, quisiera irme muy lejos de aquí, olvidar todo y empezar una vida nueva en otro lado.

Cristóbal: Entiendo por lo que estás pasando, pero no puedes dejarte vencer por las adversidades de la vida. ¿Por qué no perdonas a Jonás y vuelves con él?

Larissa: Jamás. No volvería más con él después de lo que hizo.

Cristóbal: ¿Y si en realidad no hizo nada, y es como él dice, que no se acuerda de nada?, a lo mejor es un engaño.

Larissa: ¿Cómo no va a saber lo que hace con una mujer?

Cristóbal: Bueno, en eso tienes razón, pero el hombre es débil, y no quiero defenderlo, pero para entendernos hay que ser hombre, además esa mujer se ve que es muy coqueta, a lo mejor ella lo metió a la cama, no sé, obligado, o qué sé yo.
Larissa: ¿Ella obligar a Jonás a hacer algo? No, eso no lo creo. Pero ya, por favor, no hablemos más de Jonás, no quiero ni recordarlo, lo odio.
Cristóbal: Hija, reflexiona, Jonás no es una mala persona, a mí me consta, pero está bien, respeto tu decisión, no hablaremos más de él.
Larissa: Gracias. Lo que voy a hacer es ir a ayudar a mamá y a mi abuela en el negocio, distraerme, y si me llega el amor otra vez, pues nada, seguir adelante, pero otra vez no me pasa esto.
Cristóbal: Pero si quieres, ven a la escuela y me ayudas allá.
Larissa: No, papá, ahí será otro problema, recuerda que el padre es como el verdadero padre de Jonás, y él seguro va a visitarlo con frecuencia, tendré que encontrármelo, y no quiero.
Cristóbal: Tienes razón también.

Dalia: Hermano, dame un abrazo.
Daniel: ¿Por qué?, ¿qué pasó?
Dalia: El plan salió superbien, nuestra cosecha está vendida, mañana mismo viene Jonás a firmar los documentos de compra.
Daniel: ¡No sabía que eras tan buena para los negocios! Pero cuéntame qué pasó.
Dalia: Pues tal como el Filo dijo, parte de la cosecha se perdió, y ya la tenían vendida. Les ofrecí la nuestra, claro que a un precio más bajo, para una venta segura, y nada, todos aceptaron, y hasta encantados por la ayuda que les hemos brindado. Esto me abre más la puerta con Jonás.
Daniel: Todo está bien, ¿pero tú también estás haciendo esto por ese tipo?

Dalia: Claro, Daniel, Jonás me gusta y lo convertiré en mi esposo, poco a poco lo estaré logrando.
Daniel: No, Dalia, tú no vas a hacer eso, no podemos unirnos a esa gente, luego no podremos controlar todo aquí, se complicaría todo.
Dalia: Pues no me importa eso, hermano, Jonás será mío, te guste o no. Lo importante era vender la cosecha, y lo hice; seguiremos haciendo todo como tenga que ser.
Daniel: Sobre mi cadáver te metes con ese tipo. No aceptaré eso, ¿entiendes?
Dalia: Cálmate, Daniel, primeramente ya soy mayor de edad para que te tenga que dar explicaciones de lo que hago con mi vida. Segundo, yo no me meto en tus aventuras con tantas que agarraste en España. Y otra, en vez de ofuscarme a mí, ¿por qué no te dedicas a buscarte una novia que te quite el mal humor?, ve y búscate a la salvaje esa que era novia de Jonás, ella es muy linda.
Daniel: A ti te gusta jugar con fuego, ¿verdad?
Dalia: No, pero sería interesante que yo me quedara con Jonás, y tú con esa salvaje, así Jonás se olvidaría de ella para siempre, y ella se olvidaría de Jonás.

A la mañana siguiente Jonás llegó a la oficina de Dalia, donde se rieron un poco, hablaron y al final firmaron el contrato de la venta de la cosecha. Moreno seguía averiguando en el mercado acerca de la hierba.

Moreno: Señor, dígame: ¿hace varias semanas usted vendió hierba escopolamina?
Señor: Pues no me acuerdo bien, esa hierba casi no aparece y se vende muy poco, usted sabe que es muy peligrosa.
Moreno: Lo sé, señor, pero por favor, haga memoria, a ver si recuerda haber vendido.
Señor: Pues ahora que lo menciona, sí... me acuerdo de haberles vendido un poco a unas señoras que vinieron, pero

nunca las había visto, aunque ellas me dijeron que no eran del pueblo, que vivían en un lugar un poco retirado.

Moreno: ¿Y no le dijeron para qué iban a usar esas hierbas?

Señor: Sí, les pregunté si era para algún enfermo, para ayudarlo a no sufrir tanto y mantenerlo sedado, usted sabe que los curanderos la usan mucho para poder curar gente. Pero me dijeron que no, que su patrona era quien la quería, aunque no sabían para qué. De todos modos, le advertí que no se podía usar en mucha cantidad, que la gente podía morir.

Moreno: Bueno, gracias por la información. Una última pregunta, ¿por casualidad no le dijeron el nombre de esa patrona?

Señor: Pues no, no me dijeron más nada.

Moreno: Bueno, *ok*, gracias de nuevo.

Ulises: Miguel, ya no hará falta pelear con el gobierno. Mi amigo Lupe me va a apoyar, me dio una estrategia mejor, atacaremos el Valle del Cibao, y con eso debilitado, el gobierno no tendrá otra que llamar a elecciones, y ahí haremos un fraude para ganar.

Don Miguel: Pues perfecto, entonces así por ahí mismo recupero mis tierras en el Cibao.

Ulises: Habla con tus hombres, que ya los míos saben: que se reúnan con mis hombres, se vayan al Cibao y esperen la orden para atacar el fuerte de Santiago y Puerto Plata. Cuando tengamos eso en nuestras manos, ya verás cómo se hacen elecciones nuevamente, y ahí yo ganaré.

Don miguel: Cuente con todo mi apoyo, Ulises. ¿Y qué haremos con los demás políticos?

Ulises: Forzar el exilio de políticos negados a cooperar con mi gobierno. Llenaremos las cárceles de políticos si no nos apoyan, crearemos una red de espías por todo el país, controlaremos el Congreso, la prensa, todo.

Don Miguel: Estoy con usted hasta el final, deje que me vaya a hablar con mis hombres de una vez.

Ulises: Ah, otra cosa, Miguel: no quiero que ataquen los ranchos y las tierras de nadie en el Cibao, por ahora no, están en plena cosecha, y si se va todo a pique, la economía baja en el país, así que espera a que pase todo lo de las cosechas, y después haz lo que quieras.
Don Miguel: De acuerdo, Ulises, de acuerdo.

Daniel: Dalia, mamá te quiere ver, dice que hace mucho que no vas a verla.
Dalia: Es cierto, ¿cómo está?
Daniel: La verdad, está muy mal, no creo que dure mucho, es mejor que vayas para al menos despedirte de ella con vida.
Dalia: *Ok*, está bien, mañana temprano iré.

Fueron pasando los días, Moreno le dijo a Jonás lo que había averiguado en el mercado acerca de la hierba, pero sin ningún éxito, ya que en realidad no sabían lo que había pasado ese día. Larissa al fin salió a la calle, se topó con Daniel, que trató de hablarle, pero ella lo rechazó por lo que le había hecho a su familia.

Don Miguel preparaba a sus hombres y les daba instrucciones.

Moreno visitó a Gabriela. Sebastián hablaba con el padre Romero acerca de dejar de ser sacristán porque quería salir con Jessica.

Dalia y Daniel atendían al funeral de su mamá.

Jonás ayudaba en el rancho con el cultivo, trabajaba junto a su padre, todo iba saliendo muy bien, se llevaban parte del cultivo a los compradores. Varios días más tarde, Daniel volvió a tropezarse con Larissa, cogió un ramo de flores y se lo pasó como pidiéndole disculpas. Larissa esa vez estaba más sumisa. Por otro lado, Dalia daba una vuelta por las tierras con Jonás a caballo, su amistad se había intensificado a raíz de la ayuda que ella le había dado al venderle el cultivo.

Venancio seguía en sus amoríos con Teresa, y Fausto con Marta. Todo andaba muy tranquilo, marchando superbien.

El Comandante Sambrano, feliz de hacer negocios con su padrino.

Pasado un tiempo, ya todo estaba listo para que la gente de Ulises y de don Miguel atacara el Cibao. Se olvidaron de tomar máximos cuidados, y había dos espías, que fueron rápido a lo del C. Sambrano.

Espía: Mi Comandante, tenemos que unirnos al batallón de Santiago, y quizás Puerto Plata, esto está muy feo.

C. Sambrano: ¿Pero qué pasa?, cuente rápido.

Espía: Señor, se vienen con todo, Ulises está metido en esto.

C. Sambrano: ¿Qué?, ¿Ulises también?

Espía: Sí, señor, por lo que pude oír, ya están aquí y van a atacar de hoy a mañana, no pude venir antes porque había mucha vigilancia.

C. Sambrano: Bueno. ¡Capitán, capitán!

Capitán: Sí, mi comandante.

C. Sambrano: De inmediato manda un comunicado al comandante de Santiago y de Puerto Plata, que acuartelen a todos los soldados, posible emboscada grande. Y tú vete y prepárame todos los hombres de aquí, haz la Operación Campestre de inmediato para saber por dónde está esta gente.

Espía: Sí, mi comandante.

C. Sambrano: Tú vete a lo de mi padrino, a Santiago, avísale del peligro que hay, que se proteja, que estaremos muy ocupados con lo que se nos viene. Manda también a unos soldados a avisarles a los dueños de ranchos aquí.

Espía 2: Sí, mi comandante.

Mole: Escúchenme bien todos: la orden es acabar con todo el que se nos ponga en el medio. Primero vamos a atacar los cuarteles, debemos desestabilizar al gobierno, no vamos a

atacar a los dueños de ranchos ahora, solo los cuarteles militares junto con los hombres de Ulises. Empezamos aquí, en la Vega, y luego vamos a Santiago, después a Puerto Plata, tenemos que coger todo el Cibao, así son las órdenes, ¿entendido?
Multitud: ¡Entendido!
Mole: ¡Arriba el patrón don Miguel y Ulises!
Multitud: ¡Arriba!

Los mensajes llegaban a sus destinos. El comandante de Santiago comenzó a reunir a todos sus hombres y a acuartelarse. Don Fausto habló con Jonás, Emilio y los demás, empezaron a buscar sus armas y tratar de defenderse de cualquier cosa que pudiera amenazar.

Jonás: Moreno, vete pronto a lo de Larissa y dile que se vayan todos a la iglesia y que se queden allá, no creo que esta gente vaya a atacar ese lugar.
Moreno: Sí, joven, ahora mismo voy para allá.

Filo: ¡Patrón, patrón!, me llegan los rumores de que van a atacar todo el Cibao, debemos cuidarnos, aunque es la gente de don Miguel y de Ulises, y no creo que nos hagan nada a nosotros, pero igualmente no podemos confiarnos, debemos estar prevenidos.
Daniel: ¿Y qué me aconsejas?, nunca he estado en esta situación.
Filo: Pues por el momento, atrincherarnos en el ranchito que tenemos en el medio del cultivo, seguro que el Mole es quien anda comandando todo esto, y si es él, no me hará nada, yo trabaje con ellos mucho tiempo.
Daniel: Bueno, pues que muevan todo para allá. Nora, busca a Dalia, nos vamos al ranchito.

Moreno: Señor Cristóbal, le manda a decir Jonás que se muevan todos rápido a la iglesia del padre Romero.

Marta: ¿Por qué?, ¿qué pasa?

Moreno: Es que la gente de don Miguel va a atacar de nuevo, vienen con la ayuda de Ulises, y ustedes saben cómo es Ulises despiadado.

Marta: ¡Ulises, oh, no, Dios nos ampare!, seguro quiere ser presidente otra vez.

Larissa: Pues de aquí no nos vamos a mover, Jonás no es nadie para decirnos lo que tenemos que hacer.

Moreno: Mire, señorita, esto no es un juego, la cosa está caliente, hágame caso, váyanse todos para la iglesia, que no creo que allá vayan a atacar.

Cristóbal: Tratándose de mi papá, es capaz de todo. Pero aquí el joven tiene razón, debemos irnos para no estar en peligro, además, si alguien de esa gente me ve, se lo va a decir a mi papá, y la cosa será peor.

Teresa: Es cierto, hija, debemos irnos de aquí, tengo la piel de gallina solo de oír el nombre de don Miguel.

Llegó el día en que la orden fue dada para atacar todo el Cibao, la cantidad de efectivos de la gente de don Miguel y la gente de Ulises era demasiada para los destacamentos que había en las localidades de la Vega, Santiago y Puerto Plata. Después de una intensa lucha, esos destacamentos tuvieron que rendirse, mas luego se celebraron elecciones, donde tal y como había dicho Ulises, hubo fraude, y se declaró a Ulises por segunda vez presidente del país. A pesar del descontento del pueblo—porque Ulises no gozaba ya de popularidad debido a su primer gobierno, que había sido nefasto y dictatorial—, enseguida todo volvió a la normalidad. Mientras, don Miguel seguía con sus planes de adueñarse de las tierras del Cibao, pero tenía que esperar a que pasara la época de cosecha, para que la economía no mermara.

Fausto: Gracias a Dios, esta guerra de poderes no nos tocó a nosotros, es una gran pena que mi ahijado esté ahora bajo el mando de esa gente.

Jonás: Así es, papá, pero como tú dices, gracias Dios no vinieron por aquí, aunque eso no significa que no lo hagan. Creo que no lo hicieron ahora para no dañar el ciclo de las cosechas, hay que estar atentos.

Emilio: ¡Cuánto ha madurado el joven Carlos!, estoy de acuerdo en un cien por cien con él. Don Fausto, hay que estar muy atentos después de que entreguemos la cosecha, más ahora, que don Miguel es un fiel aliado de Ulises.

Fausto: Así es, querido Emilio, no nos podemos dar el lujo de quedarnos tranquilos, con ese hombre nunca se sabe. Quiero que se redoble la seguridad, y vamos a contratar aunque sea a cien hombres más.

Jonás: ¡Pero, papá!, si contratamos cien hombres más, no nos dará el dinero para pagarles a todos.

Fausto: Lo sé, hijo, voy a hablar con mi ahijado, a ver si hacemos un consenso y puedo cogerle prestado a él y a su familia, hasta que las próximas cosechas se vendan, aunque también podemos usar las otras tierras que están en la loma.

Jonás: Pero me dijiste una vez que esas tierras eran difíciles de cultivar.

Emilio: Esas tierras nunca se han tocado, don Fausto, y usted nos dijo hace mucho tiempo que solo en extrema circunstancia podíamos usarlas.

Fausto: Así es, y ha llegado ese momento, estamos en extrema circunstancia, aunque puede ser un peligro, porque si el gobierno se entera, nos las va a arrebatar. Por eso debemos hacerlo con mucho cuidado, para poder suplir todo, pero primero déjame ver si consigo el préstamo. Si lo consigo, no tendremos que usarlas, y la verdad no quisiera, no me gusta desforestar.

Jonás: ¿Y qué se puede cultivar ahí? Lo que podemos hacer es que por cada árbol que cortemos, sembremos cien en otros lados.

Fausto: Hijo, ahí no se puede cultivar nada, es una mina de arena, pero me encanta tu idea, por cada árbol que cortemos, sembraremos, así ayudamos a que nuestra foresta no se dañe nunca.

Emilio: En ese caso, don Fausto, no es necesario coger dinero prestado, esos cien hombres que contratemos podemos usarlos para esa tarea, y podremos suplir los gastos de todo con eso, lo único que hay que hacer es buscar compradores de arena.

Fausto: Así es, mi querido amigo Emilio, tú te vas a encargar de eso, vete a la Vega, a lo de mi ahijado, y que te dé una lista de todos los hombres de negocios de allá. Luego te vas a los demás pueblos, llévate dos hombres contigo y armados.

Emilio: Me pongo en eso ahora mismo, don Fausto.

Fausto: Bien, Emilio, ve con Dios. Hijo, si llegamos a conseguir varios compradores, no tendremos ningún problema de dinero por mucho tiempo, pero debemos reforzar la seguridad aquí, ahora todo está más bravo, en cualquier momento ese hombre puede atacarnos, y debemos estar preparados.

Jonás: Así es, papá. Bueno, te dejo, que quedé en ver algo de la cosecha que le compramos a Dalia.

Fausto: Suerte. Hijo, ni una palabra de esto a nadie.

Daniel pasó nuevamente por el mercado donde Marta y Teresa tenían un negocio, Larissa iba de vez en cuando ayudarlos. La intención de Daniel era ir a ver a Larissa, efectivamente ella estaba en el negocio.

Daniel: Hola, Larissa, ¿podemos hablar?
Larissa: Es que estoy un poco ocupada aquí.
Daniel: Solo te pido un momento.

Larissa: Bueno, está bien, un momento.
Daniel: Gracias, Larissa, quería proponerte algo.
Larissa: ¿Y qué sería eso?
Daniel: Sé que no tienes muchos estudios, pero al menos sabes leer y escribir, y con eso me basta. Yo puedo darte trabajo como mi secretaria personal, así podrás ganar mucho más dinero que lo que ustedes se ganan aquí, y puedes ayudar a tu familia mejor.
Larissa: Es muy tentadora su oferta, pero la verdad no lo sé, tendría que consultarlo con mi familia. ¿Y por qué me ofrece esto, cuando antes nos trataron tan mal?
Daniel: Quizás sea una forma de pagarte ese mal momento. Y también, no te lo voy a negar, me agradas mucho, y así te tengo más cerca, hasta que me gane toda tu confianza. Tal vez algún día pueda cortejarte como debe de ser. Vente a trabajar conmigo.

Justo Jonás pasaba por el lugar junto con Moreno, y vio a Larissa hablando con Daniel, escuchó cuando Daniel le decía que fuera a trabajar con él. Larissa vio a Jonás, y él a ella. Larissa comenzó a recordar la vez que había visto a Jonás en la cama, desnudo, con Dalia, y con rabia le dijo a Daniel en voz alta, para que Jonás la escuchara:

Larissa: Sí, acepto, voy a trabajar contigo. (Agarra de la mano a Daniel y se lo lleva otro lado para hablar, solo para que Jonás sintiera celos y dolor, como ella había sentido).

Algo que no le gustó mucho a Jonás, se enfureció de rabia. Moreno lo agarró por un brazo y trató de tranquilizarlo. Larissa miraba de reojo a Jonás mientras este se alejaba del lugar con enojo; Daniel estaba muy contento de haber escuchado a Larissa decirle que aceptaba irse a trabajar con él.

Jonás: ¿Por qué Larissa acepta irse a trabajar con ese tipo?
Moreno: ¿No se da cuenta, joven?, lo hizo solo para que usted se molestara.
Jonás: No me gusta, no me gusta. Gabriela salió de trabajar de ahí porque el fulano ese quiso aprovecharse de ella una vez.
Moreno: ¿Qué? ¡Yo no sabía eso! Que no intente acercársele a Gabriela, porque soy capaz de cualquier cosa.
Jonás: Voy hablar con él. Voy a su casa ahora a ver el cultivo junto con Dalia y seguro él llega, y le hablo de una vez.
Moreno: Tenga cuidado, joven, esos son sus terrenos, y no podemos echar todo para atrás, ya que por un lado nos salvaron de no quedar mal. Y también recuerde que esa tal Dalia está enamorada de usted, y sea como sea, él es su hermano.
Jonás: Lo sé, mi querido amigo Moreno, pero no voy a permitir que ese patán le ponga las manos a Larissa. De todos modos, cuando regrese, iré a casa de Larissa; aunque no me quiera escuchar, tendrá que hacerlo. No quiero que le pase nada.
Moreno: ¿La amas aún?
Jonás: ¿Que si la amo? Es el gran amor de mi vida, no dejo de pensar en ella ni un minuto. Entremos a la iglesia, quiero ver al padre Romero antes de seguir a lo de Dalia.

Sebastián: Hola, Jessica, quería decirte algo muy importante.
Jessica: Sebatián, qué guto veite de nuevo. Sí, dime, que soy todo ojo.
Sebastián: Se dice "Soy todo oído".
Jessica: Ah, pero pensé que se decía "Soy todo ojo", poique te etoy viendo lo que me dice, pero ta güeno, habei, habla.
Sebastián: Bueno, lo que te quería decir es que voy a dejar de ser sacristán, porque quiero que tú seas mi novia.
Jessica: ¿Quién? ¿Yo? ¡Ay, pero pensé que nunca me diría eso, mi amoi! Y nos diremos a casai, ¿veidad?, poique me ima-

gino que esa son tu intenciones: casaino, luego tenei quienes niños, y no vamos pai campo a criar a Maicela y allá vamo a vivir contento.

Sebastián: (Entre risueño y asombrado) Bueno, ¿quince no son muchos?, pero algunos sí, aunque primero debemos estar como novios y luego nos casamos, ¿te parece?

Jessica: Lo que tú diga, amoi de mi vida. (Se le abalanza sobre Sebastián y lo abraza).

Jonás estaba entrando a la iglesia y vio a Sebastián junto a Jessica, que lo abrazaba.

Jonás: Sebastián, qué gusto verte, y noto que estás en buena compañía.

Sebastián: (Nervioso). ¡Jonás!, también me da gusto verte.

Jessica: Hola, Jonás. Seba me pidió que sea su novia, y no vamo a di a casar y tenei quince ninos, y no vamo a di con Maicela también.

Jonás: Bueno, pues los dejo, deben tener mucho de qué hablar. (Ríe). Mientras voy a ver al Padre, ¿está aquí?

Sebastián: Sí, está en su habitación con Venancio y Gabriela.

Moreno: Joven, ¿le puede decir a Gabriela si puede salir un momento?

Jonás: Claro que sí, Moreno.

Padre Romero: Jonás, hijo, qué gusto verte nuevamente.

Jonás: Padre, a mí me da más gusto, perdóneme que no he podido venir más, pero he estado muy ocupado en las tierras de mi papá. Hola, Venancio; hola, Gabriela, bella como siempre, por cierto: Moreno está ahí afuera y preguntó si podías recibirlo.

Gabriela: Hola, Jonás, gracias por tus palabras. Sí, está bien, ahora voy.

Jonás: Padre, quería darle las gracias por tener aquí a Larissa y a su familia.

Padre Romero: ¡Qué gracias ni gracias, hijo! Esta es tu casa, y Larissa, Cristóbal y los demás también son de la familia para mí y para ti, así que no tienes que dar las gracias. Cuéntame cómo van los asuntos entre ustedes.

Jonás: La verdad, padre, no sé si tengo esperanza ya en volver con ella, no quiere saber de mí. Acabo de verla junto al hermano de Dalia, el tal Daniel, que no me cae nada bien.

Venancio: A mí tampoco me cae nada bien ese patán, espero que Larissa no caiga en sus redes, porque él puede propasarse como lo hizo con Gabriela.

Padre Romero: Larissa no es Gabriela, eso lo sabemos, esa muchacha se faja con cualquier hombre, y si ese se trata de aprovechar, no creo que le vaya bien con ella.

Jonás: Como sea, padre, Larissa es una mujer, y no es lo mismo, pero si ese tipo le pone un dedo encima, se la verá conmigo.

Padre Romero: Calma, hijo, que nada va a pasar, yo te recomiendo que luches por lo que quieres. Si la quieres, sigue luchando, ve y convéncela de que no tuviste nada que ver aquella vez con esa mujer.

Jonás: Lo he intentado ya, pero parece como si me hubiese olvidado.

Venancio: Mira, hijo, nosotros somos más viejo que tú, tengo más experiencia que mi hermano, porque él nunca ha estado con una mujer, y las mujeres siempre se hacen las fuertes, y por dentro se mueren de amor y esperan a que el hombre vaya y se tenga que humillar ante ellas. Se hacen las mártires. Ahí es donde debemos usar la psicología, aunque la verdad, por lo que me contaron, fue fuerte para ella verte como te vio.

Jonás: Sé que es fuerte, pero les juro que no me acuerdo de nada, me dijo Moreno que seguro me dieron algo para beber, una hierba llamada escopolamina.

Padre Romero: ¿Cómo?, ¿la usan todavía? La usaban los antiguos curanderos cuando tenían que operar gente y dormirla, sé que alguien las vendía en el mercado, pero no creo que siga.

Jonás: Pues sí la venden, ya Moreno averiguó. Pero Dalia es una muchacha culta y no la creo capaz de hacer eso. Además, estas cosas se conocen entre los pueblos, no en las grandes ciudades, ¿verdad, Venancio, que allá en España eso no se conoce?

Venancio: Pues la verdad, allá no se conoce eso, ni siquiera yo sabía que existía.

Padre Romero: Pues de todos modos habría que investigar quién compro la hierba y si fue ella.

Jonás: Ya Moreno fue a investigar, pero el señor que vende eso le dijo que fueron dos mujeres de campo, pero nunca las había visto por allá antes.

Venancio: Estando así la cosa, es difícil saber.

Moreno: Gracias por venir, Gabriela, me gustaría venir a buscarte para llevarte a montar caballo y pasear por el rancho de don Fausto.

Gabriela: Yo con muchísimo gusto, me encantaría, eres muy noble, espero que me presentes a tu familia, me gustaría conocerla.

Moreno: ¿De verdad te gustaría conocer a mi familia?

Gabriela: Claro que sí, ¿por qué no?

Jonás: Pues no los molesto más, tengo que ir con Dalia a ver el cultivo que les compramos ya que una parte del nuestro se dañó.

Padre Romero: Ve con Dios, hijo, y mucho ojo con esa mujer, que creo que te quiere devorar hasta con la mirada, recuerda, lucha siempre por lo que quieres.

Jonás: Gracias, padre, con usted es como una renovación de mi vida, ¿qué haría sin usted? Gracias, Venancio, por tu consejo, pasaré luego, ah, padre, se me olvidaba, debes hablar con Sebastián, creo que se ha enamorado de Jessica, ya hablaron hasta de casarse y tener quince hijos.

Padre Romero: ¿Pero se ha vuelto loco Sebastián?, ¿quince hijos?

Venancio y Jonás explotaron de la risa. Jonás se fue, el Padre quedó con una impresión grandísima al saber eso de Sebastián. Por otro lado, Moreno se despedía de Gabriela para irse junto con Jonás.

Don Miguel: Pilar, dile al Mole y a Ramón que vengan de inmediato.
Pilar: Ellos no están, no sé a dónde se fueron, los estaba buscando para pedirles unas cosas y no los encontré.
Don Miguel: ¡Vaina, que me enoja esa cuando ninguno está aquí! Y al Cojo lo mandé a hacerme una diligencia… Bueno, cuando regresen, les dice que quiero verlos inmediatamente.
Pilar: Así será, señor, yo les digo.

Mientras, Ramón y Mole estaban metidos en una caballeriza como siempre violando a algunas de las esclavas que tenía don Miguel, forcejeando con ellas y amenazándolas de matar a sus familias si no se dejaban. En un momento una de ellas encontró una especie de hierro y le dio un golpe contundente a Ramón, que lo mató ahí mismo. El Mole, al ver eso, agarró la escopeta y le pegó un tiro a la esclava y otro tiro a la otra esclava, se subió los pantalones rápidamente y se los subió también a Ramón. Pilar fue corriendo hasta donde estaba don Miguel y le dijo:

Pilar: Señor, oí dos tiros en las caballerizas.
Don Miguel: Yo también los oí, vamos a ver qué pasó.

El Mole seguía arreglando todo para que pareciera una emboscada de las esclavas. Buscó otro hierro y se lo puso en la mano a la esclava que estaba con él. Cuando se percató de que se aproximaba alguien, se puso a abrazar a Ramón, haciéndose el que estaba llorando.

Mole: Ramón, Ramón, despierta, por favor, despierta, ¡hay que buscar un médico!

Don Miguel: ¿Qué pasó aquí?

Mole: Estas dos desgraciadas le dieron con ese hierro Ramón, y Ramón no responde ahora, también me quisieron pegar, pero les disparé, malditas negras.

Don Miguel: Pilar, búscate un médico, rápido. Mira, Mole, ¿lo que me estás diciendo es la verdad?, no quiero tener problemas con la familia de estas mujeres, sé que a ustedes les gusta violar siempre a las esclavas.

Mole: Se lo juro, don Miguel, estas mujeres estaban aquí escondidas, y cuando entramos, primero le dieron a Ramón, y me querían dar a mí, pero jalé mi escopeta y les disparé a las dos. Don Miguel, Ramón está muerto.

Don Miguel: Hay que llevar a esas mujeres a sus parientes, solo espero que la familia no se revuele para no tener que lidiar con estos malditos negros. Déjame pensar qué les diremos… Ah, ya sé, préstame la escopeta.

Don Miguel comenzó a los tiros, y uno tiro lo apuntó a Ramón, algunos de los esclavos alcanzaron a oír esos tiros y salieron corriendo a ver lo que pasaba.

Esclavo: ¿Qué pasó? ¡Las hijas de Piter y de Leandro! ¿Qué les pasó?

Don Miguel: Un momento, un momento, no hablen alto tampoco, se metieron parece aquí a violarlas, y Ramón y el Mole trataron de impedirlo, estaban armados y les dispararon a las mujeres y a Ramón también lo mataron.

Esclavo: Piter y Leandro se van a volver locos con esto.

Don Miguel: Ya, ya, déjense de tanto lamento, que no son sus hijas, y vayan a llevarlas a su gente. Mole, ve rápido con varios hombres atrás de quienes hicieron esto, y me los traes vivos o muertos.

Mole: Sí, patrón, ahora mismo voy.

Pasó el tiempo, y efectivamente Larissa se fue a trabajar con Daniel en la casa, él le había hecho una oficina para que fuera su secretaria. Jonás tenía que ir a ver el cultivo de vez en cuando junto con Dalia, entonces se encontraba a cada rato con ella, el deseo de volver a abrazarla era grande, pero el orgullo de los dos no cesaba, todo era igual, cuando Larissa veía a Jonás con Dalia, sentía unos celos terribles. Algo percibía Daniel. Y cuando Jonás veía a Larissa con Daniel, también era azotado por los celos.

Pasó más el tiempo, las cosechas en el Cibao fueron exitosas. Jonás y don Fausto habían entregado toda la cosecha tal y como los compradores lo esperaban, todo iba saliendo viento en popa. Dalia también celebraba con su hermano haber podido salir ya de esa cosecha. Daniel, saltando de alegría, entró a la oficina donde estaba Larissa, le llevaba una copa de vino, agarró a Larissa como si fuera una muñeca, se puso a bailar y en una la besó. Larissa, desilusionada por esa actitud, lo empujó.

Larissa: ¿Qué te pasa?
Daniel: Perdóname, Larissa, es que estoy muy contento porque todo salió bien, la cosecha salió bien, vendimos todo. De verdad discúlpame, no era mi intención.
Larissa: Bueno, que no se repita, si no, me voy de aquí.
Daniel: ¿Tan mal te caigo? ¿Nunca podré ganarme tu amor?
Larissa: No creo en los hombres, solo he amado a uno solo, y me traicionó con tu hermana.
Daniel: Pero no todos somos iguales, si él te engañó con mi hermana, es porque no te quería de verdad.
Larissa: No lo sé, creo que sí me quería, pero ustedes son todos unos perros, desde que ven una falda, ahí están, como perros falderos.
Daniel: (Ríe). La verdad es que eres muy ocurrente, disque perros falderos. (Ríe). Pero te voy a decir que quiero conquis-

tarte por las buenas, quiero que algún día todo esto sea tuyo, toda mi fortuna, todo.

Larissa: Ya vas perdiendo.

Daniel: ¿Por qué?

Larissa: A mí nada de esto me impresiona, yo solo quiero un hombre honesto, útil, que este ahí cuando lo necesite, con la gallardía de enfrentar el mundo por mí, por su familia, un hombre tierno, que solo me quiera a mí como mujer.

Daniel: Yo te puedo dar todo eso y más, pero si no me das la oportunidad de hacerlo, ¿cómo te lo demuestro?

Larissa: Tu problema es la soberbia, la prepotencia, a veces la arrogancia, perdóname que te hable directamente así. Crees que porque tienes dinero, lo puede hacer todo a tu manera, y te olvidas de que eres un ser humano tan simple como todos nosotros.

Daniel: Un momento, Larissa, tampoco te voy a permitir que me hables así, y mucho menos en ese tono.

Larissa: Pues si no te gusta, me voy de aquí, yo tampoco tengo por qué aguantarte que vengas aquí y agarrarme como si yo fuera de tu propiedad. Si quieres que te respeten, debes respetar al otro.

Daniel: Pero ya te perdí perdón y te expliqué.

Larissa: Mira, Daniel, el hecho de que yo no tenga la misma educación que tú no me hace ser bruta. Dices eso ahora, pero ya venías con esa intención. Por más felicidad que uno tenga, nadie se abalanza sobre otro que no es nada suyo para besarlo, ¿por qué no le das un beso a tu hermana en la boca, como hiciste conmigo?, ahí sí la razón funciona, ¿verdad?

Daniel: Tienes toda la razón, lo hice intencionalmente, porque me gustas, estoy enamorado de ti, y me moría por hacerlo, aproveché esta oportunidad y no me arrepiento, porque estoy perdidamente enamorado de ti.

Larissa: Así es la cosa, pues búscate a otra que haga el trabajo, no voy a estar donde me falten el respeto.

Don Miguel: Ulises, ha llegado la hora.

Ulises: Miguel, soy el presidente, dirígete a mí como "señor presidente", que se note el respeto.

Don Miguel: *Ok*, perdón, señor presidente. Le decía que ha llegado la hora de que yo vaya al Cibao a hacer lo que le dije.

Ulises: Miguel, haz lo que quieras en el Cibao, solamente no quiero que tú con tus andanzas pongas el pueblo en mi contra, tampoco pidas que los militares te ayuden, les mandaré un comunicado para que tampoco salgan a combatirte a ti ni a tu gente. Haz eso lo más rápido posible para no tener caos.

Don Miguel: Así será, señor presidente.

Dalia comenzó a coquetear con Jonás, lo llevó hasta su habitación y con caricias le fue quitando la camisa y besándolo por todas partes. Jonás pensó en Larissa, recordó cuando ella le reclamaba, y detuvo a Dalia.

Jonás: No, basta, Dalia, no quiero. No quiero hacerte daño, no te quiero.

Dalia: Lo sé, pero déjame hacer que me quieras poco a poco como yo te quiero a ti. (Sigue acariciándolo).

Jonás:(Quiere y no quiere; piensa en Larissa). No puedo, Dalia, lo siento, mi corazón solo es de una persona.

Dalia: Sí, ya sé, de la odiosa Larissa, no sé qué le ves a esa mosquita muerta, ya mi hermano seguro también la llevó a la cama.

Jonás: No te permito que hables así de ella.

Dalia: ¿Y por qué no te duele que ella también se haya metido con mi hermano? A mi hermano ninguna mujer se le resiste, ¿por qué crees que ella vino aquí a trabajar con él?

Jonás: Por necesidad de trabajar, Larissa no es capaz de irse a la cama con alguien que no quiere. No me gusta esta conversación, solo estamos para asuntos de negocio, si te parece, si no, bien.

Dalia: Oh, ahora me rechazas, después de que los salvé a ustedes del cultivo que se les dañó.

Jonás: No mezcles una cosa con la otra, tampoco fue gratis, el cultivo se les pagó a ustedes. Mira, Dalia, antes de que la relación se deteriore más, mejor me voy.

Dalia: Si te vas, no hay más negocio con ustedes, y te voy a decir algo: me cansé de que me rechaces. Tarde o temprano, serás mío, escúchalo bien: mío, y me vas a pedir perdón por rechazarme tanto.

Las dos ayudantes de Dalia escuchaban toda la discusión entre Jonás y Dalia.

Nora: Ay, Sandra, esa mujer no es muy buena, deberíamos decirle a ese joven lo que pasó aquella vez.

Sandra: No, Nora, la señora nos mata si sabe que le contamos eso a ese hombre.

Nora: No sé, pero ese joven se ve buena gente, y ella no lo es, me da pena. Yo cogeré el riesgo y se lo diré, me iré antes de que él salga, para contarle.

Don Miguel: Mole, ¿qué pasó con la gente esa?

Mole: Creyeron lo que usted les dijo, pero que quieren ver que usted agarre a los tipos que la mataron.

Don Miguel: Vete al hospital y agarra a uno de esos que se han muerto, le metes dos tiros, y asunto arreglado, les enseñamos ese muerto, y date prisa, que tenemos que irnos al Cibao, ya ha llegado la hora. Qué pena que Ramón se nos fue, hay que buscar a alguien que lo reemplace.

Mole: Ya hablé con Silverio acerca de eso, y él está de acuerdo, usted sabe que le tiene ley a usted. ¿Y por qué usted dice "vamos", acaso irá con nosotros?

Don Miguel: Pues claro, quiero asesorarme de que esta vez hagan las cosas bien, además yo mismo quiero matar ese hombre, el tal Fausto. Ven acá, ¿y nadie dio con mi hijo nunca?

Mole: La verdad no, patrón, a mí me da que su hijo Cristóbal se fue del país.

Don Miguel: ¿Ese idiota dejar todo esto por ir detrás de una negra mugrosa y no obedecerme? Bueno, vete, haz lo que te dije y regresa pronto, a más tardar pasado mañana nos vamos, hay que reunir a todos.

Nora esperaba a Jonás detrás de unos árboles. Cuando él se acercó, ella le pitó.

Nora: ¡Ey, joven!, venga, venga, rápido.

Jonás: ¿Qué pasó? No me diga que su patrona la mando atrás de mí.

Nora: No, no, es que tengo que decirle algo muy importante. Mire, me estoy metiendo en problemas con esto, por favor no le vaya a decir nada a mi patrona, porque pierdo mi trabajo.

Jonás: Está bien, pero dime.

Nora: Una vez hace un tiempo mi patrona nos mandó al pueblo a Sandra y a mí a comprarle unas hierbas que hacen dormir rápido a la gente, y ella el día que usted estuvo aquí, que se quedó dormido, nos pidió que le preparáramos ese té, pero no sabíamos que era para usted, ella nos dijo que quería dormir mucho porque estaba cansada.

Jonás: ¡Oh!, ¿ustedes fueron las que compraron la escopalomina?

Nora: ¿Y cómo lo sabe?

Jonás: Bueno, quien les vendió esas hierbas le contó a mi amigo Moreno que fueron dos mujeres a comprar esas hierbas.

Moreno: ¿Ve, joven?, se lo dije: a usted lo engañaron, y Larissa piensa que usted la engañó.

Jonás: Ahora comprendo todo, mire, váyase a la casa y despreocúpese, que yo no le diré nada, pero al menos ya sé la verdad, se lo agradezco mucho, y si algún día usted tiene problemas aquí, váyase a mi rancho, que allá yo le doy trabajo.

Nora: Gracias, joven, pero porfa, no le vaya a decir que le conté.

Jonás: No te preocupes. Vámonos, Moreno, vamos a lo de Larissa a contarle esto, a ver si me perdona y se olvida de todo ese mal sabor.

Fausto: Ahijado, qué gusto verte, ¿qué haces por aquí?

C. Sambrano: Quise venir directamente porque va a haber problemas, la gente de don Miguel va a venir a adueñarse de todo el Cibao, tenemos órdenes de no meternos ni con la gente del pueblo ni con la gente de don Miguel. Ya viene un general con un batallón a vigilar que ningún militar se meta en los problemas civiles.

Fausto: Pero, ahijado, ¿qué vamos hacer sin su ayuda?

C. Sambrano: Por eso vine, te traje unas cuantas armas, no puedo darte hombres porque el general pasará lista, y si me falta uno solo, a mí me mandarían al calabozo y perdería mi rango de coronel.

Fausto: Te entiendo, vamos a tener que agilizar todo y contratar a más hombres para defendernos.

C. Sambrano: Así es, padrino, mira, aquí te traje un plan para enfrentar a esa gente. Por favor cuídate mucho y estate atento, no sé el día exacto, pero de esta semana no pasa el ataque, y vienen con muchos.

Fausto: Gracias, ahijado, te agradezco toda esta información, al menos daremos la lucha.

C. Sambrano: Te aconsejo que hables con la gente del pueblo y los demás dueños de rancho, por más pequeño que tengan su rancho, siempre tienen gente disponible, y esto es algo que les concierne a todos, y perdóname que no pueda ayudarte más esta vez.

Fausto: Despreocúpate, que haremos todo el movimiento hoy mismo. Isabel, vete urgente a lo del padre Romero, dile que en su misa de mañana le diga a la gente que necesito hablarle a todo el pueblo a mediodía en el parque, es muy urgente. Y tú, Luz María, ve y busca a mi hijo donde sea, vete al pueblo, donde vive la que era su novia, a la iglesia, búscamelo por donde quieras, que venga de inmediato.

Isabel: Sí, mi señor.

Luz María: Ahora mismo voy, señor, no vengo sin él.

Jonás y Moreno llegaron a casa de Larissa, quien les abrió la puerta. Al verlos, se retiró y los dejó ahí parados.

Jonás: Larissa, Larissa, por favor, no te vayas, tengo que decirte algo muy importante.

Larissa: ¿A qué vienes? Sabes que no quiero saber más de ti.

Jonás: Vengo a decirte toda la verdad de lo que pasó aquel día, ya averiguamos todo.

Larissa: ¿Ah, sí?, ¿vienes a decirme que no te acuerdas, pero que te acotaste con ella e hiciste el amor con ella?

Jonás: No, Larissa, a lo mejor quizás ni siquiera me acosté con ella, me dieron un té de unas hierbas raras que hacen dormir y no saber de uno.

Larissa: ¿Y me ves cara de estúpida para creerte eso?

Moreno: Señorita, es verdad, yo fui a averiguar, y es cierto que les vendieron esa hierba a las mujeres que trabajan con la mujer esa.

Larissa: No venga a defender lo que yo vi con mis propios ojos: a este acostado y desnudo en la cama de esa mujer, y ella saliendo de esa habitación también desnuda.

Jonás: Pero, mi amor, te estamos explicando que fui engañado por ella, me acuerdo de que me brindo un té, y ya no supe más de mí.

Larissa: Ya basta de tantas mentiras, Jonás, te quise mucho, pero ya no te quiero, entiéndelo: ya no te quiero, me mataste, ahora vete.

Luz María: ¡Joven, joven!, ¡qué bueno que lo encuentro aquí!

Jonás: ¿Qué pasa, Luz María?
Luz María: Su papá lo quiere ver urgente, pero muy urgente, me pidió que lo buscara donde fuera, que se vaya para allá ya.
Jonás: Vamos, Moreno.

Jonás salió de ahí a toda velocidad en su caballo. Larissa se quedó un poco pensativa con todo lo que le habían dicho Jonás y Moreno.

Isabel: ¡Padre, padre!
Padre Romero: ¿Qué pasa, hija?, ¿por qué tanta bulla?
Isabel: Dice don Fausto que mañana sin falta en la misa por favor le diga a toda la gente que él quiere hablarles a mediodía en el parque.
Padre Romero: ¿Pero qué pasa?, ¿por qué tanta urgencia?
Isabel: La verdad, no sé, solo sé que allá fue el comandante ahijado de él, y se quedaron hablando, pero no oí nada, solo me dijo don Fausto que le dijera a usted eso.
Padre Romero: Esta bien, cálmate, hija, ve y dile que le diré eso a la gente mañana. Ah, Sebastián, ven acá, no te vayas, necesito hablar contigo.
Isabel: Con su permiso, padre.
Padre Romero: Ve con Dios, hija mía.
Sebastián: Dígame, padre.
Padre Romero: ¿Es verdad que te vas a casar y que vas a tener quince hijos con Jessica?
Sebastián: Eso es una exageración de Jessica, yo no puedo ni con uno.
Padre Romero: ¿Pero es verdad que te vas a casar?
Sebastián: Bueno, padre, ahora mismo no, pero quizás después, me he ennoviado con Jessica.
Padre Romero: ¿Pero sabes la consecuencia que eso trae?, ya no podrás ser sacerdote nunca.

Sebastián: Sí, lo sé, padre, ya no podré ser sacristán, y eso significa que me tengo que ir de aquí.
Padre Romero: No, hijo, no digas eso, esta es y seguirá siendo tu casa siempre, eres como un hijo para mí, podrás ser siempre el sacristán, lo que no podrás ser es sacerdote.
Sebastián: ¿De verdad, padre? ¿Puedo seguir siendo sacristán?
Padre Romero: Claro que sí, hijo, tú has estado conmigo en las buenas y en las malas, no podría dejarte ir de aquí, me partiría el alma.
Sebastián: Pero ¿y entonces Jessica puedes venir a visitarme aquí?
Padre Romero: Es al revés, hijo, eres tú quien debes visitarla a ella, el hombre es el que siempre visita a la mujer, pero claro, ella puede venir aquí a verte, a hablar contigo, aunque nada de besuqueadera en la casa de Dios.
Sebastián: (Se persigna). No, padre, no diga eso, aquí yo nunca haría eso.
Padre Romero: Bueno, *ok*, mañana tengo que darle un recado de don Fausto a la gente, recuérdamelo, y te vas a ir con la gente al parque a ver qué es lo que dirá, yo tengo muchas cosas que hacer aquí.
Sebastián: *Ok*, padre, como usted diga.

Jonás: ¿Qué pasó, papá?, ¿por qué me mandaste a buscar con tanta urgencia?
Fausto: Hijo, estamos en peligro, debemos contratar más hombres, mi ahijado me vino a advertir acerca de la posible venida de don Miguel, nos va a atacar, necesitamos hablar con el pueblo y con los demás amigos de los ranchos vecinos, debemos hacer un frente, ellos son muchos, así que esto no va a ser fácil.
Jonás: Ese desgraciado nos la va a pagar esta vez. Moreno, avísales a los ranchos vecinos, llévate dos hombres más para

que les avisen a todos, hay que reunirse para defender esta ciudad, papá, déjame esto a mí.

Fausto: Bien, reúne a todos los vecinos e infórmales la situación, necesitamos hombres y armas, también contrata de una vez por todas a los hombres que teníamos en mente contratar, mi ahijado me trajo algunas armas que ellos pueden usar.

Jonás: Bien, me encargo de todo eso ahora mismo.

Moreno comenzó a decirles a algunos vecinos de ranchos cuál era el peligro. Ellos estuvieron de acuerdo en defender las tierras y el pueblo. Mientras, Jonás comenzó a contratar gente y a decirle el porqué de las cosas. La noticia llegó a Cristóbal, quien se enojó mucho porque su papá era el que estaba liderando ese problema en la sociedad del pueblo; decidió ir a lo de Fausto a ponerse a la orden para también defender, no quería quedarse con los brazos cruzados como la vez anterior.

Esta vez don Miguel iba con todo para allá y con el apoyo del gobierno, que no se metería en nada, se le haría más fácil a don Miguel acabar con el pueblo.

Al otro día, el padre les pidió a sus feligreses que todos fueran al parque al mediodía, porque don Fausto les iba a hablar, y era muy importante. Todo el pueblo se movilizó a esa cita.

Fausto: Querido pueblo, sé que muchos no me conocen, pero quiero expresarles que estamos en peligro inminente. El hombre que nos atacó hace dieciocho años planea volver. Yo fui una víctima de él en ese entonces, me tuvo encerrado todo ese tiempo. Ahora tengo el aviso de que va a volver a atacar nuevamente. Necesitamos unirnos, quiero que las mujeres y los niños se vayan a la iglesia cuando se dé la alarma de ataque, y que los hombres nos acompañen a pelear para que no nos pase lo de la otra vez.

Multitud: Sí, es verdad, cuente con nosotros, don Fausto, no dejaremos que ese desgraciado regrese a quitarnos lo que es nuestro.
Fausto: Bueno, ya están advertidos. Los que quieran venir conmigo, que vengan para hacer planes juntos y para que les dé armas para combatir. Mi hijo está buscando más hombres en los ranchos vecinos, no tenemos suficientes armas, así que por favor busquen lo que tengan: machetes, pico, pala, tubos, lo que sea para defendernos.
Multitud: ¡Vamos con usted!, buscaremos lo que tengamos para defender nuestro pueblo.

Don Fausto se quedó muy agradecido por lo que escuchaba. Mientras, Sebastián se fue rápido a la iglesia, donde llegó todo ahogado.

Sebastián: ¡Padre, padre, padre!
Padre Romero: ¿Qué tienes, hijo?
Sebastián: Agua, agüita.
Padre Romero: Toma, toma, bebe, hijo, dime qué te pasa.
Sebastián: Ese hombre va a atacar de nuevo la iglesia, y que manden todos los hombre a la iglesia, a las mujeres y a los niños a pelear.
Padre Romero: ¿Qué dices, Sebastián? A ver cálmate y cuéntame.
Sebastián: Que ese hombre, el que atacó aquella vez, don Miguel, va a atacar de nuevo, y don Fausto le dijo al pueblo que los hombres luchen junto con él y que las mujeres y los niños vengan aquí, a la iglesia.
Padre Romero: ¡No puede ser cierto que el demonio ese venga otra vez a causar más problemas! ¡Pero claro, sí!, está bien lo que dijo don Fausto: las mujeres y los niños que vengan a refugiarse aquí, estaremos protegidos con el Señor.

Jonás y Moreno llegaron a la casa con muy buenas noticias: habían podido contratar y tener la ayuda de todos los ranchos amigos.

Jonás: Papá, hemos tenido la ayuda de todos, y todos van aportar sus armas y sus hombres, tenemos que diseñar un plan, para no dejarlos llegar al pueblo y pelear en las afueras.
Fausto: Tengo estrategias de pelea que me sugirió mi ahijado para enfrentar a esa gente. Por cierto, Cristóbal está aquí y se une a nosotros para enfrentar a su padre.
Jonás: Qué bien, ¿y dónde está?
Cristóbal: Aquí estoy, Jonás, qué gusto verte.
Jonás: A mí también me da gusto verte, aunque sé que esto puede ser incómodo para ti, ya que tu papá es quien patrocina todas estas desgracias.
Cristóbal: Tranquilo, Jonás, yo sé, y por eso estoy aquí, para sumarme a ustedes. Ya está bueno que mi padre se crea dueño y señor de todo el país y que quiera hacer lo que le venga en ganas.
Fausto: Bueno, *ok*, vamos a esto, mira: aquí dice "Operación Campestre". (Se queda explicándoles los planes de cómo combatir a la gente de don Miguel).

Mientras, en Santo Domingo, el Mole iba a lo de don Miguel junto con Silverio y el Cojo.

Mole: Patrón, hice lo que usted me dijo, y los esclavos quedaron un poco más tranquilos, aunque preguntaron dónde estaba el otro, porque usted y yo les dijimos que eran dos, y tuve que decirles que desgraciadamente escapó, pero que no durará mucho vivo porque lo herimos, pero ya eso es historia patria.
Don Miguel: Está bien, ya dejemos esos mususes tranquilos, dime: ¿tienes a todos los hombres reunidos?
Mole: Sí, patrón, ya están todos, solo a la espera de usted.

Don Miguel: Bueno, pues esta misma noche salimos, llegaremos en dos días, no tengan compasión con nadie. Lo primero que vamos a hacer es atacar el rancho del tal Fausto, a ese me lo agarran vivo, yo mismo lo quiero matar, para que no se burle de mí. Hay un rancho en Santiago que no vamos a tocar, y es de Daniel y de Dalia, los hijos de Fernando y de Rosario. Me respetan ese rancho.

Mole: Bien, patrón, como usted diga. Ya saben, Silverio y Cojo, nos vamos a dividir en tres grupos, esta vez no nos van a sorprender, pero primero, como dijo el patrón, atacaremos el rancho del tipo ese y se lo dejaremos vivo al patrón.

Cojo: Bien, vámonos entonces a preparar a la gente para esta noche.

En Santiago estaban todos agrupados y preparándose para lo peor, pero también para proteger sus tierras y sus gentes. El hombre de cada familia se unía a la causa. El padre en la iglesia les daba instrucciones acerca de lo que se aproximaba; se acordaba de aquella masacre que había hecho el desgraciado de don Miguel Ángel cuando lo crucificaron a él junto a la cruz del Señor Jesús, y cómo lo habían azotado. Habían sido momentos fuertes para el padre, y muchos habían estado ahí observando ese acto de cobardía.

Venancio: ¿Qué te pasa, hermano?
Padre Romero: Nada, Venancio, solo recordaba lo que hizo ese demonio aquella vez.
Venancio: ¡Nunca me has querido decir lo que paso!
Sebastián: ¿Cómo, padre? ¿No le ha dicho lo que le hizo ese endemoniado hombre, no le contó que lo crucificó junto a Nuestro Señor Jesús y que lo azotó cientos de veces hasta que usted sangró?
Venancio: ¡¡Cómo!?, ¿eso es cierto, hermano? ¿Pero qué clase de hombre le hace eso a un sacerdote?

Padre Romero: Calma, ya eso pasó, y Dios algún día se encargará de darle su castigo.

Sebastián: ¡Qué castigo ni castigo!, si yo pudiera agarrarlo con mis propias manos, lo estrangularía a ese, mejor ni digo, para que el padre no me ponga una penitencia.

Padre Romero: Ya, Sebastián, recuerda lo que dice Jesús: "A quien te abofetee una mejilla, ofrécele la otra".

Sebastián: No, padre, yo peleo, es más: me voy a unir a la gente de don Fausto, y que me presten un fusil ya estoy hastiado de tantas injusticias, ese señor no merece vivir.

Venancio: ¡Pero se le ha metido el diablo a este muchacho!

Padre Romero: Sebastián, calma, que Dios les tiene su castigo a esas gentes malas.

Sebastián: No, no, padre, es que es mucho ya aguantar, todo lo quiere obligado, haciéndole daño a tanta gente buena en este pueblo, perdóneme, pero si tengo que agarrar un fusil, lo voy a hacer, yo sí tengo los pantalones bien puestos. (Al decir esas palabras, se pone las manos en el pantalón, que por casualidad se le cae; el padre y Venancio explotan de la risa).

Padre Romero: Tranquilo, Sebastián, que con Dios mediante no pasará nada.

Filo: Patrón, en cualquier momento don Miguel y su gente van a atacar, como usted tiene buena relación con él, no creo que lo ataquen, pero debemos aprovechar este problema, seguro algunos de esos dueños de ranchos van a morir en este conflicto, hay que aprovechar para que usted compre más tierra a un precio bajo.

Daniel: Estuve pensando en eso mismo, pero también creo que don Miguel lo va a querer todo y no va a dejar que yo le compre a esa gente.

Filo: Pero hágalo antes, o sea, vamos y les ofrecemos, les decimos que como ellos saben don Miguel viene con todo a atacar el pueblo para quitarles las tierras, y que usted como amigo de la familia les da una parte de dinero para que las tierras pasen en un cincuenta por ciento para usted, y al ser suyas, ya don Miguel no va a quitárselas.

Daniel: Tienes razón, vamos a hablar con los hacendados más cercanos, a ver quiénes pueden ceder con esa petición.

Filo: Yo conozco a algunos que son muy vulnerables porque no tienen con qué defenderse, y le tienen miedo a don Miguel, hay que aprovechar la situación.

Jonás y Moreno llegaron a la casa de Larissa, para avisarle que debían ir a la iglesia.

Jonás: Señora Marta, ¿cómo está?
Marta: Muy bien, gracias a Dios, ¿y tú, Jonás?
Jonás: Pues no tan bien que digamos, por el asunto este de don Miguel. Ah, hola, Larissa. Por favor, quiero decirles que deben ir a lo del Padre Romero, a la iglesia, esto se va a poner muy feo, don Miguel nos atacará con todo lo que tiene.
Teresa: Ya nos dijo Cristóbal algo de eso.
Jonás: Sí, yo sé, él está allá con mi papá planeando estrategias, pero quise venir en persona para decirles que no pueden estar aquí, este lugar no es seguro, no quiero que les pase nada a ninguna de ustedes.
Larissa: Gracias, pero podemos cuidarnos solas.
Jonás: Larissa, esto va más allá de los problemas que quizás tenemos tú y yo, esto es serio, recojan todo lo que puedan y váyanse a la iglesia lo antes posible, en cualquier momento este hombre va a atacar.
Marta: No te preocupes, Jonás, yo me encargo; nos iremos a la iglesia, gracias por venir.
Jonás: De nada. Larissa, quizás esta sea la última vez que te vea, pero te quiero decir que nunca te engañé, te amo y te amaré siempre. Cuídate mucho por favor.
Teresa: Joven, no diga esas cosas, todo va a salir bien Dios mediante.

Jonás: Que Dios la escuche, Teresa.
Marta: Ve con Dios, Jonás.

Jonás se retiró de la casa. Larissa quedó muy pensativa, pero con el mismo temple de siempre de no ceder, porque todavía no le creía.

Llegó el momento en que don Miguel se dispuso a atacar, sin percatarse de que ya le tenían preparada la Operación Campestre, que consistía en mandar a varias personas a diferentes lugares vestidas como pordioseros, campesinos que observarían todo lo que llegaba por los diferentes caminos y que mandarían los mensajes con anticipación para no quedar atrapados en la sorpresa.

Don Miguel: Mole, Cojo, Silverio: ha llegado la hora. Cada quien vaya con su grupo por su lado y recuerden que a los que cedan sus tierras para venderlas al precio que nosotros ponemos de una vez les perdonan la vida, pero al primer "no", no tengan compasión, esta gente sabrá quién es Miguel Ángel Batista. Y ya saben: al tal Fausto lo quiero vivo, yo mismo quiero matarlo.

Mole: Ya oyeron, muchachos, Cojo y Silverio, nos encontramos como punto de reunión para celebrar la victoria en el rancho del Fausto ese. Mañana seguimos a Puerto Plata. Vamos todos a conquistar el Cibao.

Cojo: Vamos, muchachos. Don Miguel, quédese siempre unos pasos atrás para que no le pase nada.

Don Miguel: Cojo, no te preocupes por mí, yo sé cuidarme solo.

Unos de la Operación Campestre llegaron a donde estaba don Fausto para avisarle que ya habían arrancado. Don Fausto empezó a mover sus fichas para no ser agarrado por sorpresa, sino al contrario. Mandó a su hijo con un grupo por otro lado, y él se quedó en las afueras del rancho para evitar que penetraran, lo acompañaban casi todos los hombres del pueblo, que se habían unido a él. Dieron la voz para que todas las mujeres y los niños se refugiaran en la iglesia.

Por su lado, Daniel y Filo estaban contentos porque habían logrado conseguir varias tierras.

Daniel: Muy bien, Filo, logramos comprarles a cinco de los que más tienen tierras por aquí, y lo bueno es que me autorizaron a defenderlas a como diera lugar.

Filo: Así es, patrón, ya luego, cuando pase todo esto, se las quitamos, los documentos que mandé a redactar dicen en una de las cláusulas que ellos le ceden el terreno completo por el cincuenta por ciento que se lo vendieron.

Daniel: Muy bien, Filo, has pensando muy bien en todo, te voy a recompensar por este magnífico trabajo que has hecho.

Filo: Aprendí muy bien de las tácticas de don Miguel, quien así se adueñó de casi todo Santo Domingo. Y no tenga cuidado, ya llegará el momento en que usted me gratifique, ahora lo importante es hacerle saber a don Miguel que ciertos terrenos son suyos, para que él no llegue hacer ningún daño.

Daniel: Muy bien, Filo, encárgate de eso, déjame avisarle a Dalia que todo está listo, para que no se le ocurra salir con todo este alboroto que se armará.

El padre Romero comenzó a arreglar a todo el mundo. Gabriela, Sebastián y Venancio también ayudaron con todo lo que podían y trataban de calmar a la gente, que estaba muy nerviosa por lo que pudiera ocurrir. Jonás, por su lado, comenzó a comandar su parte del grupo, Moreno también llevaba parte del pueblo, no todos tenían armas para disparar, pero muchos poseían machetes, picos, tubos, garrotes, todo lo que pudieran para defenderse.

Fausto: Emilio, si no salgo vivo de esta, por favor te encargo mi muchacho, ayúdalo en todo.

Emilio: Don Fausto, no piense en nada de eso, que vamos a demostrarle a ese señor que con nosotros no van a poder, y usted estará al frente cuando le ganemos la batalla a esta gente.

Uno de los hombres de don Fausto gritó "¡Ya están aquí!", y empezó toda la balacera. La gente de don Fausto estaba esperando eso y sorprendieron a la gente de don Miguel, aunque la verdad esta era bastante numerosa, y se haría muy difícil combatirla. Jonás mandó también a su grupo a pelear, y sorprendieron por la retaguardia a los hombres de don Miguel, que estaban básicamente atrapados entre fuegos cruzados.

Por otra parte, el Cojo entró al pueblo, pero fueron interceptados, y también empezó la balacera. La gente del Cojo tenía más ventaja por tener armas. Los del pueblo estaban comandados por Cristóbal, quien se encontraba frente a frente con el Cojo. Este lo reconoció, pero no le disparó porque era el hijo de don Miguel. Al Cojo lo alcanzó un garrote y lo tumbó del caballo, quedó mal herido. Don Miguel entró a la pelea, comenzó a disparar y mató a varios de Don Fausto.

Jonás seguía comandando por la retaguardia, llevándose a cuanta gente se atravesase en el camino. Fausto vio a don Miguel y se le abalanzó encima, quedaron forcejeando. El Mole se atravesó donde Jonás estaba y le disparó. Jonás fue así tumbado del caballo, desde el suelo recogió su escopeta, le disparó al Mole y lo mató instantáneamente. Jonás quedó desangrándose y perdió el conocimiento. Moreno lo recogió y se lo llevó a un lugar seguro.

Mientras, la pelea continuaba, en el pueblo todos se desbordaban para pelear en contra de la gente de don Miguel. Silverio, por su lado, seguía luchando, pero fue alcanzado por una bala que lo dejó muerto. Muchos de los hombres que seguían a Silverio, al ver que este había caído, se marcharon del lugar, ya que no tenían un líder a quien seguir. Lo mismo les pasó a los que estaba comandando el Cojo en el pueblo: muchos salieron huyendo, algunos quedaban peleando, pero caían abatidos.

Don Fausto seguía en una lucha con don Miguel. Este logró agarrar su rifle y le dio un tiro a Fausto en el hombro, que lo tumbó. Don Miguel se preparaba para cargar nuevamente su rifle y ya dispararle, cuando llegó Cristóbal y le gritó "No". Al oír la voz de Cristóbal, don Miguel giró para verlo, y ahí fue cuando Fausto agarró un fierro y lo tumbó. Don Miguel cayó por una escalera donde se creía que murió, uno de los hombres que vio lo que había pasado gritó: "Retirémonos, el Mole y don Miguel están muertos".

Y las pocas personas que quedaban comenzaron a retirarse del lugar. Cristóbal ayudó a Fausto a sentarlo en un lugar mientras corría a ver si su papa había muerto o estaba vivo. Se percató de que don Miguel estaba vivo en muy mal estado.

Cristóbal: ¿Qué has hecho?, ¿por qué tanta codicia?, ¿no te bastaba con vivir como lo hacías? Mírate ahora, en lo que te has convertido: en un asesino. Y mírate al borde de la muerte, por tu propia codicia.

Don Miguel: Cállate, traidor, preferiste estar con esta gente que al lado de tu padre.

Cristóbal: Esta gente tiene más dignidad que cien Migueles, no te dejo morir aquí porque eres mi padre. Ayuda, alguien ayúdeme.

Don Miguel: No quiero tu ayuda, déjame morir como hombre.

Cristóbal: No soy como tú, tú no vales la pena, pero aun así te voy ayudar. Ayuda, vamos a levantarlo y a llevarlo a otro lugar.

Don Miguel: Déjame, déjame, no quiero tu lástima.

Fausto: Si no fuera por Cristóbal, tú no saldrías vivo de aquí, maldito asesino.

Don Miguel: Cállate, campesino de mierda. Me la vas a pagar.
Cristóbal: ¡Ya basta!, ¡ni siquiera estando al borde de la muerte te arrepientes de tanto daño que has hecho!
Hombre: Don Fausto, don Fausto, venga rápido, el joven está muy mal herido.
Fausto: ¡Mi hijo!, ¿dónde está?, ¡que traigan un doctor rápido!
Cristóbal: ¿Qué le pasó a Jonás?
Hombre: Le dispararon, apenas está respirando, pero creo no se salva. Moreno lo llevó adentro de la casa. Ya todos los hombres de este engendro se fueron, los hemos vencido.
Don Miguel: ¡Engendro es tu madre, maldita seas! Soy don Miguel Ángel Batista, dueño y señor de todo el país.
Cristóbal: ¡Cállate ya! Llévenlo adentro también. Déjame ir a ver cómo está Jonás.
Hombre: Sí, señor.

Don Fausto llegó a donde estaba Jonás, muy mal, al punto de no responder.

Fausto: ¡Hijo, hijo, respóndeme!, no te me vayas, no otra vez. Dios mío, no me hagas esto. Hijo, responde.
Moreno: Don Fausto, ya mandé a buscar al doctor. Jonás no está bien, apenas puedo escuchar que respira, pero la herida que tiene es fea, no creo que se salve, ha botado mucha sangre.
Fausto: Mi hijo va a vivir, porque es fuerte. Hijo, despierta.
Cristóbal: Pronto, trae un paño, hay que pararle la sangre, date prisa. Tranquilo, Fausto, Jonás va a vivir.
Fausto: Si mi hijo muere, no me detengas, Cristóbal, porque voy a matar a tu papá.

Dos de los hombres entraron en ese momento con don Miguel, también moribundo.

Hombre: ¿Dónde lo ponemos?
Fausto: Aquí no traigan esa basura.
Cristóbal: Por favor, Fausto, no creo que se salve, dejemos que se quede ya ahí.
Hombre: Cuando lo traíamos ya no habló más, parece que perdió el conocimiento.
Fausto: ¿Dónde está el doctor, que no llega?
Moreno: Ya viene en camino.

Llegaron unos hombres, para avisarle a don Fausto que habían ganado la batalla a los hombres de don Miguel.

Hombre: Don Fausto, vine avisarle que derrotamos a los que se metieron al pueblo, que matamos al cabecilla y que el resto salió huyendo.
Hombre 2: Así mismo ocurrió en el paso de la carretera: los que quisieron atacar los ranchos fueron vencidos, y los que quedaron vivos salieron huyendo.
Cristóbal: Moreno, ve rápido a la iglesia a informarle al padre lo que ha sucedido, para que venga de inmediato, necesitamos sus oraciones para que Jonás sobreviva.
Moreno: Sí, Cristóbal, ahora mismo..
Cristóbal: También diles a mi hija y a mi madre que estoy bien, que no me pasó nada.

Moreno salió camino a la iglesia, allá estaban todos, escuchando la algarabía del pueblo, que había podido ganarle la batalla a esa gente. Sebastián entró a la iglesia brincando de felicidad.

Sebastián: ¡Padre, padre!, ¡les ganamos, les ganamos!, ya se fueron del pueblo los que quedaron vivos.
Padre Romero: ¿Cómo que les ganamos? ¿Y tú estuviste peleando también?

Sebastián: No, padre, pero el pueblo nos representa a nosotros.
Padre Romero: Es cierto, hijo. Gracias a Dios esos demonios ya se fueron. Gracias, Señor, por haber permitido que la sangre no llegara más allá de lo que se pensaba.
Moreno: Padre, rápido, Jonás está muy mal herido, Cristóbal quiere que vaya, por si es la última vez que lo ve con vida.

Larissa escuchó eso y se desmayó.

Teresa: ¡Hija, hija!, ¿qué tienes?, reacciona.
Marta: Busca un paño y agua tibia, por favor, se ha desmayado con la noticia.
Padre Romero: Venancio y Gabriela, quédense con ellos, yo ya vengo, necesito ver a Jonás.
Marta: Vaya, padre, que nosotros nos quedamos con Larissa. Oye, hijo, ¿y Fausto cómo está?
Moreno: Tiene una herida en el hombro, pero está bien, quien me preocupa es el joven.

Gabriela, al ver a Moreno bien, se le fue encima y lo abrazó. Él quedó un poco extrañado por ese gesto.

Moreno: ¿Por qué el abrazo?
Gabriela: Pensé que ya no te iba a ver con vida, ¡tenía una angustia!
Moreno: ¿De veras te angustiaste por mí? ¿Sientes algo por mí, Gabriela?
Gabriela: Sí, Moreno, esto me ha hecho reflexionar, y cuando pensé que podía perderte, el corazón me dijo lo que realmente sentía por ti.

Moreno agarró a Gabriela y la besó delante de todos. Sebastián, al ver eso, miró a Jessica, que también estaba ahí, miró la cruz de Jesús, se persignó y luego tomó a Jessica y la besó.

Filo: ¡Patrón, patrón!, el pueblo ha derrotado a don Miguel, ahora sí nos podremos adueñar poco a poco de todo esto, ya usted con las tierras que tiene será el más rico y poderoso de esta región, debemos elaborar un plan para lo que viene.
Daniel: Contrátame cien hombres más fuertemente armados, ahora más que nunca debemos cuidarnos.
Filo: Sí, patrón.

Larissa empezó a despertar inquieta por Jonás.

Larissa: ¿Dónde está Jonás?, quiero verlo, mamá, quiero verlo.(Comenzó a recordar las palabras que le había dicho Jonás la última vez que la había visto: "Larissa, quizás esta sea la última vez que te vea, pero te quiero decir que nunca te engañé, te amo y te amaré siempre. Cuídate mucho por favor").
Teresa: Tranquila, hija, te desmayaste, iremos a ver a Jonás, pero vamos a esperar al padre.
Larissa: No, ningún esperar, quiero verlo, déjame ir.
Teresa: Espera, yo voy contigo.
Marta: Déjala, Teresa, es mejor así, deja que vaya y lo vea, espero que Dios lo salve.

Fausto: Doctor, ¿qué pasa con mi hijo?
Doctor: No le voy a mentir: su hijo está muy mal, ha perdido mucha sangre, para poder salvarlo—y no es seguro que sobreviva— debo hacerle una transfusión de sangre, que es muy peligrosa, este método todavía no ha prosperado mucho en la medicina. También existe otro problema y es la compatibilidad, no puedo ponerle cualquier sangre.
Fausto: Doctor, hábleme claro:¿a qué se refiere?
Doctor: En términos más claros, si quien dona la sangre para el joven no es compatible, o sea no es del mismo tipo de sangre que la de su hijo, él puede morir.

Fausto: ¿Y cómo sabremos quién es compatible?

Doctor: Ese es el problema, todavía aquí en nuestro país no hay laboratorios para determinar eso, pero si cogemos el riesgo, lo haremos con la persona más cercana: existe la posibilidad de que tenga el mismo tipo de sangre que la suya, porque usted es su padre.

Fausto: Por mí no tenga cuidado, salve a mi hijo, saque de mi cuerpo toda la sangre que quiera y cúrelo.

Padre Romero: Doctor, si necesita mi sangre también, se la daré, Jonás es como si fuera mi hijo.

Doctor: *Ok*, entonces llevémoslo al hospital, que allá tengo los utensilios esterilizados necesito la mayor limpieza posible, una bacteria, y el muchacho se nos puede morir. Le repito, don Fausto: este método todavía está en experimento, no le aseguro que funcione.

Fausto: Pero si no lo hace, también se muere, haga lo que sea necesario, yo me hago responsable.

En ese momento llegó Larissa junto con Teresa, llorando. El padre Romero al ver así a Larissa, también flaqueó y se puso a llorar.

Larissa: Jonás, ¿qué te pasa? Mi amor, háblame, perdóname, perdóname, háblame, no quiero perderte, perdóname, tenía que pasar esto para darme cuento de lo mucho que te amo. Dios, ayúdalo, no te lo lleves. Don Fausto, haga lo que sea para salvarlo. Doctor, por favor sálvelo.

Fausto: Larissa, ven, el doctor se lo llevará al hospital, allá tratará de salvarlo, cálmate, con Dios delante, él estará bien.

Larissa: ¿Usted me lo promete?, ¿él va a estar bien?, dígame que sí, don Fausto.

Padre Romero: Hija, ten fe en Dios, que todo lo puede, ya verás que saldrá de esta también.

Don Miguel: ¡Qué tanto griterío!, ¡que se muera ya! Y usted, padre, tanto orarle a su Dios para nada.
Larissa: Cállese, ¿quién es usted para desearle la muerte a Jonás?
Padre Romero: No le hagas caso a este demonio. Perdóname, Cristóbal, sé que es tu padre, pero es un demonio en la Tierra.
Cristóbal: Lo sé, padre, me siento tan avergonzado de ser hijo de este señor…Hija, ven, no le hagas caso.
Don Miguel: ¿Hija? ¿Cómo que hija?, ¿quién es ella?
Teresa: Es Larissa, su nieta, la que usted una vez le quitó a Cristóbal de los brazos y mando a Ramón a que la hiciera desaparecer porque le daba vergüenza que su hijo amara a una negra.
Don Miguel: ¿Qué dices, maldita bruja? Pensé que te habías muerto ya. Esa no es mi nieta, mi hijo nunca tuvo hijos con gente negra.
Larissa: ¿Este es el desgraciado abuelo mío? Hubiese preferido morir al nacer, para no llevar en mi sangre sángrela suya, asesino.
Cristóbal: Ya, hija, no le hagas caso, no te dejes provocar, mi papá ni al borde de la muerte deja de ser malo.
Doctor: Señores, vamos a llevarnos ya al paciente; si seguimos aquí, se nos muere.
Don Miguel: Doctor, ¿y a mí qué?, ¿usted no piensa ver si me puede curar?
Doctor: Por ética tengo que hacerlo, pero usted no se merece que lo dejen vivir. Traigan a este también al hospital. (Piensa: "Ojalá se muera en el camino").

Uno de los trabajadores de Daniel llegó a caballo desde el pueblo con las últimas noticias. Daniel, Dalia y Filo estaban reunidos.

Trabajador: Patrón, parece que todo ya terminó. Don Miguel está herido, en malas condiciones; sus hombres, el Cojo, Silverio y el Mole, fueron abatidos en la pelea. También está muy mal herido el joven hijo de don Fausto.

Dalia: ¡¡Qué!? ¿Qué tiene Jonás? Tengo que ir de inmediato.

Daniel: Tú no vas a ningún lado, Dalia, las cosas no están para que estés saliendo sola al pueblo.

Dalia: Nadie me va a atajar, tengo que ir a ver a Jonás, y no me importa que trates de detenerme, por encima de ti me iré.

Daniel: Siempre haces lo que quieres, espera un momento: Filo, manda dos hombres con Dalia, que no esté sola, como están las cosas... ¿Tanto lo quieres?

Dalia: Sí, lo amo, estoy enamorada de él.

El doctor y los demás llegaron al hospital y comenzaron a mover todo en la sala de cirugía y a organizar.

Doctor: Pronto, enfermera, búsqueme los utensilios, una sábana limpia, citrato sódico, alcohol y jabón. Don Fausto, acuéstese aquí. Enfermera, ponga la sábana para acostar al joven, necesito que salgan todos, necesito estar muy concentrado, aparte de tratar de sacarle la bala necesito hacer la transfusión de sangre con tranquilidad, esto es muy peligroso.

Fausto: Todos escucharon al doctor: retírense.

Larissa: Por favor, don Fausto, déjeme quedarme, le prometo que no voy hablar ni a molestar.

Fausto: ¿Doctor, qué dice usted?

Doctor: *Ok*, pero solo con la condición de que no vaya a hablar ni media palabra y se quede allá.

Larissa: Sí, doctor, lo que usted diga.

Doctor: Enfermera, dele una bata a la joven, y para que se tape la boca y la nariz.

Padre Romero: (Hincado frente a la cruz de Jesús en el hospital). Dios, sé que no hay nada imposible para ti, porque aunque un enfermo esté muy grave y a punto de morir, tú tienes el poder para extender sus años de vida, como lo hiciste con el rey Ezequías.

Doctor: Enfermera, mientras yo voy preparando todo aquí, cúrele el brazo a don Fausto, suerte que solo fue un rozón, nada de qué preocuparse.

Don Miguel: ¿Y a mí nadie me va a atender?, ¿es que acaso soy un animal?
Cristóbal: Peor que un animal eres, así que cállate la boca, si quieres que te atiendan, será cuando el doctor termine con Jonás, tú ahora mismo estás viviendo horas extra.
Don Miguel: Te aprovechas, me faltas el respeto porque estoy aquí todo tirado.
Cristóbal: No creas que soy el mismo que tú mangoneabas a tu manera, gracias a tus maltratos he aprendido mucho en la vida, y nunca más—óyeme bien: nunca más—volverás a maltratarme. Te quiero lejos de mi vida, así que cuando el doctor te cure, te mandaré con alguien a tu casa, y si algún día regresas queriendo hacer maldades de nuevo, yo mismo con mis propias manos acabaré contigo.

Don Miguel: ¡Qué se cree!, uno los trae al mundo, y le quieren sacar los ojos.
Enfermera: Ya, señor, cierre la boca por un minuto; si se quiere salvar, debe guardar energía, su operación no será nada fácil, así que por favor ya tranquilícese.
Don miguel: ¿Pero y esta? Es el colmo: mandar a callar a don Miguel Ángel Batista.
Teresa: Ahora mismo usted es un simple moribundo, ha hecho mucho daño y algún día tenía que pagar todo eso.

Don Miguel: Cállate, bruja, deja que me levante de aquí, te voy a mandar a quemar en la hoguera.

En ese momento entró Marta para saber si su hijo Cristóbal estaba bien, ya que no tenía información de él.

Marta: ¡Hijo, hijo!, ¿estás bien? ¡Gracias a Dios!, ¡me alegro tanto de que no te haya pasado nada! ¿Y Jonás cómo sigue?
Cristóbal: Gracias, mamá, sí, estoy bien gracias a Dios. Jonás está muy mal, tenemos todos que rezar para que se salve.
Marta: Miguel, eres tú. Maldito, no sabes lo que te he odiado, me engañaste, me habías dicho que mi hijo había nacido muerto, toda una vida pensando que era verdad, ¡maldito mil veces!
Don Miguel: ¿Y qué creías, que yo me iba a casar contigo, una pordiosera, una trabajadora de casa? Tú no eres de mi círculo social. Haberme casado contigo y criar a Cristóbal junto contigo hubiera sido una vergüenza para mí.
Marta: Vergüenza te debiera dar a ti, que a pesar de ser el dueño y señor de todo Santo Domingo, como te hacías llamar, tenías que agarrarnos a la fuerza y violarnos para que fuéramos tuyas. ¡Viejo sinvergüenza!
Don Miguel: Cállate.
Marta: No, no me callo, te voy a contar, hijo, esto que llevo dentro de mí desde hace tanto tiempo. Este tu disque padre me torturó, me violó, mató a mi novio por tenerme obligado con él. (Recuerda imágenes de cuando era abusada por don Miguel). Este señor que tú ves ahí es la basura más grande que ha dado este país.
Cristóbal: Ya basta, por favor, no quiero saber más. Ven, madre, sé que sufriste mucho por culpa de él, pero no vale la pena. Yo te doy las gracias a ti, porque a pesar de ser producto de una violación, tuviste el coraje de tenerme. Mi padre ha sido un ser malvado, y ya Dios le estará haciendo pagar todo el daño que ha hecho.

Larissa: ("Señor, haz que Jonás se salve, no quiero perderlo, me moriría sin él"). Doctor, saldré un poco a respirar aire fresco, ya regreso.
Doctor: No toques nada ahí afuera, para que no traigas bacterias a esta sala.
Larissa: *Ok.*

Al salir de la sala donde estaban operando a Jonás, Larissa vio que llegaba Dalia, exaltada por ver a Jonás.

Dalia: ¿Dónde está? ¿Dónde está Jonás?
Cristóbal: Mire, señorita, es mejor que se vaya, usted no tiene nada que buscar aquí.
Dalia: Usted no es nadie para decirme lo que tengo o no tengo que hacer, quiero ver a Jonás ahora mismo.
Enfermera: Mire, señorita, el joven está siendo operado ahora mismo, está entre la vida y la muerte, usted no puede venir a interrumpir una operación, porque se nos muere el paciente.
Teresa: ¿No te cansa de hacer daño? ¿Por qué no te largas?, no tienes nada que hacer aquí.
Don Miguel: Dalia, eres tú, dile a Daniel que me venga ayudar antes de que esta gente me mate por completo.
Dalia: Mire, don Miguel, usted no es santo de mi devoción, pero por la amistad que tuvo con mi familia le diré a Daniel. Y ustedes, todos, me la van a pagar, se creen dueños de Jonás impidiéndome que lo vea. Ya verán de lo que soy capaz.
Larissa: Ya lárgate de aquí, no eres nadie para venir con ese aire, como si él fuera familiar tuyo o tu esposo.
Dalia: Según tengo entendido, tú ya no eres su novia. Así que tampoco tienes nada que hacer aquí.
Larissa: No le doy una bofetada porque estamos en un hospital.

Dalia: Por eso nunca te vas a comparar conmigo, por eso Jonás me prefiere a mí, que soy culta, inteligente, no una salvaje como tú, que todo lo quiere resolver a golpes.
Cristóbal: Ya basta, no le permito que insulte a mi hija, puede irse por donde vino, o la saco yo mismo de aquí.
Don Miguel: Dalia, no le hagas caso a esta gente, quédate, no, no, mejor vete y avísale a Daniel que me saque de aquí, que después le pagaré con creces.
Dalia: Ya me voy. Le daré su mensaje a mi hermano, don Miguel. Y ustedes me van a pagar este desprecio. Y tú, mosquita muerta salvaje, Jonás nunca será tuyo; lo tuviste y lo perdiste, Jonás será mío.
Larissa: ¿Tú crees que no sabemos lo que hiciste para meterlo en tu cama?, de eso te vale ser culta y estudiada, como dices, hacer artimañas para tener un hombre a la fuerza. ¿Sabes cómo se llama a las mujeres que son así?, putas, eso es lo que eres: una puta.
Padre Romero: Ya, hija, no vale la pena que te estés rebajando con esta señorita.
Dalia: Escuchen bien: todos me la pagarán, no sé ni siquiera para qué mi hermano me trajo a este país de salvajes.

Doctor: Rápido, páseme la gasa para detenerla sangre, está muy difícil sacarle la bala.
Enfermera: Tome, doctor.
Fausto: ¿Qué pasa?, ¿qué le pasa a mi hijo?
Doctor: Tranquilo, don Fausto, déjeme concentrarme aquí, necesito detenerle el sangrado antes de sacar la bala de su cuerpo, para después hacer la transfusión, que es lo más peligroso.
Fausto: Haga lo que sea y sálvelo; si para eso me tiene que quitar la vida a mí, hágalo.
Doctor: Calma, que eso no es necesario, solo preciso concentrarme para poder hacer mi trabajo lo mejor posible.

Teresa: Hija, ¿cómo va todo ahí adentro?

Larissa: El doctor está operando a Jonás ahora para sacarle la bala y luego hará una transfusión de sangre. Dice que es muy peligroso, que la verdad no sabe si puede resultar bien. Padre, por favor, vamos todos a rezar para que Dios haga el milagro de salvar a Jonás.

Padre Romero: Claro, hija, vamos todos a pedirle a Dios la pronta recuperación de Jonás, cuantas más almas le piden al Señor, más caso nos hace.

Pasó el tiempo, todavía seguían esperando novedades de Jonás. Larissa entró otra vez a la sala de operaciones, con lágrimas en los ojos.

Dalia llegó a su casa toda molesta, Daniel se dio cuenta de que algo le pasaba.

Daniel: ¿Qué te pasa, hermanita?

Dalia: Me la van a pagar, me la van a pagar. Mira, hermano, tenemos que hacerle pagar a esa gente.

Daniel: Calma. ¿De quién hablas?

Dalia: De la salvaje esa, la que te tiene loco a ti, la tal Larissa y su familia, hasta el padrecito, todos me la van a pagar.

Daniel: A ver, cálmate, que no entiendo nada, ¿qué pasó?

Dalia: Fui a ver a Jonás, que está mal herido, y desde que llegué, todos me querían echar, y la salvaje esa delante de todos me llamo puta.

Daniel: ¿Cómo que te llamó puta? ¡A una hermana mía nadie la llama así! ¿Y los demás trataron de sacarte de ese lugar? Se la verán conmigo, entonces.

Dalia: Sí, hermano, debemos vengarnos de esa gentuza. Por cierto, no sé qué pasó, se supone que don Miguel es enemigo de esa gente, estaba también ahí tirado en una camilla, mal herido, y te manda a decir que lo saques de allá antes de que esa gente lo mate.

Daniel: ¿Don Miguel ahí con esa gente? La verdad no entiendo. ¿Y cómo es que no lo mataron?, porque con todo lo que me han contado, don Miguel es el enemigo número uno de esta gente.

Dalia: La verdad, no lo entendí tampoco, pero podemos ayudarlo, para así tenerlo de nuestro lado, y cuando llegue el momento de la venganza, tendremos más fuerza.

Daniel: ¡¡Sí!!, estaba pensando en eso, luego de que nos quitemos esta gente del medio, lo quitamos a él, así seré yo el único amo y señor de todo el país.

El doctor finalmente le extrajo la bala a Jonás, pero todo se complicó: a Jonás se le paró el corazón, el doctor reaccionó inmediatamente.

Doctor: ¡Pronto!, ¡usa la mascarilla!, ¡dale respiración artificial!

Larissa: ¿Qué pasa, doctor?

Doctor: Tranquila, por favor, le dio un paro, tengo que revivirlo.

Fausto: Doctor, haga lo que sea que salve a mi hijo.

Larissa quedó en *shock* gritando, Don Fausto también. El doctor hacía todo lo posible por salvarle la vida a Jonás. Este no reaccionaba. Larissa solo atinaba a rezar, don Fausto lloraba como un niño.

Fausto: Hijo, hijo, vive, por favor.

El doctor hizo todo por revivir a Jonás, pero era en vano.

Doctor: Lo siento mucho, traté de hacer todo lo posible, el joven ha muerto.

Fausto: ¡No! ¡Hijo! ¡No! ¿Por qué no me llevaste a mí, Dios?

Larissa: (Se abalanza donde está Jonás; grita). Mi amor, no, tú no estás muerto, por favor, no me dejes, no me dejes, llévame contigo, no sé vivir sin ti, por favor, mi amor, háblame, háblame, Jonás, dime que tú no te has muerto.

Jonás en su muerte vio una luz y una puerta que se cerraba, como diciéndole "Todavía no es tu turno". Jonás empezó a mover una mano, y Larissa se dio cuenta.

Larissa: ¡Doctor, doctor, venga! ¡Jonás se movió!, ¡rápido, doctor!
Doctor: Imposible, Jonás está muerto.
Larissa: ¡Doctor, yo lo vi!, ¡venga rápido!

El doctor comenzó a chequear los signos vitales de Jonás, y efectivamente el pulso le había regresado.

Doctor: ¡El milagro del amor! Pronto, enfermera, vamos a estabilizarlo, está muy débil todavía, hay que empezar con la transfusión. Le repito: esto es muy delicado, y no sabemos si podrá vivir.
Fausto: ¡Hágalo, doctor!

El doctor comenzó a hacerle la transfusión. Mientras, afuera estaban todos rezando para que Jonás tuviera pronta recuperación.

Don Miguel: ¿Pero a mí no me van a atender?
Marta: Cállate, debieran dejarte morir ahí tirado.
Cristóbal: Mamá, por favor, no le hagas caso, él sabe bien que lo van atender cuando terminen con Jonás, que está entre la vida y la muerte, mi papá no lo está.
Don Miguel: Hospitalicio este, con un solo doctor, que me lleven para mi Santo Domingo, al menos allá hay cuatro doctores en el hospital, sáquenme de aquí.

Teresa: Si te quieres ir, hazlo, levántate y vete tú mismo.
Don Miguel: ¿Quién te dio permiso para hablar, bruja?
Cristóbal: A ver, ya basta, ¿no te cansas de molestar y hacer daño? Ya cierra la boca, cuando terminen con Jonás, te atenderán a ti.
Don Miguel: ¡Qué hijo de pepla tengo!, viendo a su padre tirado aquí, ni siquiera mueve un dedo para ayudarme.
Cristóbal: ¿Sabes algo?, hubiese sido mejor que hubieses muerto en el combate, ya bastante daño has hecho a mucha gente, incluyéndome a mí.

Filo: ¿Me mandó a llamar, patrón?
Daniel: Sí, prepara el carruaje y trae contigo los mejores cinco hombres, vamos a sacar a don Miguel del hospital y llevarlo a Santo Domingo, vamos a ganarnos más su confianza.
Filo: Bien, ahora mismo me pongo en eso.

El doctor terminó de hacerle la transfusión de sangre a Jonás, pero este estaba muy débil, desmayado.

Doctor: Bueno, ahora hay que esperar, a ver si el joven reacciona y si la sangre es compatible con la de él, tenemos que dejarlo descansar a los dos. Dejaré a la enfermera aquí por si pasa algo, para que en ese caso me avise. Vamos, jóvenes, que ya solo cuesta esperar.
Don Miguel: Por fin sale, me pensaba dejar morir aquí.
Marta: ¡SCH!, cállese. Doctor, díganos, ¿cómo está Jonás?
Doctor: Le hablaré rápido y francamente, lo que pasó ahí adentro es un milagro de Dios, no me explico todavía, pero la cuestión es que el amor de esta joven lo trajo de la muerte al joven, después pudimos hacerle la transfusión. Hay que esperar a ver cómo reacciona. Permiso, ahora chequearé a este señor.
Larissa: Papá, sentí que me moría cuando el doctor nos dijo que Jonás había muerto.

Todos se abrazaron, mientras el doctor entraba a don Miguel a la sala de operaciones para ver lo que podía hacer por él.

Emilio: Un momento, doctor, ¿usted va a poner a este hombre en el mismo lugar donde tiene a don Fausto y a su hijo?
Doctor: No tengo otro lugar donde llevarlo.
Emilio: En ese caso, tendré que poner dos de los hombres a custodiarlo, no vaya a ser que este tipo les haga daño o mande a hacerles daño.
Doctor: Entiendo, bueno, solo con la condición de que no vayan a intervenir en nada, necesito concentración, este hombre no está muy bien que digamos.
Emilio: Claro, doctor, no se preocupe, ahora busco dos de nuestros hombres para que lo acompañen.
Larissa: Yo me quiero quedar al lado de Jonás, no me moveré de aquí.
Teresa: Ah, yo tampoco, si mi hija se queda, yo también.
Marta: Bueno, yo también me quedaré, todavía Fausto está ahí adentro.
Cristóbal: Yo me quedaría por Jonás, pero no por mi padre, ese no vale la pena.
Padre Romero: Yo iré a la iglesia a rezar por la recuperación de Jonás, además tengo a todo el mundo allá, y por lo que veo se ha vencido a ese mal hombre, y ya no hay nada que temer. Me retiro. Por favor avísenme cualquier cosa, estaré pendiente.
Teresa: Gracias, padre, vaya con Dios. (Se persigna).

Filo: Patrón, ya todo está listo, cuando usted quiera, vamos por don Miguel.
Daniel: Bien, Filo, vamos. (Piensa: "Por fin seré el único amo y señor de todo el país").

Moreno: Gabriela, debo ir a saber del joven, me siento comprometido con él.

Gabriela: Ah, mira, ahí viene mi tío, vamos a preguntarle cómo sigue. Tío, ¿qué ha pasado?

Padre Romero: Muchas cosas, pero se hizo la transfusión, y aunque todavía no se sabe qué va a pasar, porque el doctor no asegura nada, ya que eso nunca lo habían hecho, de todos modos tengo fe en Dios de que Jonás se salvará. (Llora).

Gabriela: Tío, no llores, ya verás que Jonás saldrá de esta.

Padre Romero: Es que Jonás es como mi hijo, sobrina.

Moreno: Padre, yo me iré allá con él por si me necesitan en algo. Gabriela, regreso luego.

Gabriela: Anda, ve con ellos, no dejes de avisarme cualquier cosa. (Se dan un beso de despedida). Tío, venga, vamos a rezar juntos, mi padre está todavía con toda la gente en la capilla.

Padre Romero: Bueno, pues primero déjame decirle que ya podrán marcharse, ya todo está en calma, gracias a Dios. ¿Qué fue eso?

Gabriela: ¿Qué cosa, tío?

Padre Romero: Ese beso, ¿acaso tú y Moreno…?

Gabriela: Vamos, tío no comas ansias, luego te cuento.

Doctor: Enfermera, cloroformo y el bisturí, hay que extraerle la bala. Quiero que se quede tranquilo, esto le va a doler un poco, aunque con el cloroformo que le pondré, se va a aliviar un poco.

Don Miguel: ¿Qué pasa, doctorcito?, yo soy un hombre, hombre, haga lo que tenga que hacer y cúreme rápido, ya me quiero ir para mi casa.

Doctor: Tranquilo, que esto no es nada fácil, voy a tratar de curarlo.

Fausto: Doctor, ¿ya me puedo ir?, no quiero estar al lado de este señor, porque si sigo aquí y pensando en todo lo que nos ha hecho, lo voy a matar.
Don Miguel: ¡Sah!, aprovéchate ahora, que estoy así indefenso, cobarde.
Fausto: No lo mato por Cristóbal, pero si no, hace rato con mis propias manos lo hubiese estrangulado, lo que nos hiciste a mi familia y a mí fue lo más vil de un ser humano.
Don Miguel: Y lo volvería hacer de nuevo si tuviera la oportunidad. ¿Con quién crees que estás hablando?
Doctor: Ya basta. Mire, don Fausto, le saqué mucha sangre, usted está débil todavía, pero está bien, salga y espere afuera, así puedo terminar de operar aquí.

Moreno: Emilio, ¿cómo siguen el joven y don Fausto?
Emilio: Ya al joven le hicieron lo que tenían que hacer, solo cuesta esperar, pero no podemos dejarlo solo, ahí adentro también están operando al señor ese. (Sale Fausto). Don Fausto, ¿cómo se siente?
Fausto: Estoy bien, Emilio, no podemos dejar solo a mi hijo, no confío en ese desgraciado.
Moreno: No se preocupe, señor, que de aquí no me muevo, no lo dejaré solo ni un segundo.
Emilio: Yo traje a estos dos hombres que se van a quedar aquí custodiándolo, yo tampoco confío en él.
Larissa: Don Fausto, yo tampoco me quiero ir, me voy a quedar aquí, mi mamá, mi papá y mi abuela también.
Fausto: Larissa, hija, tengo que darte las gracias, lo que pasó ahí adentro fue un milagro, solo el amor que le tienes a mi hijo lo trajo de vuelta a la vida, aunque todavía está muy delicado y no sabemos si superará todo esto.
Larissa: Don Fausto, sentí que me moría, amo a Jonás con toda la fuerza de mi alma.
Fausto: Él a ti también.

En ese momento entró Daniel con Filo y varios hombres a buscar a don Miguel.

Daniel: Buenas tardes, ¿dónde está don Miguel? Larissa, hola.
Larissa: Hola, Daniel.
Cristóbal: ¿Y qué quiere usted?
Daniel: Vine a llevarme a don Miguel a Santo Domingo, donde lo puedan atender mejor.
Cristóbal: Usted no se lo puede llevar, por lo menos no ahora.
Daniel: No le estoy pidiendo permiso, le dije que me vengo a llevarme a don Miguel.
Larissa: ¿Qué te pasa, Daniel?, ¿por qué le hablas así a mi papá?
Daniel: Lo siento, Larissa, pero don Miguel siempre fue muy leal con mi familia y conmigo cuando regresamos de España, es lo menos que puedo hacer por él, además no tiene a nadie aquí, soy la persona más cercana a él.
Larissa: Estás equivocado, Daniel, mi papá es el hijo de ese señor.
Daniel: ¿De qué hablas? ¿Me estás diciendo que tú eres nieta de don Miguel?
Larissa: Así es, desafortunadamente.
Fausto: Larissa, mejor que se lo lleven, así no lo vemos más a ese señor.
Cristóbal: No me opongo a que se lo lleve, pero ahora mismo no puede ser, porque lo están operando.
Daniel: Pues esperaré a que lo operen para llevármelo, también quería comentarles que mi hermana me contó cómo ustedes la trataron, y el que se mete con mi familia se mete conmigo.
Teresa: Un momento, quien vino aquí como una loca fue su hermana, voceando, como si ella fuera la esposa de Jonás.

Daniel: No importa lo que fuera, pero si se metieron con mi hermana, se metieron conmigo.
Moreno: A ver, ¿qué le pasa a usted?
Filo: (Le apunta con un arma a Moreno). Ey, amiguito, tranquilo, no se le acerque al patrón.

Los hombres de don Fausto también alzaron sus armas y le apuntaron a ellos también.

Fausto: Mire, joven, más le conviene irse y esperar afuera antes de que ocurra una desgracia.
Marta: Mi amor, tranquilo, estás delicado todavía, no te preocupes por esta gente.
Daniel: Conmigo nadie se mete, esto no se queda así. Vamos, muchachos, esperemos afuera a que terminen con don Miguel.

El doctor por fin pudo terminar con don Miguel. Luego fue a chequear cómo seguía Jonás. Este todavía tenía los signos vitales muy débiles. La enfermera comenzó a limpiarle la herida a don Miguel, para dejarlo en recuperación.

Por su lado, Dalia planeaba cómo sacar a Jonás del hospital.

Dalia: Nora, necesito que me consigas más hierbas de aquellas que me trajiste para dormir.
Nora: Mire, señora, discúlpeme, pero yo no seré cómplice de las cosas que usted hace. No seguiré más aquí, usted es una mujer mala, yo no trabajo así.
Dalia: Maldita seas, ¿pues qué esperas?, lárgate, no te necesito, hay mil personas que quisieran estar trabajando, así que lárgate de una vez. (Piensa: "Gentuza esta, ¿qué es lo que se creen?, despreciando el trabajo que tienen").

Fausto: Emilio, infiltra un hombre con este tipo, no nos podemos descuidar, no son de fiar, no me gustó el tonito de ese muchacho.
Emilio: Claro, don Fausto. Ey, Arturo, ven para acá. (Da unas instrucciones a Arturo de cómo infiltrarse con el grupo de Daniel, a lo que Arturo puso mucha atención, y luego se dispuso a salir. Él y Emilio hacen un teatro, Emilio en la puerta del hospital lo empuja y le grita).
Emilio: Lárgate, si no quieres estar aquí, no te quiero ver más por la hacienda.
Arturo: No me importa, usted es un miserable, solo le paga centavos a uno y lo trata como esclavo, váyase al carajo.
Emilio: Eres un malagradecido, después de todo lo que hizo don Fausto con tu familia, ahora le das la espalda.

Daniel y los demás que estaban afuera presenciaron todo lo que estaba ocurriendo. Daniel aprovechó para atraer a ese trabajador a su grupo sin saber que todo era un teatro para sacarles información.

Daniel: Filo, espera. (Emilio entra de nuevo al hospital). Ve y tráemelo a ese muchacho.
Filo: Sí, patrón. Ey, ey, venga para acá.
Arturo: ¿Qué pasa?
Filo: El patrón te quiere hablar. Patrón, aquí está.
Daniel: ¿Qué pasó ahí? ¿Por qué esa pelea?
Arturo: Nada, señor, que llevan ya un mes de atraso y no me han pagado, me cansé de trabajar; siempre nos tratan como esclavos, además no me gustó tampoco cómo trataron a su hermana.
Daniel: Si quieres, te doy trabajo, con mejor sueldo del que él te daba.
Arturo: ¿En serio?

Daniel: Claro. Filo, que le den el sueldo de este mes adelantado; y cuando salga de aquí, quiero hablar contigo, ¿cuál es tu nombre?
Arturo: Arturo, señor, a sus órdenes.
Daniel: Perfecto, ya estás con nosotros, ahora vete a tu casa, y mañana temprano te espero en mi hacienda, espera a alguien en el parque, que te van a venir a buscar.
Arturo: Muchísimas gracias, señor, por la oportunidad.

Doctor: Ya operé al señor ese, pero no luce bien, la fractura en la columna es muy delicada.
Fausto: Doctor, ahí hay unas personas que se lo quieren llevar para Santo Domingo, pero la última palabra la tiene Cristóbal, que es su hijo.
Cristóbal: Por mí no hay problema, que se lo lleven si quieren, mi papá hace mucho murió para mí.
Doctor: Moverlo así sería un peligro y podría agravar aún más su situación, recién acaba de ser operado, necesita reposo.
Fausto: Moreno, llama al tipo ese, que venga hablar con el doctor.
Moreno: Sí, ahora mismo voy, don Fausto.

Moreno salió y le hizo señas a Daniel para que entrase.

Daniel: ¿Ya me puedo llevar a don Miguel?
Doctor: Mire, joven, si se lo quiere llevar así, usted se hace responsable de lo que le pase, acaba de ser operado, su estado es delicado, y necesita reposo.
Daniel: Doctor, no soy un tonto, sé que esté delicado, pero por eso me lo quiero llevar en Santo Domingo, le darán más cuidado que en este hospitalicio.
Doctor: En este hospitalicio, como usted lo llama, cuidamos a su mamá hasta que murió. Por cierto, si no mal no recuerdo, básicamente la dejaron abandonada, la venían a ver

muy pocas veces usted y su hermana. Pero adelante, lléveselo, antes me firma un papel.

Daniel: Le firmo lo que quiera, pero me lo llevaré de igual forma, con esta gente aquí antes que él se sane lo habrán matado ya, y no permitiré que le pase a eso a mi amigo.

Doctor: Venga por aquí, y espere, déjeme decirle a la enfermera que lo prepare.

El doctor entró a la sala de cirugías para avisarle a la enfermera que preparara a don Miguel, que sería trasladado. Al mismo tiempo volvió a chequear a Jonás, que seguía todavía muy delicado, aunque aún respiraba. En ese momento entró Larissa, para estar al lado de Jonás, el doctor le dio una palmadita en señal de que todo estaba bien y se fue para que Daniel le firmara el documento.

En la iglesia, el padre Romero estaba con Venancio, Sebastián y Jessica.

Padre Romero: Bendito sea el Señor, ya todo terminó, y estamos en paz nuevamente. Gracias, Señor, por habernos quitado a ese perverso del camino.

Venancio: Hermano, ya todo el mundo regresó a sus casas.

Sebastián: Padre, ¿usted cree que Jonás se salve?

Padre Romero: Esperemos en Dios que así sea, hijo, no quisiera pensar lo contrario.

Venancio: Sebastián, no menciones esas cosas, mira cómo se pone mi hermano, tú sabes que Jonás es como un hijo para él.

Sebastián: Perdóneme, padre, no era mi intención angustiarlo, mejor me voy a limpiar la capilla, que los niños dejaron un reguero ahí. Vamos, Jessica, así me ayudas.

Jessica: Claro que sí, mi papuyo, vamo a di a limpiai esa paite de la iglesia, que la dejan toa deconchaba esos encuincles.

Venancio y el padre vieron aquello y explotaron de la risa.

Daniel y su gente por fin lograron sacar a don Miguel en una especie de camilla, lo montaron en un carruaje para llevárselo a Santo Domingo, mientras los demás que estaban en el hospital —Teresa, Marta, Fausto, Emilio, Moreno y Gabriela— ya se iban. Teresa entró a la sala de recuperación donde estaban Jonás y Larissa.

Teresa: (En voz baja). Hija, ya nos vamos.
Larissa: Mamá, me quiero quedar, no quiero dejar a Jonás solo.
Teresa: Por Dios, la enfermera está aquí, y hay dos hombres afuera que cuidarán de él, además estás muy cansada, mañana regresamos temprano.
Doctor: Hija, hazle caso a tu mamá, nada puedes hacer aquí, Jonás no despertará por ahora, está muy delicado, además ya casi viene la otra enfermera, que se quedará aquí toda la noche cuidándolo.
Larissa: Bueno, está bien, me iré, pero vengo muy temprano, no me quiero ir, no quiero dejar a Jonás solo. (Teresa mira a Larissa como quien dice "Ya, Larissa, no va a haber problema). *Ok*, mamá, está bien.

Larissa se le acercó a Jonás y le dio un beso en la boca diciéndole que lo amaba. Teresa acompañó a Larissa, y al fin se fueron todos a descansar. Don Fausto les dio instrucciones a las personas que se quedaban para cuidar a Jonás.

Dalia: Filo, ¿y mi hermano?
Filo: Se fue a Santo Domingo a llevar a don Miguel. Me dijo que me viniera para acá a estar pendiente de todo.
Dalia: *Ok*, muy bien, mejor así, necesito tu ayuda.
Filo: Lo que usted quiera, patrona.
Dalia: Necesito sacar a Jonás del hospital sin que nadie se dé cuenta.

Filo: Eso es muy peligroso, hay gente cuidándolo; además, según escuché, ese joven se está muriendo, usted lo saca de ahí y se va a morir.
Dalia: ¿Te pedí tu opinión?
Filo: No, patrona.
Dalia: ¿Entonces me vas ayudar o no?
Filo: Sí, como usted diga. (Piensa: "¿Y quién se cree esta que es?, ¿porque sea la hermana del patrón cree que va a venir a mangonearme?").¿Qué quiere que haga?
Dalia: Mira hay que darle esto de beber a la gente que se quedó cuidándolo, para que se duerman y así poder sacar a Jonás y traerlo para acá. Y te traes al doctor amenazado para que lo cure aquí a Jonás.
Filo: ¿Le puedo decir algo, patrona?
Dalia: Dime.
Filo: Al patrón no le gustará esto, y mucho menos que traiga para acá a un potencial enemigo. El señor Daniel tuvo hoy una fuerte discusión con el papá de ese muchacho.
Dalia: Mi hermano no es el dueño solo de todo esto, yo también soy dueña, y si va a estar en mi contra, me lo avisa con tiempo, para buscar otra persona.
Filo: Disculpe, patrona, solo trataba de hacerle pensar un poco antes de dar este paso.
Dalia: ¡Qué pensar ni pensar! Venga, si me va a ayudar, en el camino le voy diciendo cuál es el plan.
Filo: *Ok*, como usted ordene.

Dalia se fue comunicándole todo el plan para sacar a Jonás del hospital y darles de beber el té que haría dormir a todos en el hospital.

Larissa: Mamá, no sé, no debí dejar a Jonás solo, presiento como si algo malo le fuera a ocurrir.

Teresa: Por Dios, hija, ¿qué cosas dices?, estará la enfermera. Fausto dejó a personas de su confianza para cuidarlo. El doctor también estará pendiente, así que tranquila, nada va a pasar, solo recemos para que Jonás se recupere pronto.

En el camino, don Miguel se iba quejando del dolor.

Daniel: Tranquilo, don Miguel, lo estamos llevando a Santo Domingo, tuve que sacarlo de ese hospital porque ahí lo iban a matar.
Don Miguel: (En voz baja). Gracias. Daniel, no tengo cómo pagarte lo que has hecho, no me siento muy bien.
Daniel: Trate de calmarse y no hablar mucho, que nos quedan dos días de viaje, y usted recién salió de una operación, debe mantener la fuerza para que en Santo Domingo lo puedan atender mejor.

Jessica: ¡Ay, mi papuyo!, eto encuincle si que ensucian, etoy mueita dei cansancio, vámono acotai ya.
Sebastián: Pero, mi amor, hasta cansada te ves bella.
Jessica: ¿Tú cree, mi papuyo?, seguro ere tu pa relajaime que me dice esa cosa, uyyy, mi papuyo bello, ere lo mejoi que me ha pasado en la vida.
Sebastián: ¡Me haces sentir tan feliz, mi Jessica! Anda, vámonos a descansar ya, que hasta yo estoy bien agotado, la verdad es que los niños son unos terremotos.

Moreno: Mi amor, aunque don Fausto me dijo que regresara, porque él iba a poner dos hombres allá, no confío mucho en ese tal Daniel, mejor vuelvo al hospital a cuidar al joven.
Gabriela: ¿Y crees que sea necesario, mi vida? Sé que lo estimas mucho a Jonás.

Moreno: Pues la verdad sí, mi amor, desde que conocí al joven siempre me ha tratado como si fuera un hermano, y la verdad también lo siento así, yo por él doy hasta la vida.

Gabriela: Pues ve con él, mi amor, ya mañana me informas cómo va, aunque iré temprano junto con mi tío y mi papá. (Se despide de Moreno con un beso).

Dalia: Filo, ¿trajiste a las mujeres?

Filo: Sí, patrona, como usted me dijo. Están afuera esperando su instrucción.

Dalia: Bien, vamos por ellas, y las llevamos al hospital. En cuanto ellas les den a beber el té a los tipos esos, y estos se duerman, hay que entrar de una vez para sacar a Jonás y secuestrar al doctor.

Filo: Ya todo está listo, hablé con los muchachos, y todo está planeado, solo usted dé la orden, y listo.

Dalia: Pues bien, vámonos al hospital ahora.

Fausto: Teresa, ¿y Larissa cómo está?

Teresa: Pues un poco intranquila, dice que tiene un mal presentimiento, pero la calmé, sé que está muy estresada con todo lo que ha ocurrido, le di un té para los nervios.

Fausto: Pues búscame uno a mí también, porque la verdad no quiero ni pensar que le pase algo a mi hijo.

Teresa: Cálmate, amor, todo saldrá bien, déjame buscarte un poco de té, y luego regreso con Larissa a la casa, así descansas tranquilo.

El padre Romero comenzó a apagar las velas de la casa, cuando vio a Gabriela rezando en un banco de la iglesia.

Padre Romero: Hija, ¿pasa algo?

Gabriela: No, tío, solo quiero rezarle un poco a Dios para que todo salga bien con Jonás y que ya todo esto acabe pronto.

Padre Romero: Te voy a acompañar también a rezar, hija; siento un enorme vacío, todo esto me ha hecho reflexionar lo que un padre puede llegar a querer a un hijo. Jonás es como si fuera mi hijo, y siento ese yugo en la garganta, me imagino cómo estará don Fausto, que es su verdadero padre.
Gabriela: Moreno se fue para el hospital también a cuidar a Jonás, me dijo que no se sentía tranquilo estando lejos de allá.

Dalia: Ahí están los tipos, vayan y sedúzcanlos para que se tomen el té, no vuelvan sin que ellos se lo hayan tomado.

Las mujeres se movilizaron hacia los hombres de don Fausto, comenzaron a hablar con ellos y trataron de seducirlos, hasta que lo lograron. Los tipos comenzaron a manoseara las mujeres, estas hicieron que bebían té y los incitaron a ellos para que las acompañaran bebiendo la infusión, los tipos accedieron, y al cabo de un rato comenzaron a sentirse un poco mareados, hasta que cayeron dormidos.

Filo: Ahora vamos, muchachos, yo me encargo del doctor, vayan ustedes por Jonás, y mucho cuidado que el pase algo a Jonás.
Dalia: Filo, confío en ti, dense prisa, hay que hacerlo rápido.
Filo: Sí, patrona, no se preocupe.

Moreno iba camino al hospital, estaba casi llegando cuando los hombres de Dalia sacaron a Jonás del hospital. Filo entró donde estaba el doctor, lo amenazó de muerte si no lo acompañaba, a lo que el doctor cedió. En fin, lograron sacar a Jonás del hospital, Moreno no se percató de que se habían llevado a Jonás, pero vio a los hombres de don Fausto tirados en el suelo.

Moreno: ¡¿Pero qué es esto!?, ¡los dejan cuidando y se ponen a dormir!, ¡vamos, despierten, despierten! (Piensa: "Aquí pasa algo raro, estos hombres no están durmiendo normalmente").

Moreno entró al hospital, a donde supuestamente estaba Jonás, pero no lo ve, busca por todos lados y no ve a nadie, comienza a llamar al doctor, hasta que escucha un ruido que sale de un closet, y cuando lo abre, encuentra a la enfermera amarrada.

Moreno: ¿Qué pasó aquí?
Enfermera: Vinieron unos hombres, me amenazaron y me amarraron mientras se llevaban al joven.
Moreno: Pero ¿quiénes?
Enfermera: No lo sé, joven.
Moreno: Debo ir rápido a lo de don Fausto.

Moreno salió como alma que lleva el diablo a informarle a don Fausto lo que estaba pasando. Mientras, Dalia iba acariciando a Jonás y diciéndole algunas cosas al oído.

Dalia: No te preocupes, mi amor, que yo te voy a cuidar, no dejaré que nadie más te toque, te alejaré de toda esa gentuza, tú serás mío, solo mío.
Doctor: Usted no debió sacar a este joven así, va a ser la responsable si se muere, él está muy delicado.
Dalia: Cállese la boca, doctorcito. Usted va a cuidarlo y a sanarlo, o me responde con su vida, ¿me escuchó? Le pregunté si me escuchó.
Doctor: Sí, la escuché.

Larissa: Ay, mamá, no sé qué tengo, pero me siento muy inquieta, no debí venir, debí quedarme con Jonás.

Teresa: Tranquila, hija, todo estará bien, ya mañana vamos temprano a ver cómo sigue.

Cristóbal: Hija, tranquilízate, sé cómo te debes sentir, yo sentí tantas veces esa misma inquietud cuando mi padre te arrancó de mis brazos y te llevó quién sabe dónde, pero Teresa pudo liberarte.

Larissa: Papá, no aguanto más, siento que le ha pasado algo a Jonás, por favor llévame al hospital, por favor, nunca te he pedido nada, por favor compláceme.

Cristóbal: Es muy tarde, hija, y hay peligros en la calle, pero está bien, te voy a llevar.

Moreno llegó a lo de don Fausto exaltado por lo que había pasado.

Moreno: ¡Don Fausto, don Fausto!
Don Fausto: ¿Qué pasa, Moreno, por qué vienes así?
Moreno: Su hijo.
Don Fausto: ¿Qué le pasa a mi hijo?, habla, dime.
Moreno: Yo no me fui a la casa como usted me dijo, solo fui a ver a Gabriela y cuando salí de ahí me dije "No voy a dejar al joven solo", así que me fui de vuelta al hospital. Cuando llegué vi a los hombres que dejó, desmayados, y supe que algo malo estaba pasando. Entré al cuarto de Jonás, y no estaba, habían amarrado a la enfermera, aparentemente se llevaron a Jonás y al doctor.
Don Fausto: ¿Pero quién pudo haber hecho eso?, dime, ¿quién?
Moreno: No lo sé. La enfermera no conoce a los hombres que se llevaron al joven.
Don Fausto: Ve y busca a Emilio, que me reúna todos los hombres, vamos a buscar a mi hijo hasta debajo de las piedras, rápido.
Moreno: Sí, don Fausto.

Don Fausto rompió un florero que había encima de la mesa con mucha rabia. Mientras, Dalia daba instrucciones para que entraran a Jonás en una de las habitaciones y lo pusieran lo más cómodo posible. Daniel seguía en el camino con don Miguel, hasta que el cochero detuvo la carreta.

Daniel: ¿Qué pasa?, ¿por qué paras?
Cochero: Señor, debemos descansar un poco, los caballos ya no aguantan más, si no paramos, se nos mueren, y entonces sí estaremos en problemas.
Daniel: *Ok*, de acuerdo, vamos a descansar unas horas, y cuando salga el sol seguimos.
Cochero: Sí, señor, gracias por entender, voy a ser un fuego para hacer un té y darles de beber a los animales.

Larissa y Cristóbal llegaron al hospital y solo encontraron a la enfermera asustada.

Larissa: ¿Qué pasó aquí? ¿Y los hombres que cuidaban a Jonás? Dígame qué pasó aquí, dónde está Jonás. (Va a buscar a Jonás, la enfermera trata de impedírselo, pero Larissa no cede: entra y no ve a nadie). ¿Dónde está Jonás?, ¡dígame dónde está!
Enfermera: No lo sé, no lo sé, a mí me amarraron, y unos hombres se llevaron al joven y al doctor.
Larissa: ¡Te lo dije, papá!, algo iba a pasar, yo sabía, no debí dejarlo solo, debí quedarme.
Cristóbal: Tranquila, hija. A ver, ¿cómo es eso de que la amarraron?, ¿y cómo entonces se soltó?
Enfermera: Bueno, vino un señor también buscando al joven y fue quien me encontró ahí encerrada y amarrada, me desamarró, y no sé más, yo no conozco a la gente que se llevó al joven, solo escuché decirle al joven que me ayudó que iba a lo de un tal don Fausto a avisarle.

Cristóbal: Debió ser Moreno, o Emilio, entonces.
Larissa: Papá, ¿qué vamos a hacer?, hay que buscar a Jonás donde sea, quien quiera que hizo esto, me la va a pagar, lo mato con mis propias manos.
Cristóbal: Hija, por Dios, no te he escuchado hablar así nunca.
Larissa: Perdóname, pero no aguanto la rabia; y si esto fue obra de mi abuelo,¡¡hasta el soy capaz de…!!
Cristóbal: Hija, no sigas, ya, tranquila, déjame pensar qué vamos a hacer, por lo pronto debemos ir a la iglesia a contarle al padre Romero, él tiene más sabiduría que nosotros.

En las afueras del hospital se escuchaba el murmullo de alguna gente y los caballos, Larissa y Cristóbal salieron a averiguar qué pasaba, entonces vieron que era don Fausto, que iba con una recua de hombres a buscar a su hijo.

Don Fausto: Larissa, Cristóbal, ¿qué hacen aquí? Ya se enteraron.
Cristóbal: Por desgracia sí, don Fausto, mi hija y yo íbamos a la iglesia avisarle al padre Romero.
Larissa: Tenemos que encontrar a Jonás, tenemos que encontrarlo, y a quien hizo esto yo misma quiero…
Cristóbal: Ya, hija, ya, tranquila. Disculpe, don Fausto, mi hija está muy alterada desde hace rato.
Don Fausto: Larissa, calma, tranquilízate, que a mi hijo lo encontraremos. Y sé lo que siente, yo también quiero romperle el cuello a quien hizo esto poniendo en riesgo la salud de mi hijo, que está tan grave. Ve con tu padre a la iglesia, nosotros seguiremos buscando. Moreno, tráeme a la enfermera, quiero hablar con ella.
Moreno: Sí, señor, ahora mismo.

Moreno entró al hospital a buscar a la enfermera, mientras Larissa y Cristóbal se iban a la Iglesia a informarle al padre Romero lo que había pasado.

Dalia: Filo, es posible que estén buscando a Jonás, si es que ya descubrieron que no está en el hospital. Manda a tus hombres a las afueras, y que ante cualquier movimiento, nos vengan a informar, y si hay que pelear con ellos, se pelea, ¿entendido?
Filo: Sí, señorita, ahora mismo mando a los hombres.
Dalia: Doctor, no tengo que decirle más nada, si a Jonás le pasa algo, usted será el único culpable. Tú ven acá, te quedas aquí la noche entera para que el doctor atienda a Jonás, y si se niega a atenderlo, ya sabes lo que tienes que hacer.
Hombre: Sí, patrona.

Don Fausto y sus hombres comenzaron a buscar a Jonás por todos lados. Se les dio la instrucción de dispersarse por todos lados, por las afueras de la ciudad, por donde fuera necesario, preguntándole a la gente si habían visto algo extraño. Mientras, Larissa y Cristóbal llegaron a la iglesia y le contaron al padre lo que había pasado, este se persignó y abrió los brazos al Señor Jesucristo.
Ya muy de mañanita, la gente comenzó a llegar a lo de don Fausto sin ninguna noticia de su hijo.
Mientras tanto, Daniel se preparaba para seguir rumbo a Santo Domingo con don Miguel.

Daniel: Don Miguel, ¿cómo se siente? Ya nos vamos, a ver si llegamos temprano, ya falta poco.
Don Miguel: No me siento muy bien, no puedo moverme, me sientoincómodo.
Daniel: Tranquilo, que no hace ni un día que ha sido operado, y su operación fue muy delicada, ya cuando lleguemos

daré las instrucciones para que lo atiendan los mejores médicos que hay y que tenga usted una enfermera o dos a su disposición las veinticuatro horas.

Don Miguel: ¿Y cuáles son los mejores médicos, si solo hay cuatro en toda la región?

Daniel: Bueno, si hay que ponerlos a los cuatro para que lo sanen, se hará, a punta de pistola si es necesario.

Emilio: Don Fausto, nada, hemos buscado por todas partes, los hombres que mandé a las afueras tampoco han visto ni oído nada, la verdad es como si se lo hubiera tragado la tierra.

Don Fausto: Pero no puede ser que en unas horas mi hijo haya desaparecido así por así, quiero que no descansen, busquen hasta encontrarlo.

Moreno: Seguiremos, ¿quiénes vienen conmigo?

Larissa: Yo, pero necesito que me den una arma, porque quien se llevó a Jonás pagará con su vida el haberlo puesto en peligro.

Cristóbal: Pero, hija, tú nunca has manipulado un arma.

Larissa: No importa, papá, Moreno me enseñará en el camino, además si mis instintos no me traicionan sé dónde puede estar Jonás.

Don Fausto: ¿Cómo, Larissa? ¿Crees saber dónde está mi hijo?

Larissa: Así es, don Fausto, todos buscamos en el lugar equivocado y se nos olvidó la perra esa. ¿No se han puesto a pensar que ella tuvo algo que ver en todo esto?, ¿no se acuerdan cómo estaba en el hospital?

Don Fausto: ¿De qué perra hablas, Larissa? Yo estaba adentro con mi hijo.

Larissa: Tiene razón, don Fausto, usted no estaba ahí, pero mi papá, mi mamá y Moreno estaban ahí. Hablo de la hermanita de Daniel, la tal Dalia.

Moreno: Larissa tiene razón, esa mujer estaba como una fiera en el hospital, estoy de acuerdo con ella. Muchachos, agarren sus armas, vamos a la casa de esa mujer, hay que tener mucho cuidado, porque ellos tienen su gente también.

Don Fausto: Pues llévense la gente necesaria, hay que hacer lo que sea para traer a mi hijo de vuelta.

Cristóbal: Yo voy con ustedes, no te dejaré sola, hija, esto puede ser peligroso.

Don Fausto: Que ensillen mi caballo, a mi hijo lo traigo porque lo traigo. Bien pensado, Larissa, no se me había pasado esa idea por la cabeza, es una posibilidad que no podemos dejar de percibir.

Sebastián: Padre, ¿qué hace tan temprano despierto?

Padre Romero: Ay, hijo, no he podido pegar un ojo, a Jonás se lo han llevado, y no sabemos dónde.

Sebastián: ¿Cómo que se han llevado a Jonás?, ¿y quién?

Padre Romero: No sabemos, desde anoche lo andamos buscando, lo malo es que estaba muy delicado. Dios lo libre del mal. Solo vine un rato a la iglesia, pero tengo que volver a salir para seguir buscando a Jonás.

Sebastián: Pues yo voy con usted, ¿por qué no me avisó anoche mismo? Yo pude ayudarlos a buscar a Jonás, él es como un hermano para mí.

Padre Romero: Lo sé, mi querido Sebastián, pero todo fue tan rápido que no pensamos en nada, solo en salir a buscarlo.

Parte de la gente que tenía el Filo infiltrada llegó rápido hasta él para avisarle lo que la gente de don Fausto estaba por hacer.

Hombre: Señor, don Fausto y su gente vienen para acá, escuché a la tal Larissa decir que había una posibilidad de que el joven ese estuviera aquí.

Filo: Pronto, búscate a los demás, hay que avisarle a la señora y sacar al joven de aquí antes de que llegue esa gente, prepara el carruaje.

Filo fue directamente a la habitación de Dalia y entró sin ni siquiera avisar, por lo que ella se asustó.

Dalia: ¿Pero qué es esto?, ¿quién te dio permiso para entrar en mi habitación así?, ¿qué te pasa?
Filo: Señora, vístase rápido, tenemos que sacar el joven de aquí, el papá viene para acá, así que dese prisa, no tenemos tiempo que perder.
Dalia: ¿Pero de dónde has sacado eso?, ¿quién te dijo que vienen para acá?
Filo: Señora, yo sé hacer mi trabajo, tengo gente infiltrada allá, y ya me vinieron avisar, así que por favor no pierda más tiempo, lo vamos a llevar a una de las casas que compramos Daniel y yo. También tengo que ir a ver un desertado de esa gente que se une con nosotros por orden del patrón.
Dalia: Bueno, pues salga, no me voy a vestir delante de usted.
Filo: Disculpe, señora, ya me voy a preparar al joven para llevárnoslo.

Gabriela: Papá, todo esto que está pasando aquí parece una novela, ¡cuántas cosas en tan poco tiempo!, y todo por culpa del tal don Miguel ese.
Venancio: Así es, hija, hoy estamos bien, mañana no sabemos, pero nada, vámonos con mi hermano a seguir buscando a Jonás.

De la casa de Dalia se llevaron a Jonás en una carreta para otro lugar, pero Dalia se quedó en la casa para que no sospecharan nada. Mientras, Larissa, don Fausto y los demás llegaron al lugar. Larissa, sin mediar palabra, empujó a uno de los hombres que estaba custodiando la puerta y entró voceando.

Larissa: ¡Jonás, Jonás! ¿Dónde está Jonás?

Dalia: ¿Pero quién eres tú para entrar a mi casa sin mi permiso y para colmo gritando como una loca?

Larissa le apuntó con la pistola.

Larissa: Si no me dices dónde está Jonás ahora mismo, te vuelo la cabeza.
Cristóbal: Hija, ya basta, tú no eres ninguna asesina, cálmate, por Dios.
Don Fausto: Es cierto, Larissa, cálmate.
Larissa: ¿Cómo me voy a calmar si esta tiene que ver con la desaparición de Jonás?
Dalia: ¿De qué desaparición hablas? Ustedes básicamente me echaron del hospital, ¿de qué me estás hablando?
Larissa: No te hagas la estúpida y dime dónde está Jonás ahora mismo, o no respondo.
Dalia: Busquen todo lo que quieran, no sé de qué me están hablando.
Larissa: Moreno, chequea la casa entera, hasta debajo de las piedras, no confío ni un poco en esta mujer.
Dalia: ¿Pero quién te crees que eres?, ¿crees que me puedes amenazar porque tienes un arma contigo y porque vienes con todos estos hombres? Deja que mi hermano llegue y sepa lo que han hecho ustedes.
Cristóbal: Mire, señorita, más le vale cooperar sin hacer mucho ruido, que a su hermano se le ve que es tan perverso como mi padre. Déjeme decirle que mi padre vino con un ejército para acá y les ganamos la batalla, su hermano es nuevo en esta región, no creo que tenga gente para pelear con todos nosotros, así que mejor baje su tono.
Moreno: No hay nada, lo buscamos en toda la casa, aquí no está.
Dalia: Se lo dije, aquí no hay nadie. ¿Viste, salvaje, que aquí no hay nada? Lárguense por donde vinieron, ¡lárguense!

Larissa: ¿Salvaje? Tú vas a saber quién es la salvaje si me llego a enterar que tuviste algo que ver con la desaparición de Jonás.
Dalia: Cállate y lárgate de mi casa, aquí no vuelvas a poner un pie, salvaje.
Don Fausto: Vámonos, Larissa, aquí definitivamente no está mi hijo.
Larissa: No sé por qué tengo el presentimiento de que esta tuvo algo que ver, pero está bien, vámonos de aquí, a seguir buscando a Jonás. Más te vale que no tengas nada que ver, porque si me entero de lo contrario, ya vas a saber quién es Larissa.

Dalia quedó enojadísima. Mientras, ya Daniel llegaba a la casa de don Miguel, Pilar alcanzó a verlos.

Pilar: ¿Qué le pasó a don Miguel?
Daniel: Pues nada, sufrió un accidente en el problema que hubo en Santiago, dígame dónde está el hospital aquí, hay que llevarlo rápido antes de que se ponga más grave.
Pilar: Sí, claro, lo llevo ahora mismo, déjeme ponerme una blusa. (Piensa: "¿Y no se murió el viejo condenado este?").

Pilar fue por sus atuendos, Daniel quedó impartiendo algunas órdenes a los empleados de la casa de don Miguel.

Daniel: Atiéndanme bien todos, sé que no me conocen muy bien, pero quiero decirles que mientras don Miguel se recupere, ustedes seguirán mis órdenes. ¿Quién está a cargo aquí?
Sirviente: Pues la verdad ahora mismo está solamente Pilar, porque todos se fueron con don Miguel para la guerra esa que iban a tener en Santiago. Por cierto, ¿qué pasó con el Mole, el Cojo y Silverio? Ellos son los hombres de confianza de don Miguel.

Daniel: Pues la verdad no sé quiénes son, pero conmigo solo vino don Miguel, no sé dónde está ninguno de esos hombres, seguro deben estar muertos, porque a don Miguel lo masacraron allá.

Pilar escuchó y se quedó riendo de la alegría, solo decía en su interior: "¡Qué bueno, qué bueno! Por fin se hizo justicia".

Pilar: Ya estoy lista, señor, vámonos al hospital, allá está el doctor de don Miguel.

En Santiago todavía seguían buscando a Jonás por todos lados, pero no aparece. El padre Romero, Gabriela y Venancio preguntaban en las calles si habían visto a Jonás o algo raro, pero nadie sabía nada, era como si hubiera desaparecido en un abrir y cerrar de ojos. Por otro lado, alguien fue a buscar a Dalia a la casa.

Trabajador: Señora, Filo la manda a buscar, para que sepa dónde dejamos al joven que usted trajo.
Dalia: Ah, qué bien, deme un momento y vámonos para allá.

Don Fausto: Moreno, ¿dónde están los hombres que se quedaron cuidando a mi hijo en el hospital?
Moreno: Están ahí afuera, don Fausto, ¿los quieres ver?
Don Fausto: Sí, Moreno, hazlos pasar, quiero saber exactamente qué pasó.
Moreno: Entren, don Fausto quiere hablar con ustedes.
Hombre 1: Don Fausto, perdónenos por no saber cuidar al joven.
Don Fausto: ¿A ver?, ¿qué fue lo que pasó?, quiero cada detalle.
Hombre 2: La verdad es que cuando estábamos custodiando… (Llegan a su memoria las imágenes de lo que había sucedido esa noche, las mujeres que los habían seducido y cómo

ellos se habían dejado seducir hasta que bebieron de un té que les habían dado y no supieron más de sí).

Moreno: Estoy seguro de que esa mujer tiene algo que ver, les dieron un té y se durmieron, lo mismo que la otra vez a Jonás. Larissa tiene razón, para mí que esa tal Dalia tiene algo que ver, aunque ella lo niegue.

Emilio: Don Fausto, si quiere se la traemos aquí y la apretamos hasta que cante la verdad.

Don Fausto: No, Emilio, soy incapaz de tocar a una mujer, pero si ella tuvo algo que ver y a mi hijo le pasa algo, ahí si se me olvida ser un caballero.

Sebastián: Ay, mi amor, hemos buscado por todos lados, y no aparece Jonás, es como si la tierra se lo hubiera tragado.

Jessica: ¡Ay, mi papuyo!, tú va ve que ei joven va aparecei pronto, seguro fue alguien pa sei maidad ai joven.

Sebastián: Así es, mi capuchín, Dios va a proveer, y Jonás va a aparecer.

Jessica: ¡Ay, sí, mi papuyo!, tu debe estai muy cansao, ven que te voy a preparai ei bano, para que te refresque.

Sebastián: ¡¿Qué?!¡No!, yo tengo que volver de nuevo para seguir buscando a Jonás. (Piensa: "Oigan a esta, disque baño, si es el sábado que me toca, y hoy es miércoles, mejor me voy antes de que se ponga a decirme otra vez").

Jessica: Uhm, yo como que estoi viendo muy raro a mi papuyo. Ayei ni ante de ayei lo vi banaise y ahora que recueido ei sábado pasao fue que vi que se bañó, no me ta gutando ni un chin eto… ¿Será familia de lo chivo será?

Dalia: Doctor, ¿cómo sigue Jonás?

Doctor: Pues en estas condiciones y con la indelicadeza que ustedes tuvieron en traerlo para acá, no creo que se salve.

Dalia: Mire, doctorcito, si Jonás se muere, usted se muere con él, así que déjese de estar hablando babosadas y páreme de ahí lo más pronto posible a Jonás. Filo, redoblen la guardia aquí, que el doctor no salga de esta habitación para nada.

Filo: Sí, patrona, así será. Venga acá, señora, si el chamaco se salva, ¿qué va a pasar?

Dalia: ¿Cómo qué va a pasar?

Filo: Sí, señora, qué va a pasar, ¿no se ha puesto a pensar que él querrá volver a lo de su gente, y usted se meterá en un lío grande?, porque van a saber que fue usted quien mando a secuestrarlo.

Dalia: Yo había pensado en eso, y tengo un plan, ya veras, ya verás.

Daniel: Doctor, dígame la verdad: ¿cómo ve a don Miguel?

Doctor: Pues según pude chequearlo, lo veo muy mal, ha sido operado recientemente, y no lo dejaron reponerse, las operaciones son muy delicadas y más en la parte de la columna, aquí solo queda esperar a que responda al tratamiento que le hemos hecho para que por lo menos esté un poco más fuerte.

Daniel: Bueno, usted haga todo lo posible para que viva y se reponga.

Doctor: Haré todo lo posible.

Daniel: Pilar, vámonos, necesito hablar con usted antes de irme de regreso a Santiago.

Pilar: Está bien, joven, como usted ordene.

En Santiago.

Larissa: Mira, papá, a mí no hay quien me quite de la cabeza que esa mujer tiene algo que ver con la desaparición de Jonás.

Cristóbal: Hija, de todos modos debes calmarte, mostrando ese coraje no vas a solucionar nada.

347

Marta: Hija, es verdad lo que dice tu papá, vamos mejor a tratar de ver qué plan haremos para encontrar a Jonás, porque no es posible que la tierra se lo haya tragado así como así.
Teresa: ¿Y si fue la gente de don Miguel la que se lo llevó?
Cristóbal: No, no lo creo, los únicos que quedaron vivos salieron huyendo, y mi papá, ya ustedes saben cómo está. Más bien estoy de acuerdo con mi mamá, tenemos que hacer un plan porque al igual que mi hija tengo mis dudas acerca de esa mujer, así que vamos a pensar cómo tenderle una trampa por si ella tiene algo que ver.
Larissa: Estoy de acuerdo, papá, pero no podemos perder tiempo, vamos con don Fausto porque él tiene que estar enterado de lo que vayamos a planear.
Marta: Larissa tienes razón, vamos a lo de Fausto.

Todo se complicaba con Jonás, el doctor trataba de hacer todo lo posible para reanimarlo, pero Jonás estaba muy delicado.

Doctor: Mire, señora, el joven se va a morir si no lo atiendo en el hospital, donde tengo todos los instrumentos y la medicina.
Dalia: Le dije que no, usted lo atenderá aquí, y si se muere, se muere aquí, pero usted también se muere, ¿me escucho bien?
Doctor: Entonces mátenos a los dos de una vez, porque el joven se me va a morir aquí, no tengo con qué ayudarlo a recuperarse.
Dalia: A ver, lo voy a mandar a usted al hospital a buscar lo que necesite y lo trae para acá, y si intenta hacer algo extraño, lo matan de una vez. Tú y tú, acompáñenlo al hospital y ayúdenlo a que traiga todo lo que necesita.
Hombre: Sí, señora, lo que usted ordene. Vamos, doctorcito, andando, hay que darse prisa, ese joven no está nada bien.

El doctor se quedó mirando a Dalia como si quisiera asesinarla. Dalia también se quedó mirándolo y pensando: "A este doctorcito habrá que eliminarlo después de que cure a Jonás, no me da buena espina, y veo venganza en sus ojos".

Daniel: Mire, Pilar, de ahora en adelante el que da las órdenes soy yo, hasta que don Miguel se recupere y pueda regresar a la casa, como usted conoce todo aquí, quiero que se encargue de las tierras y de los negocios de su patrón, y me informa de todo.
Pilar: Pero, señor, yo no sé de eso, yo solo le he servido a don Miguel aquí, en la casa.
Daniel: Lo sé, pero nadie mejor que usted conoce dónde don Miguel tiene todo y quiénes están al frente de cada operación aquí.
Pilar: Bueno, eso sí, conozco a todo el mundo.
Daniel: Pues así se empieza, ve que ya está haciéndolo bien, usted lo único que tiene que hacer es ir y decirles a todos que en nombre de don Miguel usted está asesorándose de que todo marche bien y que si hay algo, algún problema, se lo notifiquen, y así usted me lo notifica a mí, que yo voy a resolverlo. Mientras tanto, le voy a dejar a uno de mis hombres, que será quien me lleve la información, y cualquier cosa que necesite, me avisa de una vez.

Pilar: *Ok*, señor, como usted mande.

Ya en Santiago, todos estaban reunidos haciendo el plan para ver cómo Dalia caía en la trampa.

Don Fausto: Tengo una idea, ¡pero cómo no me había acordado! Emilio, ¿qué pasó con el hombre que infiltraste?
Emilio: ¡¡Arturo!! No he sabido nada todavía, estoy esperando que se reporte.

Don Fausto: Bueno, si él logra infiltrarse con ellos, seguro nos dirá si mi hijo está por esos rumbos. De todos modos, no nos podemos quedar aquí solo haciendo planes, debemos seguir moviéndonos, no sabemos en qué condiciones está mi hijo.
Larissa: Don Fausto, yo propongo que secuestremos al hermano, a Daniel, el que se fue a llevar al demonio ese, si lo secuestramos, ella seguro va a hablar de una vez.
Don Fausto: Es una situación delicada, hija, ese tipo es tan peligroso como don Miguel, no sería tan fácil, además nosotros no somos como ellos, tenemos que buscar otra forma.
Larissa: ¿Pero qué forma, don Fausto? Lo hemos buscado por todas partes, y no aparece, lo único que me puede entrar en mi cabeza es que esa malvada tiene algo que ver. Jonás no tenía enemigos más que el tal abuelo mío, y como dijo mi papá, él no fue porque fue derrotado junto con su gente, así que la única que debe tener algo que ver con esto es la tipa esa.
Marta: Tranquilízate. Fausto sabe lo que dice, recuerda que él es su papá y más nadie que quiere encontrar a su hijo.
Larissa: Lo sé, abuela, pero estamos en lo mismo sin hacer nada. Perdón, don Fausto, no quiero contradecirlo, pero estoy desesperada, hay que hacer algo, Jonás está muy grave, y no sabemos dónde está, y si no tiene ayuda médica o medicamentos, que seguro necesita, no quiero ni pensar, yo me muero también.
Don Fausto: Entiendo tu preocupación, Larissa, créeme que yo también siento lo mismo, y me muero si pierdo por segunda vez a mi hijo. Todo por culpa de ese desgraciado.

Santo Domingo.

Don Miguel: ¿Dónde estoy? ¿Qué me hicieron?
Doctor: Tranquilo, don Miguel, usted está en el hospital recuperándose de lo que le pasó, tenga paciencia para que logre recuperar fuerza.

Don Miguel: ¡Qué paciencia ni paciencia! Sáquenme de aquí ahora mismo y lléveme para mi casa. ¿Dónde está Daniel?
Doctor: Si se refiere al señor que lo trajo, pues ya se fue, creo que a darle unas instrucciones a la señora que trabaja con usted. Pero ahí afuera hay dos de sus hombres, si quiere, los hago pasar para que usted hable con ellos.
Don Miguel: Claro que sí, hazlos pasar ahora mismo.
Doctor: Pasen, pero no le hablen mucho, todavía está delicado.
Hombre: Sí, doctor. Don Miguel, mande usted.
Don Miguel: Ve y búscame de inmediato a Pilar, necesito salir de aquí lo antes posible.
Hombre: Sí, ahora mismo la busco, pero el doctor quiere que usted se esté tranquilo, porque no está muy bien.
Don Miguel: Mire, carajo, ¿yo le he pedido alguna opinión?, váyase a buscar a Pilar ahora mismo… (Piensa: "Criados estos, qué se creen"). Mire, doctor, ¿cuándo me podré parar de aquí?, hábleme claro, que no soy un muchacho.
Doctor: No me voy andar con rodeos con usted, la operación que le hicieron fue un éxito, lograron parar el sangrado hemorrágico que tenía, y eso le salvó la vida, pero al parecer el golpe que usted sufrió le desvió la columna dañándole uno de los discos bajos, me temo que usted no podrá caminar más.
Don Miguel: ¿De qué carajo usted está hablando?, ¿que no voy a poder caminar más? ¿Yo, don Miguel Batista un paralítico? ¿Usted está loco?, le ordeno que haga lo que sea para que yo vuelva a caminar, o su vida está en juego.
Doctor: Mire, don Miguel, usted está muy alterado, y eso no le conviene, todavía está en reposo, yo no soy un mago para hacer que vuelva a caminar, solo un milagro de Dios lo lograría.
Don Miguel: ¡Qué milagro ni milagro! Usted sabe que yo no creo en su Dios, haga lo que sea para que yo vuelva a caminar otra vez. Y si usted no es un doctor de verdad, mande a otro que sepa de esto.

Doctor: Don Miguel, con todo respeto, lo he atendido casi toda mi vida médica y bastantes veces le he devuelto la salud, pero en este caso nada se puede hacer, créame que si estuviera en mis manos, lo ayudaría, además es mi deber profesional sanar al enfermo.

Don Miguel se quedó resabiando y mal humorado con esa noticia abrumadora, que no se esperaba.

Pasaban los días, y no encontraban a Jonás. Este se despertó y vio al doctor.

Jonás: ¿Qué hago aquí?, ¿dónde estoy?

Doctor: Jonás, tranquilo, estás muy débil, todavía debes recuperar fuerzas. (Piensa: "Malditos hombres estos, si no le diría la verdad, que estamos secuestrados aquí").

Hombre 1: Ve, Rómulo, date prisa, dile a la señora que el joven despertó.

Hombre 2: Ahora mismo voy.

Jonás: ¿Dónde están Larissa y mi papá?

Doctor: Jonás, cálmate ahora mismo no están, estás muy débil, no hables.

Arturo: Señor, disculpe que vine para acá sin avisar, pero me dejaron esperando en el parque aquella vez del problema con la señora, nunca fue nadie como me había dicho el señor.

Filo: Pues mira, muchacho, se nos complicó un poco el asunto aquí, por eso no pudimos ir, pero bueno ya que viniste, ¿todavía quieres trabajar con nosotros?

Arturo: Pues claro sí, para eso vine, usted sabe que no vuelvo jamás a tratar con esa gente, además ya me urge trabajar, tengo que mantener a la familia.

Filo: *Ok*, perfecto, el señor no está aquí ahora, pero de todos modos él quería que te vinieras a trabajar, tenemos que hacer unos trabajitos, vente conmigo, en el camino te explico.

Arturo: Como usted mande, señor.

Gabriela: Mi querido Leo, me has abandonado.

Moreno: No, mi amor, no digas eso, tú sabes que con la desaparición del joven hemos estado muy ocupados buscándolo. Oye, hacía mucho que no me decías así, por mi nombre.
Gabriela: Pues la verdad es que no me acostumbraba a decirte Leo. Respecto delo de Jonás, sí, la verdad estamos muy preocupados, mi tío no sale de la capilla, está todo el tiempo rezándole al Señor.

El padre Romero rezaba.

Padre Romero: Señor, tú que eres misericordioso, danos una mano para encontrar a Jonás, no lo desampares. Llévame a mí, si quieres, pero a Jonás no, te lo pido en el Nombre del Padre, del Hijo y del Espíritu Santo.
Sebastián: Amén. Sí, padre, vine a rezar con usted, yo quiero mucho a Jonás.
Padre Romero: Lo sé y te agradezco que lo quieras así, porque sé que él también te quiere a ti igual.
Sebastián: Padre, quería preguntarle algo serio.
Padre Romero: A ver, dime.
Sebastián: ¿Usted ha hablado por casualidad con la Jessica?
Padre Romero: ¿Con la Jessica? ¿Y para qué tendría yo que hablar con ella, o para qué?
Sebastián: Pues no se haga, padre, que usted siempre me molestaba con eso, y ahora la Jessica es lo mismo.
Padre Romero: ¿A ver, Sebastián?, no te entiendo, explícate bien.
Sebastián: Pues con la bañadera, padre, con qué más va a ser. Es como si me estuviera acechando todos los días, usted sabe que no es que no me guste bañarme, pero eso es una promesa que le hice a mi madre antes de morir, que solo los sábados me bañaría.
Padre Romero: Mira, sinvergüenza, anda ahora mismo a limpiar la sacristía. ("Esto es el colmo de los colmos, Jesús, María y José").

Dalia: Mi amor, qué bueno que ya estás despierto.

Jonás: ¿Por qué estás tú y no Larissa y mi papá?, ¿qué pasa?, díganme qué pasa.

Dalia: Mi amor, cálmate, estás muy delicado, casi no tienes fuerza, quiero que te sanes completamente, olvídate de tu familia, estoy aquí para cuidarte y protegerte.

Jonás: ¿Cómo que me olvide de mi familia?, ¿qué pasó con ellos? Doctor, dígame qué pasó.

Jonás colapsó de nuevo, el doctor comenzó a chequearle los signos vitales.

Dalia: ¿Qué le pasa, doctor?

Doctor: No sé, parece que se desmayó, sus signos son muy bajos, no podemos dejarlo aquí, se va a morir, hay que llevarlo al hospital, allá tengo todo lo que necesito para salvarlo.

Dalia: No y no, de aquí no se mueve, sálvelo aquí, no me voy a arriesgar.

Doctor: Usted no entiende: si se queda aquí, se va a morir.

Dalia: Mire, doctor, vamos a hacer una cosa: cuando oscurezca más, lo llevamos al hospital, así nadie nos ve, y cuando lo estabilice, nos los llevamos a Santo Domingo, y de ahí me lo llevaré a España.

Doctor: ¿Pero usted se está volviendo loca?, ¿quiere matar al joven?

Dalia: Está decidido ya, usted hace lo que le digo, o quien se muere es usted.

Larissa: Padre, disculpe que haya venido así, pero necesito que me ilumine, no puedo con esto que me está matando por dentro, el no saber nada de Jonás me inquieta mucho.

Padre Romero: Te entiendo, hija, esto nos está afectando a todos, tengo una impotencia tan grande…Cada minuto le ruego a Dios para que al menos Jonás este bien.

Larissa: Padre, perdóneme por lo que le voy a decir, pero sea quien sea el culpable o la culpable de lo que le pase a Jonás, yo misma lo voy a matar.

Padre Romero: Hija, por el amor de Dios, no te llenes de odio, matar es un pecado mortal.

Larissa: Pero ellos no tienen compasión con nosotros, y también nos matan.

Padre Romero: Pero tú no eres igual que ellos, hija. Dios es amor, y nosotros somos hijos de Él y debemos imitarlo. El amor es paciente, es bondadoso. El amor no es envidioso ni jactancioso ni orgulloso. No se comporta con rudeza, no es egoísta, no se enoja fácilmente, no guarda rencor.

Larissa: Tiene razón, pero créame que esto me ha dejado mal, y la furia que tengo por dentro no es chiquita, mire los días que han pasado, y Jonás no aparece, cada día me inquieto más.

El tiempo transcurría. Dalia llevó a Jonás y al doctor hasta el puerto de Santo Domingo para llevárselo para España. Amenazó a todos los trabajadores de no hablar ni una sola palabra.

Don Fausto, por su lado, desesperado, bebía y rompía todo, Emilio trataba de calmarlo. Larissa era un mar de lágrimas. Cristóbal, Teresa y Marta trataban de consolarla.

Don Miguel refunfuñaba tratando de caminar, pero se caía. Mientras, Daniel planeaba cómo adueñarse de todo.

Arturo: ¡¡Emilio!!

Emilio: ¡¡Arturo!! ¿Pero qué pasó contigo?, ¿por qué no habías venido?

Arturo: Perdóneme, pero me vigilaban todo el tiempo, como que no se creyeron mucho el cuento, y tuve que quedarme y hacer todo lo que me pedían para no levantar sospecha.

Emilio: ¿Y qué has averiguado?

Arturo: Pues lo primero es que el tal Daniel chantajeó a muchos dueños de fincas cuando venían don Miguel y sus hombres, nos sé bien cómo fue el asunto, pero la cuestión es que les hizo firmar como una especie de acuerdo según el cual él se quedaba con el cincuenta por ciento e invertía otro cincuenta por ciento. En, fin se ha quedado casi con todas las fincas, pero lo que me llevó a jugármela en venir aquí es lo del hijo de don Fausto.

Emilio: ¿Qué sabes de él?

Arturo: Acabo de enterarme que quien lo tenía secuestrado era la hermana de Daniel y que se lo llevó a España.

Emilio: ¡¡Qué!! ¿Y cómo es posible eso?

Arturo: No lo sé, pero usted sabe, la gente con dinero hace de todo.

Emilio: Debo hablar con don Fausto de esto, la señorita Larissa tenía razón, siempre afirmó que esa mujer tenía algo que ver con la desaparición del joven. Bueno, vete antes de que comiencen a buscarte, trata de investigar más y ten mucho cuidado, no te dejes atrapar.

Arturo: Cuando pueda voy a venir a traer más información, no quiero levantar mucha sospecha ya que me están cogiendo confianza.

Ahí mismo entraban Larissa y Marta.

Marta: ¿Qué pasa, Emilio? ¿Quién era ese que salió ahí?

Emilio: El hombre que infiltramos en lo de esa gente. Larissa, tenías razón, esa mujer tuvo algo que ver con el hijo de don Fausto.

Larissa: ¿Qué noticias hay de Jonás?, ¡dígame por favor!

Entró don Fausto.

Don Fausto: ¿Qué pasa con mi hijo?

Emilio: Señor, acaba de venir Arturo, dice que quien secuestró a Jonás fue la hermana del señor Daniel.

Larissa: ¡Yo sabía que esa malvada tenía algo que ver! ¡Mis instintos eran ciertos!, ¡vamos por él ahora mismo!
Emilio: Ese es el problema, no podemos ir por él.
Don Fausto: ¿Cómo que no?
Emilio: Me dijo Arturo que la mujer esa se lo llevó a España.
Larissa: ¿A España? ¿Y dónde queda eso?
Marta: España es un país muy lejos de aquí.
Larissa: Pues vamos, no importa que esté en el otro lado del mundo, vamos a buscarlo.
Don Fausto: A ver un momento, ¿cómo es eso que se llevó a mi hijo a España?
Emilio: Así es, don Fausto, eso fue lo que me dijo Arturo.
Don Fausto: Que ensillen mi caballo y vengan cincuenta hombres conmigo.
Larissa: Yo voy con usted, don Fausto.
Don Fausto: Es muy peligroso, no sé lo que va a pasar, mejor quédate con tu abuela, pero te prometo que esto lo voy a resolver.
Marta: Hija, hazle caso, eso es cosa de hombres.
Larissa: ¿Qué cosa de hombres, si quien se llevó a mi Jonás es una mujer? Esa maldita me las va a pagar, ya sea aquí o en España o donde sea, así que no acepto un no como respuesta, que me ensillen un caballo, que también voy donde quiera que usted vaya a ir ahora.
Don Fausto: Está bien, ven, de todos modos tuviste mejor intuición que nosotros cuando siempre aseguraste que esa mujer tenía algo que ver con el secuestro de mi hijo. Mi amor, quédate tranquila, yo la cuido como si fuera mi hija.

En unos de los ranchos de los que Daniel se había apoderado, Filo vio una de las niñas morenas que había en esa casa un poco frondosa. La malicia a Filo se le brotaba por los poros, deseaba de agarrar a esa niña, estaba decidido a hacerlo. Se aproximó a hablar con los papás para darles algunas instrucciones.

Filo: Miren, me mandó el patrón para chequear cómo va la cosa por aquí.
Papá de la niña: Pues ya sabemos el engaño que su patrón nos hizo, así como le hicieron a los demás que ustedes engañaron con la traba esa del tal don Miguel.
Filo: Mire, no vine aquí a discutir esas cosas, ustedes firmaron unos documentos en los que le vendían todo esto al patrón, así que si no quieren largarse de aquí, más les conviene callarse y ponerse a hacer lo que yo les diga, de lo contrario los pongo de patitas en la calle. Quiero a esa niña, para que venga a trabajar en la casa del patrón, ya que se nos fue una de las trabajadoras, y no quiero un no como respuesta.
Mama de la niña: No, a mi hija usted no se la lleva, si quiere, voy yo, pero ella no.
Filo: Mire, señora, ya usted está muy vieja para los quehaceres de una casa, me la llevo y punto.

Filo y el padre de la niña entraron en un forcejeo. El papá le dio con un palo a Filo, este se enojó, sacó el revólver y le dio un disparo al papá, que lo mató al instante.

Filo: Les dije que no se metieran conmigo. Y tú, vámonos, así no mato a tu mamá también. Y usted más vale que no diga nada porque la mato a la niña.

Filo se llevó a la niña, la hizo entrar en unos establos y comenzó a manosearla, la niña temblaba de miedo y lloraba, mientras Filo la violaba, por otro lado llegaba Daniel a su casa.

Daniel: ¿Dónde está Filo?

Trabajador: Señor, Filo fue a recorrer los ranchos como siempre.
Daniel: Ta bueno, ¿y qué ha acontecido por aquí?
Trabajador: Pues su hermana se fue a España con el joven ese hijo del tal Fausto, estaba muy grave, no sé si llegue vivo, porque se veía muy mal.
Daniel: ¿Cómo que mi hermana se fue para España? ¿Y por qué rayos no me informaron?
Trabajador: Señor, pero ya usted conoce a su hermana, nos amenazó a todos, es muy brava, y es la patrona también, ¿qué quería que hiciéramos?
Daniel: Aquí el que manda soy yo, el patrón soy yo. ¿Hace cuánto se fue Dalia?
Trabajador: Pues hace ya varios días, patrón, me imagino que ya deben haber abordado el barco para irse.
Daniel: ¡Me lleva el diablo! Pero bueno, mejor así, ya no tendré que soportarla a ella, pero lo que se nos viene encima no será pequeño, cuando su papá se entere.

Fausto llegaba por atrás sin que él se diera cuenta.

Fausto: Pues eso mismo: no sabe la que se le va a armar si no me dice ahora mismo dónde se llevó su hermana a mi hijo.
Larissa: Daniel, por favor, dinos dónde la odiosa de tu hermana se llevó a Jonás
Daniel: ¿Esto es un interrogatorio, o qué? No sé dónde ella se lo llevó, ni me interesa, mi hermana hace lo que le da la gana.
Fausto: Sabemos que se lo llevó a España.

Daniel se dio vuelta y miró al trabajador de él, asombrado de que Fausto ya supiera aquello y pensó: "Hay un espía entre nosotros que está informando a esta gente".

Daniel: Pues si se lo llevó a España, yo también me acabo de enterar, pero no sé a qué lugar se lo llevó exactamente.
Larissa: ¿Nos ves cara de payaso a todos, Daniel? Si ustedes vienen de allá, seguro deben tener donde vivir, así que danos la dirección ahora mismo, que en el próximo viaje nos vamos a buscarlo.
Daniel: Mira, Larissa, tampoco me hables así, ya te dije que no sé a dónde se fueron, y si lo supiera, tampoco se los diría no voy a exponer a que le hagan daño a mi hermana.
Fausto: Mire, joven, no estamos aquí para hacerle daño a nadie, solo quiero a mi hijo de vuelta, pero si no me lo quieres decir por las buenas, te lo sacaré por las malas.
Daniel: Yo no le tengo miedo a usted, así que no me amenace, y si usted quiere guerra, guerra tendrá.
Fausto: Tiene hasta mañana para decirme dónde está mi hijo; si no, aténgase a las consecuencias. Vámonos, muchachos.

Filo salió del establo amarrándose los pantalones, y la niña salió llorando de ese lugar también, ante lo cual Filo volvió y la amenazó.

Filo: Mucho cuidado con hablar, porque mato a tu mamá, a tus hermanitas y a ti. ¿Entendido?

La niña con un miedo terrible le dijo que sí moviendo su cabeza, pero al mismo tiempo sintiendo un odio inmenso por ese hombre que acababa de violarla.

Larissa: Don Fausto, no debimos irnos y dejarlo así a Daniel, debimos sacarle la verdad.
Don Fausto: No te preocupes, hija, que yo sé por qué lo hago, mañana él hablará, ya verás, y si no, me le voy con todo.
Larissa: Si Daniel le da la dirección, yo me voy para España a buscarlo de una vez.

Don Fausto: Nos vamos, hija, ten por seguro que mañana mismo arranco para Santo Domingo y agarro el primer barco que se vaya a España.

Daniel: Filo, ¿dónde estabas?

Filo: Patrón, estaba dando vuelta a los ranchos que usted compró, viendo que estuviera todo en orden. Por cierto, tuve que matar a uno de los dueños, se me puso al brinco y estaba amenazando con que lo iba a matar a usted porque lo había engañado, y la verdad no iba a permitir que nadie se alzara para que me le haga daño a usted.

Daniel: Ta bueno. Mira, vino el tal Fausto amenazándome, hay que estar preparados, vuelven mañana. Por cierto: ¿tú sabías que mi hermana se fue a España con el hijo de ese?

Filo: Sí, patrón, lo sabía, y le dije que a usted eso no le iba a gustar cuando se enterara, pero ya sabe cómo es su hermana, que hace las cosas por encima hasta de usted, pero mire, patrón, sin ánimo de ofender, pero mejor así, usted sabe cómo son las mujeres, solo piensan en ellas, aunque se muera el mundo alrededor.

Daniel: En eso tienes razón, pero que se haya ido con el tipo ese no, hombre.

Filo: Patrón, las mujeres son así cuando se encaprichan, lo bueno es que ya no va a entorpecer nada aquí, ya ve cómo se la pasaba discutiendo con usted a veces porque no quería hacerle caso en las cosas que usted le decía.

Daniel: Bueno, ya dejemos ese tema, hay que estar preparados para mañana, por si viene el tipo ese a buscar información de dónde está mi hermana.

Filo: Pero esa es una gran oportunidad. Dele la información que él quiere.

Daniel: ¿Pero te volviste loco? ¿Cómo le voy a decir dónde está mi hermana allá?

Filo: A su hermana no le van a hacer nada, lo más que van a hacer es llevarse al joven ese, si es que está vivo, porque no creo que soporte el viaje, estaba en muy malas condiciones, aunque también teníamos al doctor aquí, su hermana secuestró al joven y al doctor, cuando se fue tuve que mandarle unos escoltas para que el doctor no se le rajara.

Daniel: A ver, Filo, ¿qué me quieres decir?

Filo: Mire, patrón, usted le da la dirección al hombre ese, a lo que él se va a buscar a su hijo, quién sabe el tiempo que va a pasar, ahí podemos aprovechar ya que él no estará y nos hacemos del rancho de él. Cuando regresé, se encontrará con la sorpresa de que no tendrá nada, y usted ahí sí va a ser el dueño y señor de todo esto.

Daniel: No está nada mal la idea, vamos a madurarla y a ver los pros y los contras.

Dalia: Doctor, ¿cómo sigue Jonás?

Doctor: Pues la verdad no sé si aguantará este viaje, es un mes entero que estará en alta mar y yo no tengo todo lo que necesito aquí.

Dalia: Mire, no se lo voy a repetir nuevamente, si Jonás se muere, usted también, así que busque y haga lo que sea para que se recupere. (Mira a Jonás). No te preocupes, mi amor, que yo sé que el doctor te va a sanar, y estaremos viviendo felices lejos de toda esa gentuza.

Padre Romero: Venancio, ¡estoy tan desesperado!, no sé qué hacer, esto de Jonás me tiene muy mal.

Venancio: Hermano, tranquilízate, que preocupándote no se resuelve nada. ¿Por qué no nos vamos a lo de don Fausto para ver si sabe algo?

Gabriela: Pues iré con ustedes también, quiero ver a Leo, aparte de que también quiero saber si hay alguna noticia de Jonás.

Padre Romero: Pues vamos. Oye, Sebastián, ahí te encargo la iglesia.

Sebastián: Vaya, padre, yo me quedo aquí con la Jessica, cuidando la iglesia, traiga buenas noticias y por favor dígale a don Fausto que siento mucho que esté pasando todo esto.

Padre Romero: No te preocupes, se lo diré, aunque él lo sabe.

Don Miguel: ¡Pilar! ¡Pilar!
Pilar: ¿Se le ofrece algo, señor?
Don Miguel: Estoy desesperado, no puedo seguir aquí, en esta cama, ¿dónde está el doctor?
Pilar: El doctor le mandó a guardar reposo, usted no está bien todavía, mire, no puede casi ni moverse.
Don Miguel: No me importa, tráeme al doctor, o me sana, o lo mato, no puedo quedarme paralítico el resto de mi vida.
Pilar: (Sonriendo por dentro: "Ojalá que sí se quede paralítico, a ver si paga todas las que ha hecho"). Señor, tranquilícese, si usted está en reposo, como le dijo el doctor, quizás vuelva a caminar, pero haciendo todas esas rabietas, solo se va a poner peor.
Don Miguel: ¡Qué peor ni peor!, ve por el doctor, tengo que hablar con él.

Dalia: Mi amor, Jonás, debes levantarte pronto de ahí, quiero hacer una vida contigo, fuera de todo esto, solo tú y yo. (Lo besa en la boca, Jonás reacciona lento y solo tiende a decir "Larissa", a lo que Dalia se enoja y amaga con abofetearlo, pero se abstiene). ¿Por qué solo piensas en ella, cuando yo soy la que te está cuidando, malagradecido?

Larissa: Don Fausto, nunca he montado en barco, ¿eso es seguro?
Fausto: Hija, yo tampoco he montado, pero debe ser seguro, porque van y vienen de diferentes lugares, y nunca he escuchado que haya pasado nada.

Larissa: Ah, eso me tranquiliza, de todos modos lo importante es que encontremos a Jonás.
Fausto: Bueno, ya llegamos, Emilio, prepara a los hombres, si nos atacan, no tengas piedad y atácalos, entraré y veré qué sucede, si no salgo en cinco minutos, éntrenle con todo.
Larissa: Yo voy con usted, don Fausto, no lo voy a dejar solo.
Fausto: Puede ser peligroso.

Daniel salió y escuchó lo que don Fausto le decía a Larissa.

Daniel: No hay ningún peligro, de hecho lo pensé mejor, y sí le diré dónde está nuestra casa en España. Seguro mi hermana lo va a llevar ahí a su hijo. Lo único que les pido es que a mi hermana no le hagan nada.
Fausto: Mire, joven, le doy mi palabra de que a su hermana no se le va a hacer nada, pero más le vale que me entregue por las buenas a mi hijo.

Daniel le pasó un papel con la dirección anotada de Dalia en España. Don Fausto lo leyó y dio la vuelta para irse.

Fausto: Vámonos.
Larissa: Pero, don Fausto, esto está raro, que este le haya dado la dirección así como así, sin reclamar nada… Ayer estaba muy diferente a hoy.
Fausto: Vámonos, Larissa, tranquila, hablamos en el camino.
Emilio: Vamos, muchachos, hay que preparar todo para irnos a Santo Domingo.
Fausto: No, Emilio, quiero que te quedes, solo iré con Larissa y Moreno.
Moreno: Gracias, señor, por dejarme ir con ustedes. ¿Usted cree que podríamos llevar a Gabriela?, ella es de allá y conoce todo del país.

Fausto: Sí, Moreno, es muy buena idea, vamos a pasar por la iglesia para avisarle a ver si quiere ir con nosotros. Emilio, tal como dijo Larissa, esto está muy raro, que Daniel nos diera la dirección así como así sugiere que algo se trae entre manos, por eso necesito que te quedes vigilando el rancho, ármate hasta los dientes, creo este quiere aprovecharse de que yo no esté para atacarnos por sorpresa, me parece leerle el pensamiento a este tipo.

Emilio: Tiene razón, don Fausto, a mí también me pareció muy extraña tanta amabilidad cuando siempre ha sido muy hostil con usted. *Ok*, vámonos al rancho a preparar todo para que usted se vaya tranquilo, de todos modos les mandaré dos hombres más como escolta, que lo acompañen hasta que usted se monte en el barco.

Fausto: Bien, Emilio, adelántense ustedes al rancho, yo voy con Larissa y con Moreno a la iglesia, para avisarle a Gabriela.

Sebastián: Mi papuyo, tú cada día estás más linda.

Jessica: Ay, mi papuyito, no me diga esa cosa, que me la creo, pero yo estoy un poco preocupada contigo.

Sebastián: ¿Pero por qué, mi amor?

Jessica: E que tú, e que tú, na, eso que tú no te guta bañaite, eso no ta bien, a vece huele a Petronila, mi puerquita.

Sebastián: Pero, mi papuyo, ¿quién te dijo que a mí no me gusta bañarme?, ¡si me baño todos los sábados! ¿Y que huelo a Petronila?, ¿qué pasa?, tampoco así.

Jessica: Pue sí, hombre, avece huele a Petronila, la gente se baña to lo día, no una sola vez a la semana.

Sebastián: ¿Pero qué tiene de malo que uno se bañe una sola vez a la semana? Echarse esa agua a veces tan fría, ¡brr!, pero ya los sábados estoy limpiecito.

Padre Romero: Saludos, ¿cómo están por aquí?

Marta: Padre, qué gusto verlo, ¿en qué puedo ayudarlo?

Padre Romero: Pues vinimos a ver a Fausto y a Larissa, a ver si tienen algunas noticias de Jonás.

Marta: Todos fueron a lo de ese hombre a ver si les daba la dirección de la tal Dalia allá, en España.

Venancio: Pues ojalá se la puedan dar.

Padre Romero: De todos modos vamos a esperarlo aquí hasta que regresen.

Marta: Ah, mire, ahí viene Emilio. Emilio, ¿qué pasó?, ¿dónde están Fausto y mi nieta?

Emilio: Padre, qué gusto verlo, hola. Don Fausto y Larissa fueron a la iglesia a encontrarse con Gabriela, pero veo que está aquí.

Gabriela: ¿Conmigo?, ¿y eso por qué?

Emilio: Pues el tipo ese le dio la dirección dela hermana en España y como tú eres de allá, pues querían saber si podrías ayudarlo con todo lo de allá.

Gabriela: Pues claro que sí, con mucho gusto lo haría, pero ¿entonces qué hacemos?, ¿nos vamos a la iglesia, o lo esperamos aquí?

Venancio: Pues los esperamos aquí, allá está Sebastián, que seguro le dirá que vinimos para acá, y se van a venir de una vez.

Padre Romero: Venancio, tienes razón, aquí los esperamos.

Don Fausto, Larissa y Moreno entraron a la iglesia, y Sebastián les dijo que el padre, Venancio y Gabriela habían ido para casa de él. Don Fausto se despidió y se fue a la casa para encontrarse con el padre y con Gabriela.

Daniel: Filo, hay un espía aquí, averigua quién es rápido, no nos podemos dar el lujo de que esa gente sepa todos nuestros planes.

Filo: Ya me imagino quién debe ser, pero para asegurarme le voy a poner una trampa.

Daniel: Bien, y también encárgate del tipo ese que mataste, toma, llévale eso a la familia, no quiero escándalo.

Larissa: Padre, estuvimos en la iglesia buscándolo, Sebastián nos dijo que estaba aquí, en casa de don Fausto, y qué bueno que está con Gabriela.
Gabriela: Ah, sí, ya nos contó Emilio algo de eso.
Fausto: Así es, Gabriela, queríamos proponerte algo, nosotros nos vamos a España a buscar a mi hijo. Hoy mismo vamos a Santo Domingo, nos gustaría que nos acompañes, ya que tú conoces todo Madrid.
Gabriela: Pues por mí encantada. Papá, ¿tienes algún inconveniente en que vaya a España con ellos?
Venancio: Claro que no, hija, además se trata de Jonás, básicamente mi sobrino, se pueden quedar en la casa que nos dejó tu ex novio, y que nunca quisiste vender.
Gabriela: Vale, es buena idea, nos quedamos en esa casa el tiempo que sea necesario.
Larissa: Me alegro mucho de que quieras venir con nosotros, estarás en buena compañía también ya que Moreno va con nosotros.
Gabriela: ¿De verdad, mi Leo, que vas a ir también?
Moreno: Sí, amor, pues don Fausto así lo quiere.
Padre Romero: Que no se les olvide buscar a mi hijo Jonás.

Todos rieron.

Fausto: Pues nada, vayan por sus cosas, yo prepararé las mías.
Marta: Mi amor, no vayas a durar mucho, que me harás falta.
Fausto: Tú también vienes conmigo amor, te he dejado mucho tiempo sola; al menos estaremos juntos todo el viaje, que demora casi un mes.

Cristóbal: Anda, mamá, no me mires así, ve con don Fausto, te mereces ser feliz también.
Teresa: Hija, nunca me he separado de ti, te voy a extrañar mucho.
Larissa: Yo también, mamá, te voy a extrañar, pero te prometo regresar una vez que encontremos a Jonás.
Cristóbal: Hija, ve con Dios, traigan de vuelta a Jonás. Y tú, Teresa, no te preocupes, estaré aquí, y no estará sola, también están Emilio y los muchachos, y mira: ahí está Venancio, ¿cree que no me he dado cuenta de que te mira mucho?
Larissa: (Ríe). Mamá lo tenía calladito, eh.
Teresa: No vengan ustedes con sus tarugadas, vamos, vete a empacar, y tú deja de estar metiéndole cosas a Larissa en la cabeza.

Don Miguel: Doctor, dígame la verdad, ¿tengo esperanza o no de volver a caminar?
Doctor: Pues las posibilidades son casi nulas, usted sufrió un daño colateral en la columna, que lo ha dejado casi sin movilidad alguna, me temo que no podrá caminar más.
Don Miguel: ¡Maldita sea, qué estaré pagando yo para que la vida se ensañe conmigo! ¡A tanta gente que he ayudado, y así me paga la vida! ¿Te das cuenta, Pilar, de que tu Dios no es bueno? Yo he ayudado y he dado tanto trabajo a tanta gente, y ahora la vida me da una patada.
Pilar: Señor, es que usted nunca creyó en Dios, siempre lo maldecía. A Él no le gustan esas cosas, además usted también hizo muchas cosas malas.
Don Miguel: ¡Cállate!, tú eres otra malagradecida. ¡Oye con lo que me salta!, ¡vete de aquí, no te quiero ver!, ¡que te largues te digo!
Doctor: Cálmese, don Miguel.
Don Miguel: ¡Qué me voy a calmar!, ¿no me dijo que nunca podré caminar, que seré un don nadie postrado en esta cama? ¡Salgan todos, no quiero ver a nadie!

Filo: Oye, Arturo, prepárate, que vamos a atacar la iglesia esta noche.
Arturo: ¿Y por qué la iglesia?
Filo: Son órdenes del patrón, tú las cumple, o te vas.
Arturo: Está bien, no se enoje, solo le hice una pregunta, pero antes quiero ir a ver a mi familia a llevarle algo de dinero.
Filo: Bueno, ve rápido, y regresa. (Piensa: "Ya sabía yo que este era el traidor espía").

Efectivamente Arturo se fue directo a la casa de don Fausto a avisarle sobre lo que iba a hacer esa noche la gente de Daniel, sin saber que le habían tendido una trampa. Larissa, don Fausto, Gabriela y Moreno ya estaban rumbo a Santo Domingo para poder ver si había barcos que salieran a España lo antes posible, pero las naves que hacían esa ruta solo lo hacían una vez cada mes. La suerte era que ya habían pasado dos semanas desde la última vez que había arribado el barco, les tocaría esperar un par de semanas más para poder irse a España, aún ellos no sabían eso.

Arturo: Emilio, qué bueno que te encuentro, avísale a don Fausto que la gente de Daniel va a atacar esta noche la iglesia.
Emilio: Espera un momento, Arturo, tranquilo, ¿cómo es eso? La verdad, me suena extraño, ¿no será que te están tendiendo una trampa?
Arturo: ¿Una trampa?, no entiendo, ¿a qué te refieres?
Emilio: Mira, Arturo, primeramente, ¿para qué van a atacar la iglesia?, ¿qué ganan con eso? Absolutamente nada. Creo que te han puesto una trampa para saber si tú venías a informarnos, ¿nadie te siguió hasta aquí?
Arturo: Pues la verdad no, siempre tomo las medidas de precaución antes de venir.
Emilio: Me he quedado al frente de esto aquí y sé que don Fausto ordenaría que fueran a proteger la iglesia en caso de

que fuera verdad, vamos a mandar a unos hombres armados, pero dispersos y mezclados con la gente, para que no se note nada fuera de lo común. Tú vete normalmente y haz lo que ellos te digan, cuando echen un vistazo en la iglesia y miren que no hay nada raro, pues se van a ir, y ahí te ganarás la confianza de ellos.

Arturo: Perfecto, Emilio, así lo haré, de todos modos tengan mucho cuidado, creo que esa gente está tramando algo grande, pero déjame irme para poder enterarme de más cosas. ¿Y don Fausto dónde está?

Emilio: Se fue a España junto con Larissa, Moreno y Gabriela a buscar a su hijo.

Por allá, en alta mar, Jonás despertó y a su lado estaba Dalia, el doctor y dos de los hombres que se habían llevado.

Jonás: ¿Qué hago aquí, qué me pasa, doctor? Dalia, ¿qué haces aquí?

Dalia: Cálmate, mi amor, te voy a explicar, pero debes estar tranquilo, te estás recuperando.

Jonás: ¿Recuperando de qué, qué me pasó?

Doctor: Pues recibiste un disparo que casi te desangró, pero gracias a tu papá, que te donó sangre, pudiste salvarte.

Jonás: ¿Y dónde está mi papá? ¿Dónde están Larissa y los demás?

Dalia: Tranquilo, mi amor, no puedes exaltarte, te puede hacer daño, ¿verdad, doctor?

Doctor: Así es, joven, trate de descansar para que se pueda recuperar.

Jonás: ¿Pero dónde están mi padre y Larissa? ¿Por qué esto se está moviendo?, ¿en qué estoy?

Dalia: Ellos se quedaron en el país, yo te estoy trayendo para España, para que los doctores de allá te puedan curar por completo, era la única solución para salvarte la vida.

Jonás: No entiendo, mi papá no me dejaría venir solo contigo.

Dalia: Mi amor, mira, te explico, tú recibiste un balazo porque se estaban peleando la gente de don Miguel con la de tu papá, ¿verdad?, entonces sucedió que recibiste un balazo en esa batalla. ¿Cómo tú crees que tu papá iba a dejar todo allá, y que don Miguel ganara? Así que yo decidí traerte para acá para curarte, y él estuvo de acuerdo.

El doctor miraba a Dalia con desprecio por la sarta de mentiras que ella le estaba diciendo a Jonás, y él sin poder decirle la verdad, ya que la odiosa muchacha lo tenía amenazado con matarlo si decía algo.

Jonás: ¿Y por qué no vino Larissa ni nadie de allá?

Dalia: Jonás, no sé dónde estaba Larissa ni nadie de tu gente, solo te encontré en el suelo sangrando, te recogimos con ellos y te llevamos al doctor, luego le avisé a tu papá lo que había sucedido, él fue a verte al hospital, y el doctor hizo una transfusión de sangre para poder salvarte la vida, ¿verdad, doctor?, ¿verdad, muchachos?

Muchachos: Sí, señora, así fue. (Uno de ellos le pone la pistola al doctor en la espalda para que dijera que sí).

Doctor: Sí, joven, así sucedieron las cosas, gracias a la señorita usted está vivo.

Jonás: Entonces te debo dar las gracias por salvarme la vida.

Dalia: No, mi amor, no me des las gracias, porque si tú te morías, yo también me moría sin ti. Te amo, Jonás, y juro no dejarte solo nunca, te voy a cuidar siempre.

Llegó la noche, algunos de los hombres que Emilio había mandado se mezclaban entre la gente alrededor de la iglesia. Filo estaba con Daniel por otro lado, esperando a ver si había algún movimiento extraño, o si veían hombres de don Fausto custodiando el lugar.

Daniel: Filo, ya llevamos un buen rato aquí, y no veo nada extraño, no creo que el tipo ese sea el espía, hay que chequear entre los otros, anda, vámonos, que aquí no va a pasar nada.

Filo: Esperemos un rato, patrón, yo tengo la corazonada de que ese tipo es el espía. Mírelo, ahí viene.

Arturo: Patrón, ya estamos listos, cuando usted dé la orden, atacamos la iglesia.

Daniel: No, hoy no se va a atacar la iglesia, vamos a dejarlo para después, regresemos al rancho.

Arturo: *Ok*, como usted ordene, patrón, ya voy y retiro a los hombres; si decide atacar, pues avíseme nomás, lo que usted mande.

Daniel: No, ya dije que no vamos atacar, vete y llévate a los hombres.

Arturo: Bien, patrón.

Daniel: ¿Te das cuenta?, este hombre no pudo ser el espía, estaba dispuesto a atacar, solo esperaba mi orden, y aquí no veo gente de ese hombre, así que mira bien entre los otros, porque este no es.

Filo: Bueno, como usted mande, señor, pero tengo la sensación, nada, mejor no digo más nada, vámonos.

Dos semanas más tarde llegaba el barco a España. Allí llevaron a Jonás directo al hospital para que terminara de recuperarse. En Santo Domingo, por fin Larissa, don Fausto, Moreno y Gabriela pudieron abordar el barco que los llevaría a España. Mientras, Daniel planeaba con Filo cómo atacar las tierras de don Fausto y adueñarse de todo, aprovechándose de que aquel no estaba.

Daniel: Filo, ve preparando a todos los hombres, y si puedes, contratas algunos más, yo voy a ir a Santo Domingo, a lo de don Miguel, quiero saber qué tan disponible está para que me pueda ayudar en esto.

Filo: Pero, señor, don Miguel no creo que ya dé para nada, ¿usted se acuerda cómo se fue de aquí?, y casi matan a todos sus hombres.

Daniel: Lo sé, Filo, y de eso quiero aprovecharme, aunque le he llevado todos sus negocios al pie de la letra, ya está bueno cobrarme la que él les hizo a mis padres. Bueno, ya sabes: contratas más hombres si puedes, pero prepáralo bien, cuando yo regrese, damos el golpe, y a ver si el tal Fausto ese va a venir de guapo otra vez.

Varios días más tarde, Larissa estaba desesperada en el barco, ya que nunca había estado en unos de ellos, se sentía un poco mareada por el movimiento de las olas.

Gabriela: ¿Te sientes bien, Larissa?
Larissa: La verdad no, esta cosa me tiene con todo dando vuelta, tengo ganas de vomitar,
Gabriela: La primera vez es así, pero después te acostumbras.
Larissa: ¡Uf!, pues después de que regresemos con Jonás ya no quiero montar en esta cosa, no me gusta para nada. ¿Y cuánto falta para llegar?
Gabriela: (Ríe). Falta, niña, apenas llevamos varios días, pues faltan como tres semanas todavía.
Larissa: ¡Ay, no me digas eso, que da un yeyo!
Gabriela: ¿Qué es eso de yeyo?
Larissa: Un ataque, un mareo, a eso le llamamos yeyo.
Gabriela: (Ríe). La verdad que ustedes son ocurrentes… ¡¡¡Yeyo!!! (Vuelve a reír). Pues te dejo, voy a ir a ver a Moreno, tengo que aprovechar este viaje para estar con mi Leo.

Daniel y un par de sus hombres llegaron a Santo Domingo para ver a don Miguel y así poder realizar su plan, para quedarse con todo.

Daniel: Don Miguel, ¿cómo ha estado?, vine para saber de usted y para rendirle cuentas de sus negocios.

Don Miguel: ¿Y cómo voy a estar?, ¿no me ves aquí, postrado, en esta maldita cama, sin poder moverme? Pero agradezco que te acordaras de mí, ya nadie me visita. Antes, cuando podía hacer de todo y darle de todo a todo el mundo, ahí sí venía gente a verme y a traerme algunos que otros regalitos, pero todos me abandonaron, hasta el desgraciado de Ulises, ni siquiera se ha dignado en venir.

Daniel: ¿Y quién es Ulises?

Don Miguel: ¿Y quién más que el mamarracho que tenemos en el poder? Lo ayudé bastante para que ganara las elecciones, y fíjate, no me ha visitado para nada, total, no lo necesito, tampoco unos amigos que tenía en el gobierno, ninguno se ha presentado.

Daniel: Bueno, don Miguel, de todos modos no los va a necesitar, vine a hacerle una propuesta, voy a terminar lo que usted empezó.

Don Miguel: ¿A qué te refieres?

Daniel: Voy atacar el rancho del tal Fausto para adueñarme de él y de todo Santiago, casi todos los ranchos que hay son míos ya, vengo a proponerle que usted me preste todos los hombres que le queden, las armas que tiene, los caballos, en fin, todo lo que posee, así yo aprovecho que el tal Fausto no está, porque se fue a España detrás de mi hermana, que se le llevó el hijo para allá.

Don Miguel: ¿Y yo qué pinto en todo esto? ¿Por qué dijiste que te vas adueñar de todo Santiago, y me pides a mí que te preste todo?, ¿qué gano yo?

Daniel: Pero, don Miguel, por favor mírese, así no puede hacer nada, pero si yo lo hago y me adueño de todo, también será de usted, a usted no le va a faltar nada y vivirá lo que le queda como un rey, de eso me encargaré yo personalmente.

Don Miguel: Bueno, en eso tienes razón, así como estoy, no podré hacer nada, ya de todos modos estás manejando mis negocios, pues te doy permiso para que te lleves todo lo que necesites. Por cierto, ¿cómo van mis negocios?

Daniel: Pues la verdad muy bien, he estado supliendo algunas instituciones con la ganadería y la lechera que usted tiene, eso no ha fallado, todos los bienes se los vine a traer, aquí están, no sé si usted quiere que lo deposite en el banco.

Don Miguel: No, no, qué banco ni banco, eso se queda aquí, todos me han dado la espalda, de ahí el gobierno sacaba la cuota que siempre le daba, que se vayan al diablo, de hecho quiero que te encargues de buscar un notario para hacer un poder, y que tú puedas ir y sacarme todo el dinero y me lo traes para acá, todo lo voy a tener aquí.

Daniel: Muy bien, me encargaré de eso hoy mismo, así podré ir a Santiago lo antes posible y terminar con lo que usted empezó. Espero que Filo ya haya hablado con todos.

Filo: A ver, muchachos, quiero que estén atentos para cuando llegue el patrón: vamos a atacar el rancho del tal Fausto, vamos a aprovecharnos de que él no se encuentra, atacaremos por sorpresa.

Arturo escuchó eso y se sintió un poco abrumado, nunca había pensado que esa gente iba a atacar el rancho de don Fausto, ya que solo lo había hecho don Miguel. Muy calmadamente, sin que Filo se diera cuenta, cuando terminó la reunión se fue alejando poco a poco para ir a avisarle a Emilio lo que se estaba planeando.

Por allá, por el océano Atlántico, seguía navegando el barco que llevaba a Larissa a encontrar a su adorado Jonás, don Fausto estaba en la habitación con Marta.

Marta: Amor, ¿cuánto falta para llegar?

Fausto: Pues la verdad, no lo sé, es la primera vez que viajo en un barco, quizás Gabriela, que vino de España, sepa, ¿quieres que vaya a preguntarle?

Marta: No, más tarde le preguntamos, a la hora de la cena. Mejor ven para acá, vamos a disfrutar, que estamos solos aquí, casi no tenemos tiempo de estar solos, ¿qué tal si recordamos la primera vez allá, en la casa de citas que tenía?

Fausto: La verdad que quedé marcado ese día, desde entonces nunca pude olvidarte. Le doy gracias a Dios porque volvimos a encontrarnos y estamos juntos, te amo, Marta.

Marta: Yo también te amo, Fausto.

Fausto: Cuando regresemos con mi hijo, ¿qué piensas si nos casamos en la iglesia del padre Romero?, así tendremos una relación como manda Dios.

Marta: ¿Me estás hablando en serio, Fausto? ¿De verdad quieres casarte conmigo? ¿No te importa mi pasado?

Fausto: Claro que no, Marta, tu pasado no me importa, solo el presente, desde el día que te conocí en adelante es lo que verdaderamente me importa, no soy quién para juzgar lo que hayas hecho en la vida. Lo único que sé es que junto con mi hijo, me has traído la mayor de las felicidades, y de corazón deseo estar a tu lado para siempre.

Marta empezó a llorar de felicidad, lo abrazó, lo besó por todas partes, le quitó la ropa, lo tiró en la cama, y lo siguió besando con locura para hacer el amor. Por su lado, Moreno estaba en otros menesteres con su adorada Gabriela, pues la verdad la estaban pasando de maravilla, al igual que Marta y Fausto, también adorándose como el amor manda.

Arturo: Emilio, no puedo durar mucho, no quiero que se den cuenta de que falto allá, pero tienen que prepararse, están armando un batallón para venir a atacar aquí el rancho, ahora que don Fausto no está. Daniel se fue a Santo Domingo a buscar más gente, de la de don Miguel, hay que prepararse bien porque viene fuerte esta guerra.

Emilio: No te preocupes, Arturo, que me lo estaba oliendo, y también poco a poco he estado preparando la gente aquí, de todos modos voy a ir a la Vega, donde el ahijado de don Fausto, el comandante, a ver si nos ayuda en esto.

Arturo: Muy bien, pues cualquier cosa te avisaré, pero no me puedo arriesgar más porque me van a descubrir.

Dalia: Querido Jonás, aquí, en este hospital, estarás bien, hasta que te mejores, ya luego nos iremos a una casa que me había dejado un ex que tuve aquí.

Jonás: No sé bien cómo han pasado las cosas, de todos modos te agradezco lo que has hecho por mí, me siento en deuda contigo, aunque no entiendo cómo mi papá no vino con nosotros o al menos mandó a alguien.

Dalia: Bueno, ya no te tortures con eso, te dije que él estaba muy ocupado con eso de don Miguel, atacando allá, y la verdad todo fue muy rápido, y no había tiempo de esperar a nadie: o te sacábamos de ahí para que te salvara, o te morías, y tu papá hizo lo correcto en decirme que te sacara, mira, ya ves la prueba, estás vivo.

Jonás: Creo que tienes razón. ¿Cuándo crees que podre irme de aquí?, necesito regresar, no puedo dejar a mi papá ni a Larissa solos.

Dalia: Jonás, primero debes recuperarte, y eso puede tomar un buen tiempo, ¿verdad, doctor Cortez? Ah, perdón, no los había presentado: mira, Jonás, él ha sido el médico de nuestra familia desde que vivíamos aquí en España, doctor Cortez, Jonás.

Dr. Cortez: Es un placer, tío, y me da gusto que esté un poco mejor, ya aquí esta señorita tan linda me ha dicho en las condiciones que estabas, pero si te lleváis de nosotros, es posible que un par de meses estés muy bien para regresar a tu tierra.

Jonás: Gracias, doctor. Le agradezco sus palabras, y claro, haré lo que me digan, porque necesito regresar lo antes posible.

El doctor dominicano estaba callado, pero con una rabia encima por todas las sandeces que Dalia había dicho, ella se dio cuenta de la incomodidad de aquel y lo sacó de la habitación donde estaba Jonás.

Doctor: ¿Qué pretendes hacer ahora?
Dalia: Eso no son sus asuntos, doctor, ya su trabajo terminó aquí, así que vuélvase al puerto porque mañana sale otra vez el barco para Santo Domingo. Vamos, muchachos, acompañen al doctor al puerto y no lo dejen solo hasta que aborde el barco y se vaya, aquí con esto le compran el pasaje, y esto se lo dan allá por su servicio, para que no diga que no se le pagó.

Mientras, iban pasando los días, Emilio se acercó al comandante Sambrano, ahijado de don Fausto, y le explicó la situación que estaban pasando. El comandante decidió ayudarlos con varios hombres, armas y caballos.

Por otro lado, el padre Romero seguía en la iglesia haciendo su misa como cada día, Venancio lo ayudaba en lo que podía, Sebastián y Jessica recogían la limosna como siempre y se quejaban de que lo que daban era muy poco.

Don Miguel les resabiaba a Pilar y a los demás trabajadores, pero como ya no podía moverse ni hacer nada porque estaba paralítico casi completamente, ya ni caso le hacían y hasta le contestaban mal.

En alta mar pasaban los días. Larissa pensaba en los momentos que había pasado con Jonás, los buenos y los malos.

En España Dalia se llevó a Jonás a la casa que un ex le había dejado, allá trató de ser lo más amable posible con él, para que él se rindiera ante ella, poco a poco se iba quedando con él, primero en una silla, durmiendo al lado de él para atenderlo, luego se le fue metiendo en la cama, donde lo acariciaba y lo seducía, hasta que Jonás cedió e hizo el amor con ella, aunque al otro día se sintió bastante mal porque pensó en Larissa y en que le había fallado.

En Santiago, Daniel decidió atacar el rancho de don Fausto sin saber que lo estaban esperando, "Una batalla avisada no mata soldado" decía un viejo refrán. Lástima que en esa batalla Arturo, por salvar a Emilio, recibió un disparo del maquiavélico de Filo, a lo que Emilio no escatimo y también le disparó a Filo y lo mató en el acto. Daniel, al ver cómo sus hombres eran derrotados, decidió marcharse con los pocos que le quedaban, todo había sido un fracaso para él, nada le había salido como él quería.

Daniel: Maldita sea, nos derrotaron, pero esto no se quedará así, ya habrá otro tiempo, en el que me voy a fortalecer, nunca pensé que esta maldita gente se iba a unir, ya me las pagarán.
Emilio: Señora Teresa, ¿se encuentra bien?
Teresa: Sí, gracias a Dios estoy bien, a Cristóbal le dieron en un brazo, pero se recuperará. Lo dejé en la habitación cuando esa gente se fue, pero hay que curarle la herida antes de que se agrave un poco más, iré al monte a buscar unas hierbas para eso.
Emilio: Pero, señora, vamos a llevarlo al doctor, mejor.
Teresa: ¿Cuál doctor?, si desde que desapareció Jonás, el doctor se esfumó junto con él, estoy segura de que esa mujer lo tiene también secuestrado. Además yo confío más en mis hierbas que en esa medicina; y mi hija me dejó a cargo de su papá.

Larissa: Abuela, ¿cuánto falta para llegar?, estoy desesperada ya en esta cosa, solo agua y agua y nada de tierra, esto me tiene nerviosa.
Marta: Tranquila, hija, que Fausto me dijo que por sus cálculos ya debemos estar muy cerca de llegar, solo espero que este viaje no sea en vano y que encontremos a Jonás.

Larissa: Lo vamos a encontrar, abuela, aunque haya que cruzar mil veces este mar, esa tipa me va a oír cuando la vea, te juro que tengo ganas de ahorcarla.
Marta: Hija, cálmate, sé que tienes sangre de tu abuelo, que todo lo quiere resolver con violencia, pero tan solo regresarnos con Jonás es suficiente, esperando que él esté bien y quiera volver.

Jonás: Dalia, me siento muy mal contigo, sé que sientes muchas cosas por mí, y la verdad eres una mujer muy bonita, culta, elegante, pero mi corazón le pertenece a otra mujer.
Dalia: Lo sé, pero voy a ganarme tu amor, aunque pienses en aquella, ella nunca te va a querer como yo, me he dedicado día y noche a cuidarte, a estar contigo, a curarte, muchas noches sin dormir por velar por tus sueños, me despegué de mi hermano para estar contigo sin importarme nada.
Jonás: Lo sé, y te lo agradezco, y la verdad no quiero hacerte sentir mal, ni tampoco quiero despreciarte, pero entiéndeme: yo amo a Larissa, si te hubiese conocido a ti primero…
Dalia: Ya cállate, no me hables de ella, cállate, tú eres mío, solo mío, estamos muy lejos de allá, voy a hacer lo imposible hasta que me quieras y yo sea la única que esté en tu cabeza. (Piensa: "Aquí nadie nos vas a encontrar").
Jonás: Dalia, ¿qué pasa? ¿Por qué me hablas así?, yo no te pedí que me trajeras aquí, ¿o acaso has hecho esto a propósito?

Dalia salió de la habitación con rabia, y Jonás quedó un poco desconcertado, pero sin poder hacer nada, todavía estaba muy débil, casi no podía moverse bien por la herida que había sufrido.
Al pasar los días, llegó el barco por fin a España; Larissa, contenta al ver tierra.

Larissa: ¡Por fin, don Fausto!, ya llegamos, por fin vamos a ir a buscar a Jonás, ¡abuela, qué feliz estoy!

Marta: Así es, hija, yo también estoy feliz, y doblemente.

Gabriela: ¿Doblemente por qué?

Marta: Lo que pasa es que Fausto me pidió matrimonio, y nos vamos a casar en cuanto lleguemos a nuestro país, ¿verdad, mi amor?

Fausto: Así es, en cuanto termine todo esto y regresemos con mi hijo, ya es hora de que también yo sea un poco feliz con tu abuela, Larissa.

Larissa: Oh, abuela, qué feliz me siento por ustedes, de verdad que sí, yo también espero algún día casarme con Jonás, tener una familia y que nos vayamos a vivir al monte, como vivía con mi mamá, ¡éramos tan felices sin nada que nos hiciera daño!: el canto de las aves, el sonido del río, la brisa en los árboles, todo era tranquilo.

Gabriela: Oh, pero esta tía está hoy muy romántica (Ríe).

Moreno: Señor, me da mucho gusto por usted, lo felicito. Me voy a ir adelante para ir a buscar todo el equipaje y hallar un carruaje que nos lleve a la dirección que le dio el hermano de esa.

Fausto: Anda, Moreno, y gracias a ti por acompañarnos, aunque veo que también te fue muy bien en este viaje.

Moreno: Pues la verdad, ha sido mágico y ha servido para que Gabriela y yo nos hayamos conocido más y saber que somos dos almas gemelas; y si ella quiere, y usted también, pues me gustaría casarme con ella el mismo día que ustedes y que sea así una fiesta grande.

Todos rieron a carcajadas, Gabriela se le acercó diciéndole que sí con un movimiento de cabeza, y le dio un beso.

Don Miguel: ¿Qué? ¿Cómo que perdiste con esa gente si no estaba el tipo ese ahí que los comanda a ellos, el tal Fausto?

Daniel: Pues no sé qué paso, es como si ellos supieran que íbamos a ir y nos estaban esperando.

Don Miguel: Pues, claro, seguro tenías un infiltrado de ellos que les estaba dando informaciones.

Daniel comenzó a recordar cuando Arturo se le había acercado aquella vez, el día que habían sacado a don Miguel del hospital.

Daniel: Claro, claro, y tantas veces que me dijo Filo que no confiaba en ese hombre, seguro era él, pero ya tiene su merecido, parece que murió en el ataque, porque ya no regresó a mi rancho. Me la van a pagar, perdí muchos hombres, pero tenemos mucho dinero para contratar más, no me voy a quedar con los brazos cruzados.

Don Miguel: ¿Y qué piensas hacer? Porque yo ya no te voy a dar más dinero del mío para ir a adueñarte de Santiago, total yo ya no me puedo mover de aquí, maldita sea.

Daniel: ¿Cómo que no, don Miguel?, usted no me puede dejar solo en esto.

Don Miguel: Claro que puedo, yo mando en lo mío, solo perdí dinero en esa loquera que hiciste sin planear bien.

Daniel se quedó mirando a don Miguel, y solo pensaba: "Maldito viejo, te voy a dejar en la calle, recuerda que te estoy administrando todo, vamos a ver quién es el que verdaderamente manda". Inteligentemente, Daniel bajó la guardia de una vez para calmar a don Miguel y que no decidiera otras acciones.

Daniel: Don Miguel, tranquilo, está bien, no pasa nada, solo quería saber si contaba con usted, pero no hay inconveniente, es cierto, todo lo que hay aquí es de usted, y también quería hablarle de esto también.

Don Miguel: ¿Y ahora de qué me quieres hablar? ¿Qué?, ¿que te deje a ti a cargo de todo porque yo no puedo hacer nada postrado en esta cama?

Daniel: Don Miguel, tranquilícese, usted está muy alterado, solo venía a decirle que hay una compañía en España que quiere comprar toda la producción de sus tierras, pero necesito primero consultarlo con usted y que me autorice a hacer ese negocio con ellos, con esto podríamos ganar cinco veces más que con el mercado nacional.

Don Miguel: Mira, Daniel, yo soy un caballo demasiado viejo para estar trotando en pantanos en que no sé cabalgar, si ellos quieren hacer negocios, que vengan aquí y hablen conmigo personalmente.

Daniel: Pero, don Miguel, ¿cómo usted cree que esa compañía de España se va a mover aquí, cuando esa gente tiene cien veces más dinero que usted y que yo juntos?

Don Miguel: Ellos son lo que están necesitando de mis productos, no yo de ellos, así que si ellos quieren negocios, que vengan aquí, a mí nunca me ha faltado nada vendiendo aquí, y a esta altura de la vida, no voy estar complicándome, así que si ellos quieren, que vengan.

Daniel, por mantener la compostura, solo musitó que estaba bien, aunque al mismo tiempo sus pensamientos eran otros: "Maldito viejo, este no cayó en la trampa, tengo que ver cómo haré para filmar a este sin que se dé cuenta que me está cediendo todo)

Cristóbal: ¿Sabes, Teresa?, a pesar de todo no me puedo alegrar de que mi padre esté como está, me imagino que debe estarla pasándola negra sin poder moverse.

Teresa: Lo siento mucho, Cristóbal, sé que es tu papá, pero debió haberse muerto ya hace rato, no sé cómo un ser humano puede hacer tanto daño a tanta gente.

Cristóbal: Lo sé, pero es mi padre, no dejo de sentir lástima por él, aunque sé que se merece todo lo que le está pasando.

Teresa: Eres un ángel, Cristóbal, porque yo la verdad no siento ni la más mínima lástima por él.

En España, don Fausto y Larissa iban preguntando en las calles por la dirección que les había dado Daniel. En ese momento uno de los hombres de Dalia los vio y se mandó de una vez para ir a contarle a su patrona lo que había visto. Algunas personas le decían a Fausto que no conocían esa dirección, hasta que alguien por fin les dio unas señas para arribar al lugar.

Por fin el trabajador de Dalia llegó hasta ella.

Trabajador: Patrona, hay que hacer algo rápido, acabo de ver al papá del joven y a una gente más que estaban con él, creo que lo andan buscando, debemos movernos de aquí.

Dalia: Cuidado con decir algo de esto a Jonás. Rápido, busca a tu compañero, y búscame un arma, no dejaré que estos mal nacidos se lleven a mi amor.

Trabajador: Sí, patrona, ahora mismo le digo a Luciano para que esté atento, y si hay que matarlos, los matamos.

Fausto: Moreno, ven acá, no sabemos qué nos vamos a encontrar, es bueno estar preparados para lo que pueda pasar. Mi amor, quédate con Larissa y con Gabriela, solo vamos a ir Moreno y yo.

Larissa: No, don Fausto, yo también voy porque esa me la va a pagar por estar robándose hombres ajenos, y si tengo que morir, pues muero. A ver, Moreno, dame una pistola de esas.

Moreno: No, señorita, es mejor que le haga caso a don Fausto, esto puede ser muy peligroso.

Larissa: Me importa un pepino que sea peligroso o no, si no me la da, como quiera voy a entrar al lugar ese.

Fausto: Anda, Moreno, dale una pistola, recuerda: esta tiene raza de don Miguel.

Marta: Hija, cuídate, por favor.

Larissa: No te preocupes, abuela, que de ahí solo saldrá una viva: ella o yo.

Jonás: ¿Qué pasa, Dalia? ¿Por qué tanto corre corre?
Dalia: Nada, amor, no te preocupes, creo que hay unos ladrones alrededor, y si los veo, los voy a matar, así que tranquilo, que nada te va a pasar, estoy aquí para cuidarte.
Jonás: Bueno, cuídate, no quiero que te pase nada malo.

Dalia se volvió y le dio un beso en la boca.

Dalia: Si me pasa algo, siempre piensa que de verdad te quise mucho.

Don Fausto, Larissa y Moreno estaban afuera de la casa y decidieron entrar, pero uno de los hombres de Dalia les disparó e hirió en un brazo a Moreno.

Fausto: ¡Cuidado, Larissa, bájate! Esta gente está armada. Moreno, ¿cómo estás?
Moreno: Estoy bien, don Fausto, solo me dio un rozón en un brazo, me voy por la parte de atrás.
Larissa: ¿Qué esperamos para entrar y sacar a Jonás de ahí?, yo no le tengo miedo.

Larissa se puso de pie y comenzó a entrar a la casa, cuando el otro de los hombres de Dalia se preparó para dispararle, pero don Fausto le disparó primero y lo tumbó. Dalia le disparó a Larissa, pero no le dio. Larissa también disparó, pero tampoco alcanzó a Dalia. Mientras, don Fausto y el otro de los hombres se enfrascaban en un tiroteo, Dalia y Larissa se encontraron frente a frente, las dos apuntándose con las pistolas

Dalia: Así te quería agarrar, Jonás es mío, ¿qué es lo que tanto busca detrás de él?
Larissa: No me digas, vieja zorra, ¿así quieres que te hagan caso, secuestrando a un enfermo, obligándolo a venir para acá sin su consentimiento?, ¿no te da vergüenza estar mendigando el amor de un hombre que no te quiere?
Dalia: ¿Así que no me quiere?, eso no es lo que él me dijo anoche, cuando me hacía el amor.

En ese momento el hombre de Dalia se acercó por atrás de Larissa para dispararle, pero Moreno se dio cuenta y saltó para salvarla. En ese mismo instante el hombre disparó y a quien le pegó el balazo fue a Dalia, matándola al instante. El hombre al ver eso salió huyendo por una puerta. Ahí entraba don Fausto.

Fausto: Larissa, Moreno, ¿están bien?
Larissa: Sí, don Fausto, estoy bien, hay que buscar a Jonás.
Moreno: Esta mujer está muerta, ¿qué hacemos?
Fausto: Nada, vamos a buscar a mi hijo y nos largamos de aquí.

Abrieron todos los aposentos y al fin encontraron a Jonás tirado en una cama casi sin poder moverse. Larissa cuando lo vio se fue en llanto, corrió hasta él para abrazarlo y besarlo. Don Fausto y Moreno los miraban con felicidad. Larissa lo abrazaba y lo besaba, pero recordó lo que le había dicho Dalia, que le había hecho el amor, y salvaje al fin le dio también una bofetada.

Jonás: Larissa, mi amor, cuánto te extrañé, ¿pero por qué me pegas?
Larissa: (Piensa: "Mejor no le digo nada, ya no quiero estar lejos de él"). Por nada, por hacerme pasar este susto, pensé que jamás ya te iba a volver a ver.

Jonás: ¡Papá! ¡Moreno! ¿Cómo vinieron?, ¿qué pasó?, ¿qué fue todo ese tiroteo ahí afuera?, ¿dónde está Dalia?
Fausto: Dalia está muerta.
Jonás: ¿Pero por qué?, ¿qué pasó, papá? ¿Tú la mataste? Si ella solo me cuidó siguiendo tus órdenes de que me llevaras lejos de allá.
Fausto: ¿Qué? No, hijo, eso no es cierto, esa mujer te secuestró, te sacó del hospital donde estabas, no te imaginas lo que hemos pasado buscándote, pero veo que te engañó muy bien ella. De todo eso vamos a hablar después, ahora tenemos que sacarte de aquí antes de que lleguen las autoridades de este país y nos dejen apresados.
Larissa: Tú y yo vamos a tener que hablar, por lo que veo te estabas encariñando con ella.
Jonás: No, mi amor, pero no sabía qué estaba pasando, ella me contó una serie de cosas que al principio se me hacían extrañas, pero al pasar el tiempo, ella me cuidaba bien y trataba de ser una persona noble y buena conmigo, no sabía que solo estaba haciendo un teatro para que yo pensara que ella era una buena mujer y que realmente me quería.
Moreno: Ya vámonos, es peligroso seguir aquí más tiempo, además recuerde que nos esperan la señora Marta y Gabriela.

En Santo Domingo. Daniel y don Miguel en plena discusión, Pilar estaba al otro lado escuchando todo y temblando de miedo.

Daniel: Mire, don Miguel, usted tiene que firmar este documento, para que yo pueda hacerme cargo, ¿no se da cuenta de que usted ya no sirve para nada?
Don Miguel: Lárgate de aquí, nunca debí confiar en ti, solo te quieres quedar con todo lo mío.
Daniel: Viejo tonto, pues sí, me quiero quedar con todo lo suyo, es la manera de hacerle pagar todo el daño que le hizo

a mi familia. ¿Cree que no me contaron cómo usted trataba a mi padre? ¿Cree que no sé que también violó muchas veces a mi madre a escondidas de mi padre?

Don Miguel: Cállate, que eso no es cierto.

Daniel: Pues sí lo es, usted es un miserable, por eso poco a poco quise entrar a su vida, para hacerle pagar todo lo que le hizo a mi familia; y antes de que se muera quiero que sepa algo: también nos contó mi hermana cuando llegamos aquí que usted trató de manosearla. Gracias a Dios no pasó a mayores, porque a usted se lo hubiese llevado el mismo infierno, hubiese tenido para siempre en su cabeza que pudo ser el violador de su propia hija.

Don Miguel: ¡Cállate, mentiroso!, ¿de qué hablas?

Daniel: Mi madre nunca se lo dijo a mi padre, pero una de las veces que usted violó a mi madre, ella quedó embarazada de mi hermana, por eso le juré vengarme, y hoy es el día que usted se va a morir.

Daniel cogió una de la almohada lleno de rabia y se la puso en la cabeza de don Miguel, apretándola con fuerza, hasta que al fin dejó de respirar. Pilar salió corriendo por todo lo que había escuchado, y muy nerviosa, no sabía qué iba a pasar en adelante. Daniel quedó con lágrimas en los ojos, movido por la rabia abrió una botella de alcohol y bebió como loco para olvidar todo lo que había tenido que decirle a don Miguel.

Un mes más tarde llegó el hombre que había podido escapar de la casa de Dalia en España en aquel tiroteo, y fue a Santiago, a la casa de Daniel.

Daniel: ¿Qué haces aquí? Tú te habías ido con mi hermana, así me habían dicho.

Trabajador: Señor, su hermana está muerta.

Daniel: ¿Qué?, ¿cómo que está muerta? ¿Qué pasó?

Trabajador: Pues esa gente fue allá, no sé quién les pudo decir dónde estábamos, pero nos encontraron, la señorita nos dijo que nos armáramos, que íbamos a pelear, pero ellos eran más, y en uno de esos disparos su hermana cayó abatida.

Daniel: ¡No!, ¡no puede ser!, ¡no puede ser!, ¡yo soy el culpable, yo les dije dónde encontrarla! ¡Dios, por qué me castigas de esta manera! ¡Pero esto no quedará así!, van a pagar con sus vidas lo que le hicieron a mi hermana, lo juro, lo juro.

El trabajador sabía que en realidad quien había matado a Dalia había sido él cuando falló el tiro que le iba a dar a Larissa, recordó las imágenes. Daniel cayó en una depresión en la que solo tomaba y tomaba, movido por la culpa que llevaba dentro.

Varios meses pasaron. En la casa de don Fausto, él se estaba vistiéndose, también Jonás y Moreno, cada uno de ellos arreglaba la solapa de su traje. Por otro lado, Larissa y Marta también se vestían con trajes de novias, y Gabriela en su casa de la iglesia hacía lo mismo. Había llegado el día en que se celebrarían tres bodas. Todo estaba muy bonito. El Padre Romero, Venancio, Teresa, Sebastián y Jessica suspiraban esperando el momento. El padre daba la misa antes de casarlos. Daniel, detrás de un muro, miraba lo que pasaba en la iglesia, la verdad no se sabía lo que iba a pasar, pero ahí estaba él, con intención de vengarse.

Padre Romero: Queridos hermanos, ustedes han venido a esta iglesia para que el Señor selle y fortalezca su amor en presencia del ministro de la Iglesia y de esta comunidad. Cristo bendice abundantemente este amor. Él los ha consagrado a ustedes en el bautismo y ahora los enriquece y los fortalece por medio de un sacramento especial para que ustedes asuman las responsabilidades del matrimonio en fidelidad mutua y perdurable.

Jessica: ¡Ay, mi papuyo!, ¿y la de nosotros cuándo va a sei?

Sebastián: Cállate, mi papuyita, déjame oír bien.

Padre Romero: Han venido aquí libremente sin reservas para darse uno al otro en matrimonio. Se amarán y se honrarán uno al otro como marido y mujer por el resto de sus vidas. Aceptarán a los hijos que Dios les mande y los educarán de acuerdo con la ley de Cristo y de su Iglesia.

Parejas: Sí.

Padre Romero: Jonás, Leonardo y Fausto, ¿aceptan a Larissa, Gabriela y Marta como sus esposas? ¿Prometen serles fieles en lo próspero y en lo adverso, en la salud y en la enfermedad, amarlas y respetarlas todos los días de sus vidas?

Hombres: Sí, aceptamos.

Padre Romero: Larissa, Gabriela y Marta, ¿aceptan a Jonás, Leonardo y Fausto como sus esposos? ¿Prometen serles fieles en lo próspero y en lo adverso, en la salud y en la enfermedad, amarlos y respetarlos todos los días de sus vidas?

Mujeres: Sí, aceptamos.

Padre Romero: Ustedes han dado su consentimiento ante la Iglesia. Que el Señor en su bondad fortalezca su consentimiento para llenarlos a los seis de bendiciones. Lo que Dios ha unido, el hombre no debe separarlo. Declaro marido y mujer a cada una de estas parejas, que la paz esté con ustedes.

Las tres parejas se besaron en medio de los aplausos de la multitud. Era grande la algarabía del pueblo por ser la primera vez que veían una boda triple en la casa del Señor y por la paz que allí reinaba gracias a la gallardía de los hombres que ese día se casaban y muchos de los que estaban presentes en la boda. Jonás y Larissa se miraban infinitamente con lágrimas en los ojos, sentían una felicidad indescriptible, por fin habían alcanzado las estrellas después de tantos malos ratos, de tanta sangre derramada, de tantas agonías y de tantas adversidades: al fin el amor había llegado para quedarse.

Por otro sendero, se iba cabalgando Daniel, con toda la furia del mundo, con el deseo de vengar a su hermana, lleno de resentimiento y odio, pero sin nada que poder hacer por el momento.

ÍNDICE

Dedicatoria y agradecimientos   5

Prefacio   7

Introducción   9

Raza salvaje   11

Editorial LibrosEnRed

LibrosEnRed es la Editorial Digital más completa en idioma español. Desde junio de 2000 trabajamos en la edición y venta de libros digitales e impresos bajo demanda.

Nuestra misión es facilitar a todos los autores la edición de sus obras y ofrecer a los lectores acceso rápido y económico a libros de todo tipo.

Editamos novelas, cuentos, poesías, tesis, investigaciones, manuales, monografías y toda variedad de contenidos. Brindamos la posibilidad de comercializar las obras desde Internet para millones de potenciales lectores. De este modo, intentamos fortalecer la difusión de los autores que escriben en español.

Ingrese a www.librosenred.com y conozca nuestro catálogo, compuesto por cientos de títulos clásicos y de autores contemporáneos.